写给和亦一样挚
爱鲁迅的朋友们

二〇二三年秋

励元

上帝死了。

——尼采《查拉图斯特拉如是说》

绝望之为虚妄,正与希望相同。

——鲁迅《野草》

《野草》意会

张励民　编著

雲南人民出版社

图书在版编目（CIP）数据

《野草》意会 / 张励民编著. -- 昆明：云南人民出版社, 2024. 11. -- ISBN 978-7-222-23156-6

I. I210.97

中国国家版本馆CIP数据核字第2024M330X8号

责任编辑：赵　红　白　帅
责任校对：溥　思
责任印制：代隆参
装帧设计：云南杺颐文化传播有限公司

《野草》意会
《YECAO》YIHUI

张励民　编著

出　版	云南人民出版社
发　行	云南人民出版社
社　址	昆明市环城西路609号
邮　编	650034
网　址	www.ynpph.com.cn
E-mail	ynrms@sina.com
开　本	720mm×1020mm　1/16
印　张	23.5
字　数	400千
版　次	2024年11月第1版
印　次	2024年11月第1次印刷
印　刷	云南金伦云印实业股份有限公司
书　号	ISBN 978-7-222-23156-6
定　价	98.00元

云南人民出版社微信公众号

版权所有　侵权必究　印装差错　负责调换

我读鲁迅六十年（自序）

如果从上初中读鲁迅的《社戏》开始，到我终于备齐了两套鲁迅全集、译文集，鲁迅书信集、日记、年谱及大量鲁迅研究资料，着手写这本《〈野草〉意会》的时候，我读鲁迅已经有六十多年，而开始接触《野草》并发生兴趣，则已整整六十年。

我在自己筑起的象牙之塔里做了许多年的艺术之梦后，走出了学校的大门，被分配到一所未知的山中小学去教书。学校未挂校名"招牌"，是有一间猪圈兼柴房，一间教室，一间宿舍兼办公室的小院。本地教师逃走了，孤零零地就我一个师范毕业生，没有校长，没有教导主任，也没有校工。所谓宿舍即办公室，是一间不足十平米的土夯房。门从中开，后墙近屋顶处开一小窗，几根木棍做个窗栅栏。临门左侧顺床置一两抽屉办公桌，桌上有双铃马蹄钟一座，铜摇铃一只，粉笔一盒。床也是座椅。门的另一边，用几块石头垒个火塘，上炖一口罗锅。旁边堆着不多的几根柴火。靠床的墙壁上，钉挂一块床板，算是书架，有书数册，无非教辅材料之类，但一套1958年北京大学中文系学生集体编写的《中国文学史》（1959年版），尚可观，便留下，与我从家中背来的父亲的藏书列一起，差不多放满了一"架"。我画了一幅兰草，题曰"深山"，贴在这书架之下。

一座新筑的象牙之塔就这样藏在了深山之中。

坐在床边，门外群山无言，绝壁兀立，朝晖夕阴，云蒸霞蔚，颇得王维、孟浩然诗情、画意，大有世外之感。教书之余，乃读书，乃作画，怡然自得，过起了隐士生活。然而不久，我需翻越崇山，到镇上领工资和定量粮票。镇虽不大，却有商店、文化宫、篮球场、图书馆、剧院，热闹而温馨，省里的一家京剧团还正在此演出。在镇上泡了一天图书馆，看了一场京剧之后，又翻越崇山回到学校。那天晚上，天空奇怪地蓝，蓝得有些像海水；一轮圆月，寂寞而安静地挂在东山之上。第二天一觉醒来，万籁无声，对漠漠群山，竟意味索然。突然，我觉得世界离我很远，很远，我已经被遗弃很久了。

之后，我回到昆明家中，成了一名"社会青年"，没有职业，没有收入，吃闲饭，不名一文。如是者两年。

当我四处碰壁，走投无路之际，我从一个同学家中借到了一本鲁迅的《野草》。这大约是鲁迅著作的初版，封面草灰色，书页纸色略呈乳黄色，版面排印疏朗，简朴大气，最后的版权页上另贴有一张红色的"鲁迅"篆刻印章。

翻开书，我立即被《希望》吸引了——

> 我的心分外地寂寞。
>
> 然而我的心很平安：没有爱憎，没有哀乐，也没有颜色和声音。
>
> 我大概老了。我的头发已经苍白，不是很明白的事么？我的手颤抖着，不是很明白的事么。那么，我的魂灵的手一定也颤抖着，头发也一定苍白了。
>
> ……
>
> 我早先岂不知我的青春已经逝去了？但以为身外的青春固在；星，月光，僵坠的蝴蝶，暗中的花，猫头鹰的不祥之言，杜鹃的啼血，笑的渺茫，爱的翔舞……虽然是悲凉漂渺的青春罢，然而究竟是青春。
>
> ……
>
> 绝望之为虚妄，正与希望相同。

我那时对泰戈尔、屠格涅夫的散文诗很着迷，也模仿着写满了许多小本子，颇为陶醉，当读到鲁迅这一篇的时候，便立即断定：这是真正的散文诗！诗意如何，虽不甚了了，但对短促、凝练、奇崛的诗句所透出的惆怅、忧郁、苦闷、矛盾、哀愁，却似乎能有所悟，像深夜幽咽的洞箫，古寺寂寞的诵经，悠远、渺茫。接着把全书读完后，除少数几篇类似散文的《秋夜》《风筝》《好的故事》《立论》《聪名人和傻子和奴才》等仿佛有些看懂了似的外，大多数篇章，便只感觉到写法上的简洁、铿锵、意象奇诡，是一种灵魂的呻吟，一种情绪的波动，和读鲁迅的那些战斗的杂文，是颇有些两样的。

我读鲁迅六十年（自序）

许久之后，我在昆明城边的一所小学找到一个美术教师的代课职务，有饭吃而可以教小孩子画画，这已经是象牙塔边的梦了。于是便每日清晨背着画夹愉快地步行一个钟头去学校上课。上课用普通话，又能随手画画，学生很佩服，秩序也好。校长说，行，留下。

那时，不仅新华书店有《鲁迅全集》出售，而且各种各样的鲁迅杂文选读《鲁迅文选》、语录、照片、研究资料也很多。我给一家《科技信息报》写稿，没有稿酬，但可获得正式或非正式出版的各式鲁迅选本。此间还幸运地拥有了一本王士菁著《鲁迅传》，读到了据称将由赵丹主演的电影剧本《鲁迅传》，很感动，很向往。那时对鲁迅的印象是——伟岸、坚韧、傲骨凛然、不屈不挠、勇往直前，是真勇士、革命家、文豪。鲁迅杂文简洁、沉稳、犀利、深刻，如匕首、解剖刀；鲁迅小说、散文语言的精到自不必说，情节的设计和人物的塑造更令人拍案叫绝！是的，这些虽然很熟了，但每读一遍，感受多不完全一样，可谓屡读不厌。

随着时代的变迁，职业的变动，经历的增加，对世态炎凉、时日沧桑逐渐多了些体味，便开始涉及鲁迅研究的深层领域。发现，学界之对于鲁迅，也分流派，但大体而言，除选择性地研究鲁迅的家世、著作、影响、生平行状，与他人交接过从及其回忆等之外，对鲁迅的评价，都是正面的、肯定和赞颂的。鲁迅变得抽象了，需仰首才见。

然而，我同时也读到了一些和鲁迅同时代的中外文化人及他的同门弟子的回忆文字，更把多年以来家藏的《鲁迅日记》《鲁迅书信》和未删节本的《两地书》读了个痛快。渐渐地，鲁迅的形象开始从云端中走出，还原成了一位在人间艰苦跋涉的奋斗者形象。当我深夜走进北京阜成门外大街西三条胡同"鲁迅故居"靠北那间平房后面"老虎尾巴"书房，听大先生娓娓而谈的时候；当我同他一起站在厦门大学图书馆楼上，体味"寂静浓到如酒，令人微醺。望后窗外骨立的乱山中许多白点，是丛冢；一粒深黄色火，是南普陀寺的琉璃灯。前面则海天微茫，黑絮一般的夜色简直似乎要扑到心坎里。我靠了石栏远眺，听得见自己的心音，四远还仿佛有无量悲哀，苦恼，零落，死灭，都杂入这寂静中，使它变成药酒，加色，加味，加香。这时，我曾经想要写，但是不能写，无从写。这也就是我所谓'当我沉默着的时侯，我觉得充实，我将开口，

《野草》意会

同时感到空虚'……莫非这就是一点'世界苦恼'么？"（《三闲集·怎么写》）当此之时，如醍醐灌顶，豁然醒悟，我听见了他痛苦灵魂的无奈、挣扎、矛盾和彷徨。

  我读懂了《野草》。

甲辰，2024年新春2月13日于冬夏春秋楼

目　录

一　读懂鲁迅

鲁迅自叙·传略 \\6

故乡·日本·故乡 \\8

民国·北京·民国 \\25

北京·厦门·广州 \\111

民国·广州·民国 \\167

二　《野草》意会

题　辞 \\225

秋　夜 \\232

影的告别 \\242

求乞者 \\247

我的失恋——拟古的新打油诗 \\252

复　仇 \\258

希　望 \\262

雪 \\270

风　筝 \\275

好的故事 \\281

过　客 \\286

死　火 \\294

狗的驳诘 \\299

失掉的好地狱 \\303

墓碣文 \\308

颓败线的颤动 \\312

立　论 \\ 317
死　后 \\ 321
这样的战士 \\ 330
聪明人和傻子和奴才 \\ 334
腊　叶 \\ 339
淡淡的血痕中——记念几个死者和生者和未生者 \\ 343
一　觉 \\ 347

三　附　录
真的鲁迅 \\ 353
拜谒鲁迅 \\ 357

后　记 \\ 361

一 读懂鲁迅

一　读懂鲁迅

在当代中国，进学校念过书的人，都知道鲁迅的名字，并多少读过几篇他的文章。鲁迅的名气很大，在有关文学及思想、文化话题的文章中，鲁迅名字出现的频率极高，经常与那些最权威的世界级名人排在一起。

人们一般不是通过读鲁迅写的文章，而大多是通过鲁迅文章原典之外的传媒知道鲁迅。

1940年1月9日，毛泽东在陕北的一次演讲中称鲁迅为"中国文化革命的主将"，并给予鲁迅"三家"（伟大的文学家、伟大的思想家、伟大的革命家）"五最"（最正确、最勇敢、最坚决、最忠实、最热忱）的定位。

新中国成立后，各式各样鲁迅传、评传、画传、介绍、画页、画册、图书、著作选本及鲁迅研究著作如雨后春笋，层出不穷。围绕着"三家""五最"的权威论断论鲁迅、用鲁迅，大方向就不会错。鲁迅研究成为显学，被称之"鲁学"，著述文字数量远超鲁迅原著字数千百倍。

鲁迅成了一种代表，一种象征，一种效应，一种现象，一种标志，一种资源，一个符号，一个名词，等等。总之，鲁迅大可利用，可以作命名，作商标，作贬损或打倒对手的犀利的武器。

鲁迅活着的时候，特别在最后十多年里，其声誉空前高涨；同时对他的攻击也达到极致，敌人、朋友、甚至家人。他大孤独，大寂寞，至于"横站""两间余一卒，荷戟尚彷徨"，无可奈何，徘徊于无地。

鲁迅说："待到伟大的人物成为化石，人们都称他伟人时，他已经变了傀儡了。""有一流人之所谓伟大与渺小，是指他给自己利用的效果的大小而言。"（《华盖集·无花的蔷薇》）鲁迅殁后，被称为伟人，有如此多种巨大的用处，实为生前始料未及。

于是，鲁迅沦为当代政治意识形态中的一个不怎么令人愉快的符号。这符号的内涵，除抽象的"三家""五最"之外，还包括了——多疑，尖酸的讽刺，骂官僚，骂中医，骂梅兰芳，骂小脚，骂文人，骂"西仔"，骂"流氓+才子"，骂鸳鸯蝴蝶派，以及一切不顺眼。打落水狗绝不"费厄泼赖"。一个也不宽恕。革命大棒，谁被裁定错误了、反动了，就有鲁迅或者"鲁迅说"跳出来予以致命打击。鲁迅总代表着晦涩，阴暗，坚强和正确，等等。

于是，即便是据称读过许多书的文学爱好者，对鲁迅的认识也都自然而然地与这政治意识形态符号内涵相吻合。伟大、正确是肯定的，喜欢与否，则须意会。

于是，有几个作家名人喉咙里咕噜了几声，表示了些许不尽然，便遭到理所当然的、名正言顺的、严厉的声讨。

然而，无论宣布崇拜并且捍卫鲁迅伟大声誉的那些写手，或者表示不怎么佩服鲁迅是伟大文学家的作家，或者虽未写文章，但对鲁迅文章、为人表示反感的阅读者，其实大多不过读过些、听过些鲁迅的选本或者捍卫派研究专家的正确的"学术"论著，而更多的恐怕只是看过些电视、电影、广播、报告、画片、画报、报章文摘、纪念鲁迅宣传材料之类而已。

他们都没有读懂鲁迅。至少有几位专家是揣着明白装糊涂，不愿意读懂鲁迅，不敢读懂鲁迅。

幸好无注释1938年版的《鲁迅全集》再版重印、新印。

新的注释本《鲁迅全集》《鲁迅译文集》以及各式各样新版鲁迅"全集""文集""选集"亦由多家出版机构推出。

新的《鲁迅传》出了好几部。

朱正的《鲁迅传》资料翔实可信。

林贤治的《人间鲁迅》还原了真实的人间鲁迅。

王晓明的《无法直面的人生——鲁迅传》展示了鲁迅作为"民族魂"的痛苦而矛盾的精神状态。

李新宇、周海婴编辑的《鲁迅大全集》采取编年体体例，编入了鲁迅的创作、翻译、古籍整理、绘画、书法、画册编纂等全部作品，与过去的《鲁迅全集》相比，新增文本近百个，比此前广为流传的人民文学出版社《鲁迅全集》多出700多万字，共计1500万字，33卷。大全集中增加了两类文字：一是过去全集未收的演讲记录20余篇；二是同代人回忆文章中的鲁迅语录。研究鲁迅，此为最完备的第一手资料，是目前为止最完整的一套全集。

除以上这些全集之外，还有《鲁迅书信集》《鲁迅日记》和未删节《两地书》出版。从这些私人文字中多可看出些隐藏在公开作品背后的"曲笔"内涵以及鲁迅内心深处更隐秘的思想。

鲁迅是20世纪初期中国最矛盾、最孤独、最痛苦的灵魂。写于1924年至1927

年间的散文诗集《野草》，是鲁迅在那特定的时代中最矛盾、最孤独、最痛苦的灵魂的挣扎和自白。

读懂了鲁迅，才能读懂《野草》。

这里的自叙都是从鲁迅所写文章、书信、日记里节出的原文。

能将《鲁迅全集》特别是《鲁迅大全集》全部读完的，除少数几位编辑和资深专家之外，大概人不会太多。

我以为，读过鲁迅全文，了解鲁迅全人的读者，大抵可以读懂鲁迅了。

鲁迅所处时代执政者还不具有完全控制、清洗民众思想言论的权力和能力，但在其权力范围内却已经相当凶猛，以至开枪杀人了。鲁迅作文固皆仗义执言、文风犀利，但面对强权，虽多抗争却理智地披几片甲胄在身，行文往往较为含蓄、晦涩，多用"曲笔"作壕堑战。况且社会是个极为复杂的人群构成体，个人说话、行事言不由衷，无可奈何的境况在所难免。鲁迅文章之震撼人心者，固在对世态人心揭示的犀利、深刻，却也时时真诚、坦荡地解剖自己。

人格表现以真诚为高。文章亦然。

读着鲁迅这些相对比较私密的文章，总不免会引发些情不自禁的感想，于是便用另一种体字将其缀在鲁迅原文文本的后面，算作读书笔记的一种。

《野草》意会

鲁迅自叙·传略

  我于一八八一年生于浙江省绍兴府城里一家姓周的家里。父亲是读书的；母亲姓鲁，乡下人，她以自修得到能够看书的学力。听人说，在我幼小时候，家里还有四五十亩水田，并不很愁生计。但到我十三岁时，我家忽而遭了一场很大的变故，几乎什么也没有了；我寄住在一个亲戚家里，有时还被称为乞食者。我于是决心回家，而我底父亲又生了重病，约有三年多，死去了。我渐至于连极少的学费也无法可想；我底母亲便给我筹办了一点旅费，教我去寻无需学费的学校去，因为我总不肯学做幕友或商人，——这是我乡衰落了的读书人家子弟所常走的两条路。

  其时我是十八岁，便旅行到南京，考入水师学堂了，分在机关科。大约过了半年，我又走出，改进矿路学堂去学开矿，毕业之后，即被派往日本去留学。但待到在东京的豫备学校毕业，我已经决意要学医了。原因之一是因为我确知道了新的医学对于日本维新有很大的助力。我于是进了仙台（Sendai）医学专门学校，学了两年。这时正值俄日战争，我偶然在电影上看见一个中国人因做侦探而将被斩，因此又觉得在中国医好几个人也无用，还应该有较为广大的运动……先提倡新文艺。我便弃了学籍，再到东京，和几个朋友立了些小计划，但都陆续失败了。我又想往德国去，也失败了。终于，因为我底母亲和几个别的人很希望我有经济上的帮助，我便回到中国来；这时我是二十九岁。

  我一回国，就在浙江杭州的两级师范学堂做化学和生理学教员，第二年就走出，到绍兴中学堂去做教务长，第三年又走出，没有地方可去，想在一个书店去做编译员，到底被拒绝了。但革命也就发生，绍兴光复后，我做了师范学校的校长。革命政府在南京成立，教育部长招我去做部员，移入北京；后来又兼做北京大学，师范大学，女子师范大学的国文系讲师。到一九二六年，有几个学者到段祺瑞政府去告密，说我不好，要捕拿我，我便因了朋友林语堂的帮助逃到厦门，去做厦门大学教授，十二月走出，到广东，做了中山大学教授，四月辞职，九月出广东，一直住在上海。

我在留学时候，只在杂志上登过几篇不好的文章。初做小说是一九一八年，因为一个朋友钱玄同的劝告，做来登在《新青年》上的。这时才用"鲁迅"的笔名（Pen name）；也常用别的名字做一点短论。现在汇印成书的有两本短篇小说集：《呐喊》《彷徨》。一本论文，一本回忆记，一本散文诗，四本短评。别的，除翻译不计外，印成的又有一本《中国小说史略》，和一本编定的《唐宋传奇集》。

《集外集拾遗补编·鲁迅自传》

此文为柔石1930年5月16日根据俄文译本《阿Q正传》序及著者自叙传略整理，又经鲁迅自己修订，作为鲁迅1930年以前的传略，是可信的。

鲁迅"初做"的那篇小说叫《狂人日记》，是中国新文化运动中发表的第一篇新白话小说，反抗旧时代的第一声呐喊；《呐喊》《彷徨》其风格之独到，内涵之深邃，为那个时代新白话小说之翘楚。鲁迅在北京大学讲中国小说史时的讲义《中国小说史略》，在中国是第一部，也是中国小说史研究的奠基之作。鲁迅的杂文直指社会人心，是掷向社会黑暗、不公平以及一切不合理欺诈、压迫的投枪。散文诗《野草》的文学、哲学意义则远远超出同时代思想文化界芸芸众生的认知表达水平，成为一本中国人间文学的哲学经典。

此时的鲁迅在学界、文学界已经具有很高的声望，影响遍及社会各界，在青年之中更是深入人心，几成偶像。然而，鲁迅并不因此而飘然，更不想做别人以为光荣而趋之若鹜的什么什么"家"、"思想界先驱者"之类的"名人"；因为"一变'名人'，'自己'就没有了"。（《致李霁野》）

《野草》意会

故乡·日本·故乡

1

我出世的时候是清朝的末年，孔夫子已经有了"大成至圣文宣王"这一个阔得可怕的头衔，不消说，正是圣道支配了全国的时代。政府对于读书的人们，使读一定的书，即四书和五经，使遵守一定的注释，使写一定的文章，即所谓"八股文"，并且使发一定的议论。然而这些千篇一律的儒者们，倘是四方的大地，那是很知道的，但一到圆形的地球，却什么也不知道，于是和四书上并无记载的法兰西和英吉利打仗而失败了。不知道为了觉得与其拜着孔夫子而死，倒不如保存自己们之为得计呢，还是为了什么，总而言之，这回是拼命尊孔的政府和官僚先就动摇起来，用官帑大翻起洋鬼子的书籍来了。属于科学上的古典之作的，则有侯失勒的《谈天》，雷侠儿的《地学浅释》，代那的《金石识别》，到现在也还作为那时的遗物，间或躺在旧书铺子里。

然而一定有反动。清末之所谓儒者的结晶，也是代表的大学士徐桐氏出现了。他不但连算学也斥为洋鬼子的学问；他虽然承认世界上有法兰西和英吉利这些国度，但西班牙和葡萄牙的存在，是决不相信的，他主张这是法国和英国常常来讨利益，连自己也不好意思了，所以随便胡诌出来的国名。他又是一九〇〇年的有名的义和团的幕后的发动者，也是指挥者。但是义和团完全失败，徐桐氏也自杀了。政府就又以为外国的政治法律和学问技术颇有可取之处了。我的渴望到日本去留学，也就在那时候达了目的，入学的地方，是嘉纳先生所设立的东京的弘文学院；在这里，三泽力太郎先生教我水是养气和轻气所合成，山内繁雄先生教我贝壳里的什么地方其名为"外套"。这是有一天的事情。学监大久保先生集合起大家来，说：因为你们都是孔子之徒，今天到御茶之水的孔庙里去行礼罢！

我大吃了一惊。现在还记得那时心里想，正因为绝望于孔夫子和他的之徒，所以到日本来的，然而又是拜么？一时觉得很奇怪。而且发生这样感觉的，我想决不止我一个人。

(《在中国现代的孔夫子》)

一方面是西方科学观念的冲击，一方面是中国的传统观念及孔孟之道正在土崩瓦解。一切存在都显得荒谬。这个时代应该重新认识了。

2

当我还是孩子时，那时的老人指教我说：剃头担上的旗竿，三百年前是挂头的。满人入关，下令拖辫，剃头人沿路拉人剃发，谁敢抗拒，便砍下头来挂在旗竿上，再去拉别的人。那时的剃发，先用水擦，再用刀刮，确是气闷的，但挂头故事却并不引起我的惊惧，因为即使我不高兴剃发，剃头人不但不来砍下我的脑袋，还从旗竿斗里摸出糖来，说剃完就可以吃，已经换了怀柔方略了。见惯者不怪，对辫子也不觉其丑，何况花样繁多，以姿态论，则辫子有松打，有紧打，辫线有三股，有散线，周围有看发（即今之"刘海"），看发有长短，长看发又可打成两条细辫子，环于顶搭之周围，顾影自怜，为美男子；以作用论，则打架时可拔，犯奸时可剪，做戏的可挂于铁竿，为父的可鞭其子女，变把戏的将头摇动，能飞舞如龙蛇，昨在路上，看见巡捕拿人，一手一个，以一捕二，倘在辛亥革命前，则一把辫子，至少十多个，为治民计，也极方便的。不幸的是所谓"海禁大开"，士人渐读洋书，因知比较，纵使不被洋人称为"猪尾"，而既不全剃，又不全留，剃掉一圈，留下一撮，打成尖辫，如慈菇芽，也未免自己觉得毫无道理，大可不必了。

我想，这是纵使生于民国的青年，一定也都知道的。清光绪中，曾有康有为者变过法，不成，作为反动，是义和团起事，而八国联军遂入京，这年代很容易记，是恰在一千九百年，十九世纪的结末。于是满清官民，又要维新了，维新有老谱，照例是派官出洋去考察，和派学生出洋去留学。我便是那时被两江总督派

《野草》意会

赴日本的人们之中的一个，自然，排满的学说和辫子的罪状和文字狱的大略，是早经知道了一些的，而最初在实际上感到不便的，却是那辫子。

凡留学生一到日本，急于寻求的大抵是新知识。除学习日文，准备进专门的学校之外，就赴会馆，跑书店，往集会，听讲演。我第一次所经历的是在一个忘了名目的会场上，看见一位头包白纱布，用无锡腔讲演排满的英勇的青年，不觉肃然起敬。但听下去，到得他说"我在这里骂老太婆，老太婆一定也在那里骂吴稚晖"，听讲者一阵大笑的时候，就感到没趣，觉得留学生好像也不外乎嬉皮笑脸。"老太婆"者，指清朝的西太后。吴稚晖在东京开会骂西太后，是眼前的事实无疑，但要说这时西太后也正在北京开会骂吴稚晖，我可不相信。讲演固然不妨夹着笑骂，但无聊的打诨，是非徒无益，而且有害的。不过吴先生这时却正在和公使蔡钧大战，名驰学界，白纱布下面，就藏着名誉的伤痕。不久，就被递解回国，路经皇城外的河边时，他跳了下去，但立即又被捞起，押送回去了。这就是后来太炎先生和他笔战时，文中之所谓"不投大壑而投阳沟，面目上露"。其实是日本的御沟并不狭小，但当警官护送之际，却即使并未"面目上露"，也一定要被捞起的。这笔战愈来愈凶，终至夹着毒詈，今年吴先生讥刺太炎先生受国民政府优遇时，还提起这件事，这是三十余年前的旧账，至今不忘，可见怨毒之深了。

我以为先生的业绩，留在革命史上的，实在比在学术史上还要大。回忆三十余年之前，木板的《訄书》已经出版了，我读不断，当然也看不懂，恐怕那时的青年，这样的多得很。我的知道中国有太炎先生，并非因为他的经学和小学，是为了他驳斥康有为和作邹容的《革命军》序，竟被监禁于上海的西牢。那时留学日本的浙籍学生，正办杂志《浙江潮》，其中即载有先生狱中所作诗，却并不难懂。这使我感动，也至今并没有忘记，现在抄两首在下面——

狱中赠邹容

邹容吾小弟，被发下瀛洲。快剪刀除辫，干牛肉作糇。
英雄一入狱，天地亦悲秋。临命须掺手，乾坤只两头。

狱中闻沈禹希见杀

不见沈生久,江湖知隐沦,萧萧悲壮士,今在易京门。
魑魅羞争焰,文章总断魂。中阴当待我,南北几新坟。

　　一九〇六年六月出狱,即日东渡,到了东京,不久就主持《民报》。我爱看这《民报》,但并非为了先生的文笔古奥,索解为难,或说佛法,谈"俱分进化",是为了他和主张保皇的梁启超斗争,和"××"的×××斗争,和"以《红楼梦》为成佛之要道"的×××斗争,真是所向披靡,令人神旺。前去听讲也在这时候,但又并非因为他是学者,却为了他是有学问的革命家,所以直到现在,先生的音容笑貌,还在目前,而所讲的《说文解字》,却一句也不记得了。

(《关于太炎先生二三事》)

　　此可见时代变迁并非在一朝一夕,这期间会有许多人和许多事,为此前所没有,对后来却可能产生影响。鲁迅后来之所以会成为新文化运动的先驱、战士,都和青少年时的所见、所识相关。

3

　　我们在日本留学时候,有一种茫漠的希望:以为文艺是可以转移性情,改造社会的。因为这意见,便自然而然的想到介绍外国新文学这一件事。但做这事业,一要学问,二要同志,三要工夫,四要资本,五要读者。第五样逆料不得,上四样在我们却几乎全无:于是又自然而然的只能小本经营,姑且尝试,这结果便是译印《域外小说集》。

　　当初的计画,是筹办了连印两册的资本,待到卖回本钱,再印第三第四,以至第X册的。如此继续下去,积少成多,也可以约略绍介了各国名家的著作了。于是准备清楚,在一九〇九年的二月,印出第一册,到六月间,又印出了第二册。寄售的地方,是上海和东京。

《野草》意会

  半年过去了，先在就近的东京寄售处结了帐。计第一册卖去了二十一本，第二册是二十本，以后可再也没有人买了。那第一册何以多卖一本呢？就因为有一位极熟的友人，怕寄售处不遵定价，额外需索，所以亲去试验一回，果然划一不二，就放了心，第二本不再试验了——但由此看来，足见那二十位读者，是有出必看，没有一人中止的，我们至今很感谢。

  这是鲁迅与弟弟周作人在日本所译《域外小说集》的序。立志改革旧社会，转移国民性，介绍新知识、新文学。他们迈出了最初的步伐。

4

  东京也无非是这样，上野的樱花烂漫的时节，望去确也像绯红的轻云，但花下也缺不了成群结队的"清国留学生"的速成班，头顶上盘着大辫子，顶得学生制帽的顶上高高耸起，形成一座富士山。也有解散辫子，盘得平的，除下帽来，油光可鉴，宛如小姑娘的发髻一般，还要将脖子扭几扭。实在标致极了。

  中国留学生会馆的门房里有几本书买，有时还值得去一转；倘在上午，里面的几间洋房倒也还可以坐坐的。但到傍晚，有一间的地板便常不免要咚咚咚地响得震天，兼以满房烟尘斗乱；问问精通时事的人，答道，"那是在学跳舞。"

  到别的地方去看看，如何呢？

  我就往仙台的医学专门学校去。从东京出发，不久便到一处驿站，写道：日暮里。不知怎地，我到现在还记得这名目。其次却只记得水户了，这是明的遗民朱舜水先生客死的地方。仙台是一个市镇，并不大；冬天冷得利害；还没有中国的学生。

  大概是物以希为贵罢。北京的白菜运往浙江，便用红头绳系住菜根，倒挂在水果店头，尊为"胶菜"；福建野生着的芦荟，一到北京就请进温室，且美其名曰"龙舌兰"。我到仙台也颇受了这样的优待，不但学校不收学费，几个职员还为我的食宿操心。我先是住在监狱旁边一个客店里的，初冬已经颇冷，蚊子却还多，后来用被盖了全身，用衣服包了头脸，只留两个鼻孔出气。在这呼吸不息的地方，蚊子竟无从插嘴，居然睡安稳了。饭食也不坏。但一位先生却以为这客店也包办囚人的饭食，我住在那里不相宜，几次三番，几次三番地说。我虽然觉得客店兼办囚人的饭食和我不相干，然而好意难却，也只得别寻相宜的住处了。于是搬到别一家，离监狱也很远，可惜每天总要喝难以下咽的芋梗汤。

从此就看见许多陌生的先生，听到许多新鲜的讲义。解剖学是两个教授分任的。最初是骨学。其时进来的是一个黑瘦的先生，八字须，戴着眼镜，挟着一叠大大小小的书。一将书放在讲台上，便用了缓慢而很有顿挫的声调，向学生介绍自己道：

"我就是叫作藤野严九郎的……"

后面有几个人笑起来。他接着便讲述解剖学在日本发达的历史，那些大大小小的书，便是从最初到现今关于这一门学问的著作。起初有几本是线装的；还有翻刻中国译本的，他们的翻译和研究新的医学，并不比中国早。

那坐在后面发笑的是上学年不及格的留级学生，在校已经一年，掌故颇为熟悉的了。他们便给新生讲演每个教授的历史。这藤野先生，据说是穿衣服太模胡了，有时竟会忘记带领结；冬天是一件旧外套，寒颤颤的，有一回上火车去，致使管车的疑心他是扒手，叫车里的客人大家小心些。

他们的话大概是真的，我就亲见他有一次上讲堂没有带领结。

过了一星期，大约是星期六，他使助手来叫我了。到得研究室，见他坐在人骨和许多单独的头骨中间，——他其时正在研究着头骨，后来有一篇论文在本校的杂志上发表出来。

"我的讲义，你能抄下来么？"他问。

"可以抄一点，"

"拿来我看！"

我交出所抄的讲义去，他收下了，第二三天便还我，并且说，此后每一星期要送给他看一回。我拿下来打开看时，很吃了一惊，同时也感到一种不安和感激。原来我的讲义已经从头到末，都用红笔添改过了，不但增加了许多脱漏的地方，连文法的错误，也都一一订正。这样一直继续到教完了他所担任的功课：骨学，血管学，神经学。

可惜我那时太不用功，有时也很任性。还记得有一回藤野先生将我叫到他

的研究室里去,翻出我那讲义上的一个图来,是下臂的血管,指着,向我和蔼的说道:

"你看,你将这条血管移了一点位置了。自然,这样一移,的确比较的好看些,然而解剖图不是美术,实物是那么样的,我们没法改换它。现在我给你改好了,以后你要全照着黑板上那样的画。"

但是我还不服气,口头答应着,心里却想道:

"图还是我画的不错,至于实在的情形,我心里自然记得的。"

学年试验完毕之后,我便到东京玩了一夏天,秋初再回学校,成绩早已发表了,同学一百余人之中,我在中间,不过是没有落第。这回藤野先生所担任的功课,是解剖实习和局部解剖学。

解剖实习了大概一星期,他又叫我去了,很高兴地,仍用了极有抑扬的声调对我说道:

"我因为听说中国人是很敬重鬼的,所以很担心,怕你不肯解剖尸体。现在总算放心了,没有这回事。"

但他也偶有使我很为难的时候。他听说中国的女人是裹脚的,但不知道详细,所以要问我怎么裹法,足骨变成怎样的畸形,还叹息道,"总要看一看才知道,究竟是怎么回事呢?"

有一天,本级的学生会干事到我寓里来了,要借我的讲义看。我检出来交给他们,却只翻检了一通,并没有带走。但他们一走,邮差就送到一封很厚的信,拆开看时,第一句是:

"你改悔罢!"

这是《新约》上的句子罢,但经托尔斯泰新近引用过的。其时正值日俄战争,托老先生便写了一封给俄国和日本的皇帝的信,开首便是这一句。日本报纸上很斥责他的不逊,爱国青年也愤然,然而暗地里却早受了他的影响了。其次的话,大略是说上年解剖学试验的题目,是藤野先生在讲义上做了记号,我预先知道的,所以能有这样的成绩。末尾是匿名。

我这才回忆到前几天的一件事。因为要开同级会,干事便在黑板上写广告,末一句是"请全数到会勿漏为要",而且在"漏"字旁边加了一个圈。我当时虽然觉得圈得可笑,但是毫不介意,这回才悟出那字也在讥刺我了,犹言我得了教员漏泄出来的题目。

我便将这事告知了藤野先生；有几个和我熟识的同学也很不平，一同去诘责干事托辞检查的无礼，并且要求他们将检查的结果，发表出来。终于这流言消灭了，干事却又竭力运动，要收回那一封匿名信去。结末是我便将这托尔斯泰式的信退还了他们。

中国是弱国，所以中国人当然是低能儿，分数在六十分以上，便不是自己的能力了：也无怪他们疑惑。但我接着便有参观枪毙中国人的命运了。第二年添教霉菌学。细菌的形状是全用电影来显示的，一段落已完而还没有到下课的时候，便影几片时事的片子，自然都是日本战胜俄国的情形。但偏有中国人夹在里边：给俄国人做侦探，被日本军捕获，要枪毙了，围着看的也是一群中国人；在讲堂里的还有一个我。

"万岁！"他们都拍掌欢呼起来。

这种欢呼，是每看一片都有的，但在我，这一声却特别听得刺耳。此后回到中国来，我看见那些闲看枪毙犯人的人们，他们也何尝不酒醉似的喝采，——呜呼，无法可想！但在那时那地，我的意见却变化了。

到第二学年的终结，我便去寻藤野先生，告诉他我将不学医学，并且离开这仙台。他的脸色仿佛有些悲哀，似乎想说话，但竟没有说。

"我想去学生物学，先生教给我的学问，也还有用的。"但其实我并没有决意要学生物学，因为看得他有些凄然，便说了一个慰安他的谎话。

"为医学而教的解剖学之类，怕于生物学也没有什么大帮助。"他叹息说。

将走的前几天，他叫我到他家里去，交给我一张照相，后面写着两个字道："惜别"，还说希望我的也送他。但我这时适值没有照相了；他便叮嘱我将来照了寄给他，并且时时通信告诉他此后的状况。

我离开仙台之后，就多年没有照过相，又因为状况也无聊，说起来无非使他失望，便连信也怕敢写了。经过的年月一多，话更无从说起，所以虽然有时想写信，却又难以下笔，这样的一直到现在，竟没有寄过一封信和一张照片。从他那一面看起来，是一去之后，杳无消息了。

但不知怎地，我总还时时记起他，在我所认为我师的之中，他是最使我感激，给我鼓励的一个。有时我常常想：他的对于我的热心的希望，不倦的教诲，

《野草》意会

小而言之，是为中国，就是希望中国有新的医学；大而言之，是为学术，就是希望新的医学传到中国去。他的性格，在我的眼里和心里是伟大的，虽然他的姓名并不为许多人所知道。

　　他所改正的讲义，我曾经订成三厚本，收藏着的，将作为永久的纪念。不幸七年前迁居的时候，中途毁坏了一口书箱，失去半箱书，恰巧这讲义也遗失在内了。责成运送局去找寻，寂无回信。只有他的照相至今还挂在我北京寓居的东墙上，书桌对面。每当夜间疲倦，正想偷懒时，仰面在灯光中瞥见他黑瘦的面貌，似乎正要说出抑扬顿挫的话来，便使我忽又良心发现，而且增加勇气了，于是点上一枝烟，再继续写些为"正人君子"之流所深恶痛疾的文字。

（《藤野先生》）

　　《藤野先生》是鲁迅的散文名篇，不仅收在中国初中的《语文》教科书中，也收入了日本的教科书。这是一篇删不掉、也忘不了的白话散文。鲁迅的这类白话记事散文，语言之简洁圆润，叙述之从容自然，人物性情之神情毕现，在早期新文化运动中，如鹤立鸡群，堪称经典！值得一提的是，鲁迅的白话文无论杂文、小说、散文、散文诗，除体裁、内容的独到、深邃外，各体文字又各具特色。说周氏兄弟文字老辣、简洁，确为学界公认，但我以为鲁迅较之周作人，岂明文字简朴到了精而干的程度，而鲁迅的文字，简洁的同时却还能珠圆玉润，韵味十足。苦茶庵里的茶苦，捂得太严；在人间，茶泡得太苦是不好喝的。鲁迅在藤野先生注视下写下的文字则如明前龙井，水清若无，却回味有韵。

5

　　在东京的客店里，我们大抵一起来就看报。学生所看的多是《朝日新闻》和《读卖新闻》，专爱打听社会上琐事的就看《二六新闻》。一天早晨，辟头就看见一条从中国来的电报，大概是：

　　"安徽巡抚恩铭被Jo Shiki Rin刺杀，刺客就擒。"

　　大家一怔之后，便容光焕发地互相告语，并且研究这刺客是谁，汉字是怎样三个字。但只要是绍兴人，又不专看教科书的，却早已明白了。这是徐锡麟，他留学回国之后，在做安徽候补道，办着巡警事务，正合于刺杀巡抚的地位。

大家接着就预测他将被极刑，家族将被连累。不久，秋瑾姑娘在绍兴被杀的消息也传来了，徐锡麟是被挖了心，给恩铭的亲兵炒食净尽。人心很愤怒。有几个人便秘密地开一个会，筹集川资；这时用得着日本浪人了，撕乌贼鱼下酒，慷慨一通之后，他便登程去接徐伯荪的家属去。

照例还有一个同乡会，吊烈士，骂满洲；此后便有人主张打电报到北京，痛斥满政府的无人道。会众即刻分成两派：一派要发电，一派不要发。我是主张发电的，但当我说出之后，即有一种钝滞的声音跟着起来：

"杀的杀掉了，死的死掉了，还发什么屁电报呢。"

这是一个高大身材，长头发，眼球白多黑少的人，看人总像在渺视。他蹲在席子上，我发言大抵就反对；我早觉得奇怪，注意着他的了，到这时才打听别人：说这话的是谁呢，有那么冷？认识的人告诉我说：他叫范爱农，是徐伯荪的学生。

我非常愤怒了，觉得他简直不是人，自己的先生被杀了，连打一个电报还害怕，于是便坚执地主张要发电，同时争起来。结果是主张发电的居多数，他屈服了。其次要引人来拟电稿。

"何必推举呢？自然是主张发电的人啰～～～～。"他说。

我觉得他的话又在针对我，无理倒也并非无理的。但我便主张这一篇悲壮的文章必须深知烈士生平的人做，因为他比别人关系更密切，心里更悲愤，做出来就一定更动人。于是又争起来。结果是他不做，我也不做，不知谁承认做去了；其次是大家走散，只留下一个拟稿的和一两个干事，等候做好之后去拍发。

从此我总觉得这范爱农离奇，而且很可恶。天下可恶的人，当初以为是满人，这时才知道还在其次；第一倒是范爱农。中国不革命则已，要革命，首先就必须将范爱农除去。

然而这意见后来似乎逐渐淡薄，到底忘却了，我们从此也没有再见面。直到革命的前一年，我在故乡做教员，大概是春末时候罢，忽然在熟人的客座上看见了一个人，互相熟视了不过两三秒钟，我们便同时说：

"哦哦，你是范爱农！"

《野草》意会

"哦哦,你是鲁迅!"

不知怎地我们便都笑了起来,是互相的嘲笑和悲哀。他眼睛还是那样,然而奇怪,只这几年,头上却有了白发了,但也许本来就有,我先前没有留心到。他穿着很旧的布马褂,破布鞋,显得很寒素。谈起自己的经历来,他说他后来没有了学费,不能再留学,便回来了。回到故乡之后,又受着轻蔑,排斥,迫害,几乎无地可容。现在是躲在乡下,教着几个小学生糊口。但因为有时觉得很气闷,所以也趁了航船进城来。

他又告诉我现在爱喝酒,于是我们便喝酒。从此他每一进城,必定来访我,非常相熟了,我们醉后常谈些愚不可及的疯话,连母亲偶然听到了也发笑。一天我忽而记起在东京开同乡会时的旧事,便问他:

"那一天你专门反对我,而且故意似的,究竟是什么缘故呢?"

"你还不知道?我一向就讨厌你的,—— 不但我,我们。"

"你那时之前,早知道我是谁?"

"怎么不知道。我们到横滨,来接的不就是子英和你么?你看不起我们,摇摇头,你自己还记得么?"

我略略一想,记得的,虽然是七八年前的事。那时是子英来约我的,说到横滨去接新来留学的同乡。汽船一到,看见一大堆,大概一共有十多人,一上岸便将行李放到税关上去候查检,关吏在衣箱中翻来翻去,忽然翻出一双绣花的弓鞋来,便放下公事,拿着子细地看,我很不满,心里想,这些鸟男人,怎么带这东西来呢。自己不注意,那时也许就摇了摇头。检验完毕,在客店小坐之后,即须上火车。不料这一群读书人又在客车上让起坐位来了,甲要乙坐在这位上,乙要丙去坐,揖让未终,火车已开,车身一摇,即刻跌倒了三四个。我那时也很不满,暗地里想:连火车上的坐位,他们也要分出尊卑来……自己不注意,也许又摇了摇头。然而那群雍容揖让的人物中就有范爱农,却直到这一天才想到。岂但他呢,说起来也惭愧,这一群里,还有后来在安徽战死的陈伯平烈士,被害的马宗汉烈士;被囚在黑狱里,到革命后才见天日而身上永带着匪刑的伤痕的也还有一两人。而我都茫无所知,摇着头将他们一并运上东京了。徐伯荪虽然和他们同船来,却不在这车上,因为他在神户就和他的夫人坐车走了陆路了。

我想我那时摇头大约有两回,他们看见的不知道是那一回。让坐时喧闹,检查时幽静，一定是在税关上的那一回了，试问爱农，果然是的。

"我真不懂你们带这东西做什么，是谁的？"

"还不是我们师母的？"他瞪着他多白的眼。

"到东京就要假装大脚，又何必带这东西呢？"

"谁知道呢？你问她去。"

到冬初，我们的景况更拮据了，然而还喝酒，讲笑话。忽然是武昌起义，接着是绍兴光复。第二天爱农就上城来，戴着农夫常用的毡帽，那笑容是从来没有见过的。

"老迅，我们今天不喝酒了。我要去看看光复的绍兴。我们同去。"

我们便到街上去走了一通，满眼是白旗。然而貌虽如此，内骨子是依旧的，因为还是几个旧乡绅所组织的军政府，什么铁路股东是行政司长，钱店掌柜是军械司长……这军政府也到底不长久，几个少年一嚷，王金发带兵从杭州进来了，但即使不嚷或者也会来。他进来以后，也就被许多闲汉和新进的革命党所包围，大做王都督。在衙门里的人物，穿布衣来的，不上十天也大概换上皮袍子了，天气还并不冷。

我被摆在师范学校校长的饭碗旁边，王都督给了我校款二百元。爱农做监学，还是那件布袍子，但不大喝酒了，也很少有工夫谈闲天。他办事，兼教书，实在勤快得可以。

"情形还是不行，王金发他们。"一个去年听过我的讲义的少年来访问我，慷慨地说，"我们要办一种报来监督他们。不过发起人要借用先生的名字。还有一个是子英先生，一个是德清先生。为社会，我们知道你决不推却的。"

我答应他了。两天后便看见出报的传单，发起人诚然是三个。五天后便见报，开首便骂军政府和那里面的人员；此后是骂都督，都督的亲戚，同乡，姨太太……

这样地骂了十多天，就有一种消息传到我的家里来，说都督因为你们诈取了他的钱，还骂他，要派人用手枪来打死你们了。

别人倒还不打紧。第一个着急的是我的母亲，叮嘱我不要再出去。但我还是照常走，并且说明，王金发是不来打死我们的，他虽然绿林大学出身，而杀人却不很轻易。况且我拿的是校款，这一点他还能明白的，不过说说罢了。

果然没有来杀。写信去要经费，又取了二百元。但仿佛有些怒意，同时传令道：再来要，没有了！

不过爱农得到了一种新消息，使我很为难。原来所谓"诈取"者，并非指学校经费而言，是指另有送给报馆的一笔款。报纸上骂了几天之后，王金发便叫人送去了五百元。于是乎我们的少年们便开起会议来，第一个问题是：收不收？决议曰：收。第二个问题是：收了之后骂不骂？决议曰：骂。理由是：收钱之后，他是股东；股东不好，自然要骂。

我即刻到报馆去问这事的真假。都是真的。略说了几句不该收他钱的话，一个名为会计的便不高兴了，质问我道：

"报馆为什么不收股本？"

"这不是股本……"

"不是股本是什么？"

我就不再说下去了，这一点世故是早已知道的，倘我再说出连累我们的话来，他就会面斥我太爱惜不值钱的生命，不肯为社会牺牲，或者明天在报上就可以看见我怎样怕死发抖的记载。

然而事情很凑巧，季茀写信来催我往南京了。爱农也很赞成，但颇凄凉，说：

"这里又是那样，住不得，你快去罢……"

我懂得他无声的话，决计往南京。先到都督府去辞职，自然照准，派来了一个拖鼻涕的接收员，我交出账目和余款一角又两铜元，不是校长了。后任是孔教会会长傅力臣。

报馆案是我到南京后两三个星期了结的，被一群兵们捣毁。子英在乡下，没有事；德清适值在城里，大腿上被刺了一尖刀。他大怒了。自然，这是很有些痛，怪他不得。他大怒之后，脱下衣服，照了一张照片，以显示一寸来宽的刀伤，并且做一篇文章叙述情形，向各处分送，宣传军政府的横暴。我想，这种照片现在是大约未必还有人收藏着了，尺寸太小，刀伤缩小到几乎等于无，如果不加说明，看见的人一定以为是带些疯气的风流人物的裸体照片，倘遇见孙传芳大帅，还怕要被禁止的。

我从南京移到北京的时候，爱农的学监也被孔教会会长的校长设法去掉了。

他又成了革命前的爱农。我想为他在北京寻一点小事做,这是他非常希望的,然而没有机会。他后来便到一个熟人的家里去寄食,也时时给我信,景况愈困穷,言辞也愈凄苦。终于又非走出这熟人的家不可,便在各处飘浮。不久,忽然从同乡那里得到一个消息,说他已经掉在水里,淹死了。

我疑心他是自杀。因为他是浮水的好手,不容易淹死的。

夜间独坐在会馆里,十分悲凉,又疑心这消息并不确,但无端又觉得这是极其可靠的,虽然并无证据。一点法子都没有,只做了四首诗,后来曾在一种日报上发表,现在是将要忘记完了。只记得一首里的六句,起首四句是:"把酒论天下,先生小酒人,大圜犹酩酊,微醉合沉沦。"中间忘掉两句,末了是"旧朋云散尽,余亦等轻尘。"

后来我回故乡去,才知道一些较为详细的事。爱农先是什么事也没得做,因为大家讨厌他。他很困难,但还喝酒,是朋友请他的。他已经很少和人们来往,常见的只剩下几个后来认识的较为年青的人了,然而他们似乎也不愿意多听他的牢骚,以为不如讲笑话有趣。

"也许明天就收到一个电报,拆开来一看,是鲁迅来叫我的。"他时常这样说。

一天,几个新的朋友约他坐船去看戏,回来已过夜半,又是大风雨,他醉着,却偏要到船舷上去小解。大家劝阻他,也不听,自己说是不会掉下去的。但他掉下去了,虽然能浮水,却从此不起来。

第二天打捞尸体,是在菱荡里找到的,直立着。

我至今不明白他究竟是失足还是自杀。

他死后一无所有,遗下一个幼女和他的夫人。有几个人想集一点钱作他女孩将来的学费的基金,因为一经提议,即有族人来争这笔款的保管权,——其实还没有这笔款,——大家觉得无聊,便无形消散了。

现在不知他唯一的女儿景况如何?倘在上学,中学已该毕业了罢。

(《范爱农》)

这篇《范爱农》亦鲁迅散文名篇。鲁迅在日本留学十年,所经历、所结交、所见闻，对其一生都有明显影响。鲁迅与范爱农是同乡、同学、同事，如此这般，双方音容笑貌，栩栩如在面前，如此性情，如此世态人情，活化了一段历史，令人慨叹！鲁迅有《哀范君三章》诗，读完上文，诗意了然，吟诵此诗，唏嘘良久。其一："风雨飘摇日，余怀范爱农。华颠萎寥落，白眼看鸡虫。世味秋荼苦，人间直道穷。奈何三月别，遽尔失畸躬！"其二："海草国门碧，多年老异乡。狐狸方去穴，桃偶已登场。故里彤云恶，炎天凛夜长。独沉清洌水，能否洗愁肠？"其三："把酒论当世，先生小酒人。大圜犹酩酊，微醉自沉沦。此别成终古，从兹绝绪言。故人云散尽，我亦等轻尘！"

6

　　我生长在偏僻之区，毫不知道什么是满汉，只在饭店的招牌上看见过"满汉酒席"字样，也从不引起什么疑问来。听人讲"本朝"的故事是常有的，文字狱的事情却一向没有听到过，乾隆皇帝南巡的盛事也很少有人讲述了，最多的是"打长毛"。我家里有一个年老的女工，她说长毛时候，她已经十多岁，长毛故事要算她对我讲得最多，但她并无邪正之分，只说最可怕的东西有三种，一种自然是"长毛"，一种是"短毛"，还有一种是"花绿头"。到得后来，我才明白后两种其实是官兵，但在愚民的经验上，是和长毛并无区别的。给我指明长毛之可恶的倒是几位读书人；我家里有几部县志，偶然翻开来看，那时殉难的烈士烈女的名册就有一两卷，同族里的人也有几个被杀掉的，后来封了"世袭云骑尉"，我于是确切的认定了长毛之可恶。然而，真所谓"心事如波涛"罢，久而久之，由于自己的阅历，证以女工的讲述，我竟决不定那些烈士烈女的凶手，究竟是长毛呢，还是"短毛"和"花绿头"了。我真很羡慕"四十而不惑"的圣人的幸福。

　　对我最初提醒了满汉的界限的不是书，是辫子。这辫子，是砍了我们古人的许多头，这才种定了的，到得我有知识的时候，大家早忘却了血史，反以为全留乃是长毛，全剃好像和尚，必须剃一点，留一点，才可以算是一个正经人了。而且还要从辫子上玩出花样来：小丑挽一个结，插上一朵纸花打诨；开口跳将小辫子挂在铁杆上，慢慢的吸烟献本领；变把戏的不必动手，只消将头一摇，辟拍一声,辫子便自会跳起来盘在头顶上,他于是耍起关王刀来了。而且还切于实用:打架的时候可以拔住,挣脱极难;捉人的时候可以拉着,省得绳索,要是被捉的人多呢,只要捏住辫梢头,一个人就可以牵一大串。吴友如画的《申江胜景图》里,有一幅会审公堂,就有一个巡捕拉着犯人的辫子的形象,但是,这是已经算作"胜景"了。

住在偏僻之区还好,一到上海,可就不免有时会听到一句洋话:Pigtail——猪尾巴。这一句话,现在是早不听见了,那意思,似乎也不过说人头上生着猪尾巴,和今日之上海,中国人自己一斗嘴,便彼此互骂为"猪猡"的,还要客气得远。不过那时的青年,好像涵养工夫没有现在的深,也还未懂得"幽默",所以听起来实在觉得刺耳。而且对于拥有二百余年历史的辫子的模样,也渐渐的觉得并不雅观,既不全留,又不全剃,剃去一圈,留下一撮,又打起来拖在背后,真好像做着好给别人来拔着牵着的柄子。对于它终于怀了恶感,我看也正是人情之常,不必指为拿了什么地方的东西,迷了什么斯基的理论的。(这两句,奉官谕改为"不足怪的"。)

我的辫子留在日本,一半送给客店里的一位使女做了假发,一半给了理发匠,人是在宣统初年回到故乡来了。一到上海,首先得装假辫子。这时上海有一个专装假辫子的专家,定价每条大洋四元,不折不扣,他的大名,大约那时的留学生都知道。做也真做得巧妙,只要别人不留心,是很可以不出岔子的,但如果人知道你原是留学生,留心研究起来,那就漏洞百出。夏天不能戴帽,也不大行;人堆里要防挤掉或挤歪,也不行。装了一个多月,我想,如果在路上掉了下来或者被人拉下来,不是比原没有辫子更不好看么?索性不装了,贤人说过的:一个人做人要真实。

但这真实的代价真也不便宜,走出去时,在路上所受的待遇完全和先前两样了。我从前是只以为访友作客,才有待遇的,这时才明白路上也一样的一路有待遇。最好的是呆看,但大抵是冷笑,恶骂。小则说是偷了人家的女人,因为那时捉住奸夫,总是首先剪去他辫子的,我至今还不明白为什么;大则指为"里通外国",就是现在之所谓"汉奸"。我想,如果一个没有鼻子的人在街上走,他还未必至于这么受苦,假使没有了辫子,那么,他恐怕也要这样的受社会的责罚了。

《野草》意会

　　我回中国的第一年在杭州做教员，还可以穿了洋服算是洋鬼子；第二年回到故乡绍兴中学去做学监，却连洋服也不行了，因为有许多人是认识我的，所以不管如何装束，总不失为"里通外国"的人，于是我所受的无辫之灾，以在故乡为第一。尤其应该小心的是满洲人的绍兴知府的眼睛，他每到学校来，总喜欢注视我的短头发，和我多说话。

　　学生们里面，忽然起了剪辫风潮了，很有许多人要剪掉。我连忙禁止。他们就举出代表来诘问道：究竟有辫子好呢，还是没有辫子好呢？我的不假思索的答复是：没有辫子好，然而我劝你们不要剪。学生是向来没有一个说我"里通外国"的，但从这时起，却给了我一个"言行不一致"的结语，看不起了。"言行一致"，当然是很有价值的，现在之所谓文学家里，也还有人以这一点自豪，但他们却不知道他们一剪辫子，价值就会集中在脑袋上。轩亭口离绍兴中学并不远，就是秋瑾小姐就义之处，他们常走，然而忘却了。

　　"不亦快哉"！——到了一千九百十一年的双十，后来绍兴也挂起白旗来，算是革命了，我觉得革命给我的好处，最大，最不能忘的是我从此可以昂头露顶，慢慢的在街上走，再不听到什么嘲骂。几个也是没有辫子的老朋友从乡下来，一见面就摩着自己的光头，从心底里笑了出来道：哈哈，终于也有了这一天了。

　　假如有人要我颂革命功德，以"舒愤懑"，那么，我首先要说的就是剪辫子。

（《病后杂谈之余——关于"舒愤懑"》）

　　这是鲁迅在民初剪辫子典故的一段回忆。从留发不留头，到长毛，革命，剪发，"假洋鬼子"——看似寻常事却都是历史的、文化的、政治的、风俗的、民族的、阶级的回响。一个国家，一个民族总在那几根头发上找事儿、做文章，折腾过来，折腾过去，实在令人头晕、愤懑、啼笑皆非！

一　读懂鲁迅

民国·北京·民国

1

一

　　待到革命起来，就大体而言，复仇思想可是减退了。我想，这大半是因为大家已经抱着成功的希望，又服了"文明"的药，想给汉人挣一点面子，所以不再有残酷的报复。但那时的所谓文明，却确是洋文明，并不是国粹；所谓共和，也是美国法国式的共和，不是周召共和的共和。革命党人也大概竭力想给本族增光，所以兵队倒不大抢掠。南京的土匪兵小有劫掠，黄兴先生便勃然大怒，枪毙了许多，后来因为知道土匪是不怕枪毙而怕枭首的，就从死尸上割下头来，草绳络住了挂在树上。从此也不再有什么变故了，虽然我所住的一个机关的卫兵，当我外出时举枪立正之后，就从窗门洞爬进去取了我的衣服，但究竟手段已经平和得多，也客气得多了。

　　南京是革命政府所在地，当然格外文明。但我去一看先前的满人的驻在处，却是一片瓦砾；只有方孝孺血迹石的亭子总算还在。这里本是明的故宫，我做学生时骑马经过，曾很被顽童骂詈和投石，——犹言你们不配这样，听说向来是如此的。现在却面目全非了，居民寥寥；即使偶有几间破屋，也无门窗；若有门，则是烂洋铁做的。总之，是毫无一点木料。

　　那么，城破之时，汉人大大的发挥了复仇手段了么？并不然。知道情形的人告诉我：战争时候自然有些损坏；革命军一进城，旗人中间便有些人定要按古法殉难，在明的冷宫的遗址的屋子里使火药炸裂，以炸杀自己，恰巧一同炸死了几个适从近旁经过的骑兵。革命军以为埋藏地雷反抗了，便烧了一回，可是燹余的房子还不少。此后是他们自己动手，拆屋材出卖；先拆自己的，次拆较多的别人的，待到屋无尺椽寸材，这才大家流散，还给我们一片瓦砾场。——但这是我耳闻的，保不定可是真话。

看到这样的情形，即使你将《扬州十日记》挂在眼前，也不至于怎样愤怒了罢。据我感得，民国成立以后，汉满的恶感仿佛很是消除了，各省的界限也比先前更其轻淡了。然而"罪孽深重不自殒灭"的中国人，不到一年，情形便又逆转：有宗社党的活动和遗老的谬举而两族的旧史又令人忆起，有袁世凯的手段而南北的交恶加甚，有阴谋家的狡计而省界又被利用，并且此后还要增长起来！

不知道我的性质特别坏，还是脱不出往昔的环境的影响之故，我总觉得复仇是不足为奇的，虽然也并不想诬无抵抗主义者为无人格。但有时也想：报复，谁来裁判，怎能公平呢？便又立刻自答：自己裁判，自己执行；既没有上帝来主持，人便不妨以目偿头，也不妨以头偿目。有时也觉得宽恕是美德，但立刻也疑心这话是怯汉所发明，因为他没有报复的勇气；或者倒是卑怯的坏人所创造，因为他贻害于人而怕人来报复，便骗以宽恕的美名。

因此我常常欣慕现在的青年，虽然生于清末，而大抵长于民国，吐纳共和的空气，该不至于再有什么异族轭下的不平之气，和被压迫民族的合辙之悲罢。果然，连大学教授，也已经不解何以小说要描写下等社会的缘故了，我和现代人要相距一世纪的话，似乎有些确凿。但我也不想湔洗——虽然很觉得惭惶。

当爱罗先珂君在日本未被驱逐之前，我并不知道他的姓名。直到已被放逐，这才看起他的作品来；所以知道那迫辱放逐的情形的，是由于登在《读卖新闻》上的一篇江口涣氏的文字。于是将这译出，还译他的童话，还译他的剧本《桃色的云》。其实，我当时的意思，不过要传播被虐待者的苦痛的呼声和激发国人对于强权者的憎恶和愤怒而已，并不是从什么"艺术之宫"里伸出手来，拔了海外的奇花瑶草，来移植在华国的艺苑。

日文的《桃色的云》出版时，江口氏的文章也在，可是已被检查机关（警察厅？）删节得很多。我的译文是完全的，但当这剧本印成本子时，却没有印上去。因为其时我又见了别一种情形，起了别一种意见，不想在中国人的愤火上，再添薪炭了。

二

孔老先生说过:"毋友不如己者。"其实这样的势利眼睛,现在的世界上还多得很。我们自己看看本国的模样,就可知道不会有什么友人的了,岂但没有友人,简直大半都曾经做过仇敌。不过仇甲的时候,向乙等候公论,后来仇乙的时候,又向甲期待同情,所以片段的看起来,倒也似乎并不是全世界都是怨敌。但怨敌总常有一个,因此每一两年,爱国者总要鼓舞一番对于敌人的怨恨与愤怒。

这也是现在极普通的事情,此国将与彼国为敌的时候,总得先用了手段,煽起国民的敌忾心来,使他们一同去扞御或攻击。但有一个必要的条件,就是:国民是勇敢的。因为勇敢,这才能勇往直前,肉搏强敌,以报仇雪恨。假使是怯弱的人民,则即使如何鼓舞,也不会有面临强敌的决心;然而引起的愤火却在,仍不能不寻一个发泄的地方,这地方,就是眼见得比他们更弱的人民,无论是同胞还是异族。

我觉得中国人所蕴蓄的怨愤已经够多了,自然是受强者的蹂躏所致的。但他们却不很向强者反抗,而反在弱者身上发泄,兵和匪不相争,无枪的百姓却并受兵匪之苦,就是最近便的证据。再露骨地说,怕还可以证明这些人的卑怯。卑怯的人,即使有万丈的愤火,除弱草以外,又能烧掉甚么呢?

或者要说,我们现在所要使人愤恨的是外敌,和国人不相干,无从受害。可是这转移是极容易的,虽曰国人,要借以泄愤的时候,只要给与一种特异的名称,即可放心剚刃。先前则有异端,妖人,奸党,逆徒等类名目,现在就可用国贼,汉奸,二毛子,洋狗或洋奴。庚子年的义和团捉住路人,可以任意指为教徒,据云这铁证是他的神通眼已在那人的额上看出一个"十"字。

然而我们在"毋友不如己者"的世上,除了激发自己的国民,使他们发些火花,聊以应景之外,又有什么良法呢。可是我根据上述的理由,更进一步而希望于点火的青年的,是对于群众,在引起他们的公愤之余,还须设法注入深沉的勇气,当鼓舞他们的感情的时候,还须竭力启发明白的理性;而且还得偏重于勇气和理性,从此继续地训练许多年。这声音,自然断乎不及大叫宣战杀贼的大而闳,但我以为却是更紧要而更艰难伟大的工作。

否则,历史指示过我们,遭殃的不是什么敌手而是自己的同胞和子孙。那结果,是反为敌人先驱,而敌人就做了这一国的所谓强者的胜利者,同时也就做了弱者的恩人。因为自己先已互相残杀过了，所蕴蓄的怨愤都已消除，天下也就成为太平的盛世。

总之，我以为国民倘没有智，没有勇，而单靠一种所谓"气"，实在是非常危险的。现在，应该更进而着手于较为坚实的工作了。

三

说起民元的事来，那时确是光明得多，当时我也在南京教育部，觉得中国将来很有希望。自然，那时恶劣分子固然也有的，然而他总失败。一到二年二次革命失败之后，即渐渐坏下去，坏而又坏，遂成了现在的情形。其实这也不是新添的坏，乃是涂饰的新漆剥落已尽，于是旧相又显了出来。使奴才主持家政，那里会有好样子。最初的革命是排满，容易做到的，其次的改革是要国民改革自己的坏根性，于是就不肯了。所以此后最要紧的是改革国民性，否则，无论是专制，是共和，是什么什么，招牌虽换，货色照旧，全不行的。

但说到这类的改革，便是真叫作"无从措手"。不但此也，现在虽只想将"政象"稍稍改善，尚且非常之难。在中国活动的现有两种"主义者"，外表都很新的，但我研究他们的精神，还是旧货，所以我现在无所属，但希望他们自己觉悟，自动的改良而已。例如世界主义者而同志自己先打架，无政府主义者的报馆而用护兵守门，真不知是怎么一回事。土匪也不行，河南的单知道烧抢，东三省的渐趋于保护雅片，总之是抱"发财主义"的居多，梁山泊劫富济贫的事，已成为书本子上的故事了。军队里也不好，排挤之风甚盛，勇敢无私的一定孤立，为敌所乘，同人不救，终至阵亡，而巧滑骑墙，专图地盘者反很得意。我有几个学生在军中，倘不同化，怕终不能占得势力，但若同化，则占得势力又于将来何益。一个就在攻惠州，虽闻已胜，而终于没有信来，使我常常苦痛。

我又无拳无勇，真没有法，在手头的只有笔墨，能写这封信一类的不得要领的东西而已。但我总还想对于根深蒂固的所谓旧文明，施行袭击，令其动摇，冀于将来有万一之希望。而且留心看看，居然也有几个不问成败而要战斗的人，虽然意见和我并不尽同，但这是前几年所没有遇到的。我所谓"正在准备破坏者目下也仿佛有人"的人，不过这么一回事。要成联合战线，还在将来。

希望我做一点什么事的人，也颇有几个了，但我自己知道，是不行的。凡做领导的人，一须勇猛，而我看事情太仔细，一仔细，即多疑虑，不易勇往直前，二须不惜用牺牲，而我最不愿使别人做牺牲（这其实还是革命以前的种种事情的刺激的结果），也就不能有大局面。所以，其结果，终于不外乎用空论来发牢骚，印一通书籍杂志。你如果也要发牢骚，请来帮我们，倘曰"马前卒"，则吾岂敢，因为我实无马，坐在人力车上，已经是阔气的时候了。

投稿到报馆里，是碰运气的，一者编辑先生总有些胡涂，二者投稿一多，确也使人头昏眼花。我近来常看稿子，不但没有空闲，而且人也疲乏了，此后想不再给人看，但除了几个熟识的人们。

（《两地书·八》）

这是《两地书》中的一封。《两地书》是鲁迅和许广平的私人通信，所写文字，是夫妻间的交谈，与公开发表的鲁迅文章文风一致，但于所谓"曲笔"及公开不便明说的部分则多坦言。鲁迅文章本就坦率，犹如外科医生用解剖刀，锋利、准确，书信文字则更加从容自然，痛快淋漓。将书信文字与同期文章放在一起赏析，则鲁迅许多深层的思想就立即反射出异常的光芒。

还是国民性，令人哭笑不得，为之气短。一边是上层统治者揣着明白装糊涂，舆论宣传的瞒和骗，一边是国民的盲从和愚昧，糊涂荒诞。尤为可悲的是，此种现象总是不断地在不同的历史时期重复。

国民性的种种表现，官、匪、政治、运动、"主义者"各色人等，都那样花里胡哨，巧滑骑墙。真令人气馁！

2

所谓"大内档案"这东西，在清朝的内阁里积存了三百多年，在孔庙里塞了十多年，谁也一声不响。自从历史博物馆将这残余卖给纸铺子，纸铺子转卖给罗振玉，罗振玉转卖给日本人，于是乎大有号咷之声，仿佛国宝已失，国脉随之似的。前几年，我也曾见过几个人的议论，所记得的一个是金梁，登在《东方杂志》上；还有罗振玉和王国维，随时发感慨。最近的是《北新半月刊》上的《论档案的售出》，蒋彝潜先生做的。

　　我觉得他们的议论都不大确。金梁，本是杭州的驻防旗人，早先主张排汉的，民国以来，便算是遗老了，凡有民国所做的事，他自然都以为很可恶。罗振玉呢，也算是遗老，曾经立誓不见国门，而后来仆仆京津间，痛责后生不好古，而偏将古董卖给外国人的，只要看他的题跋，大抵有"广告"气扑鼻，便知道"于意云何"了。独有王国维已经在水里将遗老生活结束，是老实人；但他的感喟，却往往和罗振玉一鼻孔出气，虽然所出的气，有真假之分。所以他被弄成夹广告的Sand wich，是常有的事，因为他老实到像火腿一般。蒋先生是例外，我看并非遗老，只因为Sentimental一点，所以受了罗振玉辈的骗了。你想，他要将这卖给日本人，肯说这不是宝贝的么？

　　那么，这不是好东西么？不好，怎么你也要买，我也要买呢？我想，这是谁也要发的质问。

　　答曰：唯唯，否否。这正如败落大户家里的一堆废纸，说好也行，说无用也行的。因为是废纸，所以无用；因为是败落大户家里的，所以也许含些好东西。况且这所谓好与不好，也因人的看法而不同，我的寓所近旁的一个垃圾箱，里面都是住户所弃的无用的东西，但我看见早上总有几个背着竹篮的人，从那里面一片一片，一块一块，捡了什么东西去了，还有用。更何况现在的时候，皇帝也还尊贵，只要在"大内"里放几天，或者带一个"宫"字，就容易使人另眼相看的，这真是说也不信，虽然在民国。

　　"大内档案"也者，据深通"国朝"掌故的罗遗老说，是他的"国朝"时堆在内阁里的乱纸，大家主张焚弃，经他力争，这才保留下来的。但到他的"国朝"退位，民国元年我到北京的时候，它们已经被装为八千（？）麻袋，塞在孔庙之中的敬一亭里了，的确满满地埋满了大半亭子。其时孔庙里设了一个历史博物馆筹备处，处长是胡玉缙先生。"筹备处"云者，即里面并无"历史博物"的意思。

　　我却在教育部，因此也就和麻袋们发生了一点关系，眼见它们的升沉隐显。可气可笑的事是有的，但多是小玩意；后来看见外面的议论说得天花乱坠起来，也颇想做几句记事，叙出我所目睹的情节。可是胆子小，因为牵涉着的阔人很有几个，没有敢动笔。这是我的"世故"，在中国做人，骂民族，骂国家，骂社会，骂团体……都可以的，但不可涉及个人，有名有姓。广州的一种期刊上说我只打叭儿狗，不骂军阀。殊不知我正因为骂了叭儿狗，这才有逃出北京的运命。泛骂军阀，谁来管呢？军阀是不看杂志的，就靠叭儿狗嗅，候补叭儿狗吠。阿，说下去又不好了，赶快带住。

现在是寓在南方，大约不妨说几句了，这些事情，将来恐怕也未必另外有人说。但我对于有关面子的人物，仍然都不用真姓名，将罗马字来替代。既非欧化，也不是"隐恶扬善"，只不过"远害全身"。这也是我的"世故"，不要以为自己在南方，他们在北方，或者不知所在，就小觑他们。他们是突然会在你眼前阔起来的，真是神奇得很。这时候，恐怕就会死得连自己也莫明其妙了。所以要稳当，最好是不说。但我现在来"折衷"，既非不说，而不尽说，而代以罗马字，——如果这样还不妥，那么，也只好听天由命了。上帝安我魂灵！

却说这些麻袋们躺在敬一亭里，就很令历史博物馆筹备处长胡玉缙先生担忧，日夜提防工役们放火。为什么呢？这事谈起来可有些繁复了。弄些所谓"国学"的人大概都知道，胡先生原是南菁书院的高材生，不但深研旧学，并且博识前朝掌故的。他知道清朝武英殿里藏过一副铜活字，后来太监们你也偷，我也偷，偷得"不亦乐乎"，待到王爷们似乎要来查考的时候，就放了一把火。自然，连武英殿也没有了，更何况铜活字的多少。而不幸敬一亭中的麻袋，也仿佛常常减少，工役们不是国学家，所以他将内容的宝贝倒在地上，单拿麻袋去卖钱。胡先生因此想到武英殿失火的故事，深怕麻袋缺得多了之后，敬一亭也照例烧起来；就到教育部去商议一个迁移，或整理，或销毁的办法。

专管这一类事情的是社会教育司，然而司长是夏曾佑先生。弄些什么"国学"的人大概也都知道的，我们不必看他另外的论文，只要看他所编的两本《中国历史教科书》，就知道他看中国人有怎地清楚。他是知道中国的一切事万不可"办"的；即如档案罢，任其自然，烂掉，霉掉，蛀掉，偷掉，甚而至于烧掉，倒是天下太平；倘一加人为，一"办"，那就舆论沸腾，不可开交了。结果是办事的人成为众矢之的，谣言和逸谤，百口也分不清。所以他的主张是"这个东西万万动不得"。

这两位熟于掌故的"要办"和"不办"的老先生，从此都知道各人的意思，说说笑笑……但竟拖延下去了。于是麻袋们又安稳地躺了十来年。

这回是F先生来做教育总长了，他是藏书和"考古"的名人。我想，他一定听到了什么谣言，以为麻袋里定有好的宋版书——"海内孤本"。这一类谣言是常有的，我早先还听得人说，其中且有什么妃的绣鞋和什么王的头骨哩。有一天，他就发一个命令，教我和G主事试看麻袋。即日搬了二十个到西花厅，我们俩在尘埃中看宝贝，大抵是贺表，黄绫封，要说好是也可以说好的，但太多了，倒觉得不希奇。还有奏章，小刑名案子居多，文字是半满半汉，只有几个是也特别的，但满眼都是了，也觉得讨厌。殿试卷是一本也没有；另有几箱，原在教育部，不过都是二三甲的卷子，听说名次高一点的在清朝已经被人偷去了，何况乎状元。至于宋版书呢，有是有的，或则破烂的半本，或是撕破的几张。也有清初的黄榜，也有实录的稿本。朝鲜的贺正表，我记得也发见过一张。

我们后来又看了两天，麻袋的数目，记不清楚了，但奇怪，这时以考察欧美教育驰誉的Y次长，以讲大话出名的C参事，忽然都变为考古家了。他们和F总长，都"念兹在兹"，在尘埃中间和破纸旁边离不开。凡有我们检起在桌上的，他们总要拿进去，说是去看看。等到送还的时候，往往比原先要少一点，上帝在上，那倒是真的。

大约是几叶宋版书作怪罢，F总长要大举整理了，另派了部员几十人，我倒幸而不在内。其时历史博物馆筹备处已经迁在午门，处长早换了YT；麻袋们便在午门上被整理。YT是一个旗人，京腔说得极漂亮，文字从来不谈的，但是，奇怪之至，他竟也忽然变成考古家了，对于此道津津有味。后来还珍藏着一本宋版的什么《司马法》，可惜缺了角，但已经都用古色纸补了起来。

那时的整理法我不大记得了，要之，是分为"保存"和"放弃"，即"有用"和"无用"的两部分。从此几十个部员，即天天在尘埃和破纸中出没，渐渐完工——出没了多少天，我也记不清楚了。"保存"的一部分，后来给北京大学又分了一大部分去，其余的仍藏博物馆。不要的呢，当时是散放在午门的门楼上。

那么，这些不要的东西，应该可以销毁了罢，免得失火。不，据"高等做官教科书"所指示，不能如此草草的。派部员几十人办理，虽说倘有后患，即应由他们负责，和总长无干。但究竟还只一部，外面说起话来，指摘的还是某部，而非某部的某某人。既然只是"部"，就又不能和总长无干了。

于是办公事，请各部都派员会同再行检查。这宗公事是灵的，不到两星期，各部都派来了,从两个至四个,其中很多的是新从外洋回来的留学生,还穿着崭新的洋服。于是济济跄跄,又在灰土和废纸之间钻来钻去。但是,说也奇怪,好几个崭新的留学生又都忽然变了考古家了,将破烂的纸张,绢片,塞到洋裤袋里——但这是传闻之词,我没有目睹。

这一种仪式既经举行,即倘有后患,各部都该负责,不能超然物外,说风凉话了。从此午门楼上的空气,便再没有先前一般紧张,只见一大群破纸寂寞地铺在地面上,时有一二工役,手执长木棍,搅着,拾取些黄绫表签和别的他们所要的东西。

那么,这些不要的东西,应该可以销毁了罢,免得失火。不,F总长是深通"高等做官学"的,他知道万不可烧,一烧必至于变成宝贝,正如人们一死,讣文上即都是第一等好人一般。况且他的主义本来并不在避火,所以他便不管了,接着,他也就"下野"了。

这些废纸从此便又没有人再提起,直到历史博物馆自行卖掉之后,才又掀起了一阵神秘的风波。

我的话实在也未免有些煞风景,近乎说,这残余的废纸里,已没有什么宝贝似的。那么,外面惊心动魄的什么唐画呀,蜀石经呀,宋版书呀,何从而来的呢?我想,这也是别人必发的质问。

我想,那是这样的。残余的破纸里,大约总不免有所谓东西留遗,但未必会有蜀刻和宋版,因为这正是大家所注意搜索的。现在好东西的层出不穷者,一,是因为阔人先前陆续偷去的东西,本不敢示人,现在却得了可以发表的机会;二,是许多假造的古董,都挂了出于八千麻袋中的招牌而上市了。

还有,蒋先生以为国立图书馆"五六年来一直到此刻,每次战争的胜来败去总得糟蹋得很多"那可也不然的。从元年到十五年,每次战争,图书馆从未遭过损失。只当袁世凯称帝时,曾经几乎遭一个皇室中人攘夺,然而幸免了。它的厄运,是在好书被有权者用相似的本子来掉换,年深月久,弄得面目全非,但我不想在这里多说了。

中国公共的东西,实在不容易保存。如果当局者是外行,他便将东西糟完,倘是内行,他便将东西偷完。而其实也并不单是对于书籍或古董。

(《谈所谓"大内档案"》)

《野草》意会

围绕"大内档案"发生的人和事,大有中国特色。究其实,也还是国民性在上层、文化人中的一种生动体现。

3

中国社会上的状态,简直是将几十世纪缩在一时:自油松片以至灯泡,自独轮车以至飞机,自镖枪以至机关炮,自不准"妄谈法理"以至护法,自"食肉寝皮"的吃人思想以至人道主义,自迎尸拜蛇以至美育代宗教,都摩肩挨背的存在。

这许多事物挤在一处,正如我辈约了燧人氏以前的古人,拼开饭馆一般,即使竭力调和,也只能煮个半熟;伙计们既不会同心,生意也自然不能兴旺,——店铺总要倒闭。

黄郛氏做的《欧战之教训与中国之将来》中,有一段话,说得很透澈:

"七年以来,朝野有识之士,每腐心于政教之改良,不注意于习俗之转移;庸讵知旧染不去,新运不生:事理如此,无可勉强者也。外人之评我者,谓中国人有一种先天的保守性,即或迫于时事,各种制度有改革之必要时,而彼之所谓改革者,决不将旧日制度完全废止,乃在旧制度之上,更添加一层新制度。试览前清之兵制变迁史,可以知吾言之不谬焉。最初命八旗兵驻防各地,以充守备之任;及岁月既久,旗兵已腐败不堪用,洪秀全起,不得已,征募湘淮两军以应急:从此旗兵绿营,并肩存在,遂变成二重兵制。甲午战后,知绿营兵力又不可恃,乃复编练新式军队:于是并前二者而变成三重兵制矣。今旗兵虽已消灭,而变面换形之绿营,仍然存在,总是二重兵制也。从可知吾国人之无澈底改革能力,实属不可掩之事实。他若贺阳历新年者,复贺阴历新年;奉民国正朔者,仍存宣统年号。一察社会各方面,盖无往而非二重制。即今日政局之所以不宁,是非之所以无定者,简括言之,实亦不过一种'二重思想'在其间作祟而已。"

此外如既许信仰自由，却又特别尊孔；既自命"胜朝遗老"，却又在民国拿钱；既说是应该革新，却又主张复古：四面八方几乎都是二三重以至多重的事物，每重又各各自相矛盾。一切人便都在这矛盾中间，互相抱怨着过活，谁也没有好处。

要想进步，要想太平，总得连根的拔去了"二重思想"。因为世界虽然不小，但彷徨的人种，是终竟寻不出位置的。

(《随感录·五四》)

所谓改朝换代，所谓新世纪，或者世纪末，大约就是如此乱象。总是悖论。

4
《中国新文学大系》小说二集序

一

凡是关心现代中国文学的人，谁都知道《新青年》是提倡"文学改良"，后来更进一步而号召"文学革命"的发难者。但当一九一五年九月中在上海开始出版的时候，却全部是文言的。苏曼殊的创作小说，陈嘏和刘半农的翻译小说，都是文言。到第二年，胡适的《文学改良刍议》发表了，作品也只有胡适的诗文和小说是白话。后来白话作者逐渐多了起来，但又因为《新青年》其实是一个论议的刊物，所以创作并不怎样著重，比较旺盛的只有白话诗；至于戏曲和小说，也依然大抵是翻译。

在这里发表了创作的短篇小说的，是鲁迅。从一九一八年五月起，《狂人日记》，《孔乙己》，《药》等，陆续的出现了，算是显示了"文学革命"的实绩，又因那时的认为"表现的深切和格式的特别"，颇激动了一部分青年读者的心。然而这激动，却是向来怠慢了介绍欧洲大陆文学的缘故。一八三四年顷，俄国的果戈理（N. Gogol）就已经写了《狂人日记》；一八八三年顷，尼采（Fr. Nietzsche）也早借了苏鲁支（Zarathustra）的嘴，说过"你们已经走了从虫豸到人的路，在你们里面还有许多份是虫豸。你们做过猴子，到了现在，人还尤其

《野草》意会

猴子，无论比那一个猴子"的。而且《药》的收束，也分明的留着安特莱夫（L. Andreev）式的阴冷。但后起的《狂人日记》意在暴露家族制度和礼教的弊害，却比果戈理的忧愤深广，也不如尼采的超人的渺茫。此后虽然脱离了外国作家的影响，技巧稍为圆熟，刻划也稍加深切，如《肥皂》，《离婚》等，但一面也减少了热情，不为读者们所注意了。

从《新青年》上，此外也没有养成什么小说的作家。

较多的倒是在《新潮》上。从一九一九年一月创刊，到次年主干者们出洋留学而消灭的两个年中，小说作者就有汪敬熙，罗家伦，杨振声，俞平伯，欧阳予倩和叶绍钧。自然，技术是幼稚的，往往留存着旧小说上的写法和语调；而且平铺直叙，一泻无余；或者过于巧合，在一刹时中，在一个人上，会聚集了一切难堪的不幸。然而又有一种共同前进的趋向，是这时的作者们，没有一个以为小说是脱俗的文学，除了为艺术之外，一无所为的。他们每作一篇，都是"有所为"而发，是在用改革社会的器械，——虽然也没有设定终极的目标。

俞平伯的《花匠》以为人们应该屏绝矫揉造作，任其自然，罗家伦之作则在诉说婚姻不自由的苦痛，虽然稍嫌浅露，但正是当时许多智识青年们的公意；输入易卜生（H.Ibsen）的《娜拉》和《群鬼》的机运，这时候也恰恰成熟了，不过还没有想到《人民之敌》和《社会柱石》。杨振声是极要描写民间疾苦的；汪敬熙并且装着笑容，揭露了好学生的秘密和苦人的灾难。但究竟因为是上层的智识者，所以笔墨总不免伸缩于描写身边琐事和小民生活之间。后来，欧阳予倩致力于剧本去了；叶绍钧却有更远大的发展。汪敬熙又在《现代评论》上发表创作，至一九二五年，自选了一本《雪夜》，但他好像终于没有自觉，或者忘却了先前的奋斗，以为他自己的作品，是并无"什么批评人生的意义的"了。序中有云——

"我写这些篇小说的时候，是力求着去忠实的描写我所见的几种人生经验。我只求描写的忠实，不搀入丝毫批评的态度。虽然一个人叙述一件事实之时，他的描写是免不了受他的人生观之影响，但我总是在可能的范围之内，竭力保持一种客观的态度。

"因为持了这种客观态度的缘故，我这些短篇小说是不会有什么批评人生的意义。我只写出我所见的几种经验给读者看罢了。读者看了这些小说，心中对于这些种经验有什么评论，是我所不问的。"

杨振声的文笔，却比《渔家》更加生发起来，但恰与先前的战友汪敬熙站成对蹠：他"要忠实于主观"，要用人工来制造理想的人物。而且凭自己的理想还怕不够，又请教过几个朋友，删改了几回，这才完成一本中篇小说《玉君》，那自序道——

"若有人问玉君是真的，我的回答是没有一个小说家说实话的。说实话的是历史家，说假话的才是小说家。历史家用的是记忆力，小说家用的是想像力。历史家取的是科学态度，要忠实于客观；小说家取的是艺术态度，要忠实于主观。一言以蔽之，小说家也如艺术家，想把天然艺术化，就是要以他的理想与意志去补天然之缺陷。"

他先决定了"想把天然艺术化"，唯一的方法是"说假话"，"说假话的才是小说家"。于是依照了这定律，并且博采众议，将《玉君》创造出来了，然而这是一定的：不过一个傀儡，她的降生也就是死亡。我们此后也不再见这位作家的创作。

二

"五四"事件一起，这运动的大营的北京大学负了盛名，但同时也遭了艰险。终于，《新青年》的编辑中枢不得不复归上海，《新潮》群中的健将，则大抵远远的到欧美留学去了，《新潮》这杂志，也以虽有大吹大擂的豫告，却至今还未出版的"名著绍介"收场；留给国内的社员的，是一万部《子民先生言行录》和七千部《点滴》。创作衰歇了，为人生的文学自然也衰歇了。

但上海却还有着为人生的文学的一群，不过也崛起了为文学的文学的一群。这里应该提起的，是弥洒社。它在一九二三年三月出版的《弥洒》（Musai）上，由胡山源作的《宣言》（《弥洒临凡曲》）告诉我们说——

《野草》意会

"我们乃是艺文之神；
我们不知自己何自而生，
也不知何为而生：
…………
我们一切作为只知顺着我们的Inspiration！"

到四月出版的第二期，第一页上便分明的标出了这是"无目的无艺术观不讨论不批评而只发表顺灵感所创造的文艺作品的月刊"，即是一个脱俗的文艺团体的刊物。但其实，是无意中有着假想敌的。陈德征的《编辑余谈》说："近来文学作品，也有商品化的，所谓文学研究者，所谓文人，都不免带有几分贩卖者底色彩！这是我们所深恶而且深以为痛心疾首的一件事……"就正是和讨伐"垄断文坛"者的大军一鼻孔出气的檄文。这时候，凡是要独树一帜的，总打着憎恶"庸俗"的幌子。

一切作品，诚然大抵很致力于优美，要舞得"翩跹回翔"，唱得"宛转抑扬"，然而所感觉的范围却颇为狭窄，不免咀嚼着身边的小小的悲欢，而且就看这小悲欢为全世界。在这刊物上，作为小说作者而出现的，是胡山源，唐鸣时，赵景沄，方企留，曹贵新；钱江春和方时旭，却只能数作速写的作者。从中最特出的是胡山源，他的一篇《睡》，是实践宣言，笼罩全群的佳作，但在《樱桃花下》（第一期），却正如这面的过度的睡觉一样，显出那面的病的神经过敏来了。"灵感"也究竟要露出目的的。赵景沄的《阿美》，虽然简单，虽然好像不能"无所为"，却强有力的写出了连敏感的作者们也忘却了的"丫头"的悲惨短促的一世。

一九二四年中发祥于上海的浅草社，其实也是"为艺术而艺术"的作家团体，但他们的季刊，每一期都显示著努力：向外，在摄取异域的营养，向内，在挖掘自己的魂灵，要发见心里的眼睛和喉舌，来凝视这世界，将真和美歌唱给寂寞的人们。韩君格，孔襄我，胡絮若，高世华，林如稷，徐丹歌，顾琅，莎子，亚士，陈翔鹤，陈炜谟，竹影女士，都是小说方面的工作者；连后来是中国最为杰出的抒情诗人冯至，也曾发表他幽婉的名篇。次年，中枢移入北京，社员好像走散了一些，《浅草》季刊改为篇叶较少的《沉钟》周刊了，但锐气并不稍衰，第一期的眉端就引著吉辛（G. Gissing）的坚决的句子——

  "而且我要你们一齐都证实……
  我要工作啊，一直到我死之一日。"

  但那时觉醒起来的智识青年的心情，是大抵热烈，然而悲凉的。即使寻到一点光明，"径一周三"，却更分明的看见了周围的无涯际的黑暗。摄取来的异域的营养又是"世纪末"的果汁：王尔德（Oscar Wilde），尼采（Fr. Nietzsche），波特莱尔（Ch. Baudelaire），安特莱夫（L. Andreev）们所安排的。"沉自己的船"还要在绝处求生，此外的许多作品，就往往"春非我春，秋非我秋"，玄发朱颜，却唱着饱经忧患的不欲明言的断肠之曲。虽是冯至的饰以诗情，莎子的托辞小草，还是不能掩饰的。凡这些，似乎多出于蜀中的作者，蜀中的受难之早，也即此可以想见了。

  不过这群中的作者们也未尝自馁。陈炜谟在他的小说集《炉边》的"Proem"里说——

  "但我不要这样；生活在我还在刚开头，有许多命运的猛兽正在那边张牙舞爪等着我在。可是这也不用怕。人虽不必去崇拜太阳，但何至于懦怯得连暗夜也要躲避呢？怎的，秃笔不会写在破纸上么？若干年之后，回想此时的我，即不管别人，在自己或也可眷念罢，如果值得忆念的地方便应该忆念……"

  自然，这仍是无可奈何的自慰的伤心之言，但在事实上，沉钟社却确是中国的最坚韧，最诚实，挣扎得最久的团体。它好像真要如吉辛的话，工作到死掉之一日；如"沉钟"的铸造者，死也得在水底里用自己的脚敲出洪大的钟声。然而他们并不能做到，他们是活着的，时移世易，百事俱非；他们是要歌唱的，而听者却有的睡眠，有的槁死，有的流散，眼前只剩下一片茫茫白地，于是也只好在风尘泧洞中，悲哀孤寂地放下了他们的箜篌了。

  后来以"废名"出名的冯文炳，也是在《浅草》中略见一斑的作者，但并未

《野草》意会

显出他的特长来。在一九二五年出版的《竹林的故事》里，才见以冲淡为衣，而如著者所说，仍能"从他们当中理出我的哀愁"的作品。可惜的是大约作者过于珍惜他有限的"哀愁"，不久就更加不欲像先前一般的闪露，于是从率直的读者看来，就只见其有意低徊，顾影自怜之态了。

冯沅君有一本短篇小说集《卷葹》——是"拔心不死"的草名，也是一九二三年起，身在北京，而以"淦女士"的笔名，发表于上海创造社的刊物上的作品。其中的《旅行》是提炼了《隔绝》和《隔绝之后》（并在《卷葹》内）的精粹的名文，虽嫌过于说理，却还未伤其自然；那"我很想拉他的手，但是我不敢，我只敢在间或车上的电灯被震动而失去它的光的时候，因为我害怕那些搭客们的注意。可是我们又自己觉得很骄傲的，我们不客气的以全车中最尊贵的人自命。"这一段，实在是五四运动之后，将毅然和传统战斗，而又怕敢毅然和传统战斗，遂不得不复活其"缠绵悱恻之情"的青年们的真实的写照。和"为艺术而艺术"的作品中的主角，或夸耀其颓唐，或衔鬻其才绪，是截然两样的。然而也可以复归于平安。陆侃如在《卷葹》再版后记里说："'淦'训'沈'，取《庄子》'陆沈'之义。现在作者思想变迁，故再版时改署沅君……只因作者秉性疏懒，故托我代说。"诚然，三年后的《春痕》，就只剩了散文的断片了，更后便是关于文学史的研究。这使我又记起匈牙利的诗人彼兑菲（Petöfi Sándor）题 B. SZ 夫人照像的诗来——

"听说你使你的男人很幸福，我希望不至于此，因为他是苦恼的夜莺，而今沉默在幸福里了。苛待他罢，使他因此常常唱出甜美的歌来。"

我并不是说：苦恼是艺术的渊源，为了艺术，应该使作家们永久陷在苦恼里。不过在彼兑菲的时候，这话是有些真实的；在十年前的中国，这话也有些真实的。

三

在北京这地方，——北京虽然是"五四"运动的策源地，但自从支持着《新青年》和《新潮》的人们,风流云散以来,一九二〇至二二年这三年间,倒显着寂寞荒凉的古战场的情景。《晨报副刊》,后来是《京报副刊》露出头角来了,然而都不是怎么注重文艺创作的刊物,它们在小说一方面,只绍介了有限的作家:蹇先艾,许钦文,王鲁彦,黎锦明,黄鹏基,尚钺,向培良。

蹇先艾的作品是简朴的,如他在小说集《朝雾》里说——

"……我已经是满过二十岁的人了,从老远的贵州跑到北京来,灰沙之中彷徨了也快七年,时间不能说不长,怎样混过的,并自身都茫然不知。是这样匆匆地一天一天的去了,童年的影子越发模糊消淡起来,像朝雾似的,裊裊的飘失,我所感到的只有空虚与寂寞。这几个岁月,除近两年信笔涂鸦的几篇新诗和似是而非的小说之外,还做了什么呢?每一回忆,终不免有点凄寥撞击心头。所以现在决然把这个小说集付印了……借以纪念从此阔别的可爱的童年……若果不失赤子之心的人们肯毅然光顾,或者从中间也寻得出一点幼稚的风味来罢?……"

诚然,虽然简朴,或者如作者所自谦的"幼稚",但很少文饰,也足够写出他心曲的哀愁。他所描写的范围是狭小的,几个平常人,一些琐屑事,但如《水葬》,却对我们展示了"老远的贵州"的乡间习俗的冷酷,和出于这冷酷中的母性之爱的伟大,——贵州很远,但大家的情境是一样的。

这时——一九二四年——偶然发表作品的还有裴文中和李健吾。前者大约并不是向来留心创作的人,那《戎马声中》,却拉杂的记下了游学的青年,为了炮火下的故乡和父母而惊魂不定的实感。后者的《终条山的传说》是绚烂了,虽在十年以后的今日,还可以看见那藏在用口碑织就的华服里面的身体和灵魂。

蹇先艾叙述过贵州,裴文中关心着榆关,凡在北京用笔写出他的胸臆来的人们,无论他自称为用主观或客观,其实往往是乡土文学,从北京这方面说,则是侨寓文学的作者。但这又非如勃兰兑斯(G. Brandes)所说的"侨民文学",侨寓的只是作者自己,却不是这作者所写的文章,因此也只见隐现着乡愁,很难有异域情调来开拓读者的心胸,或者眩耀他的眼界。许钦文自名他的第一本短篇小说集为《故乡》,也就是在不知不觉中,自招为乡土文学的作者,不过在还未开

《野草》意会

手来写乡土文学之前,他却已被故乡所放逐,生活驱逐他到异地去了,他只好回忆"父亲的花园",而且是已不存在的花园,因为回忆故乡的已不存在的事物,是比明明存在,而只有自己不能接近的事物较为舒适,也更能自慰的——

"父亲的花园最盛的几年距今已有几时,已难确切的计算。当时的盛况虽曾照下一像,如今挂在父亲的房里,无奈为时已久,那时乡间的摄影又很幼稚,现已模胡莫辨了。挂在它旁边的芳姊的遗像也已不大清楚,惟有父亲题在像上的字句却很明白:'性既执拗,遇复可怜,一朝痛割,我独何堪!'

　　…………

"我想父亲的花园就是能够重行种起种种的花来,那时的盛况总是不能恢复的了,因为已经没有了芳姊。"

无可奈何的悲愤,是令人不得不舍弃的,然而作者仍不能舍弃,没有法,就再寻得冷静和诙谐来做悲愤的衣裳;裹起来了,聊且当作"看破"。并且将这手段用到描写种种人物,尤其是青年人物去。因为故意的冷静,所以也深刻,而终不免带着令人疑虑的嬉笑。"虽有忮心,不怨飘瓦",冷静要死静;包着愤激的冷静和诙谐,是被观察和被描写者所不乐受的,他们不承认他是一面无生命,无意见的镜子。于是他也往往被排进讽刺文学作家里面去,尤其是使女士们皱起了眉头。

这一种冷静和诙谐,如果滋长起来,对于作者本身其实倒是危险的。他也能活泼的写出民间生活来,如《石宕》,但可惜不多见。

看王鲁彦的一部分的作品的题材和笔致,似乎也是乡土文学的作家,但那心情,和许钦文是极其两样的。许钦文所苦恼的是失去了地上的"父亲的花园",他所烦冤的却是离开了天上的自由的乐土。他听得"秋雨的诉苦"说——

"地太小了,地太脏了,到处都黑暗,到处都讨厌。人人只知道爱金钱,不知道爱自由,也不知道爱美。你们人类的中间没有一点亲爱,只有仇恨。你们人类,夜间像猪一般的甜甜蜜蜜的睡着,白天像狗一般的争斗着，撕打着……

"这样的世界，我看得惯吗？我为什么不应该哭呢？在野蛮的世界上，让野兽们去生活着罢，但是我不，我们不……唔，我现在要离开这世界，到地底去了……"

这和爱罗先珂（V. Eroshenko）的悲哀又仿佛相像的，然而又极其两样。那是地下的土拨鼠，欲爱人类而不得，这是太空的秋雨，要逃避人间而不能。他只好将心还给母亲，才来做"人"，骗得母亲的微笑。秋天的雨，无心的"人"，和人间社会是不会有情愫的。要说冷静，这才真是冷静；这才能够和"托尔斯小"的无抵抗主义一同抹杀"牛克斯"的斗争说；和"达我文"的进化说一并嘲弄"克鲁屁特金"的互助论；对专制不平，但又向自由冷笑。作者是往往想以诙谐之笔出之的，但也因为太冷静了，就又往往化为冷话，失掉了人间的诙谐。

然而"人"的心是究竟还不尽的，《柚子》一篇，虽然为湘中的作者所不满，但在玩世的衣裳下，还闪露着地上的愤懑，在王鲁彦的作品里，我以为倒是最为热烈的了。

我所说的这湘中的作家是黎锦明，他大约是自小就离开了故乡的。在作品里，很少乡土气息，但蓬勃着楚人的敏感和热情。他一早就在《社交问题》里，对易卜生一流的解放论者掷了斯忒林培黎（A. Strindberg）式的投枪；但也能精致而明丽的说述儿时的"轻微的印象"。待到一九二六年，他布告不满于自己了，他在《烈火》再版的自序上说——

"在北京生活的人们，如其有灵魂，他们的灵魂恐怕未有不染遍了灰色罢，自然，《烈火》即在这情形中写成，当我去年春时来到上海，我的心境完全变了，对于它，只亏遗弃的一念……"

他判过去的生活为灰色，以早期的作品为童骏了。果然，在此后的《破垒集》中，的确很换了些披挂，有含讥的轻妙的小品，但尤其显出好的故事作者的特色来：有时如中国的"磊砢山房"主人的瑰奇；有时如波兰的显克微支（H. Sienkiewicz）的警拔，却又不以失望收场，有声有色，总能使读者欣然终卷。但其失，则又即在主旨居陆离光怪的装饰之中，时或永被沉埋，倘一显现，便又见得鹘突了。

《现代评论》比起日报的副刊来，比较的着重于文艺，但那些作者，也还是新潮社和创造社的老手居多。凌叔华的小说，却发祥于这一种期刊的，她恰和冯沅君的大胆，敢言不同，大抵很谨慎的，适可而止的描写了旧家庭中的婉顺的女性。即使间有出轨之作，那是为了偶受着文酒之风的吹拂，终于也回复了她的故道了。这是好的，——使我们看见和冯沅君，黎锦明，川岛，汪静之所描写的绝不相同的人物，也就是世态的一角，高门巨族的精魂。

四

一九二五年十月间，北京突然有莽原社出现，这其实不过是不满于《京报副刊》编辑者的一群，另设《莽原》周刊，却仍附《京报》发行，聊以快意的团体。奔走最力者为高长虹，中坚的小说作者也还是黄鹏基，尚钺，向培良三个；而鲁迅是被推为编辑的。但声援的很不少，在小说方面，有文炳，沅君，霁野，静农，小酩，青雨等。到十一月，《京报》要停止副刊以外的小幅了，便改为半月刊，由未名社出版，其时所绍介的新作品，是描写着乡下的沉滞的氛围气的魏金枝之作：《留下镇上的黄昏》。

但不久这莽原社内部冲突了，长虹一流，便在上海设立了狂飙社。所谓"狂飙运动"，那草案其实是早藏在长虹的衣袋里面的，常要乘机而出，先就印过几期周刊；那《宣言》，又曾在一九二五年三月间的《京报副刊》上发表，但尚未以"超人"自命，还带着并不自满的声音——

"黑沉沉的暗夜，一切都熟睡了，死一般的，没有一点声音，一件动作，阒寂无聊的长夜呵！

"这样的，几百年几百年的时期过去了，而晨光没有来，黑夜没有止息。

"死一般的，一切的人们，都沉沉的睡着了。

"于是有几个人，从黑暗中醒来，便互相呼唤着：

"——时候到了，期待已经够了。

"——是呵，我们要起来了。我们呼唤着，使一切不安于期待的人们也起来罢。

"——若是晨光终于不来，那么，也起来罢。我们将点起灯来，照耀我们幽暗的前途。

"——软弱是不行的，睡着希望是不行的。我们要作强者，打倒障碍或者被障碍压倒。我们并不惧怯，也不躲避。

"这样呼唤着，虽然是微弱的罢，听呵，从东方，从西方，从南方，从北方，隐隐的来了强大的应声，比我们更要强大的应声。

"一滴水泉可以作江河之始流，一片树叶之飘动可以兆暴风之将来，微小的起源可以生出伟大的结果。因为这个缘故，我们的周刊便叫作《狂飙》。"

不过后来却日见其自以为"超越"了。然而拟尼采样的彼此都不能解的格言式的文章，终于使周刊难以存在，可记的也仍然只是小说方面的黄鹏基，尚钺，——其实是向培良一个作者而已。

黄鹏基将他的短篇小说印成一本，称为《荆棘》，而第二次和读者相见的时候，已经改名"朋其"了。他是首先明白晓畅的主张文学不必如奶油，应该如刺，文学家不得颓丧，应该刚健的人；他在《刺的文学》（《莽原》周刊二十八期）里，说明了"文学绝不是无聊的东西"，"文学家并不一定就是得天独厚的特等民族"，"也不是成天哭泣的鲛人"。他说——

"我以为中国现代的作品，应该是像一丛荆棘。因为在一片沙漠里，憧憬的花都会慢慢地消灭的，社会生出荆棘来，他的叶是有刺的，他的茎是有刺的，以至于他的根也是有刺的。——请不要拿植物生理来反驳我——一篇作品的思想，的结构，的练句，的用字，都应该把我们常感觉到的刺的意味儿表现出来。真的文学家……应该先站起来，使我们不得不站起来。他应该充实自己的力，让人们怎样充实他自己的力，知道他自己的力，表现他自己的力。一篇作品的成功至少要使读者一直读下去，无暇辨文字的美恶，——恶劣的感觉，固然不好，就是美妙的感觉，也算失败。——而要想因循，苟且而不得。怎样抓着他的病的深处，就很利害地刺他一下。一般整饬的结构，平凡的字句，会使他跑到旁处去的，我们应该反对。

"'沙漠里遍生了荆棘，中国人就会过人的生活了！'这是我相信的。"

朋其的作品的确和他的主张并不怎么背驰，他用流利而诙谐的言语，暴露，描画，讽刺着各式人物，尤其是智识者层。他或者装着傻子，说出青年的思想来，或者化为渝腿，跑进阔佬们的家里去。但也许因为力求生动，流利的缘故罢，抉剔就不能深，而且结末的特地装置的滑稽，也往往毁损掉全篇的力量。讽刺文学是能死于自身的故意的戏笑的。不久他又"自招"（《荆棘》卷首）道："写出'刺的文学'四字，也不过因了每天对于霸王鞭的欣赏，和自己的'生也不辰'，未能十分领略花的意味儿，"那可大有徘徊之状了。此后也没有再看见他"刺的文学"。

尚钺的创作，也是意在讥刺，而且暴露，搏击的，小说集《斧背》之名，便是自提的纲要。他创作的态度，比朋其严肃，取材也较为广泛，时时描写着风气未开之处——河南信阳——的人民。可惜的是为才能所限，那斧背就太轻小了，使他为公和为私的打击的效力，大抵失在由于器械不良，手段生涩的不中里。

向培良当发表他第一本小说集《飘渺的梦》时，一开首就说——

"时间走过去的时候，我的心灵听见轻微的足音，我把这个很拙笨地移到纸上去了，这就是我这本小册子的来源罢！"

的确，作者向我们叙述着他的心灵所听到的时间的足音，有些是借了儿童时代的天真的爱和憎，有些是借着羁旅时候的寂寞的闻和见，然而他并不"拙笨"，却也不矫揉造作，只如熟人相对，娓娓而谈，使我们在不甚操心的倾听中，感到一种生活的色相。但是，作者的内心是热烈的，倘不热烈，也就不能这么平静的娓娓而谈了，所以他虽然间或休息于过去的"已经失去的童心"中，却终于爱了现在的"在强有力的憎恶后面，发现更强有力的爱"的"虚无的反抗

一　读懂鲁迅

者",向我们介绍了强有力的《我离开十字街头》。下面这一段就是那不知名的反抗者所自述的憎恶——

"为什么我要跑出北京？这个我也说不出很多的道理。总而言之：我已经讨厌了这古老的虚伪的大城。在这里面游离了四年之后，我已经刻骨地讨厌了这古老的虚伪的大城。在这里面，我只看见请安，打拱，要皇帝，恭维执政——卑怯的奴才！卑劣，怯懦，狡猾，以及敏捷的逃躲，这都是奴才们的绝技！厌恶的深感在我口中，好似生的腥鱼在我口中一般；我需要呕吐，于是提着我的棍走了。"

在这里听到了尼采声，正是狂飙社的进军的鼓角。尼采教人们准备着"超人"的出现，倘不出现，那准备便是空虚。但尼采却自有其下场之法：发狂和死。否则，就不免安于空虚，或者反抗这空虚，即使在孤独中毫无"末人"的希求温暖之心，也不过蔑视一切权威，收缩而为虚无主义者（Nihilist）。巴札罗夫（Bazarov）是相信科学的；他为医术而死，一到所蔑视的并非科学的权威而是科学本身，那就成为沙宁（Sanin）之徒，只好以一无所信为名，无所不为为实了。但狂飙社却似乎仅止于"虚无的反抗"，不久就散了队，现在所遗留的，就只有向培良的这响亮的战叫，说明着半绥惠略夫（Sheveriov）式的"憎恶"的前途。

未名社却相反，主持者韦素园，是宁愿作为无名的泥土，来栽植奇花和乔木的人，事业的中心，也多在外国文学的译述。待到接办《莽原》后，在小说方面，魏金枝之外，又有李霁野，以锐敏的感觉创作，有时深而细，真如数着每一片叶的叶脉，但因此就往往不能广，这也是孤寂的发掘者所难以两全的。台静农是先不想到写小说，后不愿意写小说的人，但为了韦素园的奖劝，为了《莽原》的索稿，他挨到一九二六年，也只得动手了。《地之子》的后记里自己说——

"那时我开始写了两三篇，预备第二年用。素园看了，他很满意我从民间取材；他遂劝我专在这一方面努力，并且举了许多作家的例子。其实在我倒不大乐于走这一条路。人间的酸辛和凄楚，我耳边所听

《野草》意会

到的，目中所看见的，已经是不堪了；现在又将它用我的心血细细地写出，能说这不是不幸的事么？同时我又没有生花的笔，能够献给我同时代的少男少女以伟大的欢欣。"

此后还有《建塔者》。要在他的作品里吸取"伟大的欢欣"，诚然是不容易的，但他却贡献了文艺；而且在争写着恋爱的悲欢，都会的明暗的那时候，能将乡间的死生，泥土的气息，移在纸上的，也没有更多，更勤于这作者的了。

五

临末，是关于选辑的几句话——

一，文学团体不是豆荚，包含在里面的，始终都是豆。大约集成时本已各个不同，后来更各有种种的变化。在这里，一九二六年后之作即不录，此后的作者的作风和思想等，也不论。

二，有些作者，是有自编的集子的，曾在期刊上发表过的初期的文章，集子里有时却不见，恐怕是自己不满，删去了。但我间或仍收在这里面，因为我以为就是圣贤豪杰，也不必自惭他的童年；自惭，倒是一个错误。

三，自编的集子里的有些文章，和先前在期刊上发表的，字句往往有些不同，这当然是作者自己添削的。但这里却有时采了初稿，因为我觉得加了修饰之后，也未必一定比质朴的初稿好。

以上两点，是要请作者原谅的。

四，十年中所出的各种期刊，真不知有多少，小说集当然也不少，但见闻有限，自不免有遗珠之憾。至于明明见了集子，却取舍失当，那就即使并非偏心，也一定是缺少眼力，不想来勉强辩解了。

以上由鲁迅写序的《中国新文学大系·小说二集》其实是一篇《中国新文学·白话小说史略》。其对白话小说的发端、发展、流派、代表作家及其作品，都作了精准的梳理和评说。

毕竟是《中国小说史略》的作者，又是率先翻译介绍西方小说到中国来的先驱,更是新文化运动中新白话小说的首发者、奠基人。鲁迅的小说,不仅是思想内涵复杂深刻,人物塑造典型生动,其技巧之娴熟多样亦为同代作家所少有。鲁迅小说《阿Q正传》中阿Q这一典型形象,具有中国人时代的、民族的代表性、象征性和典型性,且在很大程度上有所超越。阿Q并非只如他的外表那样,他之所想、所为,何尝不是某些大富大贵者原先或现在之所想所为?虚伪、贪婪、妒忌、爱钱、想女人、欺软怕硬——这些"美德"则似乎不为无业游民的穷人阿Q所独有,号称正人君子者流不也在心灵深处念念叨叨吗?不过他们咏唱出来的却是廉洁、博爱、爱国爱人民、善良、勇敢等。而所谓"革命",最终的目的,谁能超越阿Q土谷祠里的幻想?当朱元璋、李自成穷愁潦倒、连饭都吃不饱的时候,恐怕幻想还不如阿Q的奢侈。

试问当时文坛,谁有资格来为新文学中的白话小说评述写序?

5

今年夏天游了一回长安,一个多月之后,胡里胡涂的回来了。知道的朋友便问我:"你以为那边怎样?"我这才栗然地回想长安,记得看见很多的白杨,很大的石榴树,道中喝了不少的黄河水。然而这些又有什么可谈呢?我于是说:"没有什么怎样。"他于是废然而去了,我仍旧废然而住,自愧无以对"不耻下问"的朋友们。

今天喝茶之后,便看书,书上沾了一点水,我知道上唇的胡须又长起来了。假如翻一翻《康熙字典》,上唇的,下唇的,颊旁的,下巴上的各种胡须,大约都有特别的名号谥法的罢,然而我没有这样闲情别致。总之是这胡子又长起来了,我又要照例的剪短他,先免得沾汤带水。于是寻出镜子,剪刀,动手就剪,其目的是在使他和上唇的上缘平齐,成一个隶书的一字。

我一面剪,一面却忽而记起长安,记起我的青年时代,发出连绵不断的感慨来。长安的事,已经不很记得清楚了,大约确乎是游历孔庙的时候,其中有一间房子,挂着许多印画,有李二曲像,有历代帝王像,其中有一张是宋太祖或是什么宗,我也记不清楚了,总之是穿一件长袍,而胡子向上翘起的。于是一位名士就毅然决然地说:"这都是日本人假造的,你看这胡子就是日本式的胡子。"

《野草》意会

  诚然，他们的胡子确乎如此翘上，他们也未必不假造宋太祖或什么宗的画像，但假造中国皇帝的肖像而必须对了镜子，以自己的胡子为法式，则其手段和思想之离奇，真可谓"出乎意表之外"了。清乾隆中，黄易掘出汉武梁祠石刻画像来，男子的胡须多翘上；我们现在所见北魏至唐的佛教造像中的信士像，凡有胡子的也多翘上，直到元明的画像，则胡子大抵受了地心的吸力作用，向下面拖下去了。日本人何其不惮烦，孳孳汲汲地造了这许多从汉到唐的假古董，来埋在中国的齐鲁燕晋秦陇巴蜀的深山邃谷废墟荒地里？

  我以为拖下的胡子倒是蒙古式，是蒙古人带来的，然而我们的聪明的名士却当作国粹了。留学日本的学生因为恨日本，便神往于大元，说道"那时倘非天幸，这岛国早被我们灭掉了！"则认拖下的胡子为国粹亦无不可。然而又何以是黄帝的子孙？又何以说台湾人在福建打中国人是奴隶根性？

  我当时就想争辩，但我即刻又不想争辩了。留学德国的爱国者X君，——因为我忘记了他的名字，姑且以X代之，——不是说我的毁谤中国，是因为娶了日本女人，所以替他们宣传本国的坏处么？我先前不过单举几样中国的缺点，尚且要带累"贱内"改了国籍，何况现在是有关日本的问题？好在即使宋太祖或什么宗的胡子蒙些不白之冤，也不至于就有洪水，就有地震，有什么大相干。我于是连连点头，说道："嗡，嗡，对啦。"因为我实在比先前似乎油滑得多了，——好了。

  我剪下自己的胡子的左尖端毕，想，陕西人费心劳力，备饭化钱，用汽车载，用船装，用骡车拉，用自动车装，请到长安去讲演，大约万料不到我是一个虽对于决无杀身之祸的小事情，也不肯直抒自己的意见，只会"嗡，嗡，对啦"的罢。他们简直是受了骗了。

  我再向着镜中的自己的脸，看定右嘴角，剪下胡子的右尖端，撒在地上，想起我的青年时代来——

  这已经是老话，约有十六七年了罢。

  我就从日本回到故乡来，嘴上就留着宋太祖或什么宗似的向上翘起的胡子，坐在小船里，和船夫谈天。

  "先生，你的中国话说得真好。"后来，他说。

  "我是中国人，而且和你是同乡，怎么会……"

"哈哈哈，你这位先生还会说笑话。"

记得我那时的没奈何，确乎比看见X君的通信要超过十倍。我那时随身并没有带着家谱，确乎不能证明我是中国人。即使带着家谱，而上面只有一个名字，并无画像，也不能证明这名字就是我。即使有画像，日本人会假造从汉到唐的石刻，宋太祖或什么宗的画像，难道偏不会假造一部木版的家谱么？

凡对于以真话为笑话的，以笑话为真话的，以笑话为笑话的，只有一个方法：就是不说话。

于是我从此不说话。

然而，倘使在现在，我大约还要说："嗡，嗡……今天天气多么好呀？……那边的村子叫什么名？……"因为我实在比先前似乎油滑得多了，——好了。

现在我想，船夫的改变我的国籍，大概和X君的高见不同。其原因只在于胡子罢，因为我从此常常为胡子受苦。

国度会亡，国粹家是不会少的，而只要国粹家不少，这国度就不算亡。国粹家者，保存国粹者也；而国粹者，我的胡子是也。这虽然不知道是什么"逻辑"法，但当时的实情确是如此的。

"你怎么学日本人的样子，身体既矮小，胡子又这样，……"一位国粹家兼爱国者发过一篇崇论宏议之后，就达到这一个结论。

可惜我那时还是一个不识世故的少年，所以就愤愤地争辩。第一，我的身体是本来只有这样高，并非故意设法用什么洋鬼子的机器压缩，使他变成矮小，希图冒充。第二，我的胡子，诚然和许多日本人的相同，然而我虽然没有研究过他们的胡须样式变迁史，但曾经见过几幅古人的画像，都不向上，只是向外，向下，和我们的国粹差不多。维新以后，可是翘起来了，那大约是学了德国式。你看威廉皇帝的胡须，不是上指眼梢，和鼻梁正作平行么？虽然他后来因为吸烟烧了一边，只好将两边都剪平了。但在日本明治维新的时候，他这一边还没有失火……

这一场辩解大约要两分钟，可是总不能解国粹家之怒，因为德国也是洋鬼子，而况我的身体又矮小乎。而况国粹家很不少。意见又很统一，因此我的辩解也就很频繁，然而总无效，一回，两回，以至十回，十几回，连我自己也觉得无聊而且麻烦起来了。罢了，况且修饰胡须用的胶油在中国也难得，我便从此听其自然了。

听其自然之后，胡子的两端就显出毗心现象来，于是也就和地面成为九十度的直角。国粹家果然也不再说话，或者中国已经得救了罢。

然而接着就招了改革家的反感，这也是应该的。我于是又分疏，一回，两回，以至许多回，连我自己也觉得无聊而且麻烦起来了。

大约在四五年或七八年前罢，我独坐在会馆里，窃悲我的胡须的不幸的境遇，研究他所以得谤的原因，忽而恍然大悟，知道那祸根全在两边的尖端上。于是取出镜子，剪刀，即刻剪成一平，使他既不上翘，也难拖下，如一个隶书的一字。

"阿，你的胡子这样了？"当初也曾有人这样问。

"唔唔，我的胡子这样了。"

他可是没有话。我不知道是否因为寻不着两个尖端，所以失了立论的根据，还是我的胡子"这样"之后，就不负中国存亡的责任了。总之我从此太平无事的一直到现在，所麻烦者，必须时常剪剪而已。

（《说胡须》）

还是国民性。头发会惹麻烦，胡子居然也不例外。这很有时代特征，胡子之是否为本民族固有样式与爱国有关，其延伸意义则具有预见性。

6

一

一翻《呐喊》，才又记得我曾在中华民国九年双十节的前几天做过一篇《头发的故事》；去年，距今快要一整年了罢，那时是《语丝》出世不久，我又曾为它写了一篇《说胡须》。实在似乎很有些章士钊之"每况愈下"了，——自然，这一句成语，也并不是章士钊首先用错的，但因为他既以擅长旧学自居，我又正在给他打官司，所以就栽在他身上。当时就听说，——或者也是时行的"流言"——一位北京大学的名教授就愤慨过,以为从胡须说起,一直说下去,将来就要说到屁股,则于是乎便和上海的《晶报》一样了。为什么呢?这须是熟精今典的人们才知道,后进的"束发小生"是不容易了然的。因为《晶报》上曾经登过一篇《太阳晒屁股赋》,屁股和胡须又都是人身的一部分,既说此部,即难免不说彼部,正如看见洗脸的人,敏捷而聪明的学者即能推见他一直洗下去,将来一定要洗到屁股。所以有志于做gentleman者,为防微杜渐起见,应该在背后给一顿奚落的。——如果说此外还有深意,那我可不得而知了。

昔者窃闻之:欧美的文明人讳言下体以及和下体略有渊源的事物。假如以生殖器为中心而画一正圆形,则凡在圆周以内者均在讳言之列;而圆之半径,则美国者大于英。中国的下等人,是不讳言的;古之上等人似乎也不讳,所以虽是公子而可以名为黑臀。讳之始,不知在什么时候;而将英美的半径放大,直至于口鼻之间或更在其上,则昉于一千九百二十四年秋。

文人墨客大概是感性太锐敏了之故罢,向来就很娇气,什么也给他说不得,见不得,听不得,想不得。道学先生于是乎从而禁之,虽然很像背道而驰,其实倒是心心相印。然而他们还是一看见堂客的手帕或者姨太太的荒冢就要做诗。我现在虽然也弄弄笔墨做做白话文,但才气却仿佛早经注定是该在"水平线"之下似的,所以看见手帕或荒冢之类,倒无动于中;只记得在解剖室里第一次要在女性的尸体上动刀的时候,可似乎略有做诗之意——但是,不过"之意"而已,并没有诗,读者幸勿误会,以为我有诗集将要精装行世,传之其人,先在此预告。后来,也就连"之意"都没有了,大约是因为见惯了的缘故罢,正如下等人的说惯一样。否则,也许现在不但不敢说胡须,而且简直非"人之初性本善论"或"天地玄黄赋"便不屑做。遥想土耳其革命后,撕去女人的面幕,是多么下等的事?呜呼,她们已将嘴巴露出,将来一定要光着屁股走路了。

二

虽然有人数我为"无病呻吟"党之一,但我以为自家有病自家知,旁人大概是不很能够明白底细的。倘没有病,谁来呻吟?如果竟要呻吟,那就已经有了呻吟病了,无法可医。——但模仿自然又是例外。即如自胡须直至屁股等辈,倘使相安无事,谁爱去纪念它们;我们平居无事时,从不想到自己的头,手,脚以至

《野草》意会

脚底心。待到慨然于"头颅谁斫","髀肉（又说下去了，尚希绅士淑女恕之）复生"的时候，是早已别有缘故的了，所以，"呻吟"。而批评家们曰："无病"。我实在艳羡他们的健康。

譬如腋下和胯间的毫毛，向来不很肇祸，所以也没有人引为题目，来呻吟一通。头发便不然了，不但白发数茎，能使老先生揽镜慨然，赶紧拔去；清初还因此杀了许多人。民国既经成立，辫子总算剪定了，即使保不定将来要翻出怎样的花样来，但目下总不妨说是已经告一段落。于是我对于自己的头发也就淡然若忘，而况女子应否剪发的问题呢，因为我并不预备制造桂花油或贩卖烫剪：事不干己，是无所容心于其间的。但到民国九年，寄住在我的寓里的一位小姐考进高等女子师范学校去了，而她是剪了头发的，再没有法梳盘龙髻或S髻。到这时，我才知道虽然已是民国九年，而有些人之嫉视剪发的女子，竟和清朝末年之嫉视剪发的男子相同；校长M先生虽被天夺其魄，自己的头顶秃到近乎精光了，却偏以为女子的头发可系千钧，示意要她留起。设法去疏通了几回，没有效，连我也听得麻烦起来，于是乎"感慨系之矣"了，随口呻吟了一篇《头发的故事》。但是，不知怎的，她后来竟居然并不留长，现在还是蓬蓬松松的在北京道上走。

本来，也可以无须说下去了，然而连胡须样式都不自由，也是我平生的一件感愤，要时时想到的。胡须的有无，式样，长短，我以为除了直接受着影响的人以外，是毫无容喙的权利和义务的，而有些人们偏要越俎代谋，说些无聊的废话，这真和女子非梳头不可的教育，"奇装异服"者要抓进警厅去办罪的政治一样离奇。要人没有反拨，总须不加刺激；乡下人捉进知县衙门去，打完屁股之后，叩一个头道："谢大老爷！"这情形是特异的中国民族所特有的。

不料恰恰一周年，我的牙齿又发生问题了，这当然就要说牙齿。这回虽然并非说下去，而是说进去，但牙齿之后是咽喉，下面是食道，胃，大小肠，直肠，和吃饭很有相关，仍将为大雅所不齿；更何况直肠的邻近还有膀胱呢，呜呼！

三

中华民国十四年十月二十七日，即夏历之重九，国民因为主张关税自主，游行示威。但巡警却断绝交通，至于发生冲突，据说两面"互有死伤"。次日，几种报章（《社会日报》，《世界日报》，《舆论报》，《益世报》，《顺天时报》等）的新闻中就有这样的话：

"学生被打伤者，有吴兴身（第一英文学校），头部刀伤甚重……周树人（北大教员）齿受伤，脱门牙二。其他尚未接有报告……"

这样还不够，第二天，《社会日报》《舆论报》《黄报》《顺天时报》又道：

"……游行群众方面，北大教授周树人（即鲁迅）门牙确落二个……"

舆论也好，指导社会机关也好，"确"也好，不确也好，我是没有修书更正的闲情别致的。但被害苦的是先有许多学生们，次日我到L学校去上课，缺席的学生就有二十余，他们想不至于因为我被打落门牙，即以为讲义也跌了价的，大概是预料我一定请病假。还有几个尝见和未见的朋友，或则面问，或则函问；尤其是朋其君，先行肉薄中央医院，不得，又到我的家里，目睹门牙无恙，这才重回东城，而"昊天不吊"，竟刮起大风来了。

假使我真被打落两个门牙，倒也大可以略平"整顿学风"者和其党徒之气罢；或者算是说了胡须的报应，——因为有说下去之嫌，所以该得报应，——依博爱家言，本来也未始不是一举两得的事。但可惜那一天我竟不在场。我之所以不到场者，并非遵了胡适教授的指示在研究室里用功，也不是从了汪绍原教授的忠告在推敲作品，更不是依着易卜生博士的遗训正在"救出自己"；惭愧我全没有做那些大工作，从实招供起来，不过是整天躺在窗下的床上而已。为什么呢？曰：生些小病，非有他也。

然而我的门牙，却是"确落二个"的。

四

这也是自家有病自家知的一例，如果牙齿健全的，决不会知道牙痛的人的苦楚，只见他歪着嘴角吸风，模样着实可笑。自从盘古开辟天地以来，中国就未曾发明过一种止牙痛的好方法，现在虽然很有些什么"西法镶牙补眼"的了，但大概不过学了一点皮毛，连消毒去腐的粗浅道理也不明白。以北京而论，以中国自家的牙医而论，只有几个留美出身的博士是好的，但是，yes，贵不可言。至于穷乡僻壤，却连皮毛家也没有，倘使不幸而牙痛，又不安本分而想医好，怕只好去叩求城隍土地爷爷罢。

《野草》意会

我从小就是牙痛党之一，并非故意和牙齿不痛的正人君子们立异，实在是"欲罢不能"。听说牙齿的性质的好坏，也有遗传的，那么，这就是我的父亲赏给我的一份遗产，因为他牙齿也很坏。于是或蛀，或破……终于牙龈上出血了，无法收拾；住的又是小城，并无牙医。那时也想不到天下有所谓"西法……"也者，惟有《验方新编》是唯一的救星；然而试尽"验方"都不验。后来，一个善士传给我一个秘方：择日将栗子风干，日日食之，神效。应择那一日，现在已经忘却了，好在这秘方的结果不过是吃栗子，随时可以风干的，我们也无须再费神去查考。自此之后，我才正式看中医，服汤药，可惜中医仿佛也束手了，据说这是叫"牙损"，难治得很呢。还记得有一天一个长辈斥责我，说，因为不自爱，所以会生这病的；医生能有什么法？我不解，但从此不再向人提起牙齿的事了，似乎这病是我的一件耻辱。如此者久而久之，直至我到日本的长崎，再去寻牙医，他给我刮去了牙后面的所谓"齿垽"，这才不再出血了，化去的医费是两元，时间是约一小时以内。

我后来也看看中国的医药书，忽而发见触目惊心的学说。它说，齿是属于肾的，"牙损"的原因是"阴亏"。我这才顿然悟出先前的所以得到申斥的原因来，原来是它们在这里这样诬陷我。到现在，即使有人说中医怎样可靠，单方怎样灵，我还都不信。自然，其中大半是因为他们耽误了我的父亲的病的缘故罢，但怕也很挟带些切肤之痛的自己的私怨。

事情还很多哩，假使我有Victor Hugo先生的文才，也许因此可以写出一部《Les Misérables》的续集。然而岂但没有而已么，遭难的又是自家的牙齿，向人分送自己的冤单，是不大合式的，虽然所有文章，几乎十之九是自身的暗中的辩护。现在还不如迈开大步一跳，一径来说"门牙确落二个"的事罢：

袁世凯也如一切儒者一样，最主张尊孔。做了离奇的古衣冠，盛行祭孔的时候，大概是要做皇帝以前的一两年。自此以来，相承不废，但也因秉政者的变换，仪式上，尤其是行礼之状有些不同：大概自以为维新者出则西装而鞠躬，尊古者兴则古装而顿首。我曾经是教育部的佥事，因为"区区"，所以还不入鞠躬或顿首之列的；但届春秋二祭，仍不免要被派去做执事。执事者，将所谓"帛"或"爵"递给鞠躬或顿首之诸公的听差之谓也。民国十一年秋，我"执事"后坐车回寓去，既是北京，又是秋，又是清早，天气很冷，所以我穿着厚外套，带了手套的手是插在衣袋里的。那车夫，我相信他是因为瞌睡，胡涂，决非章士钊党；但他却在中途用了所谓"非常处分"，以"迅雷不及掩耳之手段"，自己跌倒了，并将我从车上摔出。我手在袋里，来不及抵按，结果便自然只好和地母接吻，以门牙为牺牲了。于是无门牙而讲书者半年，补好于十二年之夏，所以现在使朋其君一见放心，释然回去的两个，其实却是假的。

五

孔二先生说，"虽有周公之才之美，使骄且吝，其余，不足观也矣。"这话，我确是曾经读过的，也十分佩服。所以如果打落了两个门牙，借此能给若干人们从旁快意，"痛快"倒也毫无吝惜之心。而无如门牙，只有这几个，而且早经脱落何？但是将前事拉成今事，却也是不甚愿意的事，因为有些事情，我还要说真实，便只好将别人的"流言"抹杀了，虽然这大抵也以有利于己，至少是无损于己者为限。准此，我便顺手又要将章士钊的将后事拉成前事的胡涂账揭出来。

又是章士钊。我之遇到这个姓名而摇头，实在由来已久；但是，先前总算是为"公"，现在却像憎恶中医一样，仿佛也挟带一点私怨了，因为他"无故"将我免了官，所以，在先前已经说过：我正在给他打官司。近来看见他的古文的答辩书了，很斤斤于"无故"之辩，其中有一段：

"……又该伪校务维持会擅举该员为委员，该员又不声明否认，显系有意抗阻本部行政，既情理之所难容，亦法律之所不许……不得已于八月十二日，呈请执政将周树人免职，十三日由执政明令照准……"

于是乎我也"之乎者也"地驳掉他：

"查校务维持会公举树人为委员，系在八月十三日，而该总长呈请免职，据称在十二日。岂先预知将举树人为委员而先为免职之罪名耶？……"

其实，那些什么"答辩书"也不过是中国的胡牵乱扯的照例的成法，章士钊未必一定如此胡涂，假使真只胡涂，倒还不失为胡涂人，但他是知道舞文玩法的。他自己说过："挽近政治。内包甚复。一端之起。其真意往往难于迹象求之。执法抗争。不过迹象间事……"所以倘若事不干己，则与其听他说政法，谈逻辑，实在远不如看《太阳晒屁股赋》，因为欺人之意，这些赋里倒没有的。

离题愈说愈远了：这并不是我的身体的一部分。现在即此收住，将来说到那里，且看民国十五年秋罢。

（《从胡须说到牙齿》）

7

今天早晨，其实时候是大约已经不早了。我还睡着，女工将我叫了醒来，说，"有一个师范大学的杨先生，杨树达，要来见你。"我虽然还不大清醒，但立刻知道是杨遇夫君，他名树达，曾经因为邀我讲书的事，访过我一次的。我一面起来，一面对女工说："略等一等，就请罢。"

我起来看钟，是九点二十分。女工也就请客去了。不久，他就进来，但我一看很愕然，因为他并非我所熟识的杨树达君，他是一个方脸，淡赭色脸皮，大眼睛长眼梢，中等身材的二十多岁的学生风的青年。他穿着一件藏青色的爱国布（？）长衫，时式的大袖子。手上拿一顶很新的淡灰色中折帽，白的围带；还有一个采色铅笔的扁匣，但听那摇动的声音，里面最多不过是两三支很短的铅笔。

"你是谁？"我诧异的问，疑心先前听错了。

"我就是杨树达。"

我想：原来是一个和教员的姓名完全相同的学生，但也许写法并不一样。

"现在是上课时间，你怎么出来的？"

"我不乐意上课！"

我想：原来是一个孤行己意，随随便便的青年，怪不得他模样如此傲慢。

"你们明天放假罢……"

"没有，为什么？"

"我这里可是有通知的……"我一面说，一面想，他连自己学校里的纪念日都不知道了，可见是已经多天没有上课，或者也许不过是一个假借自由的美名的游荡者罢。

"拿通知给我看。"

"我团掉了。"我说。

"拿团掉的我看。"

"拿出去了。"

"谁拿出去的？"

我想：这奇怪，怎么态度如此无礼？然而他似乎是山东口音，那边的人多是率直的，况且年青的人思想简单……或者他知道我不拘这些礼节：这不足为奇。

"你是我的学生么？"但我终于疑惑了。

"哈哈哈，怎么不是。"

"那么，你今天来找我干什么？"

"要钱呀，要钱！"

我想：那么，他简直是游荡者，荡窘了，各处乱钻。

"你要钱什么用？"我问。

"穷呀。要吃饭不是总要钱吗？我没有饭吃了！"他手舞足蹈起来。

"你怎么问我来要钱呢？"

"因为你有钱呀。你教书，做文章，送来的钱多得很。"他说着，脸上做出凶相，手在身上乱摸。

我想：这少年大约在报章上看了些什么上海的恐吓团的记事，竟模仿起来了，还是防着点罢。我就将我的坐位略略移动，豫备容易取得抵抗的武器。

"钱是没有。"我决定的说。

"说谎！哈哈哈，你钱多得很。"

女工端进一杯茶来。

"他不是很有钱么？"这少年便问她，指着我。

女工很惶窘了，但终于很怕的回答："没有。"

"哈哈哈，你也说谎！"

女工逃出去了。他换了一个坐位，指着茶的热气，说：

"多么凉。"

我想：这意思大概算是讥刺我，犹言不肯将钱助人，是凉血动物。

"拿钱来！"他忽而发出大声，手脚也愈加舞蹈起来，"不给钱是不走的！"

《野草》意会

"没有钱。"我仍然照先的说。

"没有钱？你怎么吃饭？我也要吃饭。哈哈哈哈。"

"我有我吃饭的钱，没有给你的钱。你自己挣去。"

"我的小说卖不出去。哈哈哈！"

我想：他或者投了几回稿，没有登出，气昏了。然而为什么向我为难呢？大概是反对我的作风的。或者是有些神经病的罢。

"你要做就做，要不做就不做，一做就登出，送许多钱，还说没有，哈哈哈哈。晨报馆的钱已经送来了罢，哈哈哈。什么东西！周作人，钱玄同；周树人就是鲁迅，做小说的，对不对？孙伏园；马裕藻就是马幼渔，对不对？陈通伯，郁达夫。什么东西！Tolstoi, Andreev，张三，什么东西！哈哈哈，冯玉祥，吴佩孚，哈哈哈。"

"你是为了我不再向晨报馆投稿的事而来的么？"但我又即刻觉到我的推测有些不确了，因为我没有见过杨遇夫马幼渔在《晨报副镌》上做过文章，不至于拉在一起；况且我的译稿的稿费至今还没有着落，他该不至于来说反话的。

"不给钱是不走的。什么东西，还要找！还要找陈通伯去。我就要找你的兄弟去，找周作人去，找你的哥哥去。"

我想：他连我的兄弟哥哥都要找遍，大有恢复灭族法之意了，的确古人的凶心都遗传在现在的青年中。我同时又觉得这意思有些可笑，就自己微笑起来。

"你不舒服罢？"他忽然问。

"是的，有些不舒服，但是因为你骂得不中肯。"

"我朝南。"他又忽而站起来，向后窗立着说。

我想：这不知道是什么意思。

他忽而在我的床上躺下了。我拉开窗幔，使我的佳客的脸显得清楚些，以便格外看见他的笑貌。他果然有所动作了，是使他自己的眼角和嘴角都颤抖起来，以显示凶相和疯相，但每一抖都很费力，所以不到十抖，脸上也就平静了。

我想：这近于疯人的神经性痉挛，然而颤动何以如此不调匀，牵连的范围又何以如此之大，并且很不自然呢？——一定，他是装出来的。

我对于这杨树达君的纳罕和相当的尊重，忽然都消失了，接着就涌起要呕吐和沾了齷齪东西似的感情来。原来我先前的推测，都太近于理想的了。初见时我

一　读懂鲁迅

以为简率的口调，他的意思不过是装疯，以热茶为冷，以北为南的话，也不过是装疯。从他的言语举动综合起来，其本意无非是用了无赖和狂人的混合状态，先向我加以侮辱和恫吓，希图由此传到别个，使我和他所提出的人们都不敢再做辩论或别样的文章。而万一自己遇到困难的时候，则就用"神经病"这一个盾牌来减轻自己的责任。但当时不知怎样，我对于他装疯技术的拙劣，就是其拙至于使我在先觉不出他是疯人，后来渐渐觉到有些疯意，而又立刻露出破绽的事，尤其抱着特别的反感了。

他躺着唱起歌来。但我于他已经毫不感到兴味，一面想，自己竟受了这样浅薄卑劣的欺骗了，一面却照了他的歌调吹着口笛，借此嘘出我心中的厌恶来。

"哈哈哈！"他翘起一足，指着自己鞋尖大笑。那是玄色的深梁的布鞋，裤是西式的，全体是一个时髦的学生。

我知道，他是在嘲笑我的鞋尖已破，但已经毫不感到什么兴味了。

他忽而起来，走出房外去，两面一看，极灵敏地找着了厕所，小解了。我跟在他后面，也陪着他小解了。

我们仍然回到房里。

"吓！什么东西！……"他又要开始。

我可是有些不耐烦了，但仍然恳切地对他说：

"你可以停止了。我已经知道你的疯是装出来的。你此来也另外还藏着别的意思。如果是人，见人就可以明白的说，无须装怪相。还是说真话罢，否则，白费许多工夫，毫无用处的。"

他貌如不听见，两手搂着裤裆，大约是扣扣子，眼睛却注视着壁上的一张水彩画。过了一会，就用第二个指头指着那画大笑：

"哈哈哈！"

这些单调的动作和照例的笑声，我本已早经觉得枯燥的了，而况是假装的，又如此拙劣，便愈加看得烦厌。他侧立在我的前面，我坐着，便用了曾被讥笑的破的鞋尖一触他的胫骨，说：

"已经知道是假的了，还装甚么呢？"还不如直说出你的本意来。

但他貌如不听见，徘徊之间，突然取了帽和铅笔匣，向外走去了。

这一着棋是又出于我的意外的，因为我还希望他是一个可以理喻，能知惭愧

《野草》意会

的青年。他身体很强壮，相貌很端正。Tolstoi和Andreev的发音也还正。

我追到风门前，拉住他的手，说道，"何必就走，还是自己说出本意来罢，我可以更明白些……"他却一手乱摇，终于闭了眼睛，拼两手向我一挡，手掌很平的正对着我：他大概是懂得一点国粹的拳术的。

他又往外走。我一直送到大门口，仍然用前说去固留，而他推而且挣，终于挣出大门了。他在街上走得很傲然，而且从容地。

这样子，杨树达君就远了。

我回进来，才向女工问他进来时候的情形。

"他说了名字之后，我问他要名片，他在衣袋里掏了一会，说道，'阿，名片忘了，还是你去说一声罢。'笑嘻嘻，一点不像疯的。"女工说。

我愈觉得要呕吐了。

然而这手段却确乎使我受损了，——除了先前的侮辱和恫吓之外。我的女工从此就将门关起来，到晚上听得打门声，只大叫是谁，却不出去，总须我自己去开门。我写完这篇文字之间，就放下了四回笔。

"你不舒服罢？"杨树达君曾经这样问过我。

是的，我的确不舒服。我历来对于中国的情形，本来多已不舒服的了，但我还没有预料到学界或文界对于他的敌手竟至于用了疯子来做武器，而这疯子又是假的，而装这假疯子的又是青年的学生。

（《记"杨树达"君的袭来》）

遇上疯子纠缠，万不可与之较真，因为不可理喻。但如果是装疯，就颇麻烦。鲁迅这回碰上的就在两可之间，真假难断，结果更莫名其妙。剪了头发，说是假洋鬼子，留着胡须被指为日本人。鲁迅从中国到日本，又从日本回故乡，到北京，经历革命种种，所见所闻奇形怪状，好些事情云山雾绕，让人无所适从。突然有疯子破门而入，如此这般，写成文章，发表之后却被告知，那闯入者确为真疯，便只好作文辨正，并给编辑孙伏园写信："今天有几位同学极诚实地告诉我，说十三日访我的那一位学生确是神经错乱的，十三日是发病的一天，此后就加重起来了。我相信这是真实情形，因为我对于神经患者的初发状态没有实见和

· 62 ·

注意研究过,所以很容易有看错的时候。现在我对于我那记事后半篇中神经过敏的推断这几段,应该注销。但以为那记事却还可以存在:这是意外地发露了人对人——至少是他对我和我对他——互相猜疑的真面目了。当初,我确是不舒服,自己想,倘使他并非假装,我即不至于如此恶心。现在知道是真的了,却又觉得这牺牲实在太大,还不如假装的好。然而事实是事实,还有什么法子呢?我只能希望他从速回复健康。伏园兄:今天接到一封信和一篇文稿,是杨君的朋友,也是我的学生做的,真挚而悲哀,使我看了很觉得惨然,自己感到太易于猜疑,太易于愤怒。他已经陷入这样的境地了,我还可以不赶紧来消除我那对于他的误解么?所以我想,我前天交出的那一点辩正,似乎不够了,很想就将这一篇在《语丝》第三期上给他发表。但纸面有限,如果排工有工夫,我极希望增刊两板(大约此文两板还未必容得下),也不必增价,其责任即由我负担。由我造出来的酸酒,当然应该由我自己来喝干。"(致孙伏园《书信》)说鲁迅多疑,情有可原,因为发生在他身上的诡异事情太多,又时时有人盯着,说事,找事,故不得不疑,不得不防。但这件事,鲁迅后来表现很大度,很坦然。

8

一

我平日常常对我的年青的同学们说:古人所谓"穷愁著书"的话,是不大可靠的。穷到透顶,愁得要死的人,那里还有这许多闲情逸致来著书?我们从来没见过候补的饿殍在沟壑边吟哦;鞭扑底下的囚徒所发出来的不过是直声的叫喊,决不会用一篇妃红俪白的骈体文来诉痛苦的。所以待到磨墨吮笔,说什么"履穿踵决"时,脚上也许早经是丝袜;高吟"饥来驱我去……"的陶征士,其时或者偏已很有些酒意了。正当痛苦,即说不出苦痛来,佛说极苦地狱中的鬼魂,也反而并无叫唤!

华夏大概并非地狱,然而"境由心造",我眼前总充塞着重迭的黑云,其中有故鬼,游魂,牛首阿旁,畜生,化生,大叫唤,无叫唤,使我不堪闻见。我装作无所见模样,以图欺骗自己,总算已从地狱中出离。

打门声一响,我又回到现实世界了。又是学校的事。我为什么要做教员?!

想着走着，出去开门，果然，信封上首先就看见通红的一行字：国立北京女子师范大学。

我本来就怕这学校，因为一进门就觉得阴惨惨，不知其所以然，但也常常疑心是自己的错觉。后来看到杨荫榆校长《致全体学生公启》里的"须知学校犹家庭，为尊长者断无不爱家属之理，为幼稚者亦当体贴尊长之心"的话，就恍然了，原来我虽在学校教书，也等于在杨家坐馆，而这阴惨惨的气味，便是从"冷板凳"里出来的。可是我有一种毛病，自己也疑心是自讨苦吃的根苗，就是偶尔要想想。所以恍然之后，即又有疑问发生：这家族人员——校长和学生——的关系是这样的，母女，还是婆媳呢？

想而又想，结果毫无。幸而这位校长宣言多，竟在她《对于暴烈学生之感言》里获得正确的解答了。曰："与此曹子勃豀相向"，则其为婆婆无疑也。

现在我可以大胆地用"妇姑勃豀"这句古典了。但婆媳吵架，与西宾又何干呢？因为究竟是学校，所以总还是时常有信来，或是婆婆的，或是媳妇的。我的神经又不强，一闻打门而悔做教员者以此，而且也确有可悔的理由。

这一年她们的家务简直没有完，媳妇们不佩服婆婆做校长了，婆婆可是不歇手。这是她的家庭，怎么肯放手呢？无足怪的。而且不但不放，还趁"五七"之际，在什么饭店请人吃饭之后，开除了六个学生自治会的职员，并且发表了那"须知学校即家庭"的名论。

这回抽出信纸来一看，是媳妇儿们的自治会所发的，略谓：

"旬余以来，校务停顿，百费待兴，若长此迁延，不特虚掷数百青年光阴，校务前途，亦岌岌不可终日……"

底下是请教员开一个会，出来维持的意思的话，订定的时间是当日下午四点钟。

"去看一看罢。"我想。

这也是我的一种毛病，自己也疑心是自讨苦吃的根苗；明知道无论什么事，在中国是万不可轻易去"看一看"的，然而终于改不掉，所以谓之"病"。但是，究竟颇熟于事故了，我想后，又立刻决定，四点太早，到了一定没人，四点半去罢。

四点半进了阴惨惨的校门，又走进教员休息室。出乎意料之外！除一个打盹似的校役以外,已有两位教员坐着了。一位是见过几面的;一位不认识,似乎说是姓汪,或姓王,我不大听明白,——其实也无须。

我也和他们在一处坐下了。

"先生的意思以为这事情怎样呢?"这不识教员在招呼之后,看住了我的眼睛问。

"这可以由各方面说……你问的是我个人的意见么?我个人的意见,是反对杨先生的办法的……"

糟了!我的话没有说完,他便将他那灵便小巧的头向旁边一摇,表示不屑听完的态度。但这自然是我的主观;在他,或者也许本有将头摇来摇去的毛病的。

"就是开除学生的罚太严了。否则,就很容易解决……"我还要继续说下去。

"嗡嗡。"他不耐烦似的点头。

我就默然,点起火来吸烟卷。

"最好是给这事情冷一冷……"不知怎的他又开始发表他的"冷一冷"学说了。

"嗡嗡。瞧着看罢。"这回是我不耐烦似的点头,但终于多说了一句话。

我点头讫,瞥见坐前有一张印刷品,一看之后,毛骨便悚然起来。文略谓:

"……冒用学生自治会名义,指挥讲师职员,召集校务维持讨论会……本校素遵部章,无此学制,亦无此办法,根本上不能成立……而自闹潮以来……不能不筹正当方法,又有其他校务进行,亦待大会议决,兹定于(月之二十一日)下午七时,由校特请全体主任专任教员评议会会员在太平湖饭店开校务紧急会议,解决种种重要问题。务恳大驾莅临,无任盼祷!"

署名就是我所视为畏途的"国立北京女子师范大学",但下面还有一个"启"字。我这时才知道我不该来,也无须"莅临"太平湖饭店,因为我不过是一个"兼任教员"。然而校长为什么不制止学生开会,又不预先否认,却要叫我到了学校来看这"启"的呢?我愤然地要质问了,举目四顾,两个教员,一个校役，四面砖墙带着门和窗门，而并没有半个负有答复的责任的生物。"国立北京女子师范学校"虽然能"启"，然而是不能答的。只有默默地阴森地四周的墙壁将人包围，现出险恶的颜色。

我感到苦痛了，但没有悟出它的原因。

可是两个学生来请开会了；婆婆终于没有露面。我们就走进会场去，这时连我已经有五个人；后来陆续又到了七八人。于是乎开会。

"为幼稚者"仿佛不大能够"体贴尊长之心"似的，很诉了许多苦。然而我们有什么权利来干预"家庭"里的事呢？而况太平湖饭店里又要"解决种种重要问题"了！但是我也说明了几句我所以来校的理由，并要求学校当局今天缩头缩脑办法的解答。然而，举目四顾，只有媳妇儿们和西宾，砖墙带着门和窗门，而并没有半个负有答复的责任的生物！

我感到苦痛了，但没有悟出它的原因。

这时我所不识的教员和学生在谈话了；我也不很细听。但在他的话里听到一句"你们做事不要碰壁"，在学生的话里听到一句"杨先生就是壁"，于我就仿佛见了一道光，立刻知道我的痛苦的原因了。

碰壁，碰壁！我碰了杨家的壁了！

其时看看学生们，就像一群童养媳……

这一种会议是照例没有结果的，几个自以为大胆的人物对于婆婆稍加微辞之后，即大家走散。我回家坐在自己的窗下的时候，天色已近黄昏，而阴惨惨的颜色却渐渐地退去，回忆到碰壁的学说，居然微笑起来了。

中国各处是壁，然而无形，像"鬼打墙"一般，使你随时能"碰"。能打这墙的，能碰而不感到痛苦的，是胜利者。——但是，此刻太平湖饭店之宴已近阑珊，大家都已经吃到冰其淋，在那里"冷一冷"了罢……

我于是仿佛看见雪白的桌布已经沾了许多酱油渍，男男女女围着桌子都吃冰其淋，而许多媳妇儿，就如中国历来的大多数媳妇儿在苦节的婆婆脚下似的，都决定了暗淡的运命。

我吸了两支烟，眼前也光明起来，幻出饭店里电灯的光彩，看见教育家在杯酒间谋害学生，看见杀人者于微笑后屠戮百姓，看见死尸在粪土中舞蹈，看见污秽洒满了风籁琴，我想取作画图，竟不能画成一线。我为什么要做教员，连自己也侮蔑自己起来。但是织芳来访我了。

我们闲谈之间,他也忽而发感慨——

"中国什么都黑暗,谁也不行,但没有事的时候是看不出来的。教员咧,学生咧,烘烘烘,烘烘烘,真像一个学校,一有事故,教员也不见了,学生也慢慢躲开了;结局只剩下几个傻子给大家做牺牲,算是收束。多少天之后,又是这样的学校,躲开的也出来了,不见的也露脸了,'地球是圆的'咧,'苍蝇是传染病的媒介'咧,又是学生咧,教员咧,烘烘烘……"

从不像我似的常常"碰壁"的青年学生的眼睛看来,中国也就如此之黑暗么?然而他们仅有微弱的呻吟,然而一呻吟就被杀戮了!

(《"碰壁"之后》)

二

周树人(浙江)教育部佥事,女师大教授,北大国文系讲师,中国大学讲师,《国副》编辑,《莽原》编辑,《语丝》撰稿者。

(《大衍发微》)

三

有一时,就是民国二三年时候,北京的几个国家银行的钞票,信用日见其好了,真所谓蒸蒸日上。听说连一向执迷于现银的乡下人,也知道这既便当,又可靠,很乐意收受,行使了。至于稍明事理的人,则不必是"特殊知识阶级",也早不将沉重累坠的银元装在怀中,来自讨无谓的苦吃。想来,除了多少对于银子有特别嗜好和爱情的人物之外,所有的怕大都是钞票了罢,而且多是本国的。但可惜后来忽然受了一个不小的打击。

就是袁世凯想做皇帝的那一年,蔡松坡先生溜出北京,到云南去起义。这边所受的影响之一,是中国和交通银行的停止兑现。虽然停止兑现,政府勒令商民照旧行用的威力却还有的;商民也自有商民的老本领,不说不要,却道找不出零钱。假如拿几十几百的钞票去买东西,我不知道怎样,但倘使只要买一枝笔,一盒烟卷呢,难道就付给一元钞票么?不但不甘心,也没有这许多票。那么,换铜元,少换几个罢,又都说没有铜元。那么,到亲戚朋友那里借现钱去罢,怎么会有？于是降格以求，不讲爱国了，要外国银行的钞票。但外国银行的钞票这时就等于现银，他如果借给你这钞票，也就借给你真的银元了。

我还记得那时我怀中还有三四十元的中交票，可是忽而变了一个穷人，几乎要绝食，很有些恐慌。俄国革命以后的藏着纸卢布的富翁的心情，恐怕也就这样的罢；至多，不过更深更大罢了。我只得探听，钞票可能折价换到现银呢？说是没有行市。幸而终于，暗暗地有了行市了：六折几。我非常高兴，赶紧去卖了一半。后来又涨到七折了，我更非常高兴，全去换了现银，沉垫垫地坠在怀中，似乎这就是我的性命的斤两。倘在平时，钱铺子如果少给我一个铜元，我是决不答应的。

但我当一包现银塞在怀中，沉垫垫地觉得安心，喜欢的时候，却突然起了另一思想，就是：我们极容易变成奴隶，而且变了之后，还万分喜欢。

假如有一种暴力，"将人不当人"，不但不当人，还不及牛马，不算什么东西；待到人们羡慕牛马，发生"乱离人，不及太平犬"的叹息的时候，然后给与他略等于牛马的价格，有如元朝定律，打死别人的奴隶，赔一头牛，则人们便要心悦诚服，恭颂太平的盛世。为什么呢？因为他虽不算人，究竟已等于牛马了。

（《灯下漫笔》）

四

忽而想谈谈我自己的事了。

我今年已经有两次被封为"学者"，而发表之后，也就即刻取消。第一次是我主张中国的青年应当多看外国书，少看，或者竟不看中国书的时候，便有论客以为素称学者的鲁迅不该如此，而现在竟至如此，则不但决非学者，而且还有洋奴的嫌疑。第二次就是这回佥事免职之后，我在《莽原》上发表了答KS君信，论及章士钊的脚色和文章的时候，又有论客以为因失了"区区佥事"而反对章士钊，确是气量狭小，没有"学者的态度"；而且，岂但没有"学者的态度"而已哉，还有"人格卑污"的嫌疑云。

其实，没有"学者的态度"，那就不是学者喽，而有些人偏要硬派我做学者。至于何时封赠，何时考定，却连我自己也一点不知道。待到他们在报上说出我是学者，我自己也借此知道了原来我是学者的时候，则已经同时发表了我的罪状,接着就将这体面名称革掉了,虽然总该还要恢复,以便第三次的借口。

据我想来,佥事——文士诗人往往误作签事,令据官书正定——这一个官儿倒也并不算怎样"区区",只要看我免职之后,就颇有些人在那里钻谋补缺,便是一个老大的证据。至于又有些人以为无足重轻者,大约自己现在还不过做几句"说不出"的诗文,所以不知不觉地就来"慷他人之慨"了罢,因为人的将来是想不到的。然而,惭愧我还不是"臣罪当诛兮天王圣明"式的理想奴才,所以竟不能"尽如人意",已经在平政院对章士钊提起诉讼了。

提起诉讼之后,我只在答KS君信里论及一回章士钊,但听说已经要"人格卑污"了。然而别一论客却道是并不大骂,所以鲁迅究竟不足取。我所经验的事委实有点希奇,每有"碰壁"一类的事故,平时回护我的大抵愿我设法应付,甚至于暂图苟全。平时憎恶我的却总希望我做一个完人,即使敌手用了卑劣的流言和阴谋,也应该正襟危坐,毫无愤怨,默默地吃苦;或则戟指嚼舌,喷血而亡。为什么呢?自然是专为顾全我的人格起见喽。

够了,我其实又何尝"碰壁",至多也不过遇见了"鬼打墙"罢了。

(《"碰壁"之余》)

五

然而,有些人其实也并不真相信,只是说着玩玩,有趣有趣的。即使有人为了谣言,弄得凌迟碎剐,像明末的郑鄤那样了,和自己也并不相干,总不如有趣的紧要。这时你如果去辨正,那就是使大家扫兴,结果还是你自己倒楣。我也有一个经验。那是十多年前,我在教育部里做"官僚",常听得同事说,某女学校的学生,是可以叫出来嫖的,连机关的地址门牌,也说得明明白白。有一回我偶然走过这条街,一个人对于坏事情,是记性好一点的,我记起来了,便留心着那门牌,但这一号,却是一块小空地,有一口大井,一间很破烂的小屋,是几个山东人住着卖水的地方,决计做不了别用。待到他们又在谈着这事的时候,我便说出我的所见来,而不料大家竟笑容尽敛,不欢而散了,此后不和我谈天者两三月。我事后才悟到打断了他们的兴致,是不应该的。

(《世故三昧》)

《野草》意会

六

因为北大学生会的紧急征发，我于是总得对于本校的二十七周年纪念来说几句话。

据一位教授的名论，则"教一两点钟的讲师"是不配与闻校事的，而我正是教一点钟的讲师。但这些名论，只好请恕我置之不理，——如其不恕，那么，也就算了，人那里顾得这些事。

我向来也不专以北大教员自居，因为另外还与几个学校有关系。然而不知怎的，——也许是含有神妙的用意的罢，今年忽而颇有些人指我为北大派。我虽然不知道北大可真有特别的派，但也就以此自居了。北大派么？就是北大派！怎么样呢？

但是，有些流言家幸勿误会我的意思，以为谣我怎样，我便怎样的。我的办法也并不一律。譬如前次的游行，报上谣我被打落了两个门牙，我可决不肯具呈警厅，吁请补派军警，来将我的门牙从新打落。我之照着谣言做去，是以专检自己所愿意者为限的。

我觉得北大也并不坏。如果真有所谓派，那么，被派进这派里去，也还是也就算了。

（《我观北大》）

七

太费纸张了，虽然我不至于娇贵到会发热，但也得赶紧的收梢。然而还得粘上一段大罪状——

"据他自己的自传，他从民国元年便做了教育部的官，从没脱离过。所以袁世凯称帝，他在教育部，曹锟贿选，他在教育部，'代表无耻的彭允彝'做总长，他也在教育部，甚而至于'代表无耻的章士钊'免了他的职后，他还大嚷'佥事这一个官儿倒也并不算怎样的"区区"'，怎样有人在那里钻谋补他的缺，怎样以为无足轻重的人是'慷他人之慨'，如是如是，这样这样……这像'青年叛徒的领袖'吗？

"其实一个人做官也不大要紧，做了官再装出这样的面孔来可叫人有些恶心吧了。

"现在又有人送他'土匪'的名号了。好一个'土匪'。"

苦心孤诣给我加了上去的"土匪"的恶名，这一回忽又否认了，可见唾沫还是静静的咽下去好，免得后来自己舐了去。但是，"文士"别有慧心，那里会给我便宜呢，自然即代以自"袁世凯称帝"以来的罪恶，仿佛"称帝""贿选"那类事，我既在教育部，即等于全由我一手包办似的。这是真的，从那时以来，我确没有带兵独立过，但我也没有冷笑云南起义，也没有希望国民军失败；对于教育部，其实是脱离过两回，一是张勋复辟时，一就是章士钊长部时，前一回以教授的一点才力自然不知道，后一回却忘却得有些离奇。我向来就"装出这样的面孔"，不但毫不顾忌陈源教授可"有些恶心"，对于"孤桐先生"也一样。要在我的面孔上寻出些有趣来，本来是没头脑的妄想，还是去看别的面孔罢。

这类误解似乎不止陈源教授，有些人也往往如此，以为教员清高，官僚是卑下的。真所谓"得意忘形"，"官僚官僚"的骂着。可悲的就在此，现在的骂官僚的人里面，到外国去炸大过一回而且做教员的就很多；所谓"钻谋补他的缺"的也就是这一流，那时我说"佥事这一个官儿倒也并不算怎样的'区区'"，就为此人的乘机想做官而发，刺他一针，聊且快意，不提防竟又被陈教授"刻骨镂心"的记住了，也许又疑心我向他在"放冷箭"了罢。

我并非因为自己是官僚，定要上侪于清高的教授之列，官僚的高下也因人而异，如所谓"孤桐先生"，做官时办《甲寅》，佩服的人就很多，下台之后，听说更有生气了。而我"下台"时所做的文章，岂不是不但并不更有生气，还招了陈源教授的一顿"教训"，而且罪孽深重，延祸"面孔"么？这是以文才和面孔言；至于从别一方面看，则官僚与教授就有"一丘之貉"之叹，这就是说：钱的来源。国家行政机关的事务官所得的所谓俸钱，国立学校的教授所得的所谓薪水，还不是同一来源，出于国库的么？在曹锟政府下做国立学校的教员，和做官的没有大区别。难道教员的是捐给了学校，所以特别清高了？袁世凯称帝时代，陈源教授或者还在外国的研究室里，是到了曹锟贿选前后才做教授的，比我到北京迟得多，福气也比我好得多。曹锟贿选，他做教授，"代表无耻的彭允彝做总长，他做教授，"甚而至于'代表无耻的章士钊'做总长"，他自然做教授，我

《野草》意会

可是被革掉了，甚而至于待到那"甚而至于'代表无耻的章士钊'不做总长了，他自然还做教授，归国以来，一帆风顺，一个小钉子也没有碰。这当然是因为有适宜的面孔，不"叫人有些恶心"之故喽。看他脸上既无我一样的可厌的"八字胡子"，也可以说没有"官僚的神情"，所以对于他的面孔，却连我也并没有什么大"恶心"，而且仿佛还觉得有趣。这一类的面孔，只要再白胖一点，也许在中国就不可多得了。

不免招我说几句废话的不过是他对镜装成的姿势和"爆发"出来的蕴蓄，但又即刻掩了起来，关上大门，据说"大约不再打这样的笔墨官司"了。前面的香车既经杳然，我且不做叫门的事，因为这些时候所遇到的大概不过几个家丁；而且已是往"国立北京女子师范大学复校纪念会"的时候了，就这样的算收束。

(《不是信》)

八

从去年以来，我因为喜欢在报上毫无顾忌地发议论，就树敌很多，章士钊之来咬，乃是报应之一端，出面的虽是章士钊，其实黑幕中大有人在。不过他们的计划，仍然于我无损，我还是这样，因为我目下可以用印书所得之版税钱，维持生活。今年春间，又有一般人大用阴谋，想加谋害，但也没有什么效验。只是使我很觉得无聊，我虽然对于上等人向来并不十分尊敬，但尚不料其卑鄙阴险至于如此也。

多谢你的梦。新房子尚不十分旧，但至今未加修葺，却是真的。我大约总该老了一点，这是自然的定律，无法可想，只好"就这样罢"。直到现在，文章还是做，与其说"文章"，倒不如说是"骂"罢。但是我实在困倦极了，很想休息休息，今年秋天，也许要到别的地方去，地方还未定，大约是南边。目的是：一，专门讲书，少问别事（但这也难说，恐怕仍然要说话），二，弄几文钱，以助家用，因为靠版税究竟还不够。家眷不动，自己一人去，期间是少则一年，多则两年，此后我还想仍到热闹地方，照例捣乱。

"指导青年"的话，那是报馆替我登的广告，其实呢，我自己尚且寻不着头路，怎么指导别人。这些哲学式的事情，我现在不很想它了，近来想做的事，非常之小，仍然是发点议论，印点关于文学的书。酒也想喝的，可是不能。因为我近来忽然还想活下去了。为什么呢？说起来或者有些可笑，一，是世上还有几个人希望我活下去，二，是自己还要发点议论，印点关于文学的书。

我现在仍在印《莽原》，以及印些自己和别人的翻译及创作。可惜没有钱，印不多。

（书信《致李秉中》）

鲁迅在日本留学的时候，参加过以浙江人为主的反清组织"光复会"，曾被派去当刺客而最终没有成行。回乡后，在故乡当教师，带领学生参与革命而感失望，屡被排挤，到北京教育部当部员，又遭压迫，只好在绍兴会馆看佛经，抄古碑，至五六年之久。这是他遭遇的第一次幻灭。不久，新文化运动兴起，中国文学史上第一篇白话小说《狂人日记》在《新青年》杂志上以鲁迅名发表，鲁迅遂知名于文化界。此期所写小说，汇为《呐喊》，成为事实上的新文化运动旗手。然而不久，新文化的革命热情似乎很快退潮，《新青年》这个阵营也随之分化，各行其是，不再是共同向着黑暗势力战斗的营垒了。他又一次感到了幻灭。"两间余一卒，荷戟尚彷徨。"这一时期的小说集成《彷徨》，内心的矛盾、郁闷和苦恼溢于言表。女师大学潮及因此而起的"闲话"将鲁迅卷入了一场无可奈何的笔战之中。这场笔战的是非曲直，读过鲁迅原著者自有结论，无需看革命议论家们的阶级分析。

九

马上日记

豫序

在日记还未写上一字之前，先做序文，谓之豫序。

我本来每天写日记，是写给自己看的；大约天地间写着这样日记的人们很不少。假使写的人成了名人，死了之后便也会印出；看的人也格外有趣味，因为他写的时候不像做《内感篇》外冒篇似的须摆空架子，所以反而可以看出真的面目来。我想，这是日记的正宗嫡派。

我的日记却不是那样。写的是信札往来，银钱收付，无所谓面目，更无所谓真假。例如：二月二日晴，得A信；B来。三月三日雨，收C校薪水X元，复D信。一行满了，然而还有事，因为纸张也颇可惜，便将后来的事写入前一天的空白中。总而言之：是不很可靠的。但我以为B来是在二月一，或者二月二，其实不甚有关系，即便不写也无妨；而实际上，不写的时候也常有。我的目的，只在记上谁有来信，以便答复，或者何时答复过，尤其是学校的薪水，收到何年何月的几成几了，零零星星，总是记不清楚，必须有一笔帐，以便检查，庶几乎两不含胡，我也知道自己有多少债放在外面，万一将来收清之后，要成为怎样的一个小富翁。此外呢，什么野心也没有了。

吾乡的李慈铭先生，是就以日记为著述的，上自朝章，中至学问，下迄相骂，都记录在那里面。果然，现在已有人将那手迹用石印印出了，每部五十元，在这样的年头，不必说学生，就是先生也无从买起。那日记上就记着，当他每装成一函的时候，早就有人借来借去的传钞了，正不必老远的等待"身后"。这虽然不像日记的正脉，但若有志在立言，意存褒贬，欲人知而又畏人知的，却不妨模仿着试试。什么做了一点白话，便说是要在一百年后发表的书里面的一篇，真是其蠢臭为不可及也。

我这回的日记，却不是那样的"有厚望焉"的，也不是原先的很简单的，现在还没有，想要写起来。四五天以前看见半农，说是要编《世界日报》的副刊去，你得寄一点稿。那自然是可以的喽。然而稿子呢？这可着实为难。看副刊的大抵是学生，都是过来人，做过什么"学而时习之不亦说乎论"或"人心不古议"的，一定知道做文章是怎样的味道。有人说我是"文学家"，其实并不是的，不要相信他们的话，那证据，就是我也最怕做文章。

然而既然答应了，总得想点法。想来想去，觉得感想倒偶尔也有一点的，平时接着一懒，便搁下，忘掉了。如果马上写出，恐怕倒也是杂感一类的东西。于是乎我就决计：一想到，就马上写下来，马上寄出去，算作我的画到簿。因为这是开首就准备给第三者看的，所以恐怕也未必很有真面目，至少，不利于己的事，现在总还要藏起来。愿读者先明白这一点。

如果写不出，或者不能写了，马上就收场。所以这日记要有多么长，现在一点不知道。

一九二六年六月二十五日，记于东壁下。

9

（六月二十五日）

晴。

生病。——今天还写这个，仿佛有点多事似的。因为这是十天以前的事，现在倒已经可以算得好起来了。不过余波还没有完，所以也只好将这作为开宗明义章第一。谨案才子立言，总须大嚷三大苦难：一曰穷，二曰病，三曰社会迫害我。那结果，便是失掉了爱人；若用专门名词，则谓之失恋。我的开宗明义虽然近似第二大苦难，实际上却不然，倒是因为端午节前收了几文稿费，吃东西吃坏了，从此就不消化，胃痛。我的胃的八字不见佳，向来就担不起福泽的。也很想看医生。中医，虽然有人说是玄妙无穷，内科尤为独步，我可总是不相信。西医呢，有名的看资贵，事情忙，诊视也潦草，无名的自然便宜些，然而我总还有些踌躇。事情既然到了这样，当然只好听凭敝胃隐隐地痛着了。

自从西医割掉了梁启超的一个腰子以后，责难之声就风起云涌了，连对于腰子不很有研究的文学家也都"仗义执言"。同时，"中医了不得论"也就应运而起；腰子有病，何不服黄蓍欤？什么有病，何不吃鹿茸欤？但西医的病院里确也常有死尸抬出。我曾经忠告过G先生：你要开医院，万不可收留些看来无法挽回的病人；治好了走出，没有人知道，死掉了抬出，就哄动一时了，尤其是死掉的如果是"名流"。我的本意是在设法推行新医学，但G先生却似乎以为我良心坏。这也未始不可以那么想，——由他去罢。

但据我看来，实行我所说的方法的医院可很有，只是他们的本意却并不在要使新医学通行。新的本国的西医又大抵模模胡胡，一出手便先学了中医一样的江湖诀，和水的龙胆丁几两日份八角；漱口的淡硼酸水每瓶一元。至于诊断学呢，我似的门外汉可不得而知。总之，西方的医学在中国还未萌芽，便已近于腐败。我虽然只相信西医，近来也颇有些望而却步了。

前几天和季茀谈起这些事，并且说，我的病，只要有熟人开一个方就好，用不着向什么博士化冤钱。第二天，他就给我请了正在继续研究的Dr. H. 来了。开了一个方，自然要用稀盐酸，还有两样这里无须说；我所最感谢的是又加些Sirup Simpel使我喝得甜甜的，不为难。向药房去配药，可又成为问题了，因为药房也不免有模模胡胡的，他所没有的药品，也许就替换，或者竟删除。结果是

《野草》意会

托Fraeulein H. 远远地跑到较大的药房去。

这样一办，加上车钱，也还要比医院的药价便宜到四分之三。

胃酸得了外来的生力军，强盛起来，一瓶药还未喝完，痛就停止了。我决定多喝它几天。但是，第二瓶却奇怪，同一的药房，同一的药方，药味可是不同一了；不像前一回的甜，也不酸。我检查我自己，并不发热，舌苔也不厚，这分明是药水有些蹊跷。喝了两回，坏处倒也没有；幸而不是急病，不大要紧，便照例将它喝完。去买第三瓶时，却附带了严重的质问；那回答是：也许糖分少了一点罢。这意思就是说紧要的药品没有错。中国的事情真是稀奇，糖分少一点，不但不甜，连酸也不酸了，的确是"特别国情"。

现在多攻击大医院对于病人的冷漠，我想，这些医院，将病人当作研究品，大概是有的，还有在院里的"高等华人"，将病人看作下等研究品，大概也是有的。不愿意的，只好上私人所开的医院去，可是诊金药价都很贵。请熟人开了方去买药呢，药水也会先后不同起来。

这是人的问题。做事不切实，便什么都可疑。吕端大事不胡涂，犹言小事不妨胡涂点，这自然很足以显示我们中国人的雅量，然而我的胃痛却因此延长了。在宇宙的森罗万象中，我的胃痛当然不过是小事，或者简直不算事。

质问之后的第三瓶药水，药味就同第一瓶一样了。先前的闷胡卢，到此就很容易打破，就是那第二瓶里，是只有一日分的药，却加了两日分的水的，所以药味比正当的要薄一半。

虽然连吃药也那么蹭蹬，病却也居然好起来了。病略见好，H就攻击我头发长，说为什么不赶快去剪发。

这种攻击是听惯的，照例"着毋庸议"。但也不想用功，只是清理抽屉。翻翻废纸，其中有一束纸条，是前几年钞写的；这很使我觉得自己也日懒一日了，现在早不想做这类事。那时大概是想要做一篇攻击近时印书，胡乱标点之谬的文章的，废纸中就钞有很奇妙的例子。要塞进字纸篓里时，觉得有几条总还是爱不忍释，现在钞几条在这里，马上印出，以便"有目共赏"罢。其余的便作为换取火柴之助——

"国朝陈锡路黄鉝余话云。唐傅奕考覈道经众本。有项羽妾。本齐武平五年彭城人。开项羽冢。得之。"（上海进步书局石印本《茶香室丛钞》卷四第二叶。）

"国朝欧阳泉点勘记云。欧阳修醉翁亭。记让泉也。本集及滁州石刻。并同诸选本。作酿泉。误也。"（同上卷八第七叶。）

"袁石公典试秦中。后颇自悔。其少作诗文。皆粹然一出于正。"（上海士林精舍石印本《书影》卷一第四叶。）

"考……顺治中，秀水又有一陈忱……著诚斋诗集，不出户庭，录读史随笔，同姓名录诸书。"（上海亚东图书馆排印本《水浒续集两种序》第七叶。）

标点古文，确是一种小小的难事，往往无从下笔；有许多处，我常疑心即使请作者自己来标点，怕也不免于迟疑。但上列的几条，却还不至于那么无从索解。末两条的意义尤显豁，而标点也弄得更聪明。

（六月二十六日）

晴。

上午，得霁野从他家乡寄来的信，话并不多，说家里有病人，别的一切人也都在毫无防备的将被疾病袭击的恐怖中；末尾还有几句感慨。

午后，织芳从河南来，谈了几句，匆匆忙忙地就走了，放下两个包，说这是"方糖"，送你吃的，怕不见得好。织芳这一回有点发胖，又这么忙，又穿着方马褂，我恐怕他将要做官了。

打开包来看时，何尝是"方"的，却是圆圆的小薄片，黄棕色。吃起来又凉又细腻，确是好东西。但我不明白织芳为什么叫它"方糖"？但这也就可以作为他将要做官的一证。

景宋说这是河南一处什么地方的名产，是用柿霜做成的；性凉，如果嘴角上生些小疮之类，用这一搽，便会好。怪不得有这么细腻，原来是凭了造化的妙手，用柿皮来滤过的。

可惜到他说明的时候，我已经吃了一大半了。连忙将所余的收起，豫备将来嘴角上生疮的时候，好用这来搽。

夜间，又将藏着的柿霜糖吃了一大半，因为我忽而又以为嘴角上生疮的时候究竟不很多，还不如现在趁新鲜吃一点。不料一吃，就又吃了一大半了。

（六月二十八日）
晴。大风。

上午出门，主意是在买药，看见满街挂着五色国旗；军警林立。走到丰盛胡同中段，被军警驱入一条小胡同中。少顷，看见大路上黄尘滚滚，一辆摩托车驰过；少顷，又是一辆；少顷，又是一辆；又是一辆；又是一辆……车中人看不分明，但见金边帽。车边上挂着兵，有的背着扎红绸的板刀；小胡同中人都肃然有敬畏之意。又少顷，摩托车没有了，我们渐渐溜出，军警也不作声。

溜到西单牌楼大街，也是满街挂着五色国旗，军警林立。一群破衣孩子，各各拿着一把小纸片，叫道：欢迎吴玉帅号外呀！一个来叫我买，我没有买。

将近宣武门口，一个黄色制服，汗流满面的汉子从外面走进来……许多人都对他看，但他走过去了，许多人也就不看了。走进宣武门城洞下，又是一个破衣孩子拿着一把小纸片，但却默默地将一张塞给我，接来一看，是石印的李国恒先生的传单，内中大意，是说他的多年痔疮，已蒙一个国手叫作什么先生的医好了。

到了目的地的药房时，外面正有一群人围着看两个人的口角；一柄浅蓝色的旧洋伞正挡住药房门。我推那洋伞时，斤量很不轻；终于伞底下回过一个头来，问我"干什么？"我答说进去买药。他不作声，又回头去看口角去了，洋伞的位置依旧。我只好下了十二分的决心，猛力冲锋；一冲，可就冲进去了。

药房里只有帐桌上坐着一个外国人，其余的店伙都是年青的同胞，服饰干净漂亮。不知怎地，我忽而觉得十年以后，他们便都要变为高等华人，而自己却现在就有下等人之感。于是乎恭恭敬敬地将药方和瓶子捧呈给一位分开头发的同胞。

"八毛五分。"他接了，一面走，一面说。

"喂！"我实在耐不住，下等脾气又发作了。药价八毛，瓶子钱照例五分，我是知道的。现在自己带了瓶子，怎么还要付五分钱呢？这一个"喂"字的功用就和国骂的"他妈的"相同，其中含有这么多的意义。

"八毛！"他也立刻懂得，将五分钱让去，真是"从善如流"，有正人君子的风度。

我付了八毛钱，等候一会，药就拿出来了。我想，对付这一种同胞，有时是不宜于太客气的。于是打开瓶塞，当面尝了一尝。

"没有错的。"他很聪明，知道我不信任他。

"唔。"我点头表示赞成。其实是，还是不对，我的味觉不至于很麻木，这回觉得太酸了一点了，他连量杯也懒得用，那稀盐酸分明已经过量。然而这于我倒毫无妨碍的，我可以每回少喝些，或者对上水，多喝它几回。所以说"唔"；"唔"者，介乎两可之间，莫明其真意之所在之答话也。

"回见回见！"我取了瓶子，走着说。

"回见。不喝水么？"

"不喝了。回见。"

我们究竟是礼教之邦的国民，归根结蒂，还是礼让。让出了玻璃门之后，在大毒日头底下的尘土中趲行，行到东长安街左近，又是军警林立。我正想横穿过去，一个巡警伸手拦住道：不成！我说只要走十几步，到对面就好了。他的回答仍然是：不成！那结果，是从别的道路绕。

绕到L君的寓所前，便打门，打出一个小使来，说L君出去了，须得午饭时候才回家。我说，也快到这个时候了，我在这里等一等罢。他说：不成！你贵姓呀？这使我很狼狈，路既这么远，走路又这么难，白走一遭，实在有些可惜。我想了十秒钟，便从衣袋里挖出一张名片来，叫他进去禀告太太，说有这么一个人，要在这里等一等，可以不？约有半刻钟，他出来了，结果是：也不成！先生要三点钟才回来哩，你三点钟再来罢。

又想了十秒钟，只好决计去访C君，仍在大毒日头底下的尘土中趲行，这回总算一路无阻，到了。打门一问，来开门的答道：去看一看可在家。我想：这一次是大有希望了。果然，即刻领我进客厅，C君也跑出来。我首先就要求他请我吃午饭。于是请我吃面包，还有葡萄酒；主人自己却吃面。那结果是一盘面包被我吃得精光，虽然另有奶油，可是四碟菜也所余无几了。

吃饱了就讲闲话，直到五点钟。

客厅外是很大的一块空地方，种着许多树。一株频果树下常有孩子们徘徊；

《野草》意会

C君说，那是在等候频果落下来的；因为有定律：谁拾得就归谁所有。我很笑孩子们耐心，肯做这样的迂远事。然而奇怪，到我辞别出去时，我看见三个孩子手里已经各有一个频果了。

回家看日报，上面说："……吴在长辛店留宿一宵。除上述原因外，尚有一事，系吴由保定启程后，张其锽曾为吴卜一课，谓二十八日入京大利，必可平定西北。二十七日入京欠佳。吴颇以为然。此亦吴氏迟一日入京之由来也。"因此又想起我今天"不成"了大半天，运气殊属欠佳，不如也卜一课，以觇晚上的休咎罢。但我不明卜法，又无筮龟，实在无从措手。后来发明了一种新法，就是随便拉过一本书来，闭了眼睛，翻开，用手指指下去，然后张开眼，看指着的两句，就算是卜辞。

用的是《陶渊明集》，如法炮制，那两句是："寄意一言外，兹契谁能别。"详了一会，竟不知道是怎么一回事。

（七月五日）

晴。

晨，景宋将《小说旧闻钞》的一部分理清送来。自己再看了一遍，到下午才毕，寄给小峰付印。天气实在热得可以。

觉得疲劳。晚上，眼睛怕见灯光，熄了灯躺着，仿佛在享福。听得有人打门，连忙出去开，却是谁也没有。跨出门去根究，一个小孩子已在暗中逃远了。

关了门，回来，又躺下，又仿佛在享福。一个行人唱着戏文走过去，余音袅袅，道，"咿，咿，咿！"不知怎地忽然想起今天校过的《小说旧闻钞》里的强汝询老先生的议论来。这位先生的书斋就叫作求有益斋，则在那斋中写出来的文章的内容，也就可想而知。他自己说，诚不解一个人何以无聊到要做小说，看小说。但于古小说的判决却从宽，因为他古，而且昔人已经著录了。

憎恶小说的也不只是这位强先生，诸如此类的高论，随在可以闻见。但我们国民的学问，大多数却实在靠着小说，甚至于还靠着从小说编出来的戏文。虽是崇奉关岳的大人先生们，倘问他心目中的这两位"武圣"的仪表，怕总不免是细着眼睛的红脸大汉和五绺长须的白面书生，或者还穿着绣金的缎甲，脊梁上还插着四张尖角旗。

近来确是上下同心，提倡着忠孝节义了，新年到庙市上去看年画，便可以看见许多新制的关于这类美德的图。然而所画的古人，却没有一个不是老生，小生，老旦，小旦，末，外，花旦……

（七月六日）

晴。

午后，到前门外去买药。配好之后，付过钱，就站在柜台前喝了一回份。其理由有三：一，已经停一天了，应该早喝；二，尝尝味道，是否不错的；三，天气太热，实在有点口渴了。

不料有一个买客却看得奇怪起来。我不解这有什么可以奇怪的；然而他竟奇怪起来了，悄悄地向店伙道：

"那是戒烟药水罢？"

"不是的！"店伙替我维持名誉。

"这是戒大烟的罢？"他于是直接地问我了。

我觉得倘不将这药认作"戒烟药水"，他大概是死不瞑目的。人生几何，何必固执，我便似点非点的将头一动，同时请出我那"介乎两可之间"的好回答来：

"唔唔……"

这既不伤店伙的好意，又可以聊慰他热烈的期望，该是一帖妙药。果然，从此万籁无声，天下太平，我在安静中塞好瓶塞，走到街上了。

到中央公园，径向约定的一个僻静处所，寿山已先到，略一休息，便开手对译《小约翰》。这是一本好书，然而得来却是偶然的事。大约二十年前，我在日本东京的旧书店头买到几十本旧的德文文学杂志，内中有着这书的绍介和作者的评传，因为那时刚译成德文。觉得有趣，便托丸善书店去买来了；想译，没有这力。后来也常常想到，但总为别的事情岔开；直到去年，才决计在暑假中将它译好，并且登出广告去，而不料那一暑假过得比别的时候还艰难。今年又记得起来，翻检一过，疑难之处很不少，还是没有这力。问寿山可肯同译，他答应了，于是开手；并且约定，必须在这暑假期中译完。

晚上回家，吃了一点饭，就坐在院子里乘凉。田妈告诉我，今天下午，斜对

《野草》意会

门的谁家的婆婆和儿媳大吵了一通嘴。据她看来，婆婆自然有些错，但究竟是儿媳妇太不合道理了。问我的意思，以为何如。我先就没有听清吵嘴的是谁家，也不知道是怎样的两个婆媳，更没有听到她们的来言去语，明白她们的旧恨新仇。现在要我加以裁判，委实有点不敢自信，况且我又向来并不是批评家。我于是只得说：这事我无从断定。

但是这句话的结果很坏。在昏暗中，虽然看不见脸色，耳朵中却听到：一切声音都寂然了。静，沉闷的静；后来还有人站起，走开。

我也无聊地慢慢地站起，走进自己的屋子里，点了灯，躺在床上看晚报；看了几行，又无聊起来了，便碰到东壁下去写日记，就是这《马上支日记》。

院子里又渐渐地有了谈笑声，谠论声。

今天的运气似乎很不佳：路人冤我喝"戒烟药水"，田妈说我……她怎么说，我不知道。但愿从明天起，不再这样。

（七月八日）

上午，往伊东医士寓去补牙，等在客厅里，有些无聊。四壁只挂着一幅织出的画和两副对，一副是江朝宗的，一副是王芝祥的。署名之下，各有两颗印，一颗是姓名，一颗是头衔；江的是"迪威将军"，王的是"佛门弟子"。

午后，密斯高来，适值毫无点心，只得将宝藏着的搽嘴角生疮有效的柿霜糖装在碟子里拿出去。我时常有点心，有客来便请他吃点；最初是"密斯"和"密斯得"一视同仁，但密斯得有时委实利害，往往吃得很彻底，一个不留，我自己倒反有"向隅"之感。如果想吃，又须出去买来。于是很有戒心了，只得改变方针，有万不得已时，则以落花生代之。这一著很有效，总是吃得不多，既然吃不多，我便开始敦劝了，有时竟劝得怕吃落花生如织芳之流，至于因此逡巡逃走。从去年夏天发明了这一种花生政策以后，至今还在继续厉行。但密斯们却不在此限，她们的胃似乎比他们要小五分之四，或者消化力要弱到十分之八，很小的一个点心，也大抵要留下一半，倘是一片糖，就剩下一角。拿出来陈列片时，吃去一点，于是我的损失是极微的，"何必改作"？

密斯高是很少来的客人，有点难于执行花生政策。恰巧又没有别的点心，只好献出柿霜糖去了。这是远道携来的名糖，当然可以见得郑重。

一 读懂鲁迅

我想，这糖不大普通，应该先说明来源和功用。但是，密斯高却已经一目了然了。她说：这是出在河南汜水县的；用柿霜做成。颜色最好是深黄；倘是淡黄，那便不是纯柿霜。这很凉，如果嘴角这些地方生疮的时候，便含着，使它渐渐从嘴角流出，疮就好了。

她比我耳食所得的知道得更清楚，我只好不作声，而且这时才记起她是河南人。请河南人吃几片柿霜糖，正如请我喝一小杯黄酒一样，真可谓"其愚不可及也"。

茭白的心里有黑点的，我们那里称为灰茭，虽是乡下人也不愿意吃，北京却用在大酒席上。卷心白菜在北京论斤论车地卖，一到南边，便根上系着绳，倒挂在水果铺子的门前了，买时论两，或者半株，用处是放在阔气的火锅中，或者给鱼翅垫底。但假如有谁在北京特地请我吃灰茭，或北京人到南边时请他吃煮白菜，则即使不至于称为"笨伯"，也未免有些乖张罢。

但密斯高居然吃了一片，也许是聊以敷衍主人的面子的。到晚上我空口坐着，想：这应该请河南以外的别省人吃的，一面想，一面吃，不料这样就吃完了。

凡物总是以希为贵。假如在欧美留学，毕业论文最好是讲李太白，杨朱，张三；研究萧伯讷，威尔士就不大妥当，何况但丁之类。《但丁传》的作者跋忒莱尔起尔（A. J. Butler）就说关于但丁的文献实在看不完。待到回了中国，可就可以讲讲萧伯讷，威尔士，甚而至于莎士比亚了。何年何月自己曾在曼殊斐儿墓前痛哭，何月何日何时曾在何处和法兰斯点头，他还拍着自己的肩头说道：你将来要有些像我的！至于"四书""五经"之类，在本地似乎究以少谈为是。虽然夹些"流言"在内，也未必便于"学理和事实"有妨。

一想到，马上就写下来的日记，就是这《马上日记》，都记的是鲁迅某一日所经历的生活、事态、人情、心理。虽平常、琐碎，但是真实。似无聊，然而有趣。这是鲁迅1926年六七月间现实生活的情景呈现。有对现实世态的讽刺、练达人情的调侃，谈笑之间也扯下了正人君子者脸上的伪装。

《野草》意会

10

一

我在年青时候也曾经做过许多梦,后来大半忘却了,但自己也并不以为可惜。所谓回忆者,虽说可以使人欢欣,有时也不免使人寂寞,使精神的丝缕还牵着已逝的寂寞的时光,又有什么意味呢,而我偏苦于不能全忘却,这不能全忘的一部分,到现在便成了《呐喊》的来由。

我有四年多,曾经常常,——几乎是每天,出入于质铺和药店里,年纪可是忘却了,总之是药店的柜台正和我一样高,质铺的是比我高一倍,我从一倍高的柜台外送上衣服或首饰去,在侮蔑里接了钱,再到一样高的柜台上给我久病的父亲去买药。回家之后,又须忙别的事了,因为开方的医生是最有名的,以此所用的药引也奇特:冬天的芦根,经霜三年的甘蔗,蟋蟀要原对的,结子的平地木……多不是容易办到的东西。然而我的父亲终于日重一日的亡故了。

有谁从小康人家而坠入困顿的么,我以为在这途路中,大概可以看见世人的真面目;我要到N进K学堂去了,仿佛是想走异路,逃异地,去寻求别样的人们。我的母亲没有法,办了八元的川资,说是由我自便;然而伊哭了,这正是情理中的事,因为那时读书应试是正路,所谓学洋务,社会上便以为是一种走投无路的人,只得将灵魂卖给鬼子,要加倍的奚落而且排斥的,而况伊又看不见自己的儿子了。然而我也顾不得这些事,终于到N去进了K学堂了,在这学堂里,我才知道世上还有所谓格致,算学,地理,历史,绘图和体操。生理学并不教,但我们却看到些木版的《全体新论》和《化学卫生论》之类了。我还记得先前的医生的议论和方药,和现在所知道的比较起来,便渐渐的悟得中医不过是一种有意的或无意的骗子,同时又很起了对于被骗的病人和他的家族的同情;而且从译出的历史上,又知道了日本维新是大半发端于西方医学的事实。

因为这些幼稚的知识,后来便使我的学籍列在日本一个乡间的医学专门学校里了。我的梦很美满,预备卒业回来,救治像我父亲似的被误的病人的疾苦,战争时候便去当军医,一面又促进了国人对于维新的信仰。我已不知道教授微生物学的方法,现在又有了怎样的进步了,总之那时是用了电影,来显示微生物的形状的,因此有时讲义的一段落已完,而时间还没有到,教师便映些风景或时事的画片给学生看,以用去这多余的光阴。其时正当日俄战争的时候,关于战事的画片自然也就比较的多了,我在这一个讲堂中,便须常常随喜我那同学们的拍手和喝采。有一回,我竟在画片上忽然会见我久违的许多中国人了,一个绑在中间,许多站在左右,一样是强壮的体格,而显出麻木的神情。据解说,则绑着的是替俄国做了军事上的侦探,正要被日军砍下头颅来示众,而围着的便是来赏鉴这示众的盛举的人们。

这一学年没有完毕,我已经到了东京了,因为从那一回以后,我便觉得医学并非一件紧要事,凡是愚弱的国民,即使体格如何健全,如何茁壮,也只能做毫无意义的示众的材料和看客,病死多少是不必以为不幸的。所以我们的第一要著,是在改变他们的精神,而善于改变精神的是,我那时以为当然要推文艺,于是想提倡文艺运动了。在东京的留学生很有学法政理化以至警察工业的,但没有人治文学和美术;可是在冷淡的空气中,也幸而寻到几个同志了,此外又邀集了必须的几个人,商量之后,第一步当然是出杂志,名目是取"新的生命"的意思,因为我们那时大抵带些复古的倾向,所以只谓之《新生》。

《新生》的出版之期接近了,但最先就隐去了若干担当文字的人,接着又逃走了资本,结果只剩下不名一钱的三个人。创始时候既已背时,失败时候当然无可告语,而其后却连这三个人也都为各自的运命所驱策,不能在一处纵谈将来的好梦了,这就是我们的并未产生的《新生》的结局。

我感到未尝经验的无聊,是自此以后的事。我当初是不知其所以然的;后来想,凡有一人的主张,得了赞和,是促其前进的,得了反对,是促其奋斗的,独有叫喊于生人中,而生人并无反应,既非赞同,也无反对,如置身毫无边际的荒原,无可措手的了,这是怎样的悲哀呵,我于是以我所感到者为寂寞。

这寂寞又一天一天的长大起来,如大毒蛇,缠住了我的灵魂了。

然而我虽然自有无端的悲哀,却也并不愤懑,因为这经验使我反省,看见自己了:就是我决不是一个振臂一呼应者云集的英雄。

只是我自己的寂寞是不可不驱除的,因为这于我太痛苦。我于是用了种种法,来麻醉自己的灵魂,使我沉入于国民中,使我回到古代去,后来也亲历或旁观过几样更寂寞更悲哀的事,都为我所不愿追怀,甘心使他们和我的脑一同消灭在泥土里的,但我的麻醉法却也似乎已经奏了功,再没有青年时候的慷慨激昂的意思了。

《野草》意会

　　S会馆里有三间屋，相传是往昔曾在院子里的槐树上缢死过一个女人的，现在槐树已经高不可攀了，而这屋还没有人住；许多年，我便寓在这屋里钞古碑。客中少有人来，古碑中也遇不到什么问题和主义，而我的生命却居然暗暗的消去了，这也就是我惟一的愿望。夏夜，蚊子多了，便摇着蒲扇坐在槐树下，从密叶缝里看那一点一点的青天，晚出的槐蚕又每每冰冷的落在头颈上。

　　那时偶或来谈的是一个老朋友金心异，将手提的大皮夹放在破桌上，脱下长衫，对面坐下了，因为怕狗，似乎心房还在怦怦的跳动。

　　"你钞了这些有什么用？"有一夜，他翻着我那古碑的钞本，发了研究的质问了。

　　"没有什么用。"

　　"那么，你钞他是什么意思呢？"

　　"没有什么意思。"

　　"我想，你可以做点文章……"

　　我懂得他的意思了，他们正办《新青年》，然而那时仿佛不特没有人来赞同，并且也还没有人来反对，我想，他们许是感到寂寞了，但是说：

　　"假如一间铁屋子，是绝无窗户而万难破毁的，里面有许多熟睡的人们，不久都要闷死了，然而是从昏睡入死灭，并不感到就死的悲哀。现在你大嚷起来，惊起了较为清醒的几个人，使这不幸的少数者来受无可挽救的临终的苦楚，你倒以为对得起他们么？"

　　"然而几个人既然起来，你不能说决没有毁坏这铁屋的希望。"

　　是的，我虽然自有我的确信，然而说到希望，却是不能抹杀的，因为希望是在于将来，决不能以我之必无的证明，来折服了他之所谓可有，于是我终于答应他也做文章了，这便是最初的一篇《狂人日记》。从此以后，便一发而不可收，每写些小说模样的文章，以敷衍朋友们的嘱托，积久就有了十余篇。

　　在我自己，本以为现在是已经并非一个切迫而不能已于言的人了，但或者也还未能忘怀于当日自己的寂寞的悲哀罢，所以有时候仍不免呐喊几声，聊以慰藉那在寂寞里奔驰的猛士，使他不惮于前驱。至于我的喊声是勇猛或是悲哀，是可憎或是可笑，那倒是不暇顾及的；但既然是呐喊，则当然须听将令的了，所以我往往不恤用了曲笔，在《药》的瑜儿的坟上平空添上一个花环，在《明天》里也不叙单四嫂子竟没有做到看见儿子的梦,因为那时的主将是不主张消极的。至于自己,却也并不愿将自以为苦的寂寞,再来传染给也如我那年青时候似的正做着好梦的青年。

这样说来,我的小说和艺术的距离之远,也就可想而知了,然而到今日还能蒙着小说的名,甚而至于且有成集的机会,无论如何总不能不说是一件侥幸的事,但侥幸虽使我不安于心,而悬揣人间暂时还有读者,则究竟也仍然是高兴的。

所以我竟将我的短篇小说结集起来,而且付印了,又因为上面所说的缘由,便称之为《呐喊》。

(《呐喊·自序》)

二

有恒先生:

你的许多话,今天在《北新》上看见了。我感谢你对于我的希望和好意,这是我看得出来的。现在我想简略地奉答几句,并以寄和你意见相仿的诸位。

我很闲,决不至于连写字工夫都没有。但我的不发议论,是很久了,还是去年夏天决定的,我豫定的沉默期间是两年。我看得时光不大重要,有时往往将它当作儿戏。

但现在沉默的原因,却不是先前决定的原因,因为我离开厦门的时候,思想已经有些改变。这种变迁的径路,说起来太烦,姑且略掉罢,我希望自己将来或者会发表。单就近时而言,则大原因之一,是:我恐怖了。而且这种恐怖,我觉得从来没有经验过。

我至今还没有将这"恐怖"仔细分析。姑且说一两种我自己已经诊察明白的,则:

一,我的一种妄想破灭了。我至今为止,时时有一种乐观,以为压迫,杀戮青年的,大概是老人。这种老人渐渐死去,中国总可比较地有生气。现在我知道不然了,杀戮青年的,似乎倒大概是青年,而且对于别个的不能再造的生命和青春,更无顾惜。如果对于动物,也要算"暴殄天物"。我尤其怕看的是胜利者的得意之笔:"用斧劈死"呀……"乱枪刺死"呀……我其实并不是急进的改革论者，我没有反对过死刑。但对于凌迟和灭族，我曾表示过十分的憎恶和悲痛，我以为二十世纪的人群中是不应该有的。斧劈枪刺，自然不说是凌迟，但我们不能用一粒子弹打在他后脑上么？结果是一样的，对方的死亡。但事实是事实，血的游戏已经开头，而角色又是青年，并且有得意之色。我现在已经看不见这出戏的收场。

二，我发现了我自己是一个……是什么呢？我一时定不出名目来。我曾经说过：中国历来是排着吃人的筵宴，有吃的，有被吃的。被吃的也曾吃人，正吃的也会被吃。但我现在发现了，我自己也帮助着排筵宴。先生，你是看我的作品的，我现在发一个问题：看了之后，使你麻木，还是使你清楚；使你昏沉，还是使你活泼？倘所觉的是后者，那我的自己裁判，便证实大半了。中国的筵席上有一种"醉虾"，虾越鲜活，吃的人便越高兴，越畅快。我就是做这醉虾的帮手，弄清了老实而不幸的青年的脑子和弄敏了他的感觉，使他万一遭灾时来尝加倍的苦痛，同时给憎恶他的人们赏玩这较灵的苦痛，得到格外的享乐。我有一种设想，以为无论讨赤军，讨革军，倘捕到敌党的有智识的如学生之类，一定特别加刑，甚于对工人或其他无智识者。为什么呢，因为他可以看见更锐敏微细的痛苦的表情，得到特别的愉快。倘我的假设是不错的，那么，我的自己裁判，便完全证实了。

所以，我终于觉得无话可说。

倘若再和陈源教授之流开玩笑罢，那是容易的，我昨天就写了一点。然而无聊，我觉得他们不成什么问题。他们其实至多也不过吃半只虾或呷几口醉虾的醋。况且听说他们已经别离了最佩服的"孤桐先生"，而到青天白日旗下来革命了。我想，只要青天白日旗插远去，恐怕"孤桐先生"也会来革命的。不成问题了，都革命了，浩浩荡荡。

问题倒在我自己的落伍。还有一点小事情。就是，我先前的弄"刀笔"的罚，现在似乎降下来了。种牡丹者得花，种蒺藜者得刺，这是应该的，我毫无怨恨。但不平的是这罚仿佛太重一点，还有悲哀的是带累了几个同事和学生。

他们什么罪孽呢，就因为常常和我往来，并不说我坏。凡如此的，现在就要被称为"鲁迅党"或"语丝派"，这是"研究系"和"现代派"宣传的一个大成功。所以近一年来，鲁迅已以被"投诸四裔"为原则了。不说不知道，我在厦门的时候，后来是被搬在一所四无邻居的大洋楼上了，陪我的都是书，深夜还听到楼下野兽"唔唔"地叫。但我是不怕冷静的，况且还有学生来谈谈。然而来了第二下的打击：三个椅子要搬去两个，说是什么先生的少爷已到，要去用了。这时我实在很气愤，便问他：倘若他的孙少爷也到，我就得坐在楼板上么？不行！没有搬去，然而来了第三下的打击，一个教授微笑道：又发名士脾气了。厦门的天条，似乎是名士才能有多于一个的椅子的。"又"者，所以形容我常发名士脾气也，《春秋》笔法，先生，你大概是明白的罢。还有第四下的打击，那是我临走的时候了，有人说我之所以走，一因为没有酒喝，二因为看见别人的家眷来了，心里不舒服。这还是根据那一次的"名士脾气"的。

这不过随便想到一件小事。但，即此一端，你也就可以原谅我吓得不敢开口之情有可原了罢。我知道你是不希望我做醉虾的。我再斗下去，也许会"身心交病"。然而"身心交病"，又会被人嘲笑的。自然，这些都不要紧。但我何苦呢，做醉虾？

不过我这回最侥幸的是终于没有被做成为共产党。曾经有一位青年，想以独秀办《新青年》，而我在那里做过文章这一件事，来证成我是共产党。但即被别一位青年推翻了，他知道那时连独秀也还未讲共产。退一步，"亲共派"罢，终于也没有弄成功。倘我一出中山大学即离广州，我想，是要被排进去的；但我不走，所以报上"逃走了""到汉口去了"的闹了一通之后，倒也没有事了。天下究竟还有光明，没有人说我有"分身法"。现在是，似乎没有什么头衔了，但据"现代派"说，我是"语丝派的首领"。这和生命大约并无什么直接关系，或者倒不大要紧的，只要他们没有第二下。倘如"主角"唐有壬似的又说什么"墨斯科的命令"，那可就又有些不妙了。

笔一滑，话说远了，赶紧回到"落伍"问题去。我想，先生，你大约看见的，我曾经叹息中国没有敢"抚哭叛徒的吊客"。而今何如？你也看见，在这半年中，我何尝说过一句话？虽然我曾在讲堂上公表过我的意思，虽然我的文章那时也无处发表，虽然我是早已不说话，但这都不足以作我的辩解。总而言之，现在倘再发那些四平八稳的"救救孩子"似的议论，连我自己听去，也觉得空空洞洞了。

还有，我先前的攻击社会，其实也是无聊的。社会没有知道我在攻击，倘

《野草》意会

一知道，我早已死无葬身之所了。试一攻击社会的一分子的陈源之类，看如何？而况四万万也哉？我之得以偷生者，因为他们大多数不识字，不知道，并且我的话也无效力，如一箭之入大海。否则，几条杂感，就可以送命的。民众的罚恶之心，并不下于学者和军阀。近来我悟到凡带一点改革性的主张，倘于社会无涉，才可以作为"废话"而存留，万一见效，提倡者即大概不免吃苦或杀身之祸。古今中外，其揆一也。即如目前的事，吴稚晖先生不也有一种主义的么？而他不但不被普天同愤，且可以大呼"打倒……严办"者，即因为赤党要实行共产主义于二十年之后，而他的主义却须数百年之后或者才行，由此观之，近于废话故也。人那有遥管十余代以后的灰孙子时代的世界的闲情别致也哉？

话已经说得不少，我想收梢了。我感于先生的毫无冷笑和恶意的态度，所以也诚实的奉答，自然，一半也借此发些牢骚。但我要声明，上面的说话中，我并不含有谦虚，我知道我自己，我解剖自己并不比解剖别人留情面。好几个满肚子恶意的所谓批评家，竭力搜索，都寻不出我的真症候。所以我这回自己说一点，当然不过一部分，有许多还是隐藏着的。

我觉得我也许从此不再有什么话要说，恐怖一去，来的是什么呢，我还不得而知，恐怕不见得是好东西罢。但我也在救助我自己，还是老法子：一是麻痹，二是忘却。一面挣扎着，还想从以后淡下去的"淡淡的血痕中"看见一点东西，誊在纸片上。

（《答有恒先生》）

三

我做小说，是开手于一九一八年，《新青年》上提倡"文学革命"的时候的。这一种运动，现在固然已经成为文学史上的陈迹了，但在那时，却无疑地是一个革命的运动。

我的作品在《新青年》上，步调是和大家大概一致的，所以我想，这些确可以算作那时的"革命文学"。

然而我那时对于"文学革命"，其实并没有怎样的热情。见过辛亥革命，见过二次革命，见过袁世凯称帝，张勋复辟，看来看去，就看得怀疑起来，于是失望，颓唐得很了。民族主义的文学家在今年的一种小报上说，"鲁迅多疑"，是不错的，我正在疑心这批人们也并非真的民族主义文学者，变化正未可限量呢。不过我却又怀疑于自己的失望，因为我所见过的人们，事件，是有限得很的，这想头，就给了我提笔的力量。

"绝望之为虚妄，正与希望相同。"

既不是直接对于"文学革命"的热情，又为什么提笔的呢？想起来，大半倒是为了对于热情者们的同感。这些战士，我想，虽在寂寞中，想头是不错的，也来喊几声助助威罢。首先，就是为此。自然，在这中间，也不免夹杂些将旧社会的病根暴露出来，催人留心，设法加以疗治的希望。但为达到这希望计，是必须与前驱者取同一的步调的，我于是删削些黑暗，装点些欢容，使作品比较的显出若干亮色，那就是后来结集起来的《呐喊》，一共有十四篇。

这些也可以说，是"遵命文学"。不过我所遵奉的，是那时革命的前驱者的命令，也是我自己所愿意遵奉的命令，决不是皇上的圣旨，也不是金元和真的指挥刀。

后来《新青年》的团体散掉了，有的高升，有的退隐，有的前进，我又经验了一回同一战阵中的伙伴还是会这么变化，并且落得一个"作家"的头衔，依然在沙漠中走来走去，不过已经逃不出在散漫的刊物上做文字，叫作随便谈谈。有了小感触，就写些短文，夸大点说，就是散文诗，以后印成一本，谓之《野草》。得到较整齐的材料，则还是做短篇小说，只因为成了游勇，布不成阵了，所以技术虽然比先前好一些，思路也似乎较无拘束，而战斗的意气却冷得不少。新的战友在那里呢？我想，这是很不好的。于是集印了这时期的十一篇作品，谓之《彷徨》，愿以后不再这模样。

"路漫漫其修远兮，吾将上下而求索。"

不料这大口竟夸得无影无踪。逃出北京，躲进厦门，只在大楼上写了几则《故事新编》和十篇《朝花夕拾》。前者是神话，传说及史实的演义，后者则只是回忆的记事罢了。

此后就一无所作，"空空如也"。

可以勉强称为创作的，在我至今只有这五种，本可以顷刻读了的，但出版者要我自选一本集。推测起来，恐怕因为这么一办，一者能够节省读者的费用，二则，以为由作者自选，该能比别人格外明白罢。对于第一层，我没有异议；至第

《野草》意会

二层，我却觉得也很难。因为我向来就没有格外用力或格外偷懒的作品，所以也没有自以为特别高妙，配得上提拔出来的作品。没有法，就将材料，写法，都有些不同，可供读者参考的东西，取出二十二篇来，凑成了一本，但将给读者一种"重压之感"的作品，却特地竭力抽掉了。这是我现在自有我的想头的：

"并不愿将自以为苦的寂寞，再来传染给也如我那年青时候似的正做着好梦的青年。"

然而这又不似做那《呐喊》时候的故意的隐瞒，因为现在我相信，现在和将来的青年是不会有这样的心境的了。

（《自选集·自序》）

这三篇文章是我感觉最具真实鲁迅特色的文章，尖锐、坦率，让一切拿着架子说话、作文的正人君子者流羞惭、汗颜、恼羞成怒，直至变色。鲁迅的文章使对手变色，却也使读者警醒。《呐喊·自序》中关于铁屋子的议论，不仅是对20世纪初中国社会现状的形象概括，随着时间的推移，这铁屋子简直就是一座现实版的"人世间"！

"假如一间铁屋子，是绝无窗户而万难破毁的，里面有许多熟睡的人们，不久都要闷死了，然而是从昏睡入死灭，并不感到就死的悲哀。现在你大嚷起来，惊起了较为清醒的几个人，使这不幸的少数者来受无可挽救的临终的苦楚，你倒以为对得起他们么？"

"然而几个人既然起来，你不能说决没有毁坏这铁屋的希望。"

可悲，亦复可怕的是，这铁屋子虽希望、可能破毁，但铁屋之外，还是一层更难破毁的铁屋。于是有了《答有恒先生》一文：

"中国历来是排着吃人的筵宴，有吃的，有被吃的。被吃的也曾吃人，正吃的也会被吃。但我现在发现了，我自己也帮助着排筵宴。先生，你是看我的作品的，我现在发一个问题：看了之后，使你麻木，还是使你清楚；使你昏沉，还是使你活泼？倘所觉的是后者，那我的自己裁判，便证实大半了。中国的筵席上有一种'醉虾'，虾越鲜活，吃的人便越高兴，越畅快。我就是做这醉虾的帮手，弄清了老实而不幸的青年的脑子和弄敏了他的感觉，使他万一遭灾时来尝加倍的苦痛，同时给憎恶他的人们赏玩这较灵的苦痛，得到格外的享乐。"

在黑暗中看到光明，那是许多职业革命家许给"人民"的未来。鲁迅看到的却是不明不暗。一切都不过一种悖论，说不清，道不明。

"后来《新青年》的团体散掉了，有的高升，有的退隐，有的前进，我又经验了一回同一战阵中的伙伴还是会这么变化，并且落得一个'作家'的头衔，依然在沙漠中走来走去，不过已经逃不出在散漫的刊物上做文字，叫作随便谈谈。有了小感触，就写些短文，夸大点说，就是散文诗，以后印成一本，谓之《野草》。得到较整齐的材料，则还是做短篇小说，只因为成了游勇，布不成阵了，所以技术虽然比先前好一些，思路也似乎较无拘束，而战斗的意气却冷得不少。新的战友在那里呢？我想，这是很不好的。于是集印了这时期的十一篇作品，谓之《彷徨》，愿以后不再这模样。"

这期间"小感触""短文"《野草》将鲁迅这时期的彷徨、矛盾、痛苦和绝望诗意地表现了出来。

11

日记：避难·家人·二弟·三弟

1917年七月

三日　雨。上午赴部与侪辈别。午晴。齐寿山来。（按，7月1日张勋拥清室复辟，改民国六年为宣统九年，鲁迅愤而辞职，离开教育部。7日开始避难。12日事平。14日回邑馆。16日回部复职。）

七日　晴。热。上午见飞机。午齐寿山电招，同二弟移寓东城船板胡同新华旅馆，相识者甚多。

九日　阴。下午发电告家平安。夜闻枪声。

十二日　晴。晨四时半闻战声甚烈。午后二时许止。事平，但多谣言耳。觅食甚难。晚同王华祝、张仲苏及二弟往义兴局觅齐寿山，得一餐。

十三日　晴。上午同二弟访许铭伯、季市，餐后回寓小句留。潘企莘来访。下午仍回新华旅馆宿。得宋知方信。

十四日　晴。时局小定。与二弟俱还邑馆。

十六日　昙。上午赴部。得丸善及东京堂函。午后同二弟至升平园理发并浴。又自至留黎厂取所表拓本，计二十枚，付工二元。会小雨，便归。夜大雨。

1926年

三月

二十五日　晴。上午赴刘和珍、杨德群两君追悼会。（按注：刘和珍，杨德群为北京女子师范大学学生，"三一八"惨案殉难烈士。惨案发生后，段祺瑞政府密令捕人，鲁迅名列五十人黑名单。《京报》发表《三一八惨案之内幕种种》后，鲁迅开始避难。日记中的入医院即为避居地。此次避难至4月8日止。）得凤举信。得曲广均信并稿。下午品青来。季市来。

二十九日　晴。上午入山本医院。上午淑卿来。有麟来。下午紫佩来。夜寄寄野信。

四月

六日　晴。上午往女师大讲。回家。得韦素园信。得霁野信。下午访霁野。访小峰。仍至医院。从小峰收泉卅。晚寄小峰信。寄凤举信。晚紫佩来。夜有麟来。

八日　昙，大风。上午得凤举信。午寄霁野信。午后得矛尘信。下午出山本医院。访季市。得长虹信。晚长虹来。夜得小峰信。

十五日　晴。上午寄霁野信。寄朋基信。下午季市来，同访寿山。往山本医院。得霁野信。晚移住德国医院。（按，此次避难系因奉系军阀逼近北京，国民军退守南口。鲁迅先只身避居德国医院，三日后又将亲属迁居东安饭店暂避。至23日止。）

十七日　晴。上午回家一省视。往东亚公司买《有岛武郎著作集》第十一一本，《支那游记》一本，共泉二元五角。寄伏园信。寄霁野信。夜往东安饭店。

十八日　星期。晴。上午往东安饭店。得董秋芳信。午有麟来。紫佩来。寿山来，同往德国饭店午餐。下午广平来。晚淑卿来。得钦文及元庆信，八日发。

二十日　晴。上午淑卿来。有麟来。得小峰信。访寿山。午寄霁野信。午后访小峰。回家一省视。

二十一日　晴。上午淑卿来。回家省视。夜至医院。得三弟信。十四日发。

二十二（三）日　昙。上午往女师大考试。回家一视。得敬隐渔信。午后访静农。访小峰。晚自德国医院回家。得韦素园信。得钦文信并图案一枚，三月廿八日发。夜得李遇安信，十五日定县发。

二十六日　昙。上午往北大讲。访霁野，付以印书泉百。午后访小峰，收泉百。得凤举信。往东亚公司买《有岛武郎著作集》第十二辑一本，一元二角。访寿山，不值。下午季市来。夜往法国医院（按，国民军在奉鲁联军进攻下退出北京后，奉系军阀张作霖取缔宣传"赤化"，封闭《京报》，逮捕《京报》经理兼总编辑邵飘萍，并于是日将其杀害。鲁迅又避入医院，至5月2日止。）

三十日　晴。下午得曲均九信。得台静农信。寄邓飞黄信。夜回家。

五月

一日　昙。午后寄静农信。复曲均九信。下午陈炜谟、冯至来。缪金源来。晚往医院。

二日　星期。晴。上午紫佩来。午后访小峰不遇，取《故乡》十本。访素园，校译诗。下午回家一转，仍往医院。晚小峰、矛尘来。夜回家。

三日　昙。上午往北大讲。午后往邮政总局取陶璇卿所寄我之画象，人众拥挤不能得，往法国医院取什物少许，仍至邮政总局取画象归。夜东亚公司送来《男女と性格》、《作者の感想》、《永遠の幻影》各一本，共泉四元五角。

六日　晴。上午得邓飞黄信。午后大风。下午访韦素园。访李小峰。往法国医院取什物。

《野草》意会

1912年

五月

五日　上午十一时舟抵天津。下午三时半车发，途中弥望黄土，间有草木，无可观览。约七时抵北京，宿长发店。夜至山会邑馆访许铭伯先生，得《越中先贤祠目》一册。

六日　上午移入山会邑馆。坐骡车赴教育部，即归。予二弟信。夜卧未半小时即见蜈虫三四十，乃卧桌上以避之。

十日　晨九时至下午四时半至教育部视事。枯坐终日，极无聊赖。国亲移去。

八月

二十二日　晨见教育部任命名氏，余为佥事。上午寄蔡国青信。晚钱稻孙来，同季市饮于广和居，每人均出资一元。归时见月色甚美，骤游于街。

1916年

五月

六日　晴。上午得二弟信，一日发（33）。午后大风。往留黎厂买《刘曜残碑》一枚，一元；画象一枚，有题字，又二枚无题字，二元；《郑道昭登百峰山五言诗石刻》一枚，二元；黄石厓魏造象六枚，二元；驼山唐造象一百二十枚，四元；仰天山宋造象十七枚，一元。下午以避喧移入补树书屋住。

1917年

三月

七日　昙。上午寄二弟信，附旅费六十，季市买书泉卅（廿）。

四月

一日　晴。午后往图书分馆访子佩。往留黎厂付表拓本，并买《泰山篆残石》一枚、《李氏像碑颂》一枚、《成公夫人墓志》一枚，共银二元。晚范云台、许诗荃来。夜二弟自越至。携来《艺术丛编》四至六集各一册、《古竟图录》一册、《西夏译莲华经考释》一册、《西夏国书略说》一册，均过沪所购，共泉十七元四角。翻书谈说至夜分方睡。

二日　晴。请假。午后同二弟至益昌午饭。下午霞卿来。夜商契衡来。

1918年
六月
二十日　晴。晨二弟发向越中。晚得钱玄同信。夜雷雨。

九月
十日　晴。上午胡君博厚来托为入学证人。午后小雨。往大学作证讫，访尹默，又遇幼渔，谈少顷出。晴。夜二弟到京，持来茗一大合，干菜一筐，又由上海购来书籍六种十三册，合券十二元，目在书帐。子佩、遐卿由驿同来，少坐去。谈至夜分睡。风。

1919年
二月
十一日　晴。午后同齐寿山往报子街看屋，已售。
十三日　晴。上午得东京堂信。午后同齐寿山往铁匠胡同看屋，不合用。
二十七日　晴。上午往林鲁生家，同去看屋二处。

三月
八日　昙。午后邀张协和看屋。夜雨雪。
十一日　晴。午后同林鲁生看屋。下午往铭伯先生寓。
十二日　晴。午后看屋。又往留黎厂。夜宋紫佩来。
十四日　晴。午后看屋。下午复出，且邀协和俱。
十九日　晴。上午东京堂寄来小说一册并明信片。午同朱孝荃、张协和至广宁伯街看屋后在协和家午饭。晚宋子佩来。
三十一日　晴。黎明二弟往前门驿，于其处会宋子佩、李遐卿，同发向越中。晚风。

《野草》意会

四月

十三日　晴。星期休息。下午刘半农来。洙邻兄来，顷之同往鲍家街看屋。收二弟所寄书一包五本，八日绍兴发。

二十一日　昙。上午得二弟明信片，十七日上海发。午后寄二弟及二弟妇信于东京。下午大风。

五月

二日　晴。午后寄尹默信。下午同寿山至辟才胡同看地。

十八日　昙。星期休息。上午刘半农来。午后小雨。二弟从东京至，持来书籍一箱。夜赠朱孝荃笋干一包并信。

二十九日　晴。上午得虞叔昭信，午后复之。下午与徐吉轩至蒋街口看屋。晚钱玄同来。

六月

三日　晴。下午昙。同徐吉轩往护国寺一带看屋。晚大风一阵后小雨。

七月

二日　雨。晨二弟启行向东京。午后晴。下午许世瑾来。王式乾来。

二十三日　晴。上午得三弟信，十九日发（五四）。午后拟买八道弯罗姓屋，同原主赴警察总厅报告。往中央公园观监狱出品展览会，买兰蓝格毛巾一打，券三元。下午寄朱孝荃信。晚钱玄同来。

二十六日　雨。上午寄二弟信。收本月奉泉三百。许季市还泉卅。得二弟信，廿一日东京发。为二弟及眷属租定间壁王氏房四大间，付泉卅三元。

三十一日　晴。上午得二弟信，二十四日发。寄钱玄同信并文稿八枚。午后往护国寺理房屋杂务。晚宋紫佩来。夜雨。

八月

二日　晴。上午得三弟信，廿九日发（五六）。辰文馆寄来《俚谣》一册。大学遣工送二弟之六月下半月薪水百廿。午后往西直门内横桥巡警分驻所问屋

· 98 ·

事。晚子佩来谈。开译《或ル青年ノ梦》。

四日　晴。上午得二弟信，廿六日发。寄三弟信（六四）并《周平》二张。午后托子佩买家具十九件，见泉四十。子佩、企莘、遐卿又合送倚子四个。下午得李遐卿信。

十日　昙。星期休息。午后二弟、二弟妇、丰、谧、蒙及重久君自东京来，寓间壁王宅内。晚宋子佩来。

十八日　晴。午后往市政公所验契。得三弟信，十四日发（六十）。

十九日　晴。上午往浙江兴业银行取泉。买罗氏屋成。晚在广和居收契并支付见泉一千七百五十元，又中保泉一百七十五元。

三十一日　晴。星期休息。上午得陶书臣信并藤倚二个，付券十元。下午许诗荃来并交《吕超墓志》连跋一册，范寿铭先生赠。

九月

五日　晴。上午寄三弟信。晚宋子佩来。得陶书臣信并藤倚二，价券十一元。

六日　晴。午后二弟领得买屋冯单来。

十四日　晴，风。星期休息。午后访铭伯先生。晚陶书臣来并赠铁制什器五件。得李遐卿信。

十八日　晴。上午寄许季市、张梓生及三弟杂志各一卷。同齐寿山、徐吉轩及张木匠往八道弯看屋工。下午得李遐卿信。

二十八日　雨。星期休息。午后罗及李来，为屋事。

十月

五日　晴。星期休息。上午得沈尹默信并诗。午后往徐吉轩寓招之同往八道弯，收房九间，交泉四百。下午小雨。

六日　昙。午后往警察厅报修理房屋事。

十日　晴。休假。上午往八道弯视修理房屋。

十一日　昙。午后往洪桥警察分驻所验契。下午雨。

十六日　晴。下午往八道弯宅。

十七日　晴。午后往留黎厂买张俊妻墓专三枚，《王僧男墓志》并盖二枚，《刘猛进墓志》前后二枚，《彭城寺碑》并阴及碑坐画象总三枚，共券十二元。下午付木工见泉五十。得李遐卿信。

十九日　晴。星期休息。上午同重君、二弟、二弟妇及丰、谧、蒙乘马车同游农事试验场，至下午归，并顺道视八道弯宅。

二十三日　晴。下午往八道弯宅。

二十七日　晴。上午收本月奉泉三百。付木工见泉五十。下午往自来水西分局并视八道弯宅。

二十九日　晴。晨至自来水西局约人同往八道弯量地。夜大风。

十一月

一日　晴。下午往八道弯宅。

四日　晴。下午同徐吉轩往八道弯会罗姓并中人等，交与泉一千三百五十，收房屋讫。晚得李遐卿信。

七日　昙，风，午晴。下午往八道弯宅。

八日　晴。下午付木工泉五十。

十日　昙。午后往八道弯。晚小雨。夜刘半农来。

十二日　昙。上午往八道弯。

十三日　晴。上午托齐寿山假他人泉五百，息一分三厘，期三月。在八道弯宅置水道，付工值银八十元一角。水管经陈姓宅，被索去假道之费三十元。又居间者者索去五元。下午在部会议。晚宋子佩来。

十四日　晴。午后往八道弯宅，置水道已成。付木工泉五十。晚潘企莘来。夜风。收拾书籍入箱。

十六日　昙。星期休息。上午蒋抑卮来。午后寄遐卿信。下午许诗荛来并致铭伯先生及季市所送迁居贺泉共廿。夜收拾什物在会馆者讫。风。

十八日　晴。午后往八道弯宅。得李遐卿信。

二十一日　晴。上午与二弟眷属俱移入八道弯宅。

二十六日　昙。上午收本月奉泉之半，计券一百五十。午后寄罗志希信。上书请归省。付木工泉五十。重校《青年之梦》第一幕讫。

二十九日　晴。午后付木上泉百七十五，波黎泉四十。凡修缮房屋之事略备具。

十二月

一日　晴。晨至前门乘京奉车，午抵天津换津浦车。

二日　晴。午后到浦口，渡扬子江换宁沪车。夜抵上海。车中遇朱云卿君，同寓上海旅馆。

三日　雨。晨乘沪杭车，午抵杭州。寓清泰第二旅馆。午后至中国银行访蔡谷清。下午至捷运公司询事。夜往谷清寓饭。

四日　雨。上午渡钱江，乘越安轮，晚抵绍兴城，即乘轿回家。

八日　晴。收理书籍。

十九日　晴。上午得朱可铭信。午后郦藕人来。晚传叔祖母治馔饯行，随母往，三弟亦偕。夜雨。

二十一日　晴。星期。上午得二弟信，十七日发。午后寄蔡谷青信。寄捷运公司信，晚心梅叔来。夜理行李粗毕。

二十二日　晴。晨寄徐吉轩信。寄朱可铭信。寄二弟信。与三弟等同至消摇溇扫墓。晚归。

二十三日　雨。上午得蔡谷青信并任阜长画一幅。午后画售屋押。

二十四日　晴。下午以舟二艘奉母偕三弟及眷属携行李发绍兴，蒋玉田叔来送。夜灯笼焚，以手按灭之，伤指。

二十五日　晴。晨抵西兴。由俞五房经理渡钱塘江，止钱江旅馆，谷青属孙君来助理。午后以行李之应运者付捷运公司。入城访谷青，还任阜长画。

二十六日　晴。晨乘杭沪车发江干。至南站前路轨损，遂停车，止上海楼旅馆，甚恶。夜半乘夜快车发上海。

二十七日　晕。晨抵南京，止中西旅馆。上午雨。午渡扬子江，风雪忽作，大苦辛。乃登车，得卧车，稍纾。下午发浦口。晚霁。

二十八日　晴。晚抵天津，止大安旅馆。

二十九日　晴。晨发天津，午抵前门站。重君、二弟及徐坤在驿相迓，徐吉轩亦令刘升、孙成至，从容出站。下午俱到家。

《野草》意会

1920
一月
六日　昙。午后往本司胡同税务处税房契,计见泉百八十。晚骨董肆人来易专去,今一块文曰"京上村赵向妻郭"。夜风。
十九日　晴。上午在越所运书籍等至京,晚取到。夜小风。

三月
十四日　昙。星期休息。午宴同乡同事之于买宅时赠物者,共二席,十五人。得蒯若木函。

1921年
九月
二日　晴。上午得孙伏园信。下午三弟启行往上海。得二弟信,晚得宫竹心信。

1923
七月
十四日　晴。午后得三弟信。作大学文艺季刊稿一篇成。晚伏园来即去。是夜始改在自室吃饭,自具一肴,此可记也。
十九日　昙。上午启孟自持信来。(按,周作人的信全文如下。鲁迅先生:我昨日才知道,——但过去的事不必再说了。我不是基督徒,却幸而尚能担受得起,也不想责难,——大家都是可怜的人间。我以前的蔷薇的梦原来都是虚幻,现在所见的或者才是真的人生。我想订正我的思想,重新入新的生活。以后请不要再到后边院子里来,没有别的话。愿你安心,自重。7月18日,作人。),后邀欲问之,不至。下午雨。
二十六日　晴。上午往砖塔胡同看屋。下午收拾书籍入箱。
二十九日　晴。星期休息。终日收书册入箱,夜毕。雨。
三十一日　晴。上午访裘子元,同去看屋。寄许季市信并还《文选》一部,送《桃色之云》一册。下午收拾行李。

八月

一日　昙。上午往伊东寓治齿,遇清水安三君,同至加非馆小坐。午后收拾行李。下午得冯省三信。晚小雨。寄三弟信。

二日　雨,午后霁。下午携妇迁居砖塔胡同六十一号。

五日　昙。星期休息。晨母亲来视。得三弟信,七月卅一日发。晚孙伏园来并持示春苔里昂来信。小雨。

十三日　晴。上午得三弟信,九日发。母亲来视,交来三太太笺,假十元,如数给之,其五元从母亲转借。夜校订《山野掇拾》毕。

十六日　晴。上午寄季市信。寄三弟信。午后李茂如、崔月川来,即同往菠萝仓一带看屋,比毕回至西四牌楼饮冷加非而归。

十九日　晴。星期休息。上午母亲来。得福冈君信片,十二日发。午得伏园信。

二十日　小雨。午后与李姓者往四近看屋。下午大雨。

二十一日　晴。上午收二月分奉泉四元。午后母亲往八道弯宅。

二十二日　晴。上午往伊东寓修正补齿。得朱可铭信,四日发。下午约卫仲猷来寓,同往贵人关看屋。晚许钦文、孙伏园来。

二十五日　晴。上午得三弟信并泉十五元。下午与秦姓者往西城看屋两处。晚伏园持《呐喊》二册来。

二十六日　晴。星期休息。上午母亲遣潘妈来给桃实七枚,三弟之款即令将去交三太太收。下午许钦文来。李遐卿来。夜濯足。

二十八日　昙。午后同杨仲和往西单南一带看屋。下午小雨即霁。夜又小雨且雷。

二十九日　晴。上午母亲来,交三太太信并所还泉五元,所赠沙丁鱼二合,即以泉还母亲,以一合鱼转送俞芬小姐。

三十一日　晴。上午母亲往新街口八道弯宅去。下午同杨仲和看屋三处,皆不当意。

九月

一日　昙。上午崔月川来引至街西看屋。下午以《呐喊》各一册寄丸山及胡

《野草》意会

适之。

八日　晴。晨母亲来。上午往留黎厂取高师薪水，买《庄子集解》一部三册，一元八角。又买方木二合，分送俞宅二孩子。下午得潘企莘信，夜复。

十三日　昙。上午和孙来。下午同李慎斋往宣武门附近看屋。夜濯足。

十五日　晴。下午往裘子元寓，复同至都城隍庙街看屋。

十八日　昙。上午同母亲往山本医院诊。午后晴，母亲往八道宅弯宅。夕风。

二十日　昙。下午潘企莘来，同至西直门内访林月波君看屋。

二十二日　昙。上午往西北城看屋。得晨报馆征文信。午后小雨。下午往表背胡同访齐寿山，假得泉二百。

二十三日　昙。星期休息。晨和森来，尚卧未晤。下午往世界语专门学校交笺，请明日假。秦姓者来，同至石老娘胡同，拟看屋，不果。

二十四日　昙。欲买前桃园屋，约李慎斋同访林月波，以议写契次序不合而散，回至南草厂又看屋两处。下午访齐寿山，还以泉二百。咳嗽，似中寒。

二十五日　晴。秋节休假。午后李茂如来言屋事。往四牌楼买月饼三合，又阿思匹林饼一筒。夜服药三粒取汗。

二十七日　晴。晨母亲来。晚李茂如来。

十月

一日　昙，大风。上午李茂如来，同出看屋数处。午后往世界语校讲。得三弟明信片，九月廿七日发。夜李小峰、孙伏园来。大发热，以阿思匹林取汗，又写四次。

十日　晴。休假。上午得夏葵如信，即复。午后得章菊绅信，即复。母亲往八道湾宅。访李慎斋，同出看屋数处。

十二日　晴。午后往半壁街看屋。

十四日　晴，风。星期休息。午后往德胜门看屋。晚孙伏园来。

十六日　晴。午后往针尖胡同看屋。

十七日　晴。午后李慎斋来，同往四近看屋。晚服燕医生补丸二粒。

二十四日　晴。上午得孙伏园信，午后复。午后李慎斋来，同至阜成门内看屋。

二十七日　晴。晨寄钱稻孙信。寄三弟信。往女子师校讲。上午得钱稻孙信片。午后杨仲和、李慎斋来，同至达子庙看屋。

三十日　晴。上午后杨仲和、李慎斋来，同至阜成门内三条胡同看屋，因买定第廿一号门牌旧屋六间，议价八百，当点装修并丈量讫，付定泉十元。

三十一日雨，上午晴。和森自山西来，赠糟鸭卵一篓，汾酒一瓶。下午往骡市买白鲞二尾，茗一斤。寄王仲猷信。夜绘屋图三枚。世界语校送来本月薪水泉十五元。雨。

十一月

一日　晴。午后托王仲猷往警署报转移房屋事。

八日　晴。午后装火炉，用泉三。陈援庵赠《元西域人华化考》稿本一部二册，由罗膺中携来。夜饮汾酒，始废粥进饭，距始病时三十九日矣。

九日　晴。上午往师校讲。午往世界书局，见所售皆恶书，无所得而出。午后回寓，母亲已来，因同往山本医院诊，云是感冒。得春台自巴黎来信并鸟羽二枚，铁塔画信片一枚，均由伏园转寄而至。晚始生火炉。

十六日　晴。晨往高师校讲。午后往大学讲。下午往内右四区第二路分驻所，又至西四条胡同二十一号。又使吕二连（送）信于连海。晚李慎斋来。

十八日　晴。星期休息。上午和森来。邀李慎斋同往西三条胡同连海家，约其家人赴内右四区第二路分驻所验看房契。夜风。

十二月

一日　晴。上午母亲往八道湾宅，由吕二送去。齐寿山交来季市之泉四百。得寿垿之妇赴，赙一元。伏园来，示《小说史》印成草本。

二日　晴。星期休息。上午寄三弟信。午在西长安街龙海轩成立买房契约，当付泉五百，收取旧契并新契讫，同用饭，坐中为伊立布、连海、吴月川、李慎斋、杨仲和及我共六人，饭毕又同吴月川至内右四区第二分驻所验新契。空三来，不值，夜复来谈。

三日　晴。午后访李慎斋。往世界语校讲。晚同慎斋往警区接洽契价事。

《野草》意会

十一日　晴。上午往西三条派出所取警厅通知书，午后又往总厅交手续费一元九角五分。下午寄季巿信并讲义一帖。孙伏园寄来《小说史略》印本二百册，即以四十五册寄女子师范学校，托诗荃代付寄售处，又自持往世界语校百又五册。

十六日　晴，风。星期休息。午后子佩来。何君来。下午李慎斋、王仲猷来，同至四牌楼呼木匠往西三条估修屋价值。

十七日　晴。上午母亲来。午后往世界语校讲。

二十日　晴。午后邀王仲猷、李慎斋同往西四牌楼呼木工，令估修理西三条胡同破屋价目。夜草《中国小说史》下卷毕。风。

二十二日　晴。晨往女子师校讲。午后往市政公所验契。伏园至部来访。下午得季巿信并《越缦堂骈文》一部。赠玄同、幼渔、矛尘、适之《小说史略》一部，吉轩《呐喊》一部。春台寄赠Styka作托尔斯多画象邮片二种。

二十六日　晴。上午郁达夫来并持赠《创造周报》半年汇刊一册，赠以《小说史略》一册。午后往市政公所补印，因廿二日验契时一纸失印也。往通俗图书馆还书并借书。夜往徐吉轩宅小坐。往女子师校文艺会讲演，半小时毕，送《文艺会刊》四本。同诗荃往季巿寓饭，十时归。

1924年

一月

二日　晴。下午李慎斋来，同至西三条胡同接收所买屋，交余款三百元讫。

十日　晴。午后往市政公所取得买屋凭单并图合粘一枚，付用费一元。夜空三来。

十二日　晴。晨寄孙伏园信，附答王剑三笺。往女师校讲。午后同李慎斋往本司胡同税务处纳屋税，作七百五十元论，付税泉四拾五元，回至龙海轩午餐。

十五日　晴。午后得和荪信，十二日太原发。与瓦匠李德海约定修改西三条旧房，工直计泉千廿。下午寄丸善书店泉五。晚李慎斋来，陈声树来。

十六日　晴。下午寄丸善书店信。晚李慎斋来，付李瓦匠泉百。

十八日　晴。上午往师大讲。午后往北大讲。晚付李瓦匠泉二百。

二十日　晴。星期休息。午前李慎斋来，同至西三条看瓦、木料，并付李瓦匠泉百。午后子佩来，未遇。下午丸山来。晚理发。

二十一日　晴。上午冯省三来。宋子佩来。下午寄胡适之信并《边雪鸿泥记》稿本一部十二册。晚付李瓦匠泉百。得小说月报社征文信，即复绝。

二十三日　昙。午后子佩来。寄孙伏园信。晚付李瓦匠泉二百。夜微雪。

二十七日　晴。星期休息。上午李慎斋来，饭后同至西三条胡同看卸灰。下午昙。夜向培良来。

二十八日　晴。晨得冯省三信。上午李慎斋来，同至西三条胡同看卸灰，合昨所卸共得八车，约万五千斤。王仲猷代为至警署报告建筑。午后得孙伏园信。

三十一日　晴，风。上午往警区验契。

二月

一日　晴。上午李慎斋来，同至西三条胡同看卸灰。下午得三弟信，一月二十九日发。

二日　晴。上午得三太太信。午后得郑振铎信并板权税五十六元。赠乔大壮以《中国小说史》一册。还李慎斋代付之石灰泉十八元。晚同裘子元往李竹泉店观唐人墨书墓志。往商务印书馆买《淮南鸿烈集解》一部六册，三元。

十三日　晴。晨母亲往八道弯宅去。午后得张凤举信，即复。转寄俞芬小姐信一。

十四日　晴，大风。午后母亲寄来花生一合。访季市。得三弟信，九日发。

十七日　晴。星期休息。上午李庸倩与其友来。李慎斋来。母亲来，午饭后去。下午宋子佩来。许钦文来。H君来。蔡察字省三者来，不晤。

十八日　晴。上午李慎斋来，同至西三条屋巡视。往巡警分驻所取建筑执照，付手续费二元七角七分五厘。晚空三来，不晤。夜成小说一篇。

十九日　昙。午后晴。晚寄母亲汤圆十枚。夜风。

二十一日　晴，风。晚付李瓦匠泉百。

二十二日　晴，大风。上午往高师校讲并收六月分薪水泉十八元。午后往大学讲。往本司胡同税务处取官契纸。晚买糖两合食之。

二十八日　晴。上午母亲来，下午往八道弯。往山本医院诊，云是神经痛而非肋膜炎也，付诊费及药泉四元六角。夜空三及邓梦仙来，赠以《桃色之云》

《野草》意会

一册。

三月
十日　晴。上午母亲来，午后去。往世界语校讲。得丸善明信片。夜濯足。
十五日　晴。晨往女子师校讲。上午往山本医院诊。旧存张梓生家之书籍运来，计一箱，检之无一佳本。下午寄常维钧《歌谣》周刊封面图案二枚。
十六日　晴。星期休息。下午空三来。晚李慎斋来。付李瓦匠泉百。
二十二日　晴。晨母亲来。往女子师范校讲。下午寄三弟信。往山本医院诊。夜风。
三十日　晴。星期休息。上午杨遇夫来。午后理发。李庸倩及其友来。吕生等来，皆世界语校生。晚因观白塔寺集，遂（往）西三条宅一视。夜李慎斋来。
三十一日　晴。午后寄钱玄同信。往山本医院诊。下午从李慎斋假泉五十，付李瓦匠泉百。寄孙伏园信。

四月
五日　晴。清明，休假。午后视三条胡同屋。晚省三来假去泉二元。夜风。
七日　晴。午后往世界语校讲而无课，遂至顺城街访陈空三，下午收奉泉百零二，去年四月分之三成一也。还李慎斋泉五十。
十七日　晴，下午风。往西三条宅。付李瓦匠泉卅。
二十二日　昙，风。下午往西三条胡同宅。得伏园信并校稿，即复。
二十六日　晴。晨往女师校讲。上午往留黎厂买什物。午后往视西三条胡同宅。下午寄三弟信并竞马券一枚。寄还伏园校稿。
二十九日　晴。午后母亲往八道弯宅去。下午寄三弟信。夜濯足。
三十日　晴。午后郁达夫来。往西三条胡同视所修葺之屋。付李瓦匠泉廿。还齐寿山泉五十。夜风。

五月
一日　晴。上午李慎斋来，同至四牌楼买玻黎十四片，十八元五角，又同至西三条胡同宅。下午夏穗卿先生讣来，赙二元。得谢仁冰母夫人讣，赙一元。晚李庸倩来。

六日　晴。晨母亲来，午后往八道弯宅。下午寄三弟信。高阆仙赠《论衡举正》一部二本，收三弟所寄回许钦文稿一篇。晚买茗一斤，一元；酒酿一盆，一角。李小峰、章矛尘、孙伏园来。季市欲雇车夫。令张三往见。

十日　晴。晨往女师校讲。上午往李慎斋寓。午后李慎斋来，同至西三条胡同宅，并呼漆匠、表糊匠估工。下午收去年四月分俸泉卅。寄孙伏园信并校正稿。

十二日　晴。李瓦匠完工，付泉卅九元五角讫。午后往世界语校讲。

十三日　昙。上午子佩来并见借泉二百。下午得三弟信，十日发。往西三条胡同看屋加油饰。托俞小姐乞画于袁甸鬯先生，得绢地山水四帧。夜孙伏园持《纺轮故事》五本至，即赠俞、袁两公各一本。风。

二十日　晴。晨母亲来，午后仍往八道弯宅。访李慎斋，邀之同出买铺板三床，泉九元。收奉泉六十六元，去年四月分之余及五月分之少许。还齐寿山泉五十。寄孙伏园校稿并信。得三弟信，十六日发，属以泉十交芳子太太。晚往山本医院视芳子疾，并致泉十，又自致十。夜风。

二十一日　晴。午后寄三弟信。往三条胡同宅视。付漆匠泉廿一，表糊匠泉十二。晚以女师校风潮学生柬邀调解，与罗庸中、潘企莘同往，而续至者仅郑介石一人耳。H君来。夜雷电而雨。

二十四日　晴。晨往女师校讲。上午往图书务馆访子佩，不值；下午复访之，还以泉百。付漆工泉廿。夜收拾行李。

二十五日　星期。晴。晨移居西三条胡同新屋。下午钦文来，赠以《纺轮故事》一本。风。

二十八日　晴。上午母亲来。午后子佩来。下午随母亲往山本医院诊病。

六月

八日　昙。星期休息。晨母亲来。上午得三弟信，五日发。下午矛尘、钦文、伏园来。王、许、三俞小姐等五人来。夜校《嵇康集》了。

九日　晴。午后往世界语校讲。往山本医院。下午巡警来丈量。李人灿君来。

十日　晴。上午寄三弟信。午后往右四区分署验契。下午风。夜撰校正《嵇

《野草》意会

康集》序。

十一日　晴，风。晨得杨（陈）翔鹤君信。上午寄郑振铎信。寄阮和森信。往山本医院为母亲取药。寄伏园校稿。下午往八道湾宅取书及什器，比进西厢，启孟及其妻突出骂詈殴打，又以电话招重久及张凤举、徐耀辰来，其妻向之述我罪状，多秽语，凡捏造未圆处，则启孟救正之，然终取书、器而出。夜得姚梦生信并小说稿一篇。

（2005年版《鲁迅全集》第十五卷）

从这些文字看，鲁迅是一位活在人间的人。身份并不伟大，也不显赫，更不超然：政府部门科级官员、著名学者、教授、作家。家有母亲、太太，兄弟三人，他是老大，当家人。二弟作人从年轻时读书，到日本留学、娶妻、回国、教书，都在大哥的关注、呵护之下。留学生在日本娶妻要钱，连同日本亲家来北京定居要钱，还要房产，这么一大家子穿衣、吃饭、养孩子、看病、过日子要钱——钱从哪来？当家人大哥除教育部的俸禄外，还得兼职教课、写书，不够时还找人借贷。老大能干，什么事都拿得起放得下；老二也不错，回来后很快就在北大当了教授。一家人倒也怡然。兄弟失和发生得很突然，连大哥都始料不及。事后，除双方日记上那么几个字之外，从此缄口，再也找不到相关文字。这是周氏兄弟之间的一桩家庭谜案，"不足为外人道也"。此事评头论足千奇百怪，大可置之不理。家事，任什么清官都无法断。谁也说不清楚。总是悖论。

然而此前周氏兄弟在学术上却是合成一体的。至少在前期，鲁迅和岂明在学术思想上实互为一体，老二的学术得到了大哥全身心的帮助，以至于许多成果形成了你中有我、我中有你的格局。女师大事件后，老大鲁迅被裹进现实政治，无可奈何，烦恼不尽，彷徨无处，写出了最能够代表前期思想的《彷徨》《野草》《故事新编》《朝花夕拾》及《华盖集》《华盖集续编》《而已集》。其中，《野草》则是鲁迅自己痛苦灵魂的自白，思想和文采都升华到了前所未有的高度。老二渐趋隐退，终于退到苦茶庵里读他的古籍原典、西方名著和写他的闲适小品去了。要透彻理解鲁迅，须知周作人的文章到底都说了些什么；而要了解周作人到底是什么人，也需真正读懂鲁迅。

一　读懂鲁迅

北京·厦门·广州

1

我其实那里会"立地成佛",许多烟卷,不过是麻醉药,烟雾中也没有见过极乐世界。假使我真有指导青年的本领——无论指导得错不错——我决不藏匿起来,但可惜我连自己也没有指南针,到现在还是乱闯。倘若闯入深渊,自己有自己负责,领着别人又怎么好呢?我之怕上讲台讲空话者就为此。记得有一种小说里攻击牧师,说有一个乡下女人,向牧师沥诉困苦的半生,请他救助,牧师听毕答道:"忍着罢,上帝使你在生前受苦,死后定当赐福的。"其实古今的圣贤以及哲人学者之所说,何尝能比这高明些。他们之所谓"将来",不就是牧师之所谓"死后"么。我所知道的话就全是这样,我不相信,但自己也并无更好的解释。章锡琛先生的答话是一定要模胡的,听说他自己在书铺子里做伙计,就时常叫苦连天。

我想,苦痛是总与人生联带的,但也有离开的时候,就是当熟睡之际。醒的时候要免去若干苦痛,中国的老法子是"骄傲"与"玩世不恭",我觉得我自己就有这毛病,不大好。苦茶加糖,其苦之量如故,只是聊胜于无糖,但这糖就不容易找到,我不知道在那里,这一节只好交白卷了。

以上许多话,仍等于章锡琛,我再说我自己如何在世上混过去的方法,以供参考罢——

一,走"人生"的长途,最易遇到的有两大难关。其一是"歧路",倘是墨翟先生,相传是恸哭而返的。但我不哭也不返,先在歧路头坐下,歇一会,或者睡一觉,于是选一条似乎可走的路再走。倘遇见老实人,也许夺他食物来充饥,但是不问路,因为我料定他并不知道的。如果遇见老虎,我就爬上树去,等它饿

《野草》意会

得走去了再下来,倘它竟不走,我就自己饿死在树上,而且先用带子缚住,连死尸也决不给它吃。但倘若没有树呢?那么,没有法子,只好请它吃了,但也不妨也咬它一口。其二便是"穷途"了,听说阮籍先生也大哭而回,我却也像在歧路上的办法一样,还是跨进去,在刺丛里姑且走走。但我也并未遇到全是荆棘毫无可走的地方过,不知道是否世上本无所谓穷途,还是我幸而没有遇着。

二,对于社会的战斗,我是并不挺身而出的,我不劝别人牺牲什么之类者就为此。欧战的时候,最重"壕堑战",战士伏在壕中,有时吸烟,也唱歌,打纸牌,喝酒,也在壕内开美术展览会,但有时忽向敌人开他几枪。中国多暗箭,挺身而出的勇士容易丧命,这种战法是必要的罢。但恐怕也有时会逼到非短兵相接不可的,这时候,没有法子,就短兵相接。

总结起来,我自己对于苦闷的办法,是专与袭来的苦痛捣乱,将无赖手段当作胜利,硬唱凯歌,算是乐趣,这或者就是糖罢。但临末也还是归结到"没有法子",这真是没有法子!

以上,我自己的办法说完了,就不过如此,而且近于游戏,不像步步走在人生的正轨上(人生或者有正轨罢,但我不知道)。我相信写出来,未必于你有用,但我也只能写出这些罢了。

(《两地书·二》)

这封信我不知读过多少遍。最初读的时候三十多岁,是颇经历了些痛苦、徘徊和打击的时候,觉得痛快,过瘾,简直就像写给我似的。后来的感觉是鲁迅的形象在这里活灵活现,和他的读者无拘无束,是一位可亲可敬的师长。在我心目中,鲁迅这个名字不可与伟大、崇拜这样的辞藻连在一起——那是对他的亵渎和诽谤。鲁迅之对于我,是心灵的密友。我的心思他都知道,他说的话句句说在我的心上。近年想要写读《野草》的意会,就又重点读鲁迅的日记和书信集,特别对细读了未作删节的《两地书》。《野草》的酝酿时间很长,写作时间却几乎与《两地书》同步。《野草》中许多曲折隐晦的地方,读了《两地书》就能仿佛有所悟。——"其一是'歧路',倘是墨翟先生,相传是恸哭而返的。但我不哭也不返,先在歧路头坐下,歇一会,或者睡一觉,于是选一条似乎可走的路再走,倘遇见老实人，也许夺他食物来充饥，但是不问路，因为我料定他并不知道的。如果遇见老虎，我就爬上树去，等它饿得走去了再下来，倘它竟不走，我就自己饿死在树上，而且先用带子缚住，连死尸也决不给它吃。但倘若没有树呢？那么，没有法子，只好请它吃了，但也不妨也咬它一口。其二便是'穷途'了，听说阮籍先生也大哭而回，我却也像在歧路上的办法一样，还是跨进去，在刺丛里姑且走走。"细心品读这一段话，可以理解《野草》中《过客》之大部分。

2

社会上千奇百怪，无所不有；在学校里，只有捧线装书和希望得到文凭者，虽然根柢上不离"利害"二字，但是还要算好的。中国大约太老了，社会上事无大小，都恶劣不堪，像一只黑色的染缸，无论加进什么新东西去，都变成漆黑。可是除了再想法子来改革之外，也再没有别的路。我看一切理想家，不是怀念"过去"，就是希望"将来"，而对于"现在"这一个题目，都缴了白卷，因为谁也开不出药方。所有最好的药方，即所谓"希望将来"的就是。

"将来"这回事。虽然不能知道情形怎样，但有是一定会有的，就是一定会到来的，所虑者到了那时，就成了那时的"现在"。然而人们也不必这样悲观，只要"那时的现在"比"现在的现在"好一点，就很好了，这就是进步。

这些空想，也无法证明一定是空想，所以也可以算是人生的一种慰安，正如信徒的上帝。你好像常在看我的作品，但我的作品，太黑暗了，因为我常觉得惟"黑暗与虚无"乃是"实有"，却偏要向这些作绝望的抗战，所以很多着偏激的声音。其实这或者是年龄和经历的关系，也许未必一定的确的，因为我终于不能证实：惟黑暗与虚无乃是实有。所以我想，在青年，须是有不平而不悲观，常抗战而亦自卫，倘荆棘非践不可，固然不得不践，但若无须必践，即不必随便去践，这就是我之所以主张"壕堑战"的原因，其实也无非想多留下几个战士，以得更多的战绩。

子路先生确是勇士，但他因为"吾闻君子死冠不免"，于是"结缨而死"，我总觉得有点迂。掉了一顶帽子，又有何妨呢，却看得这么郑重，实在是上了仲尼先生的当了。仲尼先生自己"厄于陈蔡"，却并不饿死，真是滑得可观。子路先生倘若不信他的胡说，披头散发的战起来，也许不至于死的罢。但这种散发的战法，也就是属于我所谓"壕堑战"的。

时候不早了，就此结束了。

(《两地书·四》)

3

我先前收到五个人署名的印刷品，知道学校里又有些事情，但并未收到薛先生的宣言，只能从学生方面的信中，猜测一点。我的习性不大好，每不肯相信表面上的事情，所以我疑心薛先生辞职的意思，恐怕还在先，现在不过借题发挥，自以为去得格外好看。其实"声势汹汹"的罪状，未免太不切实，即使如此，也没有辞职的必要的。如果自己要辞职而必须牵连几个学生，我觉得办法有些恶劣。但我究竟不明白内中的情形，要之，那普通所想得到的，总无非是"用阴谋"与"装死"，学生都不易应付的。现在已没有中庸之法，如果他的所谓罪状，不过是"声势汹汹"，则殊不足以制人死命，有那一回反驳的信，已经可以了。此后只能平心静气，再看后来，随时用质直的方法对付。

这回演剧，每人分到二十余元，我以为结果并不算坏，前年世界语学校演剧筹款，却赔了几十元。但这几个钱，自然不够旅行，要旅行只好到天津。其实现在也何必旅行，江浙的教育，表面上虽说发达，内情何尝佳，只要看母校，即可以推知其他一切。不如买点心，一日吃一元，反有实益。

大同的世界，怕一时未必到来，即使到来，像中国现在似的民族，也一定在大同的门外。所以我想，无论如何，总要改革才好。但改革最快的还是火与剑，孙中山奔波一世，而中国还是如此者，最大原因还在他没有党军，因此不能不迁就有武力的别人。近几年似乎他们也觉悟了，开起军官学校来，惜已太晚。中国国民性的堕落，我觉得并不是因为顾家，他们也未尝为"家"设想。最大的病根，是眼光不远，加以"卑怯"与"贪婪"，但这是历久养成的，一时不容易去掉。我对于攻打这些病根的工作，倘有可为，现在还不想放手，但即使有效，也恐很迟，我自己看不见了。由我想来——这只是如此感到，说不出理由——目下的压制和黑暗还要增加，但因此也许可以发生较激烈的反抗与不平的新分子，为将来的新变动的萌蘖。

一　读懂鲁迅

"关起门来长吁短叹"，自然是太气闷了，现在我想先对于思想习惯加以明白的攻击，先前我只攻击旧党，现在我还要攻击青年。但政府似乎已在张起压制言论的网来，那么，又必须准备"钻网"的法子——这是各国鼓吹改革的人们照例要遇到的。我现在还在寻有反抗和攻击的笔的人们，再多几个，就来"试他一试"，但那效果，仍然还在不可知之数，恐怕也不过聊以自慰而已。所以一面又觉得无聊，又疑心自己有些暮气，"小鬼"年青，当然是有锐气的，可有更好，更有聊的法子么？

我所谓"女性"的文章，倒不专在"唉，呀，哟……"之多，就是在抒情文，则多用好看字样，多讲风景，多怀家庭，见秋花而心伤，对明月而泪下之类。一到辩论之文，尤易看出特别，即历举对手之语，从头至尾，逐一驳去，虽然犀利，而不沉重，且罕有正对"论敌"之要害，仅以一击给与致命的重伤者。总之是只有小毒而无剧毒，好作长文而不善于短文。

(《两地书·一〇》)

4

来信所说的意见，（按，景宋致鲁迅信提到："攻打现时'病根的工作'，欲'最快'，'有效'而不'很迟'的唯一捷径，自然还是吾师所说的'火与剑'。自二次革命，孙中山逃亡于外时，即已觉悟此层，所以竭力设法组织党军，然而至今也还没有多大建设。况且现时所急待解决的问题，正是刻不容缓，倘必俟若干时筹备，若干时进行，若干时收效，恐将索国魂于枯鱼之肆矣。此杞人之忧也。所以小鬼之意，以为对于违反民意的乱臣贼子，不如仗三寸剑，与以一击，然后仰天长啸，伏剑而死，则以三数人之牺牲，即足以寒贼胆而使不敢妄动。为牺牲者固当有胆有勇，但不必使学识优越者为之，盖此等人不宜大材小用也。"）我实在也无法说一定是错的，但是不赞成，一是由于全局的估计，二是由于自己的偏见。第一，这不是少数人所能做，而这类人现在很不多，即或有之，更不该轻易用去；还有，是纵使有一两回类此的事件，实不足以震动国民，他们还很麻木，至于坏种，则警备极严，也未必就肯洗心革面。还有，是此事容易引起坏影响，例如民二，袁世凯也用这方法了，革命者所用的多青年，而他的乃是用钱雇来的奴子，试一衡量，还是这一面吃亏。但这时革命者们之间，也曾

《野草》意会

用过雇工以自相残杀,于是此道乃更堕落,现在即使复活,我以为虽然可以快一时之意,而与大局是无关的。第二,我的脾气是如此的,自己没有做的事,就不大赞成。我有时也能辣手评文,也尝煽动青年冒险,但有相识的人,我就不能评他的文章,怕见他的冒险,明知道这是自相矛盾的,也就是做不出什么事情来的死症,然而终于无法改良,奈何不得——姑且由他去罢。

文章的看法,也是因人不同的,我因为自己好作短文,好用反语,每遇辩论,辄不管三七二十一,就迎头一击,所以每见和我的办法不同者便以为缺点。其实畅达也自有畅达的好处,正不必故意减缩(但繁冗则自应删削),例如玄同之文,即颇汪洋,而少含蓄,使读者览之了然,无所疑惑,故于表白意见,反为相宜,效力亦复很大,我的东西却常招误解,有时竟大出于意料之外,可见意在简练,稍一不慎,即易流于晦涩,而其弊有不可究诘者焉(不可究诘四字颇有语病,但一时想不出适当之字,姑仍之,意但云"其弊颇大耳")。

(《两地书·一二》)

5

我以前做些小说,短评之类,难免描写,或批评别人,现在不知道怎么,似乎报应已至,自己忽而变了别人的文章的题目了。张王两篇,也已看过,未免说得我太好些。我自己觉得并无如此"冷静",如此能干,即如"小鬼"们之光降,在未得十六来信以前,我还未悟到已被"探检"而去,倘如张君所言,从第一至第三,全是"冷静",则该早已看破了。(按,"张王两篇"中的张,系张定璜。他在《鲁迅先生》一文中认为鲁迅有"三个特色":"第一个,冷静,第二个,还是冷静,第三个,还是冷静。")但你们的研究,似亦不甚精细,现在试出一题,加以考试:我所坐的有玻璃窗的房子的屋顶,是什么样子的?后园已经到过,应该可以看见这个,仰即答复可也!

星期一的比赛"韧性"(按,指女子师范大学许广平一班学生希望鲁迅带领她们去故宫午门楼上,参观教育部正在筹建的历史博物馆。《两地书·一四》景宋信中说到:"今天在讲堂上勒令带上博物馆去的举动,委实太不合于Gentleman的态度了。然而大众的动机,的确与'逃学'和'难为先生'不同,凭着小学生的天真,野蛮和出轨是有一点。回想起来,大家总不免好笑,觉得除了先生以外，我们是绝对不干的。"），我确又失败了，但究竟抵抗了一点钟，成绩还可以在六十分以上。可惜众寡不敌，终被逼上午门，此后则遁入公园，避去近于"带队"之厄。我常想带兵抢劫，固然无可讳言，但若一变而为带女学生游历，则未免变得离题太远，先前之逃来逃去者，非怕"难为"，"出轨"等等，其实不过是逃脱领队而已。

(《两地书·一五》)

6

割舌之罪，早在我的意中，然而倒不以为意。近来整天的和人谈话，颇觉得有点苦了，割去舌头，则一者免得教书，二者免得陪客，三者免得做官，四者免得讲应酬话，五者免得演说，从此可以专心做报章文字，岂不舒服。所以你们应该趁我还未割去舌头之前，听完《苦闷的象征》，前回的不肯听讲而逼上午门，也就应该记大过若干次。而我六十分，则必有无疑。因为这并非"界限分得太清"之故，我无论对于什么学生，都不用"冲锋突围而出"之法也。况且，窃闻小姐之类，大抵容易潸然泪下，倘我挥拳打出，诸君在后面哭而送之，则这一篇文章的分数，岂非当在零分以下？现在不然，可知定为六十分者，还是自己客气的。

但是这次考试，我却可以自认失败，因为我过于大意，以为广平少爷未必如此"细心"，题目出得太容易了。现在也只好任凭排卦拈签，不再辩论，装作舌头已经割去之状。惟报仇题目，却也不再交卷，因为时间太严。那信是星期一上午收到的，午后即须上课，其间更无作答的工夫，而一经上课，则无论答得如何正确，也必被冤为"临时预备夹带然后交卷"，倒不如拼出，交了白卷便宜。

中国现今文坛（？）的状况，实在不佳，但究竟做诗及小说者尚有人。最缺少的是"文明批评"和"社会批评"，我之以《莽原》起哄，大半也就为了想由此引些新的这一种批评者来，虽在割去敝舌之后，也还有人说话，继续撕去旧社会的假面。可惜所收的至今为止的稿子，也还是小说多。

(《两地书·一七》)

《野草》意会

7

　　试验题目出得太容易了，自然也算得我的失策，然而也未始没有补救之法的。其法即称之为"少爷"，刺之以"细心"，则效力之大，也抵得记大过二次。现在果然慷慨激昂的来"力争"了，而且写至七行之多，可见费力不少。我的报复计划，总算已经达到了部分，"少爷"之称，姑且准其取消罢。

　　……

　　我也可以"不打自招"：东边架上一盒盒的确是书籍。但我已将废去考试法不用，倘有必须报复之处，则尊称之曰"少爷"，就尽够了。

（《两地书·一九》）

8

　　现在老实说一句罢，"世界岂真不过如此而已么？……"这些话，确是"为对小鬼而说的"。我所说的话，常与所想的不同，至于何以如此，则我已在《呐喊》的序上说过：不愿将自己的思想，传染给别人。何以不愿，则因为我的思想太黑暗，而自己终不能确知是否正确之故。至于"还要反抗"，倒是真的，但我知道这"所以反抗之敌"，与小鬼截然不同。你的反抗，是为了希望光明的到来罢？我想，一定是如此的。但我的反抗，却不过是与黑暗捣乱。大约我的意见，小鬼很有几点不大了然，这是年龄，经历，环境等等不同之故，不足为奇。例如我是诅咒"人间苦"而不嫌恶"死"的，因为"苦"可以设法减轻而"死"是必然的事，虽曰"尽头"，也不足悲哀。而你不高兴听这类话，——但是，为什么将好好的活人看作"废物"的？这就比不做"痛哭流涕的文字"还"该打"！又如来信说，凡有死的同我有关的，同时我就憎恨所有与我无关的……，而我正相反，同我有关的活着，我倒不放心，死了，我就安心，这意思也在《过客》中说过，都与小鬼的不同。其实，我的意见原也一时不容易了然，因为其中本含有许多矛盾，教我自己说，或者是人道主义与个人主义这两种思想的消长起伏罢。所以我忽而爱人，忽而憎人；做事的时候，有时确为别人，有时却为自己玩玩，有时则竟因为希望生命从速消磨，所以故意拼命的做。此外或者还有什么道理，自己也不甚了然。但我对人说话时，却总拣择那光明些的说出，然而偶不留意，就露出阎王并不反对，而"小鬼"反不乐闻的话来。总而言之，我为自己和为别人的设想，是两样的。所以者何，就因为我的思想太黑暗，但究竟是否真确，又不得而知，所以只能在自身试验，不敢邀请别人。其实小鬼希望父兄长存，而自视为"废物"，硬去替"大众请命"，大半也是如此。

《莽原》实在有些穿棉花鞋了，但没有撒泼文章，真也无法。自己呢，又做惯了晦涩的文章，一时改不过来，下笔时立志要显豁，而后来仍以晦涩结尾，实在可气之至！现在除附《京报》分送外，另售千五百，看的人也不算少。

(《两地书·二四》)

读鲁迅的书信，特别是《两地书》，总不由想起瞿秋白的《多余的话》。秋白曾两次在鲁迅上海大陆新村的家中避难。秋白死后鲁迅为其出版《海上述林》。鲁迅赠秋白联"人生得一知己足矣，斯世当以同怀视之"。此可见彼此的胸襟和情怀——

"不愿将自己的思想，传染给别人。何以不愿，则因为我的思想太黑暗，而自己终不能确知是否正确之故。至于'还要反抗'，倒是真的，但我知道这'所以反抗之敌'，与小鬼截然不同。你的反抗，是为了希望光明的到来罢？我想，一定是如此的。但我的反抗，却不过是与黑暗捣乱。大约我的意见，小鬼很有几点不大了然，这是年龄、经历、环境等等不同之故，不足为奇。例如我是诅咒'人间苦'而不嫌恶'死'的，因为'苦'可以设法减轻而'死'是必然的事，虽曰'尽头'，也不足悲哀。"

"凡有死的同我有关的，同时我就憎恨所有与我无关的……而我正相反，我有关的活着，我倒不放心，死了，我就安心，这意思也在《过客》中说过，都与小鬼的不同。其实，我的意见原也一时不容易了然，因为其中本含有许多矛盾，教我自己说，或者是人道主义与个人主义这两种思想的消长起伏罢。所以我忽而爱人，忽而憎人，做事的时候，有时确为别人，有时却为自己玩玩，有时则竟因为希望生命从速消磨，所以故意拼命的做。此外或者还有什么道理，自己也不甚了然；但我对人说话时，却总拣择那光明些的说出，然而偶不留意，就露出阎王并不反对，而'小鬼'反不乐闻的话来。总而言之，我为自己和为别人的设想，是两样的。"

《野草》意会

　　鲁迅书信、日记的文字风格大抵如此。许多平时不大公开的话题，在通信中往往石破天惊，动人心魄。《答有恒先生》如此，《两地书》亦如此。

　　年轻时读瞿秋白《饿乡纪程》《赤都心史》时觉得不同凡响，感觉有些诗歌式的异样，后来见了《多余的话》，真诚、坦荡，不禁被深深感动并震撼了。读鲁迅书信特别是《两地书》，则如醍醐灌顶，豁然开朗，看清了这个被谎言遮蔽的世界里那些神圣事物后面的渺茫和虚妄。

　　曾见过几种《多余的话》的版本，文字虽有小异，但总体内容却是一致的。现在得到的这个版本，应为作者之真实自白。如此胸襟情怀，曾与鲁迅促膝长谈，致使鲁迅以知己同怀视之。他们都谈了些什么呢？

　　我把找到的瞿秋白的《多余的话》抄在下面，是颇值得品读的好文章。

多余的话

瞿秋白

代　序

"知我者，谓我心忧；不知我者，谓我何求。"

　　话既然是多余的，又何必说呢？已经是走到了生命的尽期，余剩的日子，不但不能按照年份来算，甚至不能按星期来算了。就是有话，也可说可不说的了。

　　但是，不幸我卷入了"历史的纠葛"——直到现在，外间好些人还以为我是怎样怎样的。我不怕人家责备、归罪，我倒怕人家"钦佩"。但愿以后的青年不要学我的样子，不要以为我以前写的东西是代表什么主义的；所以我愿意趁这余剩的生命还没有结束的时候，写一点最后的最坦白的话。

　　而且，因为"历史的误会"，我十五年来勉强做着政治工作。——正因为勉强，所以也永久做不好，手里做着这个，心里想着那个。在当时是形格势禁，没有余暇和可能说一说我自己的心思，而且时刻得扮演一定的角色。现在我已经完全被解除了武装，被拉出了队伍，只剩得我自己了。心上有不能自已的冲动和需要。说一说内心的话，彻底暴露内心的真相，布尔什维克所讨厌的小布尔乔亚智识者的"自我分析"的脾气，不能够不发作了。

虽然我明知道这里所写的，未必能够到得读者手里，也未必有出版的价值，但是，我还是写一写罢。人往往喜欢谈天，有时候不管听的人是谁，能够乱谈几句，心上也就痛快了。何况我是在绝灭的前夜，这是我最后"谈天"的机会呢！

一九三五·五·一七于汀州狱中

我在母亲自杀家庭离散之后，孑然一身跑到北京，本想能够考进北大，研究中国文学，将来做个教员度这一世，甚么"治国平天下"的大志都是没有的，坏在"读书种子"爱书本子，爱文艺，不能"安分守己的"专心于升官发财。到了北京之后，住在堂兄纯白家里，北大的学膳费也希望他能够帮助我——他却没有这种可能，叫我去考普通文官考试，又没有考上，结果，是挑选一个既不要学费又有"出身"的外交部立俄文专修馆去进。这样，我就开始学俄文了（一九一七年夏）。当时并不知道俄国已经革命，也不知道俄国文学的伟大意义，不过当作将来谋一碗饭吃的本事罢了。

一九一八年开始看了许多新杂志，思想上似乎有相当的进展，新的人生观正在形成。可是，根据我的性格，所形成的与其说是革命思想，无宁说是厌世主义的理智化。所以最早我同郑振铎、瞿世英、耿济之几个朋友组织《新社会》杂志的时候，我是一个近于托尔斯泰派的无政府主义者，而且，根本上我不是一个"政治动物"。五四运动期间，只有极短期的政治活动。不久，因为已经能够查着字典看俄国文学名著，我的注意力就大部分放在文艺方面了，对于政治上的各种主义，都不过略略"涉猎"求得一些现代常识，并没有兴趣去详细研究。然而可以说，这时就开始"历史的误会"了：事情是这样的——五四运动一开始，我就当了俄文专修的总代表之一，当时的一些同学里，谁也不愿意干，结果，我得做这一学校的"政治领袖"，我得组织同学群众去参加当时的政治运动。不久，李大钊，张崧年他们发起马克思主义研究会（或是"俄罗斯研究会"罢？），我也因为读了俄文的倍倍尔的《妇女与社会》的某几段，对于社会——尤其是社会主义最终理想发生了好奇心和研究的兴趣，所以也加入了……

最后，有了机会到俄国去了——北京《晨报》要派通信记者到莫斯科去，来找我。我想，看一看那"新国家"，尤其是借此机会把俄国文学好好研究一下，的确是一件最惬意的事，于是就动身去（一九二〇年八月）。

最初，的确吃了几个月黑面包，饿了好些时候，后来俄国国内战争停止，新经济政策实行，生活也就宽裕了些。我在这几个月内请了私人教授，研究俄文、俄国史、俄国文学史。同时，为着应付《晨报》的通信，也很用心看俄国共产党的报纸、文件，调查一些革命事迹……

可是，在当时的莫斯科，除我以外，一个俄文翻译都找不到。因此，东方大学开办中国班的时候（一九二一年秋），我就当了东大的翻译和助教；因为职务的关系对马克思主义的理论书籍不得不研究些，而文艺反而看得少了。不久（一九二二年底），陈独秀代表中国共产党到莫斯科（那时我已经是共产党员，还是张太雷介绍我进党的），我就当他的翻译。独秀回国的时候，他要我回去工作，我就同了他回到北京。于右任、邓中夏等创办"上海大学"的时候，我正在上海。这是一九二三年夏天，他们请我当上大的教务长兼社会学系主任。那时，我在党内只兼着一点宣传工作，编辑《新青年》。

上大初期，我还有余暇研究一些文艺问题，到了国民党改组，我来往上海广州之间，当翻译，参加一些国民党的工作（例如上海的国民党中央执行部委员等）；而一九二五年一月共产党第四次全国代表大会，又选举了我的中央委员。这时候，就简直完全只能做政治工作了。我的肺病又不时发作，更没有可能从事于我所爱好的文艺。虽然我当时对政治问题还有相当的兴趣，可是有时也会怀念着文艺而"怅然若失"的。

武汉时代的前夜（一九二七年初），我正从重病之中脱险……武汉的国共分裂之后，独秀就退出中央。那时候没有别人主持，就轮到我主持中央政治局。其实，我虽然在一九二六年年底及一九二七年年初就发表了一些议论反对彭述之，随后不得不反对陈独秀，可是，我根本上不愿意自己来代替他们——至少是独秀。我确是一种调和派的见解。当时只想望着独秀能够纠正他的错误观念不听述之的理论。等到实逼处此，要我"取独秀而代之"……当时，我的领导在方式上同独秀时代不同了。独秀是事无大小都参加和主持的。我却因为对组织尤其是军事非常不明了也毫无兴趣，所以只发表一的般政治主张，其余调遣人员和实行的具体计划等就完全听组织部军事部去办。那时自己就感觉到空谈的无聊，但是一转念要退出领导地位，又感得好像是拆台，这样，勉强着自己度过了这一时期。

…………

我自己忖度着，像我这样的性格、才能、学识，当中国共产党的领袖确实是一个"历史的误会"。我本是一个半吊子的"文人"而已，直到最后还是"文人积习未除"的。对于政治，从一九二七年起就逐渐减少兴趣，到最近一年——在瑞金的一年，实在完全没有兴趣了。工作中是"但求无过"的态度，全国的政治情形实在懒得问。一方面固然是身体衰弱精力短少而表现十二分疲劳的状态；别的方面也是几十年为着"顾全大局"勉强负担一时的政治翻译、政治工作，而一直拖延下来，实在违反我的兴趣和性情的结果。这真是十几年的一场误会，一场噩梦。

我写这些话，决不是要脱卸什麼责任……我决不推托，也决不能用我主观上的情绪来加以原谅或者减轻。我不过想把我的真情，在死之前，说出来罢了。总之，我其实是一个很平凡的文人，竟虚负了某某党的领袖的名声十来年，这不是"历史的误会"，是什么呢？

一只羸弱的马拖着几千斤的辎重车，走上了险峻的山坡，一步步的往上爬，要往后退是不可能，要再往前去是实在不能胜任了。我在负责政治领导的时期，就是这样的一种感觉。欲罢不能的疲劳使我永久感觉一种无可形容的重压。精神上政治上的倦怠，使我渴望"甜蜜的"休息，以致于脑筋麻木，停止一切种种思想。一九三一年一月的共产党四中全会开除了我的政治局委员之后，我的精神状态的确是"心中空无所有"的情形，直到现在还是如此。

　　我不过刚满三十六岁（虽然照阴历的习惯算我今年是三十八岁），但是，自己觉得已经非常地衰惫，丝毫青年壮年的兴趣都没有了。不但一般的政治问题懒得去思索，就是一切娱乐甚至风景都是漠不相关的了。本来我从一九一九年就得了吐血病，一直没有好好医治的机会。肺结核的发展曾经在一九二六年走到非常危险的阶段，那年幸而勉强医好了。可是立即赶到武汉去，立即又是半年最忙碌紧张的工作。虽然现在肺痨的最危险期逃过了，而身体根本弄坏了，虚弱得简直是一个废人。从一九二〇年直到一九三一年初，整整十年——除却躺在床上不能行动神志昏瞀的几天以外——我的脑筋从没有得到休息的日子。在负责时期，神经的紧张自然是很厉害的，往往十天八天连续的不安眠，为着写一篇政治论文或者报告。这继续十几年的不休息，也许是我精神疲劳和十分厉害的神经衰弱的原因，然而究竟我离衰老时期还很远。这十几年的辛劳，确实算起来，也不能说怎么了不得，而我竟成了颓丧残废的废人了。我是多么脆弱，多么不禁磨练呵！

　　或者，这不仅是身体本来不强壮，所谓"先天不足"的原因罢。

　　我虽然到了十三四岁的时候就很贫苦了，可是我的家庭世代是所谓"衣租食税"的绅士阶级，世代读书，也世代做官。我五六岁的时候，我的叔祖瞿赓韶还在湖北布政司使任上。他死的时候正署理了湖北巡抚。因此，我家的田地房屋虽然在几十年前就已经完全卖尽，而我小的时候，却靠着叔祖伯父的官俸过了好几年十足的少爷生活。绅士的体面"必须"继续维持。我母亲宁可自杀而求得我们兄弟继续读书的可能；而且我母亲因为穷而自杀的时候，家里往往没有米煮饭的时候，我们还用着一个仆妇（积欠了她几个月的工资到现在还没有还清）。我们从没有亲手洗过衣服，烧过一次饭。

　　直到那样的时候，为着要穿长衫，在母亲死后，还剩下四十多元的裁缝债，要用残余的木器去抵账。我的绅士意识——就算是深深潜伏着表面不容易察觉罢——其实是始终没脱掉的。

同时，我二十一二岁，正当所谓人生观形成的时期，理智方面是从托尔斯泰式的无政府主义很快就转到了马克思主义……

这同我潜伏的绅士意识、中国式的士大夫意识，以及后来蜕变出来的小资产阶级或者市侩式的意识，完全处于敌对的地位。没落的中国绅士阶级意识之中，有些这样的成分：例如假惺惺的仁慈礼让、避免斗争……以致寄生虫式的隐士思想。完全破产的绅士往往变成城市的波希美亚——高等游民，颓废的、脆弱的、浪漫的，甚至狂妄的人物。说得实在些，是废物。我想，这两种意识在我内心里不断的斗争，也就侵蚀了我极大部分的精力。我得时时刻刻压制自己的绅士和游民式的情感，极勉强的用我所学到的马克思主义的理智来创造新的情感、新的感觉方法。可是无产阶级意识在我的内心里是始终没有得到真正的胜利的。

当我出席政治会议，我就会"就事论事"，抛开我自己的"感觉"专就我所知道的那一点理论去推断一个问题，决定一种政策等等。但是，我一直觉得这种工作是"替别人做的"。我每次开会或者做文章的时候，都觉得很麻烦，总在急急于结束，好"回到自己那里去"休息。我每每幻想着：我愿意到随便一个小市镇上去当一个教员，并不是为着发展什么教育，只不过求得一口饱饭罢了。在余的时候，读读自己所爱读的书，文艺、小说、诗词、歌曲之类，这不是很逍遥的吗？

这种二元化的人格，我自己早已发觉——到去年更是完完全全了解了，已经不能丝毫自欺的了；但是"八七"会议之后，我并没有公开的说出来，四中全会之后也没有说出来，在去年我还是决断不下，一致延迟下来，隐忍着，甚至对之华（我的爱人）也只偶然露一点口风，往往还要加一番弥缝的话。没有这样的勇气。

可是真相是始终要暴露的，"二元"之中总有"一元"要取得实际上的胜利。正因为我的政治上疲劳、倦怠，内心的思想斗争不能再持续了。老实说，在四中全会之后我早已成为十足的市侩——对于政治问题我竭力避免发表意见。中央怎么说，我就怎么说，认为我说错了，我立刻承认错误，也没有什么心思去辩白。说我是机会主义就是机会主义好

《野草》意会

了，一切工作只要交代得过去就算了。我对于政治和党的种种问题，真没有兴趣去注意和研究。只因为久年的"文字因缘"，对于现代文学以及文学史上的各种有趣的问题，有时候还有点兴趣去思考一下，然而大半也是欣赏的份数居多，而研究分析的份数较少。而且体力的衰弱也不容许我多所思索了。

体力上的感觉是：每天只要用脑到两三小时以上，就觉得十分疲劳，或者过分的畸形的兴奋——无所谓的兴奋，以至不能睡觉，脑痛……冷汗。

唉，脆弱的人呵！所谓无产阶级的革命队伍需要这种东西吗？！我想，假定我保存这多余的生命若干时候，我只有拒绝用脑的一个方法，我只做些不用自出心裁的文字工作，"以度余年"。但是，最好是趁早结束了罢。

我有许多标本的"弱者的道德"——忍耐、躲避，讲和气，希望大家安静些仁慈些等等。固然从少年时候起，我就憎恶贪污、卑鄙……以至一切恶浊的社会现象，但是我从来没有想做侠客。我只愿意自己不做那些罪恶。有可能呢，去劝劝他们不要再那样做；没有可能呢，让他们去罢，他们也有他们的不得已的苦衷罢！

我的根本性格，我想，不但不足以锻炼成布尔塞维克的战士，甚至不配做一个起码的革命者。仅仅为着"体面"，所以既然卷进了这个队伍，也就没有勇气自己认识自己，而请他们把我洗刷出来。

但是我想，如果叫我做一个"戏子"——舞台上的演员，倒很会有些成绩，因为十几年我一直觉得自己一直在扮演一定的角色。扮着大学教授，扮着政治家，也会真正忘记自己而完全成为"剧中人"。虽然，这对于我很痛苦，得每天盼望着散会，盼望同我谈政治的朋友走开，让我卸下戏装，还我本来面目——躺在床上去极疲乏的念着："回'家'去罢，回'家'去罢！"这的确是很苦的。然而在舞台上的时候，大致总还扮的不差，像煞有介事的。

为什么？因为青年精力比较旺盛的时候，一点游戏和做事的兴会总有的。即使不是你自己的事，当你把他做好的时候，你也感觉到一时的愉快。譬如你有点小聪明，你会摆好几幅"七巧版图"或者"益智图"，你当时一定觉得痛快，正像在中学校的时候，你算出几个代数难题似的，虽然你并不预备做数学家。

不过扮演舞台上的角色究竟不是"自己的生活"，精力消耗在这里甚至完全用尽，始终是后悔也来不及的事情。等到精力衰惫的时候，对于政治的舞台，实在是十分厌倦了。

庞杂而无秩序的一些书本上的智识和累赘而反乎自己兴趣的政治生活，使我麻木起来，感觉生活的乏味。

本来，书生对于宇宙间的一切现象，都不会有亲切的了解，往往会把自己变成一大堆抽象名词的化身。一切都有一个"名词"，但是没有实感。譬如说，劳动者的生活、剥削、斗争精神、土地革命、政权等……一直到春花秋月、崎嶇、委蛇，一切种种名词、概念、词藻，说是会说的，等到追问你究竟是怎么一回事，就会感觉到模糊起来。

对于实际生活，总像雾里看花似的，隔着一层膜。

文人和书生大致没有任何一种具体的智识。他样样都懂得一点，其实样样都是外行。要他开口议论一些"国家大事"，在不太复杂和具体的时候，他也许会。但是，叫他修理一辆汽车，或者配一剂药方，办一个合作社，买一批货物，或者清理一本账目，再不然，叫他办好一个学校……总之，无论哪一件具体而切实的事情，他都会觉得没有把握的。

例如，最近一年来，叫我办苏维埃的教育。固然，在瑞金、宁都、兴国这一带的所谓"中央苏区"，原来是文化落后的地方，譬如一张白纸，在刚刚着手办教育的时候，只是办义务小学校，开办几个师范学校这些都做了。但是，自己仔细想一想，对于这些小学校和师范学校，小学教育和儿童教育的特殊问题，尤其是国内战争中工农群众教育的特殊问题，都实在没有相当的智识，甚至普通常识都不够！

近年来，感觉到这一切种种，很愿意"回过去再生活一遍"。

雾里看花的隔膜的感觉，使人觉得异常的苦闷、寂寞和孤独，很

《野草》意会

想仔细的亲切的尝试一下实际生活的味道。譬如"中央苏区"的土地革命已经有三四年，农民的私人日常生活究竟有了怎样的具体变化？他们究竟是怎样的感觉？我曾经去考察过一两次。一开口就没有"共同的语言"，而且自己也懒惰得很，所以终于一无所得。

可是，自然而然的，我学着比较精细的考察人物，领会一切"现象"。我近年来重新来读一些中国和西欧的文学名著，觉得有些新的印象。你从这些著作中间，可以相当亲切的了解人生和社会，了解各种不同的个性，而不是笼统的"好人"、"坏人"或是"官僚"、"平民"、"工人"、"富农"等等。摆在你面前的是有血有肉有个性的人，虽则这些人都在一定的生产关系、一定的阶级之中。

我想，这也许是从"文人"进到真正了解文艺的初步了。

是不是太迟了呢？太迟了！

徒然抱着对文艺的爱好和怀念，起先是自己的头脑，和身体被"外物"所占领了。后来是非常的疲乏笼罩了我三四年，始终没有在文艺方面认真的用力。书是乱七八糟地看了一些。也许走进了现代文艺水平线以上的境界，不致辨别不出兴趣的高低。我曾经发表的一些文艺方面的意见，都驳杂得很，也是一知半解的。

时候过得很快。一切都荒疏了。眼高手低是这必然的结果。自己写的东西——类似于文艺的东西是不能使自己满意的，我至多不过是一个"读者"。

讲到我仅有的一点具体智识，那就只有俄国文罢。假使能够仔细而郑重的，极忠实的翻译几部俄国文学名著，在汉字方面每字每句的斟酌着，也许不会"误人子弟"的。这一个最愉快的梦想，也比在创作和评论方面再来开始求得什么成就，要实际得多。可惜，恐怕现在这个可能已经"过时"了！

可是，我确是一个最懦怯的"婆婆妈妈"的，杀一只老鼠都不会的，不敢的。

但是，真正的懦怯不在这里。首先是差不多完全没有自信力，每一个见解都是动摇的，站不稳的。总希望有一个依靠。记得布哈林初次和我谈话的时候，说过这么一句俏皮话："你怎么同三层楼的小姐一样，总那么客气，说起话来，不是'或是'，就是'也许'、'也难说'……等"。其实，这倒是真心话。可惜的是人家往往把我的坦白当作"客气"或者"狡猾"。

我向来没有为着自己的见解而奋斗的勇气，同时，也很久没有承认自己错误的勇气。当一种意见发表之后，看看没有有力的赞助，立刻就怀疑起来；但是，如果没有一个另外的意见来代替，那就只会照着这个连自己也怀疑的意见做去。看见一种不大好的现象，或是不正确的见解，却没有人出来指摘，甚至其势汹汹的大家认为这是很好的事情，我也始终没有勇气说出自己的怀疑来。优柔寡断，随波逐流，是这种"文人"必然的性格。

从我的一生，也许可以得到一个教训：要磨练自己，要有非常巨大的毅力，去克服一切种种"异己的"意识以至最微细的"异己的"情感，然后才能从"异己的"阶级里完全跳出来，而在无产阶级的革命队伍里站稳自己的脚步。否则，不免是"捉住了老鸦在树上做窝"，不免是一出滑稽剧。我这滑稽剧是要闭幕了。

这世界对于我仍然是非常美丽的。一切新的、斗争的、勇敢的都在前进。那么好的花朵、果子、那么清秀的山和水，那么雄伟的工厂和烟囱，月亮的光似乎也比从前更光明了。

但是，永别了，美丽的世界！

永别了，亲爱的同志们！这是我最后叫你们"同志"的一次。我是不配再叫你们"同志"的了。告诉你们：我实质上离开了你们的队伍很久了。

如果我还有可能支配我的躯壳，我愿意把它给医学校的解剖室。听说中国的医学校和医院的实习室很缺乏这种实验用具。而且我是多年的肺结核者（从一九一九年到现在），时好时坏，也曾经照过几次X光的照片。一九三一年春的那一次，我看见我的肺部有许多瘢痕，可是医生也说不出精确的判断。假定先照过一张，然后把这躯壳解剖开来，对着

《野草》意会

照片研究肺部的状态，那一定可以发现一些什么。这对肺结核的诊断也许有些帮助。虽然我对医学是完全外行，这话说的或许是很可笑的。

总之，滑稽剧始终是完全落幕了。舞台上空空洞洞的。有什么留恋也是枉然的了。好在得到的是"伟大的"休息。至于躯壳，也许不由我自己作主了。

告别了，这世界的一切！

最后……

俄国高尔基的《四十年》《克里摩·萨摩京的生活》，屠格涅夫的《鲁定》，托尔斯泰的《安娜·卡里宁娜》，中国鲁迅的《阿Q正传》，茅盾的《动摇》，曹雪芹的《红楼梦》，都很可以再读一读。

中国的豆腐也是很好吃的东西，世界第一。

永别了！

一九三五·五·二二

9

其实我并不很喝酒，饮酒之害，我是深知道的。现在也还是不喝的时候多，只要没有人劝喝。多住些时，固无不可的。短刀我的确有，但这不过为夜间防贼之用，而偶见者少见多怪，遂有"流言"，皆不足信也。

（《两地书·二六》）

10

我九月一日夜半上船，二日晨七时开，四日午后一时到厦门，一路无风，船很平稳，这里的话，我一字都不懂，只得暂到客寓，打电话给林语堂，他便来接，当晚即移入学校居住。

我在船上时，看见后面有一只轮船，总是不远不近地走着，我疑心就是"广大"。不知你在船中，可看见前面有一只船否？倘看见，那我所悬拟的便不错了。

此地背山面海，风景佳绝，白天虽暖——大约八十七八度——夜却凉。四面几无人家，离市面约有十里，要静养倒好的。普通的东西，亦不易买。听差懒极，不会做事也不肯做事；邮政也懒极，星期六下午及星期日都不办事。

因为教员住室尚未造好（据说一月后可完工，但未必确），所以我暂住在一间很大的三层楼上，上下虽不便，眺望却佳。学校开课是二十日，还有许多日可闲。

我写此信时，你还在船上，但我当于明天发出，则你一到校，此信也就到了。你到校后，望即见告。那时再写较详细的情形罢，因为现在我初到，还不知什么。

(《两地书·三六》)

11

回上去讲我途中的事，同房的是一个五十多岁的广东人，姓魏或韦，我没有问清楚，似乎也是民党中人，所以还可谈，也许是老同盟会员罢。但我们不大谈政事，因为彼此都不知道底细，也曾问他从厦门到广州的走法，据说最好是从厦门到汕头，再到广州，和你所闻于客栈中人的话一样。船中的饭菜顿数，与广大同，也有鸡；船也很平；但无耶稣教徒，比你所遭遇的好得多了。小船的倾侧，真太危险，幸而终于"马"已登陆，使我得以放心。我到厦门时，亦以小船搬入学校，浪也不小，但我是从小惯于坐小船的，所以一点也没有什么。

我前信似乎说过这里的听差很不好，现在熟识些了，觉得殊不尽然。大约看惯了北京的听差的唯唯从命的，即容易觉得南方人的倔强，其实是南方的等级观念，没有北方之深，所以便是听差，也常有平等言动，现在我和他们的感情好起来了，觉得并不可恶。但茶水很不便，所以我现在少喝茶了，或者这倒是好的。烟卷似乎也比先前少吸。

我上船时，是克士送我去的，还有客栈里的茶房。当未上船之时，我们谈了许多话，我才知道关于我的事情，伏园已经大大的宣传过了，还做些演义。所以上海的有些人，见我们同车到此，便深信伏园之说了，然而也并不为奇。

我已不喝酒了，饭是每餐一大碗（方底的碗，等于尖底的两碗），但因为此地的菜总是淡而无味（校内的饭菜是不能吃的，我们合雇一个厨子，每月工钱十元，每人饭菜钱十元，但仍然淡而无味），所以还不免吃点辣椒末，但我还想改良，逐渐停止。

我的功课，大约每周当有六小时，因为语堂希望我多讲，情不可却。其中两点是小说史，无须豫备；两点是专书研究，须豫备；两点是中国文学史，须编讲义。看看这里旧存的讲义，则我随便讲讲就很够了，但我还想认真一点，编成一本较好的文学史。你已在大大地用功，豫备讲义了罢，但每班一小时，八时相同，或者不至于很费力罢。此地北伐顺利的消息也甚多，极快人意。报上又常有闽粤风云紧张之说，在这里却看不出，不过听说鼓浪屿上已有很多寓客，极少空屋了，这屿就在学校对面，坐舢板一二十分钟可到。

（《两地书·四一》）

<h2 align="center">12</h2>

　　我在这里，不便则有之，身体却好，此地并无人力车，只好坐船或步行，现在已经炼得走扶梯百余级，毫不费力了。眠食也都好，每晚吃金鸡纳霜一粒，别的药一概未吃。昨日到市去，买了一瓶麦精鱼肝油，拟日内吃它。因为此地得开水颇难，所以不能吃散拿吐瑾。但十天内外，我要移住到旧的教员寄宿所去了，那时情形又当与此不同，或者易得开水罢。（教员寄宿舍有两所，一所住单身人者曰"博学楼"，一所住有夫人者曰"兼爱楼"，不知何人所名，颇可笑。）

　　教科也不算忙，我只六时，开学之结果，专书研究二小时无人选，只剩了文学史，小说史各二小时了。其中只有文学史须编讲义，大约每星期四五千字即可，我想不管旧有的讲义，而自己好好的来编一编，功罪在所不计。

　　这学校化钱不可谓不多，而并无基金，也无计划，办事散漫之至，我看是办不好的。

　　昨天中秋，有月，玉堂送来一筐月饼，大家分吃了，我吃了便睡，我近来睡得早了。

（《两地书·四四》）

　　人间鲁迅初到厦门时的具体人间生活实况。

13

　　看厦大的国学院，越看越不行了。朱山根是自称只佩服胡适陈源两个人的，而田千顷，辛家本，白果三人，似皆他所荐引。白果尤善兴风作浪，他曾在女师大做过职员，你该知道的罢，现在是玉堂的襄理，还兼别的事，对于较小的职员，气焰不可当，嘴里都是油滑话。我因为亲闻他密语玉堂，"谁怎样不好"等等，就看不起他了。前天就很给他碰了一个钉子，他昨天借题报复，我便又给他碰了一个大钉子，而自己则辞去国学院兼职。我是不与此辈共事的，否则，何必到厦门。

　　我原住的房屋，要陈列物品了，我就须搬。而学校之办法甚奇，一面催我们，却并不指出搬到那里，教员寄宿舍已经人满，而附近又无客栈，真是无法可想。后来总算指给我一间了，但器具毫无，向他们要，则白果又故意特别刁难起来（不知何意，此人大概是有喜欢给别人吃点小苦头的脾气的），要我开帐签名具领，于是就给碰了一个钉子而又大发其怒。大发其怒之后，器具就有了，还格外添了一把躺椅，总务长亲自监督搬运。因为玉堂邀请我一场，我本想做点事，现在看来，恐怕是不行的，能否到一年，也很难说。所以我已决计将工作范围缩小，希图在短时日中，可以有点小成绩，不算来骗别人的钱。

　　此校用钱并不少，也很不撙节，而有许多悭吝举动，却令人难耐。即如今天我搬房时，就又有一件。房中原有两个电灯，我当然只用一个的，而有电机匠来，必要取去其一个玻璃泡，止之不可。其实对于一个教员，薪水已经化了这许多了，多点一个电灯或少点一个，又何必如此计较呢。

　　至于我今天所搬的房，却比先前的静多了，房子颇大，是在楼上。前回的明信片上，不是有照么？中间一共五座，其一是图书馆，我就住在那楼上，间壁是孙伏园和张颐教授（今天才到，原先也是北大教员），那一面是钉书作场，现在还没有人。我的房有两个窗门，可以看见山。今天晚上，心就安静得多了，第一是离开了那些无聊人，也不必一同吃饭，听些无聊话了，这就很舒服。今天晚饭是在一个小店里买了面包和罐头牛肉吃的，明天大概仍要叫厨子包做。又自雇了一个当差的，每月连饭钱十二元，懂得两三句普通话，但恐怕颇有点懒。如果再没有什么麻烦事，我想开手编《中国文学史略》了。来听我的讲义的学生，一共有二十三人（内女生二人），这不但是国文系全部，而且还含有英文，教育系的;这里的动物学系,全班只有一人,天天和教员对坐而听讲。

但是我也许还要搬。因为现在是图书馆主任正请假着,由玉堂代理,所以他有权。一旦本人回来,或者又有变化也难说。在荒地里开学校,无器具,无房屋给教员住,实在可笑。至于搬到那里去,现在是无从揣测的。

现在的住房还有一种好处,就是到平地只须走扶梯二十四级,比原先要少七十二级了。然而"有利必有弊",那"弊"是看不见海,只能见轮船的烟通。

(《两地书·四六》)

大学历来不是净土。人事、环境、派别俱显人间世相。动物学教师对学生一人,照样开课。此为时代特色。

14

我所辞的兼职(研究教授),终于辞不掉,昨晚又将聘书送来了,据说林玉堂因此一晚睡不着。使玉堂睡不着,我想,这是对他不起的,所以只得收下,将辞意取消。玉堂对于国学院,不可谓不热心,但由我看来,希望不多,第一是没有人才,第二是校长有些掣肘(我觉得这样)。但我仍然做我该做的事,从昨天起,已开手编中国文学史讲义,今天编好了第一章。眠食都好,饭两浅碗,睡觉是可以有八或九小时。

从前天起,开始吃散拿吐瑾,只是白糖无法办理,这里的蚂蚁可怕极了,有一种小而红的,无处不到。我现在将糖放在碗里,将碗放在贮水的盘中,然而倘若偶然忘记,则顷刻之间,满碗都是小蚂蚁。点心也这样。这里的点心很好,而我近来却怕敢买了,买来之后,吃过几个,其余的竟无法安放,我住在四层楼上的时候,常将一包点心和蚂蚁一同抛到草地里去。

风也很利害,几乎天天发,较大的时候,令人疑心窗玻璃就要吹破;若在屋外,则走路倘不小心,也可以被吹倒的。现在就呼呼地吹着。我初到时,夜夜听到波声,现在不听见了,因为习惯了,再过几时,风声也会习惯的罢。

现在的天气,同我初来时差不多,须穿夏衣,用凉席,在太阳下行走,即遍身是汗。听说这样的天气，要继续到十月（阳历？）底。

今天下午收到廿四发的来信了，我所料的并不错。但粤中学生情形如此，却真出我的"意表之外"，北京似乎还不至此。你自然只能照你来信所说的做，但看那些职务，不是忙得连一点闲空都没有了么？我想，做事自然是应该做的，但不要拼命地做才好。此地对于外面的情形，也不大了然，看今天的报章，登有上海电（但这些电报是什么来路，却不明），总结起来：武昌还未降，大约要攻击；南昌猛扑数次，未取得；孙传芳已出兵；吴佩孚似乎在郑州，现正与奉天方面暗争保定大名。

我之愿合同早满者，就是愿意年月过得快，快到民国十七年，可惜来此未及一月，却如过了一年了。其实此地对于我的身体，仿佛倒好，能吃能睡，便是证据，也许肥胖一点了罢。不过总有些无聊，有些不高兴，好像不能安居乐业似的，但我也以转瞬便是半年，一年，聊自排遣，或者开手编讲义，来排遣排遣，所以眠食是好的。我在这里的情形，就是如此，还可以无需帮助，你还是给学校办点事的好。

中秋的情形，前信说过了。谢君的事，原已早向玉堂提过的，没有消息。听说这里喜欢用"外江佬"，理由是因为倘有不合，外江佬卷铺盖就走了，从此完事，本地人却永久在近旁，容易结怨云。这也是一种特别的哲学。谢君的令兄我想暂且不去访问他，否则，他须来招呼我，我又须去回谢他，反而多一番应酬也。

伏园今天接孟余一电，招他往粤办报，他去否似尚未定。这电报是廿三发的，走了七天，同信一样慢，真奇。至于他所宣传的，大略是说：他家不但常有男学生，也常有女学生，但他是爱高的那一个的，因为她最有才气云云。平凡得很，正如伏园之人，不足多论也。

此地所请的教授，我和兼士之外，还有朱山根。这人是陈源之流，我是早知道的，现在一调查，则他所安排的羽翼，竟有七人之多，先前所谓不问外事，专一看书的舆论，乃是全都为其所骗。他已在开始排斥我，说我是"名士派"，可笑。好在我并不想在此挣帝王万世之业，不去管他了。

我到邮政代办处的路，大约有八十步，再加八十步，才到便所，所以我一天

《野草》意会

总要走过三四回，因为我须去小解，而它就在中途，只要伸首一窥，毫不费事。天一黑，就不到那里去了，就在楼下的草地上了事。此地的生活法，就是如此散漫，真是闻所未闻。我因为多住了几天，渐渐习惯，而且骂来了一些用具，又自买了一些用具，又自雇了一个用人，好得多了，近几天有几个初到的教员，被迎进在一间冷房里，口干则无水，要小便则须旅行，还在"茫茫若丧家之狗"哩。

听讲的学生倒多起来了，大概有许多是别科的。女生共五人。我决定目不邪视，而且将来永远如此，直到离开了厦门。嘴也不大乱吃，只吃了几回香蕉，自然比北京的好，但价亦不廉，此地有一所小店，我去买时，倘五个，那里的一位胖老婆子就要"吉格浑"（一角钱），倘是十个，便要"能（二）格浑"了。究竟是确要这许多呢，还是欺我是外江佬之故，我至今还不得而知。好在我的钱原是从厦门骗来的，拿出"吉格浑""能格浑"去给厦门人，也不打紧。

我的功课现在有五小时了，只有两小时须编讲义，然而颇费事，因为文学史的范围太大了。我到此之后，从上海又买了一百元书。克士已有信来，说他已迁居，而与一个同事姓孙的同住，我想，这人是不好的，但他也不笨，或不至于上当。

（《两地书·四八》）

鲁迅现在终于说"我可以爱"，于是有《两地书》，为后来的《鲁迅全集》保留并公开了不少私下的、内心的秘密。人间鲁迅除文章文字、见识高人一头之外，也有七情六欲，世故、老道，有时还表现出一点儿天真，感觉亲切而可爱。

15

从信上推测起你的住室来，似乎比我的阔些，我用具寥寥，只有六件，皆从奋斗得来者也。但自从买了火酒灯之后，我也忙了一点，因为凡有饮用之水，我必煮沸一回才用，因为忙，无聊也仿佛减少了。酱油已买，也常吃罐头牛肉，何尝省钱！！！火腿我却不想吃，在北京时吃怕了。在上海时，我和建人因为吃不多，便只叫了一碗炒饭，不料又惹出影响，至于不在先施公司多买东西，孩子之神经过敏，真令人无法可想。相距又远，鞭长不及马腹，也还是姑且记在帐上罢。

我在此常吃香蕉，柚子，都很好；至于杨桃，却没有见过，又不知道是甚么名字，所以也无从买起。鼓浪屿也许有罢，但我还未去过，那地方大约也不过像别处的租界，我也无甚趣味，终于懒下来了。此地雨倒不多，只有风，现在还热，可是荷叶却干了。一切花，我大抵不认识；羊是黑的。防止蚂蚁，我现也用四面围水之法，总算白糖已经安全，而在桌上，则昼夜总有十余匹爬着，拂去又来，没有法子。

我现在专取闭关主义，一切教职员，少与往来，也少说话。此地之学生似尚佳，清早便运动，晚亦常有；阅报室中也常有人。对我之感情似亦好，多说文科今年有生气了，我自省自己之懒惰，殊为内愧。小说史有成书，所以我对于编文学史讲义，不愿草率，现已有两章付印了，可惜本校藏书不多，编起来很不便。

北京信已有收到，家里是平安的，煤已买，每吨至二十元。学校还未开课，北大学生去缴学费，而当局不收，可谓客气，然则开学之毫无把握可知。女师大的事没有听到什么，单知道教员都换了男师大的，大概暂时当是研究系势力。总之，环境如此，女师大是决不会单独弄好的。

上遂要搬家眷回南，自己行踪未定，我曾为之写信向天津学校设法，但恐亦无效。他也想赴广东，而无介绍。此地总无法想，玉堂也不能指挥如意，许多人的聘书，校长压了多日才发下来。校长是尊孔的，对于我和兼士，倒还没有什么，但因为化了这许多钱，汲汲要有成效，如以好草喂牛，要挤些牛乳一般。玉堂盖亦窥知此隐，故不日要开展览会，除学校自买之泥人（古冢中土偶也）而外，还要将我的石刻拓片挂出。其实这些古董，此地人那里会要看，无非胡里胡涂，忙碌一番而已。

在这里好像刺戟少些，所以我颇能睡，但也做不出文章来，北京来催，只好不理。□□（按：开明书店）书店想我有书给他印，我还没有；对于北新，则我还未将《华盖集续编》整理给他，因为没有工夫。长虹和这两店，闹起来了，因为要钱的事。沈钟社和创造社，也闹起来了，现已以文章口角；创造社伙计内部，也闹起来了，已将柯仲平逐出，原因我不知道。

（《两地书·五〇》）

16

　　这里的学校当局，虽出重资聘请教员，而未免视教员如变把戏者，要他空拳赤手，显出本领来。即如这回开展览会，我就吃苦不少。当开会之前，兼士要我的碑碣拓片去陈列，我答应了。但我只有一张小书桌和小方桌，不够用，只得摊在地上，伏着，一一选出。及至拿到会场去时，则除孙伏园自告奋勇，同去陈列之外，没有第二人帮忙，寻校役也寻不到，于是只得二人陈列，高处则须桌上放一椅子，由我站上去。弄至中途，白果又硬将孙伏园叫去了，因为他是"襄理"（玉堂的），有叫孙伏园去之权力。兼士看不过去，便自来帮我，他已喝了一点酒，这回跳上跳下，晚上就大吐了一通。襄理的位置，正如明朝的太监，可以倚靠权势，胡作非为，而受害的不是他，是学校。昨天因为白果对书记们下条子（上谕式的），下午同盟罢工了，后事不知如何。玉堂信用此人，可谓胡涂。我前回辞国学院研究教授而又中止者，因怕兼士与玉堂觉得为难也，现在看来，总非坚决辞去不可，人亦何苦因为别人计，而自轻自贱至此哉！

　　此地的生活也实在无聊，外省的教员，几乎无一人作长久之计，兼士之去，固无足怪。但我比兼士随便一些，又因为见玉堂的兄弟及太太，都很为我们的生活操心；学生对我尤好，只恐怕在此住不惯，有几个本地人，甚至于星期六不回家，豫备星期日我若往市上去玩，他们好同去作翻译。所以只要没有什么大下不去的事，我总想在此至少讲一年，否则，我也许早跑到广州或上海去了。（但还有几个很欢迎我的人，是要我首先开口攻击此地的社会等等，他们好跟着来开枪。）

　　今天是双十节，却使我欢喜非常，本校先行升旗礼，三呼万岁，于是有演说，运动，放鞭爆。北京的人，仿佛厌恶双十节似的，沉沉如死，此地这才像双十节。我因为听北京过年的鞭爆听厌了，对鞭爆有了恶感，这回才觉得却也好听。中午同学生上饭厅，吃了一碗不大可口的面（大半碗是豆芽菜）；晚上是恳亲会，有音乐和电影，电影因为电力不足，不甚了然，但在此已视同宝贝了。教员太太将最新的衣服都穿上了，大约在这里，一年中另外也没有什么别的聚会了罢。

　　听说厦门市上今天也很热闹，商民都自动的地挂旗结彩庆贺，不像北京那样，听警察吩咐之后，才挂出一张污秽的五色旗来。此地的人民的思想，我看其实是"国民党的",并不怎样老旧。

自从我到此之后,寄给我的各种期刊很杂乱,忽有忽无。我有时想分寄给你,但不见得期期有,勿疑为邮局失落。好在这类东西,看过便罢,未必保存,完全与否亦无什么关系。

我来此已一月余,只做了两篇讲义,两篇稿子给《莽原》;但能睡,身体似乎好些。今天听到一种传说,说孙传芳的主力兵已败,没有什么可用的了,不知确否。

(《两地书·五三》)

17

我的能睡,是出于自然的,此地虽然不乏琐事,但究竟没有北京的忙,即如校对等事,在这里就没有。酒是自己不想喝,我在北京,太高兴和太愤懑时就喝酒,这里虽然仍不免有小刺戟,然而不至于"太",所以可以无须喝了,况且我本来没有瘾。少吸烟卷,可不知道是怎么一回事,大约因为编讲义,只要调查,无须思索之故罢。但近几天可又多吸了一点,因为我连做了四篇《旧事重提》。这东西还有两篇便完,拟下月再做,从明天起,又要编讲义了。

…………

"经过一次解散而去的",自然要算有福,倘我们还在那里,一定比现在要气愤得多。至于我在这里的情形,我信中都已陆续说出,其实也等于卖身。除为了薪水之外,再没有别的什么,但我现在或者还可以暂时敷衍,再看情形。当初我也未尝不想起广州,后来一听情形,暂时不作此想了。你看陈惺农尚且站不住,何况我呢。

我在这里不大高兴的原因,首先是在周围多是语言无味的人物,令我觉得无聊。他们倘肯让我独自躲在房里看书,倒也罢了,偏又常常寻上门来,给我小刺戟。但也很有一班人当作宝贝看,和在北京的天天提心吊胆,要防危险的时候一比,平安得多,只要自己的心静一静,也未尝不可以暂时安住。但因为无人可谈,所以将牢骚都在信里对你发了。你不要以为我在这里苦得很,其实也不然的,身体大概比在北京还要好一点。

(《两地书·五四》)

18

我的情形，并未因为怕你神经过敏而隐瞒，大约一受刺激，便心烦，事情过后，即平安些。可是本校情形实在太不见佳，朱山根之流已在国学院大占势力，□□（□□）［按：周览（鲠生）］又要到这里来做法律系主任了，从此《现代评论》色彩，将弥漫厦大。在北京是国文系对抗着的，而这里的国学院却弄了一大批胡适之陈源之流，我觉得毫无希望。你想：兼士至于如此模胡，他请了一个朱山根，山根就荐三人，田难干，辛家本，田千顷，他收了；田千顷又荐两人，卢梅，黄梅，他又收了。这样，我们个体，自然被排斥。所以我现在很想至多在本学期之末，离开厦大。他们实在有永久在此之意，情形比北大还坏。

另外又有一班教员，在作两种运动：一，是要求永久聘书，没有年限的；一，是要求十年二十年后，由学校付给养老金终身。他们似乎要想在这里建立他们理想中的天国，用橡皮做成的。谚云"养儿防老"，不料厦大也可以"防老"。

我在这里又有一事不自由，学生个个认得我了，记者之类亦有来访，或者希望我提倡白话，和旧社会闹一通；或者希望我编周刊，鼓吹本地新文艺；而玉堂他们又要我在《国学季刊》上做些"之乎者也"，还有到学生周会去演说，我真没有这三头六臂。今天在本地报上载着一篇访我的记事，对于我的态度，以为"没有一点架子，也没有一点派头，也没有一点客气，衣服也随便，铺盖也随便，说话也不装腔作势……"觉得很出意料之外。这里的教员是外国博士很多，他们看惯了那俨然的模样的。

今天又得了朱家骅君的电报，是给兼士玉堂和我的，说中山大学已改职（当是"委"字之误）员制，叫我们去指示一切。大概是议定学制罢。兼士急于回京，玉堂是不见得去的。我本来大可以借此走一遭，然而上课不到一月，便请假两三星期，又未免难于启口，所以十之九总是不能去了，这实是可惜，倘在年底，就好了。

无论怎么打击，我也不至于"秘而不宣"，而且也被打击而无怨。现在柚子是不吃已有四五天了，因为我觉得不大消化。香蕉却还吃，先前是一吃便要肚痛的，在这里却不，而对于便秘，反似有好处，所以想暂不停止它，而且每天至多也不过四五个。

一点泥人和一点拓片便开展览会，你以为可笑么？还有可笑的呢。田千顷并将他所照的照片陈列起来，几张古壁画的照片，还可以说是与"考古"相关，然而还有什么"牡丹花"，"夜的北京"，"北京的刮风"，"苇子"……倘使我是主任，就非令撤去不可，但这里却没有一个人觉得可笑，可见在此也惟有田千顷们相宜。又国学院从商科借了一套历代古钱来，我一看，大半是假的，主张不陈列，没有通过。我说，那么，应该写作"古钱标本"，后来也不实行，听说是恐怕商科生气。后来的结果如何呢？结果是看这假古钱的人们最多。

这里的校长是尊孔的，上星期日他们请我到周会演说，我仍说我的"少读中国书"主义，并且说学生应该做"好事之徒"，他忽而大以为然，说陈嘉庚也正是"好事之徒"，所以肯兴学，而不悟和他的尊孔冲突。这里就是如此胡里胡涂。

（《两地书·五六》）

鲁迅如何当大学教授，在先生眼中，厦门大学是什么感觉，而在当地报纸眼中，鲁迅"没有一点架子，也没有一点派头，也没有一点客气，衣服也随便，铺盖也随便，说话也不装腔作势……"这就与别的一些名流与教授有些两样了。

19

伏园今天动身了。我于十八日寄你一信，恐怕就在邮局里一直躺到今天，将与伏园同船到粤罢。我前几天几乎也要同行，后来中止了。要同行的理由，小半自然也有些私心，但大部分却是为公，我以为中山大学既然需我们商议，应该帮点忙，而且厦大也太过于闭关自守，此后还应该与他大学往还。玉堂正病着，医生说三四天可好，我便去将此意说明，他亦深以为然，约定我先去，倘尚非他不可，我便打电报叫他，这时他病已好，可以坐船了。不料昨天又有了变化，他不但自己不说去，而且对于我的自去也翻了成议，说最好是向校长请假。教员请假，向来是归主任管理的，现在他这样说，明明是拿难题给我做。我想了一想，就中止了。此外还有一个原因，大概因为和南洋相距太近之故罢，此地实在太斤斤于银钱，"某人多少钱一月"等等的话，谈话中常听见；我们在此，当局者也日日希望我们从速做许多工作，发表许多成绩，像养牛之每日挤牛乳一般。某人每日薪水几元，大约是大家都念念不忘的。我一走，至少需两星期，有些人一定将以为我白白骗去了他们半月薪水，玉堂之不愿我旷课，或者就因为顾虑着这一节。我已收了三个月薪水，而上课才一月，自然不应该又请假，但倘计划远大，就不必拘拘于此，因为将来可以尽力之日正长。然而他们是眼光不远的，我也不作久远之想，所以我便不走，拟于本年中为他们作一篇季刊上的文章，到学术讲演会去讲演一次，又将我所辑的《古小说钩沉》献出，则学校可以觉得钱不白化，而我也可以来去自由了。至于研究教授，那自然不再去辞，因为即使辞掉，他们也仍要想法使你做别的工作，使收成与国文系教授之薪水相当的，还是任它拖着的好。

"现代评论"派的势力，在这里我看要膨涨起来，当局者的性质，也与此辈相合。理科也很忌文科，正与北大一样。闽南与闽北人之感情颇不洽，有几个学生极希望我走，但并非对我有恶意，乃是要学校倒楣。

这几天此地正在欢迎两位名人。一个是太虚和尚到南普陀来讲经，于是佛化青年会提议，拟令童子军捧鲜花，随太虚行踪而散之，以示"步步生莲花"之意。但此议竟未实行，否则和尚化为潘妃，倒也有趣。一个是马寅初博士到厦门来演说，所谓"北大同人"，正在发昏章第十一，排班欢迎。我固然是"北大同人"之一，也非不知银行之可以发财，然而于"铜子换毛钱，毛钱换大洋"学说，实在没有什么趣味，所以都不加入，一切由它去罢。

写了以上的信之后，躺下看书，听得打四点的下课钟了，便到邮政代办所去看，收得了十五日的来信。我那一日的信既已收到，那很好。邪视尚不敢，而况"瞪"乎？至于张先生的伟论，我也很佩服，我若作文，也许这样说的。但事实怕很难，我若有公之于众的东西，那是自己所不要的，否则不愿意。以己之心，度人之心，知道私有之念之消除，大约当在二十五世纪，所以决计从此不瞪了。

这里近三天凉起来了，可穿夹衫，据说到冬天，比现在冷得不多，但草却已有黄了的。学生方面，对我仍然很好；他们想出一种文艺刊物，已为之看稿，大抵尚幼稚，然而初学的人，也只能如此，或者下月要印出来。至于工作，我不至于拼命，我实在比先前懒得多了，时常闲着玩，不做事。

你不会起草章程，并不足为能力薄弱之证据。草章程是另一种本领，一须多看章程之类，二须有法律趣味，三须能顾到各种事件。我就最怕做这东西，或者也非你之所长罢。然而人又何必定须会做章程呢？即使会做，也不过一个"做章程者"而已。

据我想，伏园未必做政论，是办副刊。孟余们的意思，盖以为副刊的效力很大，所以想大大的干一下。上遂还是找不到事做，真是可叹，我不得已，已嘱伏园面托孟余去了。

北伐军得武昌，得南昌，都是确的。浙江确也独立了，上海附近也许又要小战，建人又要逃难，此人也是命运注定，不大能够安逸的，但走几步便是租界，大概不要紧。

重九日这里放一天假，我本无功课，毫无好处；登高之事，则厦门似乎不举行。肉松我不要吃，不去查考了。我现在买来吃的，只是点心和香蕉，偶然也买罐头。

明天要寄你一包书，都是零零碎碎的期刊之类，历来积下，现在一总寄出了。内中的一本《域外小说集》，是北新书局新近寄来的，夏天你要，我托他们去买，回说北京没有，这回大约是碰见了，所以寄来的罢，但不大干净，也许是久不印，没有新书之故。现在你不教国文，已没有用，但他们既然寄来，也就一并寄上，自己不要，可以送人的。

我已将《华盖集续编》编好，昨天寄去付印了。

(《两地书·五八》)

20

我今天上午刚发一信，内中说到厦门佛化青年会欢迎太虚的笑话，不料下午便接到请柬，是南普陀寺和闽南佛学院公宴太虚，并邀我作陪，自然也还有别的人。我决计不去，而本校的职员硬要我去，说否则他们将以为本校看不起他们。个人的行动，会涉及全校，真是窘极了，我只得去。罗庸说太虚"如初日芙蓉"，我实在看不出这样，只是平平常常。入席，他们要我与太虚并排上坐，我终于推掉，将一位哲学教员供上完事。太虚倒并不专讲佛事，常论世俗事情，而作陪之教员们，偏好问他佛法，什么"唯识"呀，"涅槃"哪，真是其愚不可及，此所以只配作陪也欤。其时又有乡下女人来看，结果是跪下大磕其头，得意之状可掬而去。

这样，总算白吃了一餐素斋。这里的酒席，是先上甜菜，中间咸菜，末后又上一碗甜菜，这就完了，并无饭及稀饭。我吃了几回，都是如此。听说这是厦门的特别习惯，福州即不然。

散后，一个教员和我谈起，知道有几个这回同来的人物之排斥我，渐渐显著了，因为从他们的语气里，他已经听得出来，而且他们似乎还同他去联络。他于是叹息说："玉堂敌人颇多，但对于国学院不敢下手者，只因为兼士和你两人在此也。兼士去而你在，尚可支持，倘你亦走，敌人即无所顾忌，玉堂的国学院就要开始动摇了。玉堂一失败，他们也站不住了。而他们一面排斥你，一面又个个接家眷，准备作长久之计，真是胡涂"云云。我看这是确的，这学校，就如一部《三国志演义》，你枪我剑，好看煞人。北京的学界在都市中挤轧，这里是在小岛上挤轧，地点虽异，挤轧则同。但国学院内部的排挤现象，外敌却还未知道（他们误以为那些人们倒是兼士和我的小卒，我们是给他们来打地盘的），将来一知道，就要乐不可支。我于这里毫无留恋，吃苦的还是玉堂，但我和玉堂的交情，还不到可以向他说明这些事情的程度，即使说了，他是否相信，也难说的。我所以只好一声不响，自做我的事，他们想攻倒我，一时也很难，我在这里到年底或明年，看我自己的高兴。至于玉堂，我大概是爱莫能助的了。

十九的信和文稿，都收到了。文是可以用的，据我看来。但其中的句法有不妥处，这是小姐们的普通病，其病根在于粗心，写完之后，大约自己也未必再看一遍。过一两天，改正了寄去罢。

兼士拟于廿七日动身向沪，不赴粤；伏园却已走了，打听陈惺农，该可以知道他的住址。但我以为他是用不着翻译的，他似认真非认真，似油滑非油滑，模模胡胡的走来走去，永远不会遇到所谓"为难"。然而行旌所过，却往往会留一点长远的小麻烦来给别人打扫。我不是雇了一个工人么？他却给这工人的朋友介绍，去包什么"陈源之徒"的饭，我教他不要多事，也不听。现在是"陈源之徒"常常对我骂饭菜坏，好像我是厨子头，工人则因为帮他朋友，我的事不大来做了。我总算出了十二块钱给他们雇了一个厨子的帮工，还要听埋怨。今天听说他们要不包了，真是感激之至。

上遂的事，除嘱那该打的伏园面达外，昨天又同兼士合写了一封信给孟余他们，可做的事已做，且听下回分解罢。至于我的别处的位置，可从缓议，因为我在此虽无久留之心，但目前也还没有决去之必要，所以倒非常从容。既无"患得患失"的念头，心情也自然安泰，决非欲"骗人安心，所以这样说"的：切祈明鉴为幸。

理科诸公之攻击国学院，这几天也已经开始了，因国学院房屋未造，借用生物学院屋，所以他们的第一着是讨还房子。此事和我辈毫不相关，就含笑而旁观之，看一大堆泥人儿搬在露天之下，风吹雨打，倒也有趣。此校大约颇与南开相像，而有些教授，则惟校长之喜怒是伺，妒别科之出风头，中伤挑眼，无所不至，妾妇之道也。我以北京为污浊，乃至厦门，现在想来，可谓妄想，大沟不干净，小沟就干净么？此胜于彼者，惟不欠薪水而已。然而"校主"一怒，亦立刻可以关门也。

我所住的这么一所大洋楼上，到夜，就只住着三个人：一张颐教授，一伏园，一即我。张因不便，住到他朋友那里去了，伏园又已走，所以现在就只有我一人。但我却可以静观默想，所以精神上倒并不感到寂寞。年假之期又已近来，于是就比先前沉静了。我自己计算，到此刚五十天，而恰如过了半年。但这不只我，兼士也这样说，则生活之单调可知。

我新近想到了一句话，可以形容这学校的，是"硬将一排洋房，摆在荒岛的海边上"。然而虽是这样的地方，人物却各式俱有，正如一滴水，用显微镜看，也是一个大世界。其中有一班"妾妇"们，上回已经说过了。还有希望得爱，以九元一盒的糖果恭送女教员的老外国教授；有和著名的美人结婚，三月复离的青年教授，有以异性为玩艺儿，每年一定和一个人往来，先引之而终拒之的密斯先生；有打听糖果所在，群往吃之的无耻之徒……世事大概差不多，地的繁华和荒僻，人的多少，都没有多大关系。

浙江独立，是的确了；今天听说陈仪的兵已与卢永祥开仗，那么，陈在徐州也独立了，但究竟确否，却不能知。闽边的消息倒少听见，似乎周荫人是必倒的，而民军则已到漳州。

长虹又在和韦漱园吵闹了，在上海出版的《狂飙》上大骂，又登了一封给我的

《野草》意会

信，要我说几句话。这真是吃得闲空，然而我却不愿意奉陪了，这几年来，生命耗去不少，也陪得够了，所以决计置之不理。况且闹的原因，据说是为了《莽原》不登向培良的剧本，但培良和漱园在北京发生纠葛，而要在上海的长虹破口大骂，还要在厦门的我出来说话，办法真是离奇得很。我那里知道其中的底细曲折呢。

此地天气凉起来了，可穿夹衣。明天是星期，夜间大约要看影戏，是林肯一生的故事。大家集资招来的，需六十元，我出一元，可坐特别席。林肯之类的故事，我是不大要看的，但在这里，能有好的影片看吗？大家所知道而以为好看的，至多也不过是林肯的一生之类罢了。

（《两地书·六〇》）

21

我不得同意，不见得用对付少爷们之法，请放心。但据我想，自己是恐怕决不开口的，真是无法可想。这样食少事烦的生活，怎么持久？但既然决心做一学期，又有人来帮忙，做做也好，不过万不要拼命。人固然应该办"公"，然而总须大家都办，倘人们偷懒，而只有几个人拼命，未免太不"公"了，就该适可而止，可以省下的路少走几趟，可以不管的事少做几件，自己也是国民之一，应该爱惜，谁也没有要求独独几个人应该做得劳苦而死的权利。

我这几年来，常想给别人出一点力，所以在北京时，拼命地做，忘记吃饭，减少睡眠，吃了药来编辑，校对，作文。谁料结出来的，都是苦果子。有些人就将我做广告来自利，不必说了；便是小小的《莽原》，我一走也就闹架。长虹因为社里压下（压下而已）了投稿，和我理论，而社里则时时来信，说没有稿子，催我作文。我实在有些愤愤了，拟至二十四期止，便将《莽原》停刊，没有了刊物，看大家还争持些什么。

我早已有些想到过，你这次出去做事，会有许多莫名其妙的人们来访问你的，或者自称革命家，或者自称文学家，不但访问，还要要求帮忙。我想，你是会去帮的，然而帮忙之后，他们还要大不满足，而且怨恨，因为他们以为你收入甚多，这一点即等于不帮，你说竭力的帮了，乃是你吝啬的谎话。将来或有些失败，便都一哄而散，甚者还要下石，即将访问你时所见的态度，衣饰，住处等等，作为攻击之资，这是对于先前的吝啬的罚。这种情形，我都曾一一尝过了，现在你大约也正要开始尝着这况味。这很使人苦恼，不平，但尝尝也好，因为知道世事就可以更加真切了。但这状态是永续不得的。经验若干时之后，便须恍然大悟，斩钉截铁地将他们撇开，否则，即使将自己全部牺牲了，他们也仍不满足，而且仍不能得救。其实呢，就是你现在见得可怜的所谓"妇孺"，恐怕也不在这例外。

《两地书·六二》

世纪之交，日新月异，旧世界的一切存在正被解构和颠覆。大学初建，派别多出，新说旧论，各行其是。只是过了二十几年，大学多起来，派别也开始有了政治色彩。厦门大学初建，却也派别挤轧，人间世相愈更显著。大学确非净土。

"我新近想到了一句话，可以形容这学校的，是'硬将一排洋房，摆在荒岛的海边上'。然而虽是这样的地方，人物却各式俱有，正如一滴水，用显微镜看，也是一个大世界。其中有一班'妾妇'们，上面已经说过了。还有希望得爱，以九元一盒的糖果恭送女教员的老外国教授；有和著名的美人结婚，三月复离的青年教授；有以异性为玩艺儿，每年一定和一个人往来，先引之而终拒之的密斯先生；有打听糖果所在，群往吃之的无耻之徒……世事大概差不多，地的繁华和荒僻，人的多少，都没有多大关系。"

"这学校，就如一部《三国志演义》，你枪我剑，好看煞人。北京的学界在都市中挤轧，这里是在小岛上挤轧，地点虽异，挤轧则同。"

这段时间鲁迅仍没有脱离写作《彷徨》和《野草》时的环境氛围。种种希望、绝望和虚妄总还是在他身旁不即不离。

22

我暂不赴粤的情形，记得又在二十一日的信里说过了。现在伏园已有信来，并未有非我即去不可之概；开学既然在明年三月，则年底去也还不迟。我固然很愿意现在就走一趟，但事实的牵扯也实在太利害，就是：走开三礼拜后，所任的事搁下太多，倘此后一一补做，则工作太重，倘不补，就有占了便宜的嫌疑。假如长在这里，自然可以慢慢地补做，不成问题，但我又并不作长久之计，而况还有玉堂的苦处呢。

至于我下半年那里去，那是不成问题的。上海，北京，我都不去，倘无别处可走，就仍在这里混半年。现在去留，专在我自己，外界的鬼祟，一时还攻我不倒。我很想尝尝杨桃，其所以熬着者，为己，只有一个经济问题，为人，就只怕我一走，玉堂立刻要被攻击，因此有些彷徨。一个人就能为这样的小问题所牵掣，实在可叹。

(《两地书·六四》)

23

伏园已有信来，据说上遂的事很有希望，学校的别的事情却没有提，他大约不久当可回校，我可以知道一点情形，如果中大定要我去，我到后于学校有益，那我就于开学之前到那边去。此处别的都不成问题，只在对不对得起玉堂。但玉堂也太胡涂——不知道还是老实——至今还迷信着他的"襄理"，这是一定要糟的，无药可救。山根先生仍旧专门荐人，图书馆有一缺，又在计画荐人了，是胡适之的书记，但这回好像不大顺手似的。至于学校方面，则这几天在大敷衍马寅初。昨天浙江学生欢迎他，硬要拖我去一同照相，我竭力拒绝，他们颇以为怪。呜呼，我非不知银行之可以发财也，其如"道不同不相为谋"何。明天是校长赐宴，陪客又有我，他们处心积虑，一定要我去和银行家扳谈，苦哉苦哉！但我在知单上只写了一个"知"字，不去可知矣。

据伏园信说，副刊十二月开手，那么，他回校之后，两三礼拜便又须去了，也很好。

但我对于此后的方针，实在很有些徘徊不决，那就是：做文章呢，还是教书？因为这两件事，是势不两立的：作文要热情，教书要冷静。兼做两样的，倘不认真，便两面都油滑浅薄，倘都认真，则一时使热血沸腾，一时使心平气和，精神便不胜困惫，结果也还是两面不讨好。看外国，兼做教授的文学家，是从来很少有的。我自己想，我如写点东西，也许于中国不无小好处，不写也可惜；但如果使我研究一种关于中国文学的事，大概也可以说出一点别人没有见到的话来，所以放下也似乎可惜。但我想，或者还不如做些有益的文章，至于研究，则于余暇时做，不过倘使应酬一多，可又不行了。

此地这几天很冷，可穿夹袍，晚上还可以加棉背心。我是好的，胃口照常，但菜还是不能吃，这在这里是无法可想的。讲义已经一共做了五篇，从明天起，想做季刊的文章了。

(《两地书·六六》)

原来当教授和当作家是如此之不一样的呀。鲁迅做事认真，此见一斑。

24

今天接到一篇来稿，是上海大学的女生曹轶欧寄来的，其中讲起我在北京穿着洋布大衫在街上走的事，下面注道，"这是我的朋友P.京的H. M. 女校生亲口对我说的"。P. 自然是北京，但那校名却奇怪，我总想不出是那一个学校来。莫非就是女师大，和我们所用是同一意义么？

今天又知道一件事，有一个留学生在东京自称我的代表去见盐谷温氏，向他索取他所印的《三国志平话》，但因为书尚未装成，没有拿去。他怕将来盐谷氏直接寄我，将事情弄穿，便托 C.T. 写信给我，要我追认他为代表，还说，否则，于中国人之名誉有关。你看，"中国人的名誉"是建立在他和我的说谎之上了。

今天又知道一件事。先前朱山根要荐一个人到国学院，但没有成。现在这人终于来了，住在南普陀寺。为什么住到那里去的呢？因为伏园在那寺里的佛学院有几点钟功课（每月五十元），现在请人代着，他们就想挖取这地方。从昨天起，山根已在大施宣传手段，说伏园假期已满（实则未满）而不来，乃是在那边已经就职，不来的了。今天又另派探子，到我这里来探听伏园消息。我不禁好笑，答得极其神出鬼没，似乎不来，似乎并非不来，而且立刻要来，于是乎终于莫名其妙而去。你看"现代"派下的小卒就这样阴鸷，无孔不入，真是可怕可厌。不过我想这实在难对付，譬如要我去和此辈周旋，就必须将别的事情放下，另用一番心机，本业抛荒，所得的成绩就有限了。"现代"派学者之无不浅薄，即因为分心于此等下流事情之故也。

（《两地书·六八》）

25

从昨天起，吃饭又发生了问题，须上小馆子或买面包来，这种问题都得自己时时操心，所以也不大静得下。我本可以于年底将此地决然舍去，我所迟疑的是怕广州比这里还烦劳，认识我的人们也多，不几天就忙得如在北京一样。

中大的薪水比厦大少，这我倒并不在意，所虑的是功课多，听说每周最多可至十二小时，而做文章一定也万不能免，即如伏园所办的副刊，就非投稿不可，倘再加上别的事情，我就又须吃药做文章了。在这几年中，我很遇见了些文学青年，由经验的结果，觉他们之于我，大抵是可以使役时便竭力使役，可以诘责时便竭力诘责，可以攻击时自然是竭力攻击，因此我于进退去就，颇有戒心，这或也是颓唐之一端，但我觉得这也是环境造成的。

其实我也还有一点野心，也想到广州后，对于"绅士"们仍然加以打击，至多无非不能回北京去，并不在意。第二是与创造社联合起来，造一条战线，更向旧社会进攻，我再勉力写些文字，但不知怎的，看见伏园回来吞吞吐吐之后，便又不作此想了，然而这也不过是近一两天如此，究竟如何，还当看后来的情形的。

（《两地书·六九》）

26

伏园已回厦门，大约十二月中再去。逢吉只托他带给我一封含含胡胡的信，但我已推测出，他前信说在广州无人认识是假的。《语丝》第百一期上，徐耀辰所做的《送南行的爱而君》的L就是他，他给他好几封信，绍介给熟人（创造社中人），所以他和创造社人在一处了，突然遇见伏园，乃是意外之事，因此对我便只好吞吞吐吐。"老实"与否，可研究之。

忽而匿名写信来骂，忽而又自来取消的乌文光，也和他在一处；另外还有些我所认识的人们。我这几天忽而对于到广州教书的事，很有些踌躇了，恐怕情形会和在北京时相像。厦门当然难以久留，此外也无处可走，实在有些焦躁。我其实还敢站在前线上，但发见当面称为"同道"的暗中将我作傀儡或从背后枪击我，却比被敌人所伤更其悲哀。我的生命，碎割在给人改稿子，看稿子，编书，校字，陪坐这些事情上者，已经很不少，而有些人因此竟以主子自居，稍不合意，就责难纷起，我此后颇想不再蹈这覆辙了。

忽又发起牢骚来，这回的牢骚似乎发得日子长一点，已经有两三天。但我想，明后天就要平复了，不要紧的。

(《两地书·七一》)

27

我先前在北京为文学青年打杂，耗去生命不少，自己是知道的。但到这里，又有几个学生办了一种月刊，叫作《波艇》，我却仍然去打杂。这也还是上文所说，不能因为遇见过几个坏人，便将人们都作坏人看的意思。但先前利用过我的人，现在见我偃旗息鼓，遁迹海滨，无从再来利用，就开始攻击了，长虹在《狂飙》第五期上尽力攻击，自称见过我不下百回，知道得很清楚，并捏造许多会话（如说我骂郭沫若之类）。其意即在推倒《莽原》，一方面则推广《狂飙》的销路，其实还是利用，不过方法不同。他们那时的种种利用我，我是明白的，但还料不到他看出活着他不能吸血了，就要打杀了煮吃，有如此恶毒。我现在姑且置之不理，看看他伎俩发挥到如何。总之，他戴着见了我"不下百回"的假面具，现在是除下来了，我还要子细的看看。

校事不知如何？如少暇，简略的告知几句就好。我已收到中大聘书，月薪二百八，无年限的，大约那计画是将以教授治校，所以凡认为非军阀帮闲的，就不立年限。但我的行止，暂时也还不能决定。此地空气恶劣，当然不愿久居，而到广州也有不合的几点：（一）我对于行政方面，素不留心，治校恐非所长；（二）听说政府将移武昌，则熟人必多离粤，我独以"外江佬"留在校内，大约未必有味；而况（三）我的一个朋友或者将往汕头，则我虽至广州，又与在厦门何异。所以究竟如何，当看情形再定了，好在开学还在明年三月初，很有考量的余地。

我在静夜中，回忆先前的经历，觉得现在的社会，大抵是可利用时则竭力利用，可打击时则竭力打击，只要于他有利。我在北京这么忙，来客不绝，但一受段祺瑞，章士钊们的压迫，有些人就立刻来索还原稿，不要我选定，作序了。其甚者还要乘机下石，连我请他吃过饭也是罪状了，这是我在运动他；请他喝过好茶也是罪状了，这是我奢侈的证据。借自己的升沉，看看人们的嘴脸的变化，虽然很有益，也有趣，但我的涵养工夫太浅了，有时总还不免有些愤激，因此又常迟疑于此后所走的路：（一）死了心，积几文钱，将来什么事都不做，顾自己苦苦过活；（二）再不顾自己，为人们做些事，将来饿肚也不妨，也一任别人唾骂；（三）再做一些事，倘连所谓"同人"也都从背后枪击我了，为生存和报复起见，我便什么事都敢做，但不愿失了我的朋友。第二条我已行过两年了，终于觉得太傻。前一条当先托庇于资本家，恐怕熬不住。末一条则颇险，也无把握（于生活），而且又略有所不忍。所以实在难于下一决心，我也就想写信和我的朋友商议，给我一条光。

（《两地书·七三》）

28

我近来只做了几篇付印的书的序跋，虽多牢骚，却有不少真话；还想做一篇记事，将五年来我和种种文学团体的关涉，讲一个大略，但究竟做否，现在还未决定。至于真正的用功，却难，这里无须用功，也不是用功的地方。国学院也无非装门面，不要实际。对于教学的成绩，常要查问，上星期我气起来，就对校长说，我原已辑好了古小说十本，只须略加整理，学校既如此着急，月内便去付印就是了。于是他们就从此没有后文。你没有稿子，他们就天天催，一有，却并不真准备付印的。

我虽然早已决定不在此校，但时期是本学期末抑明年夏天，却没有定，现在是至迟至本学期末非走不可了。昨天出了一件可笑可叹的事。下午有校员恳亲会，我是向来不到那种会去的，而一个同事硬拉我去，我不得已，去了。不料会中竟有人演说，先感谢校长给我们吃点心，次说教员吃得多么好，住得多么舒服，薪水又这么多，应该大发良心，拼命做事，而校长如此体帖我们，真如父母一样……我真要立刻跳起来，但已有另一个教员上前驳斥他了，闹得不欢而散。

还有希奇的事情，是教员里面，竟有对于驳斥他的教员，不以为然的。他说，在西洋，父子和朋友不大两样，所以倘说谁和谁如父子，也就是谁和谁如朋友的意思。这人是西洋留学生，你看他到西洋一番，竟学得了这样的大识见。

昨天的恳亲会是第三次，我却初次到，见是男女分房的，不但分坐。

我才知道在金钱下的人们是这样的，我决计要走了，但我不想以这一件事为口实，且仍于学期之类作一结束。至于到那里去，一时也难定，总之无论如何，年假中我必到广州走一遭，即使无瞰饭处，厦门也决不住下去了。又我近来忽然对于做教员发生厌恶，于学生也不愿意亲近起来，接见这里的学生时，自己觉得很不热心，不诚恳。

我还要忠告玉堂一回，劝他离开这里，到武昌或广州做事去。但看来大半是无效的，这里是他的故乡，他不肯轻易决绝，同来的鬼祟又遮住了他的眼睛，一定要弄到大失败才罢，我的计画，也不过聊尽同事一场的交情而已。

（《两地书·七五》）

29

从昨天起，我又很冷静了，一是因为决定赴粤，二是因为决定对长虹们给一打击。你的话大抵不错的，但我之所以愤慨，却并非因为他们使我失望，而在觉得了他先前日日吮血，一看见不能再吮了，便想一棒打杀，还将肉作罐头卖以获利。这回长虹笑我对章士钊的失败道，"于是遂戴其纸糊的'思想界的权威者'之假冠，而入于身心交病之状态矣。"但他八月间在《新女性》上登广告，却云"与思想界先驱者鲁迅合办《莽原》"，一面自己加我"假冠"以欺人，一面又因别人所加之"假冠"而骂我，真是轻薄卑劣，不成人样。有青年攻击或讥笑我，我是向来不去还手的，他们还脆弱，还是我比较的禁得起践踏。然而他竟得步进步，骂个不完，好像我即使避到棺材里去，也还要戮尸的样子。所以我昨天就决定，无论什么青年，我也不再留情面，先作一个启事，将他利用我的名字，而对于别人用我名字，则加笑骂等情状，揭露出来，比他的唠唠叨叨的长文要刻

《野草》意会

毒得多，即送登《语丝》，《莽原》，《新女性》，《北新》四种刊物。我已决定不再彷徨，拳来拳对，刀来刀当，所以心里也很舒服了。

我大约也终于不见得为了小障碍而不走路，不过因为神经不好，所以容易说愤话。小障碍能绊倒我，我不至于要离开厦门了。我也很想走坦途，但目前还不能，非不愿，势不可也。至于你的来厦，我以为大可不必，"劳民伤财"，都无益处，况且我也并不觉得"孤独"，没有什么"悲哀"。

你说我受学生的欢迎，足以自慰么？不，我对于他们不大敢有希望，我觉得特出者很少，或者竟没有。但我做事是还要做的，希望全在未见面的人们；或者如你所说："不要认真。"我其实毫不懈怠，一面发牢骚，一面编好《华盖集续编》，做完《旧事重提》，编好《争自由的波浪》（董秋芳译的小说），看完《卷葹》都分头寄出去了。至于还有人和我同道，那自然足以自慰的，并且因此使我自勉，但我有时总还虑他为我而牺牲。而"推及一二以至无穷"，我也不能够。有这样多的么？我倒不要这样多，有一个就好了。

提起《卷葹》，又想到了一件事。这是王品青送来的，淦女士所作，共四篇，皆在《创造》上发表过。这回送来要印入《乌合丛书》，据我看来，是因为创造社不征作者同意，将这些印成小丛书，自行发卖，所以这边也出版，借谋抵制的。凡未在那边发表过者，一篇都不在内，我要求再添几篇新的，品青也不肯。创造社量狭而多疑，一定要以为我在和他们捣乱，结果是成仿吾借别的事来骂一通。但我给她编定了，不添就不添罢，要骂就骂去罢。

我过了明天礼拜，便又要编讲义，余闲就玩玩，待明年换了空气，再好好做事。今天来客太多，无工夫可写信，写了这两张，已经是夜十二点半了。

和这信同时，我还想寄一束杂志，其中的《语丝》九七和九八，前回曾经寄去过，但因为那是切光的。所以这回补寄毛边者两本。你大概是不管这些的，不过我的脾气如此，所以仍寄。

（《两地书·七九》）

30

我一生的失计，即在向来不为自己生活打算，一切听人安排，因为那时豫料是活不久的。后来豫料并不确中，仍能生活下去，遂至弊病百出，十分无聊。

再后来，思想改变了，但还是多所顾忌，这些顾忌，大部分自然是为生活，几分也为地位，所谓地位者，就是指我历来的一点小小工作而言，怕因我的行为的剧变而失去力量。这些瞻前顾后，其实也是很可笑的，这样下去，更将不能动弹。第三法最为直截了当，而细心一点，也可以比较的安全。所以一时也决不定。总之，我先前的办法已是不妥，在厦大就行不通，我也决计不再敷衍了，第一步我一定于年底离开这里，就中大教授职。但我极希望H. M. 也在同地，至少可以时常谈谈，鼓励我再做些有益于人的工作。

昨天我向玉堂提出以本学期为止，即须他去的正式要求，并劝他同走。对于我走这一层，略有商量的话，终于他无话可说了。他自己呢，我看未必走，再碰几个钉子，则明年夏天可以离开。

此地无甚可为。近来组织了一种期刊，而作者不过寥寥数人，或则受创造社影响，过于颓唐，或则像狂飙社嘴脸，大言无实；又在日报上添了一种文艺周刊，恐怕也不见得有什么好结果。大学生都很沉静，本地人文章，则"之乎者也"居多，他们一面请马寅初写字，一面要我做序，真是一视同仁，不加分别。有几个学生因为我和兼士在此而来的，我们一走，大约也要转学到中大去。

离开此地之后，我必须改变我的农奴生活；为社会方面，则我想除教书外，仍然继续作文艺运动，或其他更好的工作，俟那时再定。我觉得现在H. M.比我有决断得多，我自到此地以后，仿佛全感空虚，不再有什么意见，而且有时确也有莫明其妙的悲哀，曾经作了一篇我的杂文集的跋，就写着那时的心情，十二月末的《语丝》上可以发表，你一看就知道。自己也明知道这是应该改变的，但现在无法，明年从新来过罢。

逢吉既知道通信地方，何以又须详询住址，举动颇为离奇。我想，他是在研究H. M. 是否真在广州办事，也说不定。因他们一群中流言甚多，或者会有H. M 亦在厦门之说。

(《两地书·八三》)

31

三日寄出一信，并刊物一束，系《语丝》等五本，想已到。今天得二日来信，可谓快矣。对于廿六日函中的一段话，（按，这段话是："我想H. M, 正要为社会做事，为了我的牢骚而不安，实在不好，想到这里，忽然静下来了，没有什么牢骚了。）我于廿九日发一函，想当我接到此信时，那边必亦已到，现在我也无须再说了。其实我这半年来并不发生什么"奇异感想"，不过"我不太将人当作牺牲么"这一种思想——这是我向来常常想到的思想——却还有时起来，一起来，便沉闷下去，就是所谓"静下去"，而间或形于词色。但也就悟出并不尽然，故往往立即恢复，二日得中央政府迁移消息后，便连夜发一信（次日又发一信），说明我的意思与廿九日信中所说者并无变更，实未有愿你"终生颠倒于其中而不自拔"之意，当时仅以为在社会上阅历几时，可以得较多之经验而已，并非我将永远静着，以至于冷眼旁观，将H. M. 卖掉，而自以为在孤岛中度寂寞生活，咀嚼着寂寞，即足以自慰自赎也。

但廿六日信中的事，已成往事，也不必多说了。中大的钟点虽然较多，我想总可以设法教一点担子稍轻的功课，以求有休息的余暇，况且抄录材料等等，又可有帮我的人，所以钟点倒不成问题。每周二十时左右者，大抵是纸面文章，也未必实做的。

（《两地书·八八》）

还在《呐喊·自序》中就感叹过"有谁从小康人家而坠入困顿的么，我以为在这路途中，大概可以看见世人的真面目"。这回到厦门来，便又"发见当面称为'同道'的暗中将我作傀儡或从背后枪击我，却比被敌人所伤更其悲哀。我的生命，碎割在给人改稿子、看稿子、编书、校字、陪坐这些事情上者，已经很不少，而有些人因此竟以主子自居，稍不合意，就责难纷起。""回忆先前的经历，觉得现在的社会，大抵是可利用时则竭力利用，可击时则竭力打击，只要于他有利。我在北京这么忙，来客不绝，但一受段祺瑞、章士钊的压迫，有些人就立刻来索还原稿，不要我选定、作序了。其甚者还要乘机下石，连我请他吃过饭也是罪状了，这是我在运动他；请他喝过好茶也是罪状了。"长虹本是常来家中走动的晚辈学生之一，先前也颇赢得大先生的好感，不想却突然变脸，撰文对老师进行侮辱性肆意攻击了。忍无可忍，鲁迅决定对长虹们给予打击了。"我之所以愤慨，却并非因为他们使我失望，而在觉得了他先前日日吮血，一看见不能再吮了，便想一棒打杀，还将肉作罐头卖以获利。这回长虹笑我对章士钊的失败道，'于是遂戴其纸糊的"思想界的权威者"之假冠，而入于身心交病之状态矣'。""但他八月间在《新女性》上登广告，却云与思想界先驱者鲁迅合办《莽原》，一面自己加我'假冠'以欺人，一面又因别人所加之'假冠'而骂我，真是轻薄卑劣，不成人样。有青年攻击或讥笑我，我是向来不去还手的，他们还脆弱，还是我比较的禁得起践踏。然而他竟得步进步，骂个不完，好像我即使避到棺材里去，也还要戮尸的样子。所以我昨天就决定，无论什么青年，我也不再留情面，先作一个启事，将他利用我的名字，而对于别人用我名字，则加笑骂等情状，揭露出来，比他的唠唠叨叨的长文要刻毒得多，即送登《语丝》《莽原》《新女性》《北新》四种刊物。我已决定不再彷徨，拳来拳对，刀来刀当，所以心里也很舒服了。"看过那些如此这般的嘴脸，以及这嘴脸背后的潜台词，就不难理解鲁迅何以如此"冷静""世故"，看问题何以如此"尖刻""黑暗"。《野草》中朦胧所现的种种黑暗与虚无，正是这荒谬人间世的反照。

32

金星石〔按：《两地书·七六》景宋告诉鲁迅："而今天使我喜欢的，是我订了一个好玩的印章，要铺子刻'鲁迅'二字，白文，印是玻璃质的，通体金星闪闪，说是星期二刻好（价钱并不贵，不要心里先骂），打算和毛绒小半臂一同寄出。"《两地书·九一》又说："印章的质地是'金星石'；但我先前随便叫它曰玻璃；这不知是否日本东西，刻字时刻坏了一个，不过由刻者负责，和我无干。有这样脆。我想一落地必碎，能够寄到无损，算是好的了……傻子！一个新印章，何必特地向上海买印泥去呢，真是多事。"〕虽然中国也有，但看印匣的样子，还是日本做的，不过这也没有什么关系。"随便叫它曰玻璃"，则可谓胡涂，玻璃何至于这样脆，又岂可"随便"到这样？若夫"落地必碎"，则一切印石，大抵如斯，岂独玻璃为然？特买印泥，亦非"多事"，因为不如此，则不舒服也。

近来对于厦大，什么都不过问了，但他们还要常来找我演说，一演说，则与当局者的意见一定相反，真是无聊。玉堂现在亦深知其不可为，有相当机会，什九是可以走的。我手已不抖,前信竟未说明。至于寄给《语丝》的那篇文章(指《写在〈坟〉后面》,仍载《语丝》第一〇八期),因由未名社转寄,被社中截留了,登在《莽原》第廿三期上。其中倒没有什么未尽之处。当时动笔的原因,一是恨自己为生活起见,不能不暂戴假面,二是感到了有些青年之于我,见可利用则尽情利用,倘觉不能利用了,便想一棒打杀,所以很有些悲愤之言。不过这种心情,现在早已过去了。我时时觉得自己很渺小;但看他们的著作,竟没有一个如我,敢自说是戴着假面和承认"党同伐异"的,他们说到底总必以"公平"或"中立"自居。因此,我又觉得我或者并不渺小。现在拼命要蔑视我和骂倒我的人们的眼前,终于黑的恶鬼似的站着"鲁迅"这两个字者,恐怕就为此。

我离厦门后,有几个学生要随我转学,还有一个助教也想同我走,他说我对于金石的知识于他有帮助。我在这里,常有客来谈空天,弄得自己的事无暇做,这样下去,是不行的。我将来拟在校中取得一间屋,算是住室,作为豫备功课及会客之用,另在外面觅一相当的地方,作为创作及休息之用,庶几不至于起居无节,饮食不时,再蹈在北京时之覆辙。但这可俟到粤后再说,无须未雨绸缪。总之,我的主意,是在想少陪无聊之客而已。倘在学校,谁都可以直冲而入,并无可谈,而东拉西扯,坐着不走,殊讨厌也。

现在我们的饭是可笑极了,外面仍无好的包饭处,所以还是从本校厨房买饭,每人每月三元半,伏园做菜,辅以罐头。而厨房屡次宣言:不买菜,他要连饭也不卖了。那么,我们为买饭计,必须月出十元,一并买他毫不能吃之菜。现在还敷衍着。伏园走后,我想索性一并买菜,以省麻烦,好在日子也已经有限了。工人则欠我二十元,其中二元,是他兄弟急病时借去的,我以为他穷,说这二元不要他还了,算是欠我十八元,他即于次日又借去二元,仍凑足二十元之数。厦门之对于"外江佬",好像也颇要愚弄似的。

以中国人一般的脾气而论,失败之后的著作,是没有人看的,他们见可役使则尽量地役使,见可笑骂则尽量地笑骂,虽一向怎样常常往来,也即刻翻脸不识,看和我往来最久的少爷们的举动,便可推知。但只要作品好,大概十年或数十年后,就又有人看了,不过这只是书坊老板得益,至于作者,则也许早被逼死,不再有什么相干。遇到这样的时候,为省事计,则改业也行,走外国也行;为赌气计,则无所不为也行,倒行逆施也行。但我还没有细想过,因为这还不是急切的问题，此刻不过发发空议论。

"能食能睡"，是的确的，现在还如此，每天可睡至八九小时。然而人还是懒，这大约是气候之故。我想厦门的气候，水土，似乎于居民都不宜，我所见的本地人，胖子很少，十之九都黄瘦，女性也很少有丰满活泼的；加以街道污秽，空地上就都是坟，所以人寿保险的价格，居厦门者比别处贵。我想国学院倒大可以缓办，不如作卫生运动，一面将水，土壤，都分析分析，讲一个改善之方。

此刻已经夜一时了，本来还可以投到所外的箱子里去，但既有"命令"，就待至明晨罢，真是可惧，"我着实为难"。

（《两地书·九三》）

33

昨（十三日）寄一信，今天则寄出期刊一束，怕失少，所以挂号，非因特别宝贵也。束中有《新女性》一本，大作在内，又《语丝》两期，即登着我之发牢骚文，盖先为未名社截留，到底又被小峰夺过去了，所以仍在《语丝》上。

慨自寄了二十三日之信，几乎大不得了，伟大之钉子，迎面碰来，幸而上帝保佑，早有廿九日之信发出，声明前此一函，实属大逆不道，应即取消，于是始蒙褒为"傻子"，赐以"命令"，作善者降之百祥，幸何如之。

现在对于校事，已悉不问，专编讲义，作一结束，授课只余五星期，此后便是考试了。但离校恐当在二月初，因为一月份薪水，是要等着拿走的。

狂飙中人一面骂我，一面又要用我了。培良要我在厦门或广州寻地方，尚钺要将小说编入《乌合丛书》去，并谓前系误骂，后当停止，附寄未发表的骂我之文稿，请看毕烧掉云。我想，我先前的种种不客气，大抵施之于同年辈或地位相同者，而对于青年，则必退让，或默然甘受损失。不料他们竟以为可欺，或纠缠，或奴役，或责骂，或诬蔑，得步进步，闹个不完。我常叹中国无"好事之徒"，所以什么也没有人管，现在看来，做"好事之徒"实在也大不容易，我略管闲事，就弄得这么麻烦。现在是方针要改变了，地方也不寻，丛书也不编，文稿也不看，也不烧，回信也不写，关门大吉，自己看书，吸烟，睡觉。

牺牲论究竟是谁的"不通"而该打手心，还是一个疑问。人们有自志取舍，和牛羊不同，仆虽不敏，是知道的。然而这"自志"又岂出于本来，还不是很受

《野草》意会

一时代的学说和别人的言动的影响的么?那么,那学说的是否真实,那人的是否确当,就是一个问题,我先前何尝不出于自愿,在生活的路上,将血一滴一滴地滴过去,以饲别人,虽自觉渐渐瘦弱,也以为快活。而现在呢,人们笑我瘦弱了,连饮过我的血的人,也来嘲笑我的瘦弱了。我听得甚至有人说:"他一世过着这样无聊的生活,本早可以死了的,但还要活着,可见他没出息。"于是也乘我困苦的时候,竭力给我一下闷棍,然而,这是他们在替社会除去无用的废物呵!这实在使我愤怒,怨恨了,有时简直想报复。我并没有略存求得称誉,报答之心,不过以为喝过血的人们,看见没有血喝了就该走散,不要记着我是血的债主,临走时还要打杀我,并且为消灭债券计,放火烧掉我的一间可怜的灰棚。我其实并不以债主自居,也没有债券。他们的这种办法,是太过的。我近来的渐渐倾向个人主义,就是为此;常常想到像我先前那样以为"自所甘愿,即非牺牲"的人,也就是为此;常常劝别人要一并顾及自己,也就是为此。但这是我的意思,至于行为,和这矛盾的还很多,所以终于是言行不一致,恐怕不足以服足下之心,好在不久便有面谈的机会,那时再辩论罢。

我离厦门的日子,还有四十多天,说"三十多",少算了十天了,然则心粗而傻,似乎也和"傻气的傻子"差不多,"半斤八两相等也"。伏园大约一两日内启行,此信或者也和他同船出发。从今天起,我们兼包饭菜了,先前单包饭的时候,每人只得一碗半(中小碗),饭量大的人,兼吃两人的也不够,今天是多一点了,你看厨子多么利害。这里的工役,似乎都与当权者有些关系,换不掉的,所以无论如何,只好教员吃苦,即如这个厨子,原是国学院听差中之最懒而最狡猾的,兼士费了许多力,才将他弄走,而他的地位却更好了。他那时的主张,是:他是国学院的听差,所以别人不能使他做事。你想,国学院是一所房子,会开口叫他做事的么?

(《两地书·九五》)

34

看来中大似乎等我很急,所以我想就与玉堂商量,能早走则早走。况且我在厦大,他们并不以为必要,为之结束学期与否,不成什么问题也。但你信只管发,即我已走,也有人代收寄回。

厦大我只得抛开了，中大如有可为，我还想为之尽一点力，但自然以不损自己之身心为限。我来厦门，虽是为了暂避军阀官僚"正人君子"们的迫害。然而小半也在休息几时，及有些准备，不料有些人遽以为我被夺掉笔墨了，不再有开口的可能，便即翻脸攻击，想踏着死尸站上来，以显他的英雄，并报他自己心造的仇恨。北京似乎也有流言，和在上海所闻者相似，且云长虹之拼命攻击我，乃为此。这真出我意外，但无论如何，用这样的手段，想来征服我，是不行的，我先前对于青年的唯唯听命，乃是退让，何尝是无力战斗。现既逼迫不完，我就偏又出来做些事，而且偏在广州，住得更近点，看他们躲在黑暗里的诸公其奈我何。然而这也许是适逢其会的借口，其实是即使并无他们的闲话，我也还是要到广州的。

(《两地书·一〇二》)

35

伏园想已见过了。他于十二月廿九日给我一封信，今裁出一部分附上，未知以为何如？我想，助教是不难做的，并不必讲授功课，而给我做助教尤其容易，我可以少摆教授架子。

这几天，"名人"做得太苦了，赴了几处送别会，都要演说，照相。我原以为这里是死海，不料经这一搅，居然也有了些波动，许多学生因此而愤慨，有些人颇恼怒，有些人则借此来攻击学校或人们，而被攻击者是竭力要将我之为人说得坏些，以减轻自己的伤害。所以近来谣言颇多，我但袖手旁观，煞是有趣。然而这些事故，于学校是仍无益处的，这学校除全盘改造之外，没有第二法。

学生至少有二十个也要走。我确也非走不可了，因为我在这里，竟有从河南中州大学转学而来的，而学校的实际又是这模样，我若再帮同来招徕，岂不是误人子弟？所以我一面又做了一篇《通信》，去登《语丝》，表明我已离开厦门。我好像也已经成了偶像了，记得先前有几个学生拿了《狂飙》来，力劝我回骂长虹，说道：你不是你自己的了，许多青年等着听你的话！我曾为之吃惊，心里想，我成了大家的公物，那是不得了的，我不愿意。还不如倒下去，舒服得多。

现在看来，还得再硬做"名人"若干时，这才能够罢手。但也并无大志，只要中大的文科办得还像样，我的目的就达了，此外都不管。我近来改变了一点态度，诸事都随手应付，不计利害，然而也不很认真，倒觉得办事很容易，也不疲劳。

(《两地书·一〇五》)

36

中大拟请你作助教，并非伏园故意谋来，和你开玩笑的，看我前次附上的两信便知，因为这原是李逢吉的遗缺，现在正空着。北大和厦大的助教，平时并不授课，厦大的规定是教授请假半年或几月时，间或由助教代课，但这样的事是很少见的，我想中大当不至于特别罢。况且教授编而助教讲，也太不近情理，足下所闻，殆谣言也。即非谣言，亦有法想，似乎无须神经过敏。未发聘书，想也不至于中变，其于上遂亦然。我想中学职员可不必去做，即有中变，我当托人另行设法。

至于引为同事，恐因谣言而牵连自己，——我真奇怪，这是你因为碰了钉子，变成神经过敏，还是广州情形，确是如此的呢？倘是后者，那么，在广州做人，要比北京还难了。不过我是不管这些的，我被各色人物用各色名号相加，由来久矣，所以被怎么说都可以。这回去厦，这里也有各种谣言，我都不管，专用徐大总统哲学：听其自然。

我十日以前走不成了，因为上月的薪水，至今还没有付给我，说是还得等几天。但无论怎样，我十五日以前总要动身的。我看这是他们的一点小玩艺，无非使我不能早走，在这里白白的等几天。不过这种小巧，恐怕反而失策了：校内大约要有风潮，现正在酝酿，两三日内怕要爆发。这已由挽留运动转为改革学校运动，本已与我不相干，不过我早走，则学生少一刺戟，或者不再举动，但拖下去可不行了。那时一定又有人归罪于我，指为"放火者"，然而也只得"听其自然"，放火者就放火者罢。

这几天全是赴会和饯行，说话和喝酒，大概这样的还有两三天。这种无聊的应酬，真是和生命有仇，即如这封信，就是夜里三点钟写的，因为赴席后回来是十点钟，睡了一觉起来，已是三点了。

那些请吃饭的人，蓄意也种种不同，所以席上的情形，倒也煞是好看。我在这里是许多人觉得讨厌的，但要走了却又都恭维为大人物。中国老例，无论谁，只要死了,挽联上不都说活着的时候多么好,没有了又多么可惜么?于是连白果也称我为"吾师"了,并且对人说道,"我是他的学生呀,感情当然很好的。"他今天还要办酒给我饯行,你想这酒是多么难喝下去。

这里的惰气,是积四五年之久而弥漫的,现在有些学生们想借我的四个月的魔力来打破它,我看不过是一个幻想。

(《两地书·一〇九》)

37

这里的风潮似乎还在蔓延,但结果是决不会好的。有几个人已在想利用这机会高升,或则向学生方面讨好,或则向校长方面讨好,真令人看得可叹。我的事情大致已了,本可以动身了,今天有一只船,来不及坐,其次,只有星期六有船,所以于十五日才能走。这封信大约要和我同船到粤,但姑且先行发出。我大概十五日上船,也许要到十六才开,则到广州当在十九或二十日。我拟先住广泰来栈,待和学校接洽之后,便暂且搬入学校,房子是大钟楼,据伏园来信说,他所住的一间就留给我。

助教是伏园出力,中大聘请的,俺何敢"自以为给"呢?至于其余等等,则"爆发"也好,发爆也好,我就是这么干,横竖种种谨慎,也还是重重逼迫,好像是负罪无穷。现在我就来自画招供,自卸甲胄,看看他们的第二拳是怎样的打法。我对于"来者",先是抱着博施于众的心情,但现在我不,独于其一,抱了独自求得的心情了。(这一段也许我误解了原意,但已经写下,不再改了。)这即使是对头,是敌手,是枭蛇鬼怪,我都不问;要推我下来,我即甘心跌下来,我何尝高兴站在台上?我对于名声,地位,什么都不要,只要枭蛇鬼怪够了,对于这样的,我就叫作"朋友"。谁有什么法子呢?但现在之所以还只(!)说了有限的消息者:一,为己,是总还想到生计问题;二,为人,是可以暂借我已成之地位,而作改革运动。但要我兢兢业业,专为这两事牺牲,是不行了。我牺牲得不少了,而享受者还不够,必要我奉献全部的性命。我现在不肯了,我爱对头,我反抗他们。

这是你知道的,单在这三四年中,我对于熟识的和初初相识的文学青年是怎么样,只要有可以尽力之处就尽力,并没有什么坏心思。然而男的呢,他们自己之间也掩不住嫉妒，到底争起来了，一方面于心不满足，就想打杀我，给那方面也失了助力。看见我有女生在座，他们便造流言。这些流言，无论事之有无，他们是在所必造的，除非我和女人不见面。他们大抵是貌作新思想者，骨子里却是暴君酷吏，侦探，小人。如果我再隐忍，退让，他们更要得步进步，不会完的。我蔑视他们了。我先前偶一想到爱，总立刻自己惭愧，怕不配，因而也不敢爱某一个人，但看清了他们的言行思想的内幕，便使我自信我决不是必须自己贬抑到那么样的人了，我可以爱！

那流言，是直到去年十一月，从韦漱园的信里才知道的。他说，由沈钟社里听来，长虹的拼命攻击我是为了一个女性，《狂飙》上有一首诗，太阳是自比，我是夜，月是她。他还问我这事可是真的，要知道一点详细。我这才明白长虹原来在害"单相思病"，以及川流不息的到我这里来的原因，他并不是为《莽原》，却在等月亮。但对我竟毫不表示一些敌对的态度，直待我到了厦门，才从背后骂得我一个莫名其妙，真是卑怯得可以。我是夜，则当然要有月亮的，还要做什么诗，也低能得很。那时就做了一篇小说，和他开了一些小玩笑，寄到未名社去了。

那时我又写信去打听孤灵，才知道这种流言，早已有之，传播的是品青，伏园，玄倩，微风，宴太。有些人又说我将她带到厦门去了，这大约伏园不在内，是送我上车的人们所流布的。白果从北京接家眷来此，又将这带到厦门，为攻击我起见，便和田千顷分头广布于人，说我之不肯留居厦门，乃为月亮不在之故。在送别会上，田千顷且故意当众发表，意图中伤。不料完全无效，风潮并不稍减，因为此次风潮，根柢甚深，并非由我一人而起，而他们还要玩些这样的小巧，真可谓"至死不悟"了。

现在是夜二时，校中暗暗的熄了电灯，帖出放假布告，当即被学生发见，撕掉了。此后怕风潮还要扩大一点。

我现在真自笑我说话往往刻薄，而对人则太厚道，我竟从不疑及玄倩之流到我这里来是在侦探我，虽然他的目光如鼠，各处乱翻，我有时也有些觉得讨厌。并且今天才知道我有时请他们在客厅里坐，他们也不高兴，说我在房里藏了月亮，不容他们进去了。你看这是多么难以伺候的大人先生呵。我托令弟买了几株柳，种在后园，拔去了几株玉蜀黍，母亲很可惜，有些不高兴，而宴太即大放谣诼，说我在纵容着学生虐待她。力求清宁，偏多滓秽，我早先说，呜呼老家，能否复返，是一问题，实非神经过敏之谈也。

但这些都由它去，我自走我的路。不过这次厦大风潮之后，许多学生，或要同我到广州，或想转学到武昌去，为他们计，在这一年半载之中，是否还应该暂留几片铁甲在身上，此刻却还不能骤然决定。这只好于见到时再商量。不过不必连助教都怕做，同事都避忌，倘如此，可真成了流言的囚人，中了流言家的诡计了。

（《两地书·一一二》）

38

至于关于《给——》的传说，我先前倒没有料想到。《狂飙》也没有细看，今天才将那诗看了一回。我想原因不外三种：一，是别人神经过敏的推测，因为长虹的痛哭流涕的做《给——》的诗，似乎已很久了；二，是《狂飙》社中人故意附会宣传，作为攻击我的别一法；三，是他真疑心我破坏了他的梦，——其实我并没有注意到他做什么梦，何况破坏——因为景宋在京时，确是常来我寓，并替我校对，抄写过不少稿子《坟》的一部分，即她抄的，这回又同车离京，到沪后她回故乡，我来厦门，而长虹遂以为我带她到了厦门了。倘这推测是真的，则长虹大约在京时，对她有过各种计划，而不成功，因疑我从中作梗。其实是我虽然也许是"黑夜"，但并没有吞没这"月儿"。

如果真属于末一说，则太可恶，使我愤怒。我竟一向在闷胡卢中，以为骂我只因为《莽原》的事。我从此倒要细心研究他究竟是怎样的梦，或者简直动手撕碎它，给他更其痛哭流涕。只要我敢于捣乱，什么"太阳"之类都不行的。

我还听到一种传说，说《伤逝》是我自己的事，因为没有经验，是写不出这样的小说的。哈哈，做人真愈做愈难了。

（《书信261229·致韦素园》）

所谓江湖似乎也就是一只饭碗。无论北京还是厦门，大学内外，都不免无休无止地挤轧。总是人间相，又都表现出顽固的国民性特点。鲁迅被正人君子者流攻评不奇怪，为敌对流派所不容也是必然，但自己一贯予以爱护、关怀、帮助的青年也会翻脸无情,以至于落井下石,却为鲁迅始料不及。高长虹事件的突发又一次震撼了鲁迅。"人们有自志取舍,和牛羊不同,仆虽不敏,是知道的。然而这'自志'又岂出于本来,还不是很受一时代的学说和别人的言动的影响的么?那么,那学说的是否真实,那人的言动是否确当,就是一个问题,我先前何尝不出于自愿,在生活的路上,将血一滴一滴地滴过去,以饲别人,虽自觉渐渐瘦弱,也以为快活。而现在呢,人们笑我瘦弱了,连饮过我的血的人,也来嘲笑我的瘦弱了。我听得甚至有人说:'他一世过着这样无聊的生活,本早可以死了的,但还要活着,可见他没出息。'于是也乘我困苦的时候,竭力给我一下闷棍,然而,这是他们在替社会除去无用的废物呵!这实在使我愤怒,怨恨了,有时简直想报复。我并没有略存求得称誉,报答之心,不过以为喝过血的人们,看见没有血喝了就该走散,不要记着我是血的债主,临走时还要打杀我,并且为消灭债券计,放火烧掉我的一间可怜的灰棚。我其实并不以债主自居,也没有债券。他们的这种办法,是太过的。我近来的渐渐倾向个人主义,就是为此;常常想到像我先前那样以为'自所甘愿,即非牺牲'的人,也就是为此;常常劝别人要一并顾及自己,也就是为此。但这是我的意思,至于行为,和这矛盾的还很多,所以终于是言行不一致,恐怕不足以服足下之心,好在不久便有面谈的机会,那时再辩论罢。"倘非受了原先引以为朋友、同道者流的严重伤害,不至于如此沉痛与决绝。

一　读懂鲁迅

民国·广州·民国

1
在钟楼上

也还是我在厦门的时候，柏生从广州来，告诉我说，爱而君也在那里了。大概是来寻求新的生命的罢，曾经写了一封长信给K委员，说明自己的过去和将来的志望。

"你知道有一个叫爱而的么？他写了一封长信给我，我没有看完。其实，这种文学家的样子，写长信，就是反革命的！"有一天，K委员对柏生说。

又有一天，柏生又告诉了爱而，爱而跳起来道：

"怎么？……怎么说我是反革命的呢？！"

厦门还正是和暖的深秋，野石榴开在山中，黄的花——不知道叫什么名字——开在楼下。我在用花岗石墙包围着的楼屋里听到这小小的故事，K委员的眉头打结的正经的脸，爱而的活泼中带着沉闷的年轻的脸，便一齐在眼前出现，又仿佛如见当K委员的眉头打结的面前，爱而跳了起来，——我不禁从窗隙间望着远天失笑了。

但同时也记起了苏俄曾经有名的诗人，《十二个》的作者勃洛克的话来：

"共产党不妨碍做诗，但于觉得自己是大作家的事却有妨碍。大作家者，是感觉自己一切创作的核心，在自己里面保持着规律的。"

共产党和诗，革命和长信，真有这样地不相容么？我想。

以上是那时的我想。这时我又想，在这里有插入几句声明的必要：

我不过说是变革和文艺之不相容，并非在暗示那时的广州政府是共产政府或委员是共产党。这些事我一点不知道。只有若干已经"正法"的人们，至今不听

《野草》意会

见有人鸣冤或冤鬼诉苦，想来一定是真的共产党罢。至于有一些，则一时虽然从一方面得了这样的谥号，但后来两方相见，杯酒言欢，就明白先前都是误解，其实是本来可以合作的。

必要已毕，于是放心回到本题。却说爱而君不久也给了我一封信，通知我已经有了工作了。信不甚长，大约还有被冤为"反革命"的余痛罢。但又发出牢骚来：一，给他坐在饭锅旁边，无聊得很；二，有一回正在按风琴，一个漠不相识的女郎来送给他一包点心，就弄得他神经过敏，以为北方女子太死板而南方女子太活泼，不禁"感慨系之矣"了。

关于第一点，我在秋蚊围攻中所写的回信中置之不答。夫面前无饭锅而觉得无聊，觉得苦痛，人之常情也，现在已见饭锅，还要无聊，则明明是发了革命热。老实说，远地方在革命，不相识的人们在革命，我是的确有点高兴听的，然而——没有法子，索性老实说罢，——如果我的身边革起命来，或者我所熟识的人去革命，我就没有这么高兴听。有人说我应该拼命去革命，我自然不敢不以为然，但如叫我静静地坐下，调给我一杯罐头牛奶喝，我往往更感激。但是，倘说，你就死心塌地地从饭锅里装饭吃罢，那是不像样的；然而叫他离开饭锅去拼命，却又说不出口，因为爱而是我的极熟的熟人。于是只好袭用仙传的古法，装聋作哑，置之不问不闻之列。只对于第二点加以猛烈的教诫，大致是说他"死板"和"活泼"既然都不赞成，即等于主张女性应该不死不活，那是万分不对的。

约略一个多月之后，我抱着和爱而一类的梦，到了广州，在饭锅旁边坐下时，他早已不在那里了，也许竟并没有接到我的信。

我住的是中山大学中最中央而最高的处所，通称"大钟楼"。一月之后，听得一个戴瓜皮小帽的秘书说，才知道这是最优待的住所，非"主任"之流是不准住的。但后来我一搬出，又听说就给一位办事员住进去了，莫明其妙。不过当我住在那里的时候，总还是非主任之流即不准住的地方，所以直到知道办事员搬进去了的那一天为止，我总是常常又感激，又惭愧。

然而这优待室却并非容易居住的所在，至少的缺点，是不很能够睡觉的。一到夜间，便有十多匹——也许二十来匹罢，我不能知道确数——老鼠出现，驰骋文坛，什么都不管。只要可吃的，它就吃，并且能开盒子盖，广州中山大学里非主任之流即不准住的楼上的老鼠，仿佛也特别聪明似的，我在别地方未曾遇到过。到清晨呢，就有"工友"们大声唱歌，——我所不懂的歌。

白天来访的本省的青年，却大抵怀着非常的好意的。有几个热心于改革的，还希望我对于广州的缺点加以激烈的攻击。这热诚很使我感动，但我终于说是还未熟悉本地的情形，而且已经革命，觉得无甚可以攻击之处，轻轻地推却了。那当然要使他们很失望的，过了几天，尸一君就在《新时代》上说：

"……我们中几个很不以他这句话为然，我们以为我们还有许多可骂的地方，我们正想骂骂自己，难道鲁迅先生竟看不出我们的缺点么？……"

其实呢，我的话一半是真的。我何尝不想了解广州，批评广州呢，无奈慨自被供在大钟楼上以来，工友以我为教授，学生以我为先生，广州人以我为"外江佬"，孤孑特立，无从考查。而最大的阻碍则是言语。直到我离开广州的时候止，我所知道的言语，除一二三四……等数目外，只有一句凡有"外江佬"几乎无不因为特别而记住的Hanbaran（统统）和一句凡有学习异地言语者几乎无不最容易学得而记住的骂人话Tiu-na-ma而已。

这两句有时也有用。那是我已经搬在白云路寓屋里的时候了，有一天，巡警捉住了一个窃取电灯的偷儿，那管屋的陈公便跟着一面骂，一面打。骂了一大套，而我从中只听懂了这两句。然而似乎已经全懂得，心里想："他所说的，大约是因为屋外的电灯几乎Hanbaran被他偷去，所以要Tiu-na-ma了。"于是就仿佛解决了一件大问题似的，即刻安心归坐，自去再编我的《唐宋传奇集》。

但究竟不知道是否真如此。私自推测是无妨的，倘若据以论广州，却未免太卤莽罢。

但虽只这两句，我却发见了吾师太炎先生的错处了。记得先生在日本给我们讲文字学时，曾说《山海经》上"其州在尾上"的"州"是女性生殖器。这古语至今还留存在广东，读若Tiu。故Tiuhei二字，当写作"州戏"，名词在前，动词在后的。我不记得他后来可曾将此说记在《新方言》里，但由今观之，则"州"乃动词，非名词也。

至于我说无甚可以攻击之处的话，那可的确是虚言。其实是，那时我于广州

《野草》意会

无爱憎，因而也就无欣戚，无褒贬。我抱着梦幻而来，一遇实际，便被从梦境放逐了，不过剩下些索漠。我觉得广州究竟是中国的一部分，虽然奇异的花果，特别的语言，可以淆乱游子的耳目，但实际是和我所走过的别处都差不多的。倘说中国是一幅画出的不类人间的图，则各省的图样实无不同，差异的只在所用的颜色。黄河以北的几省，是黄色和灰色画的，江浙是淡墨和淡绿，厦门是淡红和灰色，广州是深绿和深红。我那时觉得似乎其实未曾游行，所以也没有特别的骂詈之辞，要专一倾注在素馨和香蕉上。——但这也许是后来的回忆的感觉，那时其实是还没有如此分明的。

到后来，却有些改变了，往往斗胆说几句坏话。然而有什么用呢？在一处演讲时，我说广州的人民并无力量，所以这里可以做"革命的策源地"，也可以做反革命的策源地……当译成广东话时，我觉得这几句话似乎被删掉了。给一处做文章时，我说青天白日旗插远去，信徒一定加多。但有如大乘佛教一般，待到居士也算佛子的时候，往往戒律荡然，不知道是佛教的弘通，还是佛教的败坏？……然而终于没有印出，不知所往了……

广东的花果，在"外江佬"的眼里，自然依然是奇特的。我所最爱吃的是"杨桃"，滑而脆，酸而甜，做成罐头的，完全失却了本味。汕头的一种较大，却是"三廉"，不中吃了。我常常宣传杨桃的功德，吃的人大抵赞同，这是我这一年中最卓著的成绩。

在钟楼上的第二月，即戴了"教务主任"的纸冠的时候，是忙碌的时期。学校大事，盖无过于补考与开课也，与别的一切学校同。于是点头开会，排时间表，发通知书，秘藏题目，分配卷子……于是又开会，讨论，计分，发榜。工友规矩，下午五点以后是不做工的，于是一个事务员请门房帮忙，连夜贴一丈多长的榜。但到第二天的早晨，就被撕掉了，于是又写榜。于是辩论：分数多寡的辩论；及格与否的辩论；教员有无私心的辩论；优待革命青年，优待的程度，我说已优，他说未优的辩论；补救落第，我说权不在我，他说在我，我说无法，他说有法的辩论；试题的难易，我说不难，他说太难的辩论；还有因为有族人在台湾，自己也可以算作台湾人，取得优待"被压迫民族"的特权与否的辩论；还有人本无名，所以无所谓冒名顶替的玄学底辩论……这样地一天一天的过去，而每夜是十多匹——或二十匹——老鼠的驰骋，早上是三位工友的响亮的歌声。

一　读懂鲁迅

现在想起那时的辩论来，人是多么和有限的生命开着玩笑呵。然而那时却并无怨尤，只有一事觉得颇为变得特别：对于收到的长信渐渐有些仇视了。

这种长信，本是常常收到的，一向并不为奇。但这时竟渐嫌其长，如果看完一张，还未说出本意，便觉得烦厌。有时见熟人在旁，就托付他，请他看后告诉我信中的主旨。

"不错。'写长信，就是反革命的！'"我一面想。

我当时是否也如K委员似的眉头打结呢，未曾照镜，不得而知。仅记得即刻也自觉到我的开会和辩论的生涯，似乎难以称为"在革命"，为自便计，将前判加以修正了：

"不。'反革命'太重，应该说是'不革命'的。然而还太重。其实是，——写长信，不过是吃得太闲空罢了。"

有人说，文化之兴，须有余裕，据我在钟楼上的经验，大致是真的罢。闲人所造的文化，自然只适宜于闲人，近来有些人磨拳擦掌，大鸣不平，正是毫不足怪，——其实，便是这钟楼，也何尝不造得蹊跷。但是，四万万男女同胞，侨胞，异胞之中，有的是"饱食终日，无所用心"，有的是"群居终日，言不及义"。怎不造出相当的文艺来呢？只说文艺，范围小，容易些。那结论只好是这样：有余裕，未必能创作；而要创作，是必须有余裕的。故"花呀月呀"，不出于啼饥号寒者之口，而"一手奠定中国的文坛"，亦为苦工猪仔所不敢望也。

我以为这一说于我倒是很好的，我已经自觉到自己久已不动笔，但这事却应该归罪于匆忙。

大约就在这时候，《新时代》上又发表了一篇《鲁迅先生往那里躲》，宋云彬先生做的。文中有这样的对于我的警告：

"他到了中大，不但不曾恢复他'呐喊'的勇气，并且似乎在说'在北方时受着种种迫压，种种刺激，到这里来没有压迫和刺激，也就无话可说了'。噫嘻！异哉！鲁迅先生竟跑出了现社会，躲向牛角尖里去了。旧社会死去的苦痛，新社会生出的苦痛，多少放在他眼前，他竟熟视无睹！他把人生的镜子藏起来了，他把自己回复到过去时代去了。噫嘻！异哉！鲁迅先生躲避了。"

《野草》意会

　　而编辑者还很客气，用案语声明着这是对于我的好意的希望和怂恿，并非恶意的笑骂的文章。这是我很明白的，记得看见时颇为感动。因此也曾想如上文所说的那样，写一点东西，声明我虽不呐喊，却正在辩论和开会，有时一天只吃一顿饭，有时只吃一条鱼，也还未失掉了勇气。《在钟楼上》就是豫定的题目。然而一则还是因为辩论和开会，二则因为篇首引有拉狄克的两句话，另外又引起了我许多杂乱的感想，很想说出，终于反而搁下了。那两句话是：

　　"在一个最大的社会改变的时代，文学家不能做旁观者！"

　　但拉狄克的话，是为了叶遂宁和梭波里的自杀而发的。他那一篇《无家可归的艺术家》译载在一种期刊上时，曾经使我发生过暂时的思索。我因此知道凡有革命以前的幻想或理想的革命诗人，很可有碰死在自己所讴歌希望的现实上的运命；而现实的革命倘不粉碎了这类诗人的幻想或理想，则这革命也还是布告上的空谈。但叶遂宁和梭波里是未可厚非的，他们先后给自己唱了挽歌，他们有真实。他们以自己的沉没，证明着革命的前行。他们到底并不是旁观者。

　　但我初到广州的时候，有时确也感到一点小康。前几年在北方，常常看见迫压党人，看见捕杀青年，到那里可都看不见了。后来才悟到这不过是"奉旨革命"的现象，然而在梦中时是委实有些舒服的。假使我早做了《在钟楼上》，文字也许不如此。无奈已经到了现在，又经过目睹"打倒反革命"的事实，纯然的那时的心情，实在无从追蹑了。现在就只好是这样罢。

2

　　我在厦门时，很受几个"现代"派的人排挤，我离开的原因，一半也在此。但我为从北京请去的教员留面子，秘而不说。不料其中之一，终于在那里也站不住，已经钻到此地来做教授。此辈的阴险性质是不会改变的，自然不久还是排挤，营私。我在此的教务，功课，已经够多的了，那可以再加上防暗箭，淘闲气。所以我决计于二三日内辞去一切职务，离开中大。

　　此后何往，还未定；或者仍暂留此地，改定《小约翰》，俟暑假后再说。因为此刻开学已久已无处可以教书，我也想暂时不教书，休息一时再说，这一年来，实在忙得太苦了。

(《书信270420·致李霁野》)

革命而事业、而职业化，则需不怕牺牲，勇往直前，更需有虚实，有手段，有计谋，有几分伟大。此之谓兵法、学问。革命要目的正确。"我因此知道凡有革命以前的幻想或理想的革命诗人，很可有碰死在自己所讴歌希望的现实上的运命；而现实的革命倘不粉碎了这类诗人的幻想或理想，则这革命也还是布告上的空谈。"鲁迅所以让对手不快，就在于往往毫无隐瞒地说出了某些事物的真实，捅破了窗户纸，使麒麟露出了马脚。

3
我和《语丝》的始终

大约这也是原因之一罢，"正人君子"们的刊物，曾封我为"语丝派主将"，连急进的青年所做的文章，至今还说我是《语丝》的"指导者"。去年，非骂鲁迅便不足以自救其没落的时候，我曾蒙匿名氏寄给我两本中途的《山雨》，打开一看，其中有一篇短文，大意是说我和孙伏园君在北京因被晨报馆所压迫，创办《语丝》，现在自己一做编辑，便在投稿后面乱加按语，曲解原意，压迫别的作者了，孙伏园君却有绝好的议论，所以此后鲁迅应该听命于伏园。这听说是张孟闻先生的大文，虽然署名是另外两个字。看来好像一群人，其实不过一两个，这种事现在是常有的。

自然，"主将"和"指导者"，并不是坏称呼，被晨报馆所压迫，也不能算是耻辱，老人该受青年的教训，更是进步的好现象，还有什么话可说呢。但是，"不虞之誉"也和"不虞之毁"一样地无聊，如果生平未曾带过一兵半卒，而有人拱手颂扬道，"你真像拿破仑呀！"则虽是志在做军阀的未来的英雄，也不会怎样舒服的。我并非"主将"的事，前年早已声辩了——虽然似乎很少效力——这回想要写一点下来的，是我从来没有受过晨报馆的压迫，也并不是和孙伏园先生两个人创办了《语丝》。这的创办，倒要归功于伏园一位的。

《野草》意会

那时伏园是《晨报副刊》的编辑，我是由他个人来约，投些稿件的人。

然而我并没有什么稿件，于是就有人传说，我是特约撰述，无论投稿多少，每月总有酬金三四十元的。据我所闻，则晨报馆确有这一种太上作者，但我并非其中之一，不过因为先前的师生——恕我僭妄，暂用这两个字——关系罢，似乎也颇受优待：一是稿子一去，刊登得快；二是每千字二元至三元的稿费，每月底大抵可以取到；三是短短的杂评，有时也送些稿费来。但这样的好景象并不久长，伏园的椅子颇有不稳之势。因为有一位留学生（不幸我忘掉了他的名姓）新从欧洲回来，和晨报馆有深关系，甚不满意于副刊，决计加以改革，并且为战斗计，已经得了"学者"的指示，在开手看Anatole France的小说了。

那时的法兰斯，威尔士，萧，在中国是大有威力，足以吓倒文学青年的名字，正如今年的辛克莱儿一般，所以以那时而论，形势实在是已经非常严重。不过我现在无从确说，从那位留学生开手读法兰斯的小说起到伏园气忿忿地跑到我的寓里来为止的时候，其间相距是几月还是几天。

"我辞职了。可恶！"

这是有一夜，伏园来访，见面后的第一句话。那原是意料中事，不足异的。第二步，我当然要问问辞职的原因，而不料竟和我有了关系。他说，那位留学生乘他外出时，到排字房去将我的稿子抽掉，因此争执起来，弄到非辞职不可了。但我并不气忿，因为那稿子不过是三段打油诗，题作《我的失恋》，是看见当时"阿呀阿唷，我要死了"之类的失恋诗盛行，故意做一首用"由她去罢"收场的东西，开开玩笑的。这诗后来又添了一段，登在《语丝》上，再后来就收在《野草》中。而且所用的又是另一个新鲜的假名，在不肯登载第一次看见姓名的作者的稿子的刊物上，也当然很容易被有权者所放逐的。

但我很抱歉伏园为了我的稿子而辞职，心上似乎压了一块沉重的石头。几天之后，他提议要自办刊物了，我自然答应愿意竭力"呐喊"。至于投稿者，倒全是他独力邀来的，记得是十六人，不过后来也并非都有投稿。于是印了广告，到各处张贴，分散，大约又一星期，一张小小的周刊便在北京——尤其是大学附近——出现了。这便是《语丝》。

那名目的来源，听说，是有几个人，任意取一本书，将书任意翻开，用指头点下去，那被点到的字，便是名称。那时我不在场，不知道所用的是什么书，是一次便得了《语丝》的名,还是点了好几次,而曾将不像名称的废去。但要之,即此已可知这刊物本无所谓一定的目标,统一的战线;那十六个投稿者,意见态度也各不相同,例如顾颉刚教授,投的便是"考古"稿子,不如说,和《语丝》的喜欢涉及现在社会者,倒是相反的。不过有些人们,大约开初是只在敷衍和伏园的交情的罢,所以投了两三回稿,便取"敬而远之"的态度,自然离开。连伏园自己,据我的记忆,自始至今,也只做过三回文字,末一回是宣言从此要大为《语丝》撰述,然而宣言之后,却连一个字也不见了。于是《语丝》的固定的投稿者,至多便只剩了五六人,但同时也在不意中显了一种特色,是:任意而谈,无所顾忌,要催促新的产生,对于有害于新的旧物,则竭力加以排击,——但应该产生怎样的"新",却并无明白的表示,而一到觉得有些危急之际,也还是故意隐约其词。陈源教授痛斥"语丝派"的时候,说我们不敢直骂军阀,而偏和握笔的名人为难,便由于这一点。但是,叱吧儿狗险于叱狗主人,我们其实也知道的,所以隐约其词者,不过要使走狗嗅得,跑去献功时,必须详加说明,比较地费些力气,不能直捷痛快,就得好处而已。

当开办之际,努力确也可惊,那时做事的,伏园之外,我记得还有小峰和川岛,都是乳毛还未褪尽的青年,自跑印刷局,自去校对,自叠报纸,还自己拿到大众聚集之处去兜售,这真是青年对于老人,学生对于先生的教训,令人觉得自己只用一点思索,写几句文章,未免过于安逸,还须竭力学好了。

但自己卖报的成绩,听说并不佳,一纸风行的,还是在几个学校,尤其是北京大学,尤其是第一院(文科)。理科次之。在法科,则不大有人顾问。倘若说,北京大学的法,政,经济科出身诸君中,绝少有《语丝》的影响,恐怕是不会很错的。至于对于《晨报》的影响,我不知道,但似乎也颇受些打击,曾经和伏园来说和,伏园得意之余,忘其所以,曾以胜利者的笑容,笑着对我说道:

"真好,他们竟不料踏在炸药上了!"

这话对别人说是不算什么的。但对我说,却好像浇了一碗冷水,因为我即刻觉得这"炸药"是指我而言,用思索,做文章,都不过使自己为别人的一个小纠葛而粉身碎骨,心里就一面想:

"真糟,我竟不料被埋在地下了!"

我于是乎"彷徨"起来。

《野草》意会

  谭正璧先生有一句用我的小说的名目,来批评我的作品的经过的极伶俐而省事的话道:"鲁迅始于'呐喊,而终于'彷徨'"(大意),我以为移来叙述我和《语丝》由始以至此时的历史,倒是很确切的。

  但我的"彷徨"并不用许多时,因为那时还有一点读过尼采的《Zarathustra》的余波,从我这里只要能挤出——虽然不过是挤出——文章来,就挤了去罢,从我这里只要能做出一点"炸药"来,就拿去做了罢,于是也就决定,还是照旧投稿了——虽然对于意外的被利用,心里也耿耿了好几天。

  《语丝》的销路可只是增加起来,原定是撰稿者同时负担印费的,我付了十元之后,就不见再来收取了,因为收支已足相抵,后来并且有了赢余。于是小峰就被尊为"老板",但这推尊并非美意,其时伏园已另就《京报副刊》编辑之职,川岛还是捣乱小孩,所以几个撰稿者便只好掎住了多睬眼而少开口的小峰,加以荣名,勒令拿出赢余来,每月请一回客。这"将欲取之,必先与之"的方法果然奏效,从此市场中的茶居或饭铺的或一房门外,有时便会看见挂着一块上写"语丝社"的木牌。倘一驻足,也许就可以听到疑古玄同先生的又快又响的谈吐。但我那时是在避开宴会的,所以毫不知道内部的情形。

  我和《语丝》的渊源和关系,就不过如此,虽然投稿时多时少。但这样地一直继续到我走出了北京。到那时候,我还不知道实际上是谁的编辑。

  到得厦门,我投稿就很少了。一者因为相离已远,不受催促,责任便觉得轻;二者因为人地生疏,学校里所遇到的又大抵是些念佛老妪式口角,不值得费纸墨。倘能做《鲁宾孙教书记》或《蚊虫叮卵脬论》,那也许倒很有趣的,而我又没有这样的"天才",所以只寄了一点极琐碎的文字。这年底到了广州,投稿也很少。第一原因是和在厦门相同的;第二,先是忙于事务,又看不清那里的情形,后来颇有感慨了,然而我不想在它的敌人的治下去发表。

  不愿意在有权者的刀下,颂扬他的威权,并奚落其敌人来取媚,可以说,也是"语丝派"一种几乎共同的态度。所以《语丝》在北京虽然逃过了段祺瑞及其吧儿狗们的撕裂,但终究被"张大元帅"所禁止了,发行的北新书局,且同时遭了封禁,其时是一九二七年。

  这一年,小峰有一回到我的上海的寓居,提议《语丝》就要在上海印行,且嘱我担任做编辑。以关系而论,我是不应该推托的。于是担任了。从这时起,我才探问向来的编法。那很简单，就是：凡社员的稿件，编辑者并无取舍之权，来则必用，只有外来的投稿，由编辑者略加选择，必要时且或略有所删除。所以我应做的，不过后一段事，而且社员的稿子，实际上也十之九直寄北新书局，由那里径送印刷局的，等到我看见时，已在印钉成书之后了。所谓"社员"，也并无明确的界限，最初的撰稿者，所余早已无多，中途出现的人，则在中途忽来忽去。因为《语丝》是又有爱登碰壁人物的牢骚的习气的，所以最初出阵，尚无用武之地的人，或本在别一团体，而发生意见，借此反攻的人，也每和《语丝》暂时发生关系，待到功成名遂，当然也就淡漠起来。至于因环境改变，意见分歧而去的，那自然尤为不少。因此所谓"社员"者，便不能有明确的界限。前年的方法，是只要投稿几次，无不刊载，此后便放心发稿，和旧社员一律待遇了。但经旧的社员介绍，直接交到北新书局，刊出之前，为编辑者的眼睛所不能见者，也间或有之。

经我担任了编辑之后，《语丝》的时运就很不济了，受了一回政府的警告，遭了浙江当局的禁止，还招了创造社式"革命文学"家的拼命的围攻。警告的来由，我莫名其妙，有人说是因为一篇戏剧；禁止的缘故也莫名其妙，有人说是因为登载了揭发复旦大学内幕的文字，而那时浙江的党务指导委员老爷却有复旦大学出身的人们。至于创造社派的攻击，那是属于历史底的了，他们在把守"艺术之宫"，还未"革命"的时候，就已经将"语丝派"中的几个人看作眼中钉的，叙事夹在这里太冗长了，且待下一回再说罢。

但《语丝》本身，却确实也在消沉下去。一是对于社会现象的批评几乎绝无，连这一类的投稿也少有，二是所余的几个较久的撰稿者，这时又少了几个了。前者的原因，我以为是在无话可说，或有话而不敢言，警告和禁止，就是一个实证。后者，我恐怕是其咎在我的。举一点例罢，自从我万不得已，选登了一篇极平和的纠正刘半农先生的"林则徐被俘"之误的来信以后，他就不再有片纸只字；江绍原先生介绍了一篇油印的《冯玉祥先生……》来，我不给编入之后，绍原先生也就从此没有投稿了。并且这篇油印文章不久便在也是伏园所办的《贡献》上登出，上有郑重的小序，说明着我托辞不载的事由单。

还有一种显著的变迁是广告的杂乱。看广告的种类，大概是就可以推见这刊物的性质的。例如"正人君子"们所办的《现代评论》上，就会有金城银行的长

《野草》意会

期广告，南洋华侨学生所办的《秋野》上，就能见"虎标良药"的招牌。虽是打着"革命文学"旗子的小报，只要有那上面的广告大半是花柳药和饮食店，便知道作者和读者，仍然和先前的专讲妓女戏子的小报的人们同流，现在不过用男作家，女作家来替代了倡优，或捧或骂，算是在文坛上做工夫。《语丝》初办的时候，对于广告的选择是极严的，虽是新书，倘社员以为不是好书，也不给登载。因为是同人杂志，所以撰稿者也可行使这样的职权。听说北新书局之办《北新半月刊》，就因为在《语丝》上不能自由登载广告的缘故。但自从移在上海出版以后，书籍不必说，连医生的诊例也出现了，袜厂的广告也出现了，甚至于立愈遗精药品的广告也出现了。固然，谁也不能保证《语丝》的读者决不遗精，况且遗精也并非恶行，但善后办法，却须向《申报》之类，要稳当，则向《医药学报》的广告上去留心的。我因此得了几封诘责的信件，又就在《语丝》本身上登了一篇投来的反对的文章。

但以前我也曾尽了我的本分。当袜厂出现时，曾经当面质问过小峰，回答是"发广告的人弄错的"；遗精药出现时，是写了一封信，并无答复，但从此以后，广告却也不见了。我想，在小峰，大约还要算是让步的，因为这时对于一部分的作家，早由北新书局致送稿费，不只负发行之责，而《语丝》也因此并非纯粹的同人杂志了。

积了半年的经验之后，我就决计向小峰提议，将《语丝》停刊，没有得到赞成，我便辞去编辑的责任。小峰要我寻一个替代的人，我于是推举了柔石。

但不知为什么，柔石编辑了六个月，第五卷的上半卷一完，也辞职了。

以上是我所遇见的关于《语丝》四年中的琐事。试将前几期和近几期一比较，便知道其间的变化，有怎样的不同，最分明的是几乎不提时事，且多登中篇作品了，这是因为容易充满页数而又可免于遭殃。虽然因为毁坏旧物和戳破新盒子而露出里面所藏的旧物来的一种突击之力，至今尚为旧的和自以为新的人们所憎恶，但这力是属于往昔的了。

在与鲁迅文章有关系的刊物中，《语丝》无疑是鲁迅与陈旧势力，与陈源等"正人君子"者流进行笔战的重要阵地，在创造社诸勇士尚未政治化地气势汹汹叫上门来之前，此刊物的态度是自由而清新而理性的。它"任意而谈，无所顾忌，要催促新的产生，对于有害于新的旧物，则竭力加以排击，——但应该产生怎样的'新'，却并无明白的表示，而一到觉得有些危急之际，也还是故意隐约其词。陈源教授痛斥'语丝派'的时候，说我们不敢直骂军阀，而偏和握笔的名人为难，便由于这一点。但是，叭儿狗险于叭狗主人，我们其实也知道的，所以隐约其词者，不过要使走狗嗅得，跑去献功时，必须详加说明，比较地费些力气，不能直捷痛快，就得好处而已"。

谭正璧说鲁迅始于"呐喊"而终于"彷徨"，"我以为移来叙述我和《语丝》由始以至此时的历史，倒是很确切的"。

本来大家都在反对腐朽的旧事物，都支持革命。然而很快也就分化，搅不清的荒谬和悖论，绝望与虚妄，寂寞地呐喊之后，便只能彷徨复彷徨，以至于无地彷徨了。

4
而已集·通信

我到中山大学的本意，原不过是教书。然而有些青年大开其欢迎会。我知道不妙，所以首先第一回演说，就声明我不是什么"战士"，"革命家"。倘若是的，就应该在北京，厦门奋斗；但我躲到"革命后方"的广州来了，这就是并非"战士"的证据。

不料主席的某先生——他那时是委员——接着演说，说这是我太谦虚，就我过去的事实看来，确是一个战斗者，革命者。于是礼堂上劈劈拍拍一阵拍手，我的"战士"便做定了。拍手之后，大家都已走散，再向谁去推辞？我只好咬着牙关，背了"战士"的招牌走进房里去，想到敝同乡秋瑾姑娘，就是被这种劈劈拍拍的拍手拍死的。我莫非也非"阵亡"不可？

没有法子，姑且由它去罢。然而苦矣！访问的，研究的，谈文学的，侦探思想的，要做序，题签的，请演说的，闹得个不亦乐乎。我尤其怕的是演说，因为它有指定的时候，不听拖延。临时到来一班青年，连劝带逼，将你绑了出去。而所说的话是大概有一定的题目的。命题作文，我最不擅长。否则，我在清朝不早

《野草》意会

进了秀才了么？然而不得已，也只好起承转合，上台去说几句。但我自有定例：至多以十分钟为限。可是心里还是不舒服，事前事后，我常常对熟人叹息说：不料我竟到"革命的策源地"来做洋八股了。

　　………

　　回想起我这一年的境遇来，有时实在觉得有味。在厦门，是到时静悄悄，后来大热闹；在广东，是到时大热闹，后来静悄悄。肚大两头尖，像一个橄榄。我如有作品，题这名目是最好的，可惜被郭沫若先生占用去了。但好在我也没有作品。

　　至于那时关于我的文字，大概是多的罢。我还记得每有一篇登出，某教授便魂不附体似的对我说道："又在恭维你了！看见了么？"我总点点头，说，"看见了。"谈下去，他照例说，"在西洋，文学是只有女人看的。"我也点点头，说，"大概是的罢。"心里却想：战士和革命者的虚衔，大约不久就要革掉了罢。

　　照那时的形势看来，实在也足令认明了我的"纸糊的假冠"的才子们生气，但那形势是另有缘故的，以非急切，姑且不谈。现在所要说的，只是报上所表见的，乃是一时的情形，此刻早没有假冠了，可惜报上并不记载。但我在广东的鲁迅自己，是知道的，所以写一点出来，给憎恶我的先生们平平心——

　　一，"战斗"和"革命"，先前几乎有修改为"捣乱"的趋势，现在大约可以免了。但旧衔似乎已经革去。

　　二，要我做序的书，已经托故取回。期刊上的我的题签，已经撤换。

　　三，报上说我已经逃走，或者说我到汉口去了。写信去更正，就没收。

　　四，有一种报上，竭力不使它有"鲁迅"两字出现，这是由比较两种报上的同一记事而知道的。

　　五，一种报上，已给我另定了一种头衔，曰：杂感家。评论是"特长即在他的尖锐的笔调，此外别无可称。"然而他希望我们和《现代评论》合作。为什么呢？他说："因为我们细考两派文章思想，初无什么大别。"（此刻我才知道，这篇文章是转录上海的《学灯》的。原来如此，无怪其然。写完之后，追注。）

　　六，一个学者，已经说是我的文字损害了他，要将我送官了，先给找一个命令道："暂勿离粤，以俟开审！"

· 180 ·

阿呀，仁兄，你看这怎么得了呀，逃掉了五色旗下的"铁窗斧钺风味"，而在青天白日之下又有"缧绁之忧"了。"孔子曰：'非其罪也。'以其子妻之。"怕未必有这样侥幸的事罢，唉唉，呜呼！

但那是其实没有什么的，以上云云，真是"小病呻吟"。我之所以要声明，不过希望大家不要误解，以为我是坐在高台上指挥"思想革命"而已。尤其是有几位青年，纳罕我为什么近日不开口。你看，再开口，岂不要永"勿离粤，以俟开审"了么？语云有之曰：是非只为多开口，烦恼皆因强出头。此之谓也。

我所遇见的那些事，全是社会上的常情，我倒并不觉得怎样。我所感到悲哀的，是有几个同我来的学生，至今还找不到学校进，还在颠沛流离。我还要补足一句，是：他们都不是共产党，也不是亲共派。其吃苦的原因，就在和我认得。所以有一个，曾得到他的同乡的忠告道："你以后不要再说你是鲁迅的学生了罢。"在某大学里，听说尤其严厉，看看《语丝》，就要被称为"语丝派"；和我认识，就要被叫为"鲁迅派"的。

这样子，我想，已经够了，大足以平平正人君子之流的心了。但还要声明一句，这是一部分的人们对我的情形。此外，肯忘掉我，或者至今还和我来往，或要我写字或讲演的人，偶然也仍旧有的。

《语丝》我仍旧爱看，还是他能够破破我的岑寂。但据我看来，其中有些关于南边的议论，未免有一点隔膜。譬如，有一回，似乎颇以"正人君子"之南下为奇，殊不知《现代》在这里，一向是销行很广的。相距太远，也难怪。我在厦门，还只知道一个共产党的总名，到此以后，才知道其中有CP和CY之分。一直到近来，才知道非共产党而称为什么Y什么Y的，还不止一种。我又仿佛感到有一个团体，是自以为正统，而喜欢监督思想的。我似乎也就在被监督之列，有时遇见盘问式的访问者，我往往疑心就是他们。但是否的确如此，也到底摸不清，即使真的，我也说不出名目，因为那些名目，多是我所没有听到过的。

以上算是牢骚。但我觉得正人君子这回是可以审问我了："你知道苦了罢？你改悔不改悔？"大约也不但正人君子，凡对我有些好意的人，也要问的。我的仁兄，你也许即是其一。我可以即刻答复："一点不苦，一点不悔。而且倒很有趣的。"

土耳其鸡的鸡冠似的彩色的变换，在"以俟开审"之暇，随便看看，实在是

《野草》意会

有趣的。你知道没有,一群正人君子,连拜服"孤桐先生"的陈源教授即西滢,都舍弃了公理正义的栈房的东吉祥胡同,到青天白日旗下来"服务"了。《民报》上的广告在我的名字上用了"权威"两个字,当时陈源教授多么挖苦呀。这回我看见《闲话》出版的广告,道:"想认识这位文艺批评界的权威的,——尤其不可不读闲话!"这真使我觉得飘飘然,原来你不必"请君入瓮",自己也会爬进来!

但那广告上又举出一个曾经被称为"学棍"的鲁迅来,而这回偏尊之曰"先生",居然和这"文艺批评界的权威"并列,却确乎给了我一个不小的打击。我立刻自觉:阿呀,痛哉,又被钉在木板上替"文艺批评界的权威"做广告了。两个"权威",一个假的和一个真的,一个被"权威"挖苦的"权威"和一个挖苦"权威"的"权威"。呵呵!

5
三闲集·怎么写——夜记之一

今年不大写东西,而写给《莽原》的尤其少。我自己明白这原因。说起来是极可笑的,就因为它纸张好。有时有一点杂感,子细一看,觉得没有什么大意思,不要去填黑了那么洁白的纸张,便废然而止了。好的又没有。我的头里是如此地荒芜,浅陋,空虚。

可谈的问题自然多得很,自宇宙以至社会国家,高超的还有文明,文艺。古来许多人谈过了,将来要谈的人也将无穷无尽。但我都不会谈。记得还是去年躲在厦门岛上的时候,因为太讨人厌了,终于得到"敬鬼神而远之"式的待遇,被供在图书馆楼上的一间屋子里。白天还有馆员,钉书匠,阅书的学生,夜九时后,一切星散,一所很大的洋楼里,除我以外,没有别人。我沉静下去了。寂静浓到如酒,令人微醺。望后窗外骨立的乱山中许多白点,是丛冢;一粒深黄色火,是南普陀寺的琉璃灯。前面则海天微茫,黑絮一般的夜色简直似乎要扑到心坎里。我靠了石栏远眺,听得自己的心音,四远还仿佛有无量悲哀,苦恼,零落,死灭,都杂入这寂静中,使它变成药酒,加色,加味,加香。这时,我曾经想要写,但是不能写,无从写。这也就是我所谓"当我沉默着的时候,我觉得充实,我将开口,同时感到空虚"。

一　读懂鲁迅

莫非这就是一点"世界苦恼"么？我有时想。然而大约又不是的，这不过是淡淡的哀愁，中间还带些愉快。我想接近它，但我愈想，它却愈渺茫了，几乎就要发见仅只我独自倚着石栏，此外一无所有。必须待到我忘了努力，才又感到淡淡的哀愁。

那结果却大抵不很高明。腿上钢针似的一刺，我便不假思索的用手掌向痛处直拍下去，同时只知道蚊子在咬我。什么哀愁，什么夜色，都飞到九霄云外去了，连靠过的石栏也不再放在心里。而且这还是现在的话，那时呢，回想起来，是连不将石栏放在心里的事也没有想到的。仍是不假思索地走进房里去，坐在一把唯一的半躺椅——躺不直的藤椅子——上，抚摩着蚊喙的伤，直到它由痛转痒，渐渐肿成一个小疙瘩。我也就从抚摩转成搔，掐，直到它由痒转痛，比较地能够打熬。

此后的结果就更不高明了，往往是坐在电灯下吃柚子。

虽然不过是蚊子的一叮，总是本身上的事来得切实。能不写自然更快活，倘非写不可，我想，也只能写一些这类小事情，而还万不能写得正如那一天所身受的显明深切。而况千叮万叮，而况一刀一枪，那是写不出来的。

尼采爱看血写的书。但我想，血写的文章，怕未必有罢。文章总是墨写的，血写的倒不过是血迹。它比文章自然更惊心动魄，更直截分明，然而容易变色，容易消磨。这一点，就要任凭文学逞能，恰如冢中的白骨，往古来今，总要以它的永久来傲视少女颊上的轻红似的。

能不写自然更快活，倘非写不可，我想，就是随便写写罢，横竖也只能如此。这些都应该和时光一同消逝，假使会比血迹永远鲜活，也只足证明文人是侥幸者，是乖角儿。但真的血写的书，当然不在此例。

当我这样想的时候，便觉得"写什么"倒也不成什么问题了。

"怎样写"的问题，我是一向未曾想到的。初知道世界上有着这么一个问题，还不过两星期之前。那时偶然上街，偶然走进丁卜书店去，偶然看见一叠《这样做》，便买取了一本。这是一种期刊，封面上画着一个骑马的少年兵士。我一向有一种偏见，凡书面上画着这样的兵士和手捏铁锄的农工的刊物，是不大去涉略的，因为我总疑心它是宣传品。发抒自己的意见，结果弄成带些宣传气味了的伊孛生等辈的作品，我看了倒并不发烦。但对于先有了"宣传"两个大字的

《野草》意会

题目，然后发出议论来的文艺作品，却总有些格格不入，那不能直吞下去的模样，就和雏诵教训文学的时候相同。但这《这样做》却又有些特别，因为我还记得日报上曾经说过，是和我有关系的。也是凡事切己，则格外关心的一例罢，我便再不怕书面上的骑马的英雄，将它买来了。回来后一检查剪存的旧报，还在的，日子是三月七日，可惜没有注明报纸的名目，但不是《民国日报》，便是《国民新闻》，因为我那时所看的只有这两种。下面抄一点报上的话：

"自鲁迅先生南来后，一扫广州文学之寂寞，先后创办者有《做什么》，《这样做》两刊物。闻《这样做》为革命文学社定期出版物之一，内容注重革命文艺及本党主义之宣传……"

开首的两句话有些含混，说我都与闻其事的也可以，说因我"南来"了而别人创办的也通。但我是全不知情。当初将日报剪存，大概是想调查一下的，后来却又忘却，搁下了。现在还记得《做什么》出版后，曾经送给我五本。我觉得这团体是共产青年主持的，因为其中有"坚如"，"三石"等署名，该是毕磊，通信处也是他。他还曾将十来本《少年先锋》送给我，而这刊物里面则分明是共产青年所作的东西。果然，毕磊君大约确是共产党，于四月十八日从中山大学被捕。据我的推测，他一定早已不在这世上了，这看去很是瘦小精干的湖南的青年。

《这样做》却在两星期以前才见面，已经出到七八期合册了。第六期没有，或者说被禁止，或者说未刊，莫衷一是，我便买了一本七八合册和第五期。看日报的记事便知道，这该是和《做什么》反对，或对立的……

这里又即刻出了一个问题。为什么这么大相反对的两种刊物，都因我"南来"而"先后创办"呢？这在我自己，是容易解答的：因为我新来而且灰色。但要讲起来，怕又有些话长，现在姑且保留，待有相当的机会时再说罢。

(《三闲集·怎么写——夜记之一》)

现实的虚妄和无奈，使欲换个环境终止徘徊的鲁迅十分苦闷。"一所很大的洋楼里,除我以外,没有别人。我沉静下去了。寂静浓到如酒,令人微醺。望后窗外骨立的乱山中许多白点,是丛冢家;一粒深黄色火,是南普陀寺的琉璃灯。前面则海天微茫,黑絮一般的夜色简直似乎要扑到心坎里。我靠了石栏远眺,听得自己的心音,四远还仿佛有无量悲哀、苦恼、零落、死灭,都杂入这寂静中,使它变成药酒,加色,加味,加香。这时,我曾经想要写,但是不能写,无从写。这也就是我所谓'当我沉默着的时候,我觉得充实,我将开口,同时感到空虚'。"如此深沉的浓到如酒的寂静。心音。无量的悲哀、苦恼、零落、死灭。这里有野草。野草是如此生长出来的。虽然《野草》的写作也许暂时停顿下来,但在这看得到白点丛冢,南普陀寺琉璃灯的中山大学钟楼上,《野草》仍在酝酿。

6
而已集·辞"大义"

我自从去年得罪了正人君子们的"孤桐先生",弄得六面碰壁,只好逃出北京以后,默默无语,一年有零。以为正人君子们忘记了这个"学棍"了罢,——哈哈,并没有。

印度有一个泰戈尔。这泰戈尔到过震旦来,改名竺震旦。因为这竺震旦做过一本《新月集》,所以这震旦就有了一个新月社,——中间我不大明白了——现在又有一个叫作新月书店的。这新月书店要出版的有一本《闲话》,这本《闲话》的广告里有下面这几句话:

> "……鲁迅先生(语丝派首领)所仗的大义,他的战略,读过《华盖集》的人,想必已经认识了。但是现代派的义旗,和它的主将——西滢先生的战略,我们还没有明了……"

"派"呀,"首领"呀,这种谥法实在有些可怕。不远就又会有人来诮骂。甲道:看哪!鲁迅居然称为首领了。天下有这种首领的么?乙道:他就专爱虚荣。人家称他首领,他就满脸高兴。我亲眼看见的。

《野草》意会

但这是我领教惯的教训了，并不为奇。这回所觉得新鲜而惶恐的，是忽而将宝贵的"大义"硬塞在我手里，给我竖起大旗来，叫我和"现代派"的"主将"去对垒。我早已说过：公理和正义，都被正人君子夺去了，所以我已经一无所有。大义么，我连它是圆柱形的呢还是椭圆形的都不知道，叫我怎么"仗"？

"主将"呢，自然以有"义旗"为体面罢。不过我没有这么冠冕。既不成"派"，也没有做"首领"，更没有"仗"过"大义"。更没有用什么"战略"，因为我未见广告以前，竟没有知道西滢先生是"现代派"的"主将"，——我总当他是一个喽罗儿。

我对于我自己，所知道的是这样的。我想，"孤桐先生"尚在，"现代派"该也未必忘了曾有人称我为"学匪"，"学棍"，"刀笔吏"的，而今忽假"鲁迅先生"以"大义"者，但为广告起见而已。

呜呼，鲁迅鲁迅，多少广告，假汝之名以行！

7
而已集·革"首领"

以为在五色旗下，在青天白日旗下，一样是华盖罩命，晦气临头罢，却又不尽然。不知怎地，于不知不觉之中，竟在"文艺界"里高升了。谓予不信，有陈源教授即西滢的《闲话》广告为证，节抄无趣，剪而贴之——

"徐丹甫先生在《学灯》里说：'北京究是新文学的策源地，根深蒂固，隐隐然执全国文艺界的牛耳。'究竟什么是北京文艺界？质言之，前一两年的北京文艺界，便是现代派和语丝派交战的场所。鲁迅先生（语丝派首领）所仗的大义，他的战略，读过《华盖集》的人，想必已经认识了。但是现代派的义旗，和它的主将——西滢先生的战略，我们还没有明了。现在我们特地和西滢先生商量，把《闲话》选集起来，印成专书，留心文艺界掌故的人，想必都以先睹为快。"

"可是单把《闲话》当作掌故又错了。想——
欣赏西滢先生的文笔的，
研究西滢先生的思想的，

想认识这位文艺批评界的权威的——

尤其不可不读《闲话》！"

这很像"诗哲"徐志摩先生的，至少，是"诗哲"之流的"文笔"，所以如此飘飘然，连我看了也几乎想要去买一本。但，只是想到自己，却又迟疑了。两三个年头，不算太长久。被"正人君子"指为"学匪"，还要"投畀豺虎"，我是记得的。做了一点杂感，有时涉及这位西滢先生，我也记得的。这些东西，"诗哲"是看也不看，西滢先生是即刻叫它"到应该去的地方去"，我也记得的。后来终于出了一本《华盖集》，也是实情。然而我竟不知道有一个"北京文艺界"，并且我还做了"语丝派首领"，仗着"大义"在这"文艺界"上和"现代派主将"交战。虽然这"北京文艺界"已被徐丹甫先生在《学灯》上指定，隐隐然不可动摇了，而我对于自己的被说得有声有色的战绩，却还是莫名其妙，像着了狐狸精的迷似的。

现代派的文艺，我一向没有留心，《华盖集》里从何提起。只有某女士窃取"琵亚词侣"的画的时候，《语丝》上（也许是《京报副刊》上）有人说过几句话，后来看"现代派"的口风，仿佛以为这话是我写的。我现在郑重声明：那不是我。我自从被杨荫榆女士杀败之后，即对于一切女士都不敢开罪，因为我已经知道得罪女士，很容易引起"男士"的义侠之心，弄得要被"通缉"都说不定的，便不再开口。所以我和现代派的文艺，丝毫无关。

但终于交了好运了，升为"首领"，而且据说是曾和现代派的"主将"在"北京文艺界"上交过战了。好不堂哉皇哉。本来在房里面有喜色，默认不辞，倒也有些阔气的。但因为我近来被人随手抑扬，忽而"权威"，忽而不准做"权威"，只准做"前驱"；忽而又改为"青年指导者"；甲说是"青年叛徒的领袖"罢，乙又来冷笑道："哼哼哼。"自己一动不动，故我依然，姓名却已经经历了几回升沉冷暖。人们随意说说，将我当作一种材料，倒也罢了，最可怕的是广告底恭维和广告底嘲骂。简直是膏药摊上挂着的死蛇皮一般。所以这回虽然蒙现代派追封，但对于这"首领"的荣名，还只得再来公开辞退。不过也不见得回回如此，因为我没有这许多闲工夫。

背后插着"义旗"的"主将"出马，对手当然以阔一点的为是。我们在什么演义上时常看见:"来将通名!我的宝刀不斩无名之将!"主将要来"交战"而将我升为"首领",大概也是"不得已也"的。但我并不然,没有这些大架子,无论吧儿狗,无论臭茅厕,都会唾过几口吐沫去,不必定要脊梁上插着五张尖角旗(义旗?)的"主将"出台,才动我的"刀笔"。假如有谁看见我攻击茅厕的文字,便以为也是我的劲敌,自恨于它的气味还未明了,再要去嗅一嗅,那是我不负责任的。恐怕有人以这广告为例,所以附带声明,以免拖累。

至于西滢先生的"文笔","思想","文艺批评界的权威",那当然必须"欣赏","研究"而且"认识"的。只可惜要"欣赏"……这些,现在还只有一本《闲话》。但我以为咱们的"主将"的一切"文艺"中,最好的倒是登在《晨报副刊》上的,给志摩先生的大半痛骂鲁迅的那一封信。那是发热的时候所写,所以已经脱掉了绅士的黑洋服,真相跃如了。而且和《闲话》比较起来,简直是两样态度,证明着两者之中,有一种是虚伪。这也是要"研究"……西滢先生的"文笔"等等的好东西。

然而虽然是这一封信之中,也还须分别观之。例如:"志摩……前面是遥遥茫茫荫在薄雾的里面的目的地"之类。据我看来,其实并无这样的"目的地",倘有,却不怎么"遥遥茫茫"。这是因为热度还不很高的缘故,倘使发到九十度左右,我想,那便可望连这些"遥遥茫茫"都一扫而光,近于纯粹了。

8
华盖集·夏三虫

夏天近了,将有三虫:蚤,蚊,蝇。

假如有谁提出一个问题,问我三者之中,最爱什么,而且非爱一个不可,又不准像"青年必读书"那样的缴白卷的。我便只得回答道:跳蚤。

跳蚤的来吮血,虽然可恶,而一声不响地就是一口,何等直截爽快。蚊子便不然了,一针叮进皮肤,自然还可以算得有点彻底的,但当未叮之前,要哼哼地发一篇大议论,却使人觉得讨厌。如果所哼的是在说明人血应该给它充饥的理由,那可更其讨厌了,幸而我不懂。

野雀野鹿,一落在人手中,总时时刻刻想要逃走。其实,在山林间,上有鹰鹯,下有虎狼,何尝比在人手里安全。为什么当初不逃到人类中来,现在却要逃到鹰鹯虎狼间去？或者，鹰鹯虎狼之于它们，正如跳蚤之于我们罢。肚子饿了，抓着就是一口，决不谈道理，弄玄虚。被吃者也无须在被吃之前，先承认自己之理应被吃，心悦诚服，誓死不二。人类，可是也颇擅长于哼哼的了，害中取小，它们的避之惟恐不速，正是绝顶聪明。

苍蝇嗡嗡地闹了大半天，停下来也不过舐一点油汗，倘有伤痕或疮疖，自然更占一些便宜；无论怎么好的，美的，干净的东西，又总喜欢一律拉上一点蝇矢。但因为只舐一点油汗，只添一点腌臜，在麻木的人们还没有切肤之痛，所以也就将它放过了。中国人还不很知道它能够传播病菌，捕蝇运动大概不见得兴盛。它们的运命是长久的；还要更繁殖。

但它在好的，美的，干净的东西上拉了蝇矢之后，似乎还不至于欣欣然反过来嘲笑这东西的不洁：总要算还有一点道德的。

古今君子，每以禽兽斥人，殊不知便是昆虫，值得师法的地方也多着哪。

9
华盖集·战士和苍蝇

Schopenhauer 说过这样的话：要估定人的伟大，则精神上的大和体格上的大，那法则完全相反。后者距离愈远即愈小，前者却见得愈大。

正因为近则愈小，而且愈看见缺点和创伤，所以他就和我们一样，不是神道，不是妖怪，不是异兽。他仍然是人，不过如此。但也惟其如此，所以他是伟大的人。

战士战死了的时候，苍蝇们所首先发见的是他的缺点和伤痕，嘬着，营营地叫着，以为得意，以为比死了的战士更英雄。但是战士已经战死了，不再来挥去他们。于是乎苍蝇们即更其营营地叫，自以为倒是不朽的声音，因为它们的完全，远在战士之上。

的确的，谁也没有发见过苍蝇们的缺点和创伤。

然而，有缺点的战士终竟是战士，完美的苍蝇也终竟不过是苍蝇。

去罢，苍蝇们！虽然生着翅子，还能营营，总不会超过战士的。你们这些虫豸们！

《野草》意会

鲁迅的笔使蚊蝇之类正人君子者流感觉刻毒,说他又在"骂人""放冷箭"了。但在一般读者看来,鲁迅的文字不过是形象与准确,活画出面具背后的真面目而已。

10
华盖集·牺牲谟
——"鬼画符"失敬失敬章第十三

一

"阿呀阿呀,失敬失敬!原来我们还是同志。我开初疑心你是一个乞丐,心里想:好好的一个汉子,又不衰老,又非残疾,为什么不去做工,读书的?所以就不免露出'责备贤者'的神色来,请你不要见气,我们的心实在太坦白了,什么也藏不住,哈哈!可是,同志,你也似乎太……

"哦哦!你什么都牺牲了?可敬可敬!我最佩服的就是什么都牺牲,为同胞,为国家。我向来一心要做的也就是这件事。你不要看得我外观阔绰,我为的是要到各处去宣传。社会还太势利,如果像你似的只剩一条破裤,谁肯来相信你呢?所以我只得打扮起来,宁可人们说闲话,我自己总是问心无愧。正如'禹入裸国亦裸而游'一样,要改良社会,不得不然,别人那里会懂得我们的苦心孤诣。但是,朋友,你怎么竟奄奄一息到这地步了?

"哦哦!已经九天没有吃饭?!这真是清高得很哪!我只好五体投地。看你虽然怕要支持不下去,但是——你在历史上一定成名,可贺之至哪!现在什么'欧化''美化'的邪说横行,人们的眼睛只看见物质,所缺的就是你老兄似的模范人物。你瞧,最高学府的教员们,也居然一面教书,一面要起钱来,他们只知道物质,中了物质的毒了。难得你老兄以身作则,给他们一个好榜样看,这于世道人心,一定大有裨益的。你想,现在不是还嚷着什么教育普及么?教育普及起来,要有多少教员;如果都像他们似的定要吃饭,在这四郊多垒时候,那里来这许多饭?像你这样清高,真是浊世中独一无二的中流砥柱:可敬可敬!你读过书没有?如果读过书,我正要创办一个大学,就请你当教务长去。其实你只要读过'四书'就好，加以这样品格，已经很够做'莘莘学子'的表率了。

"不行？没有力气？可惜可惜！足见一面为社会做牺牲，一面也该自己讲讲卫生。你于卫生可惜太不讲究了。你不要以为我的胖头胖脸是因为享用好，我其实是专靠卫生，尤其得益的是精神修养，'君子忧道不忧贫'呀！但是，我的同志，你什么都牺牲完了，究竟也大可佩服，可惜你还剩一条裤，将来在历史上也许要留下一点白璧微瑕……

"哦哦，是的。我知道，你不说也明白：你自然连这裤子也不要，你何至于这样地不彻底；那自然，你不过还没有牺牲的机会罢了。敌人向来最赞成一切牺牲，也最乐于'成人之美'，况且我们是同志，我当然应该给你想一个完全办法，因为一个人最紧要的是'晚节'，一不小心，可就前功尽弃了！

"机会凑得真好：舍间一个小鸦头，正缺一条裤……朋友，你不要这么看我，我是最反对人身买卖的，这是最不人道的事。但是，那女人是在大旱灾时候留下的，那时我不要，她的父母就会把她卖到妓院里去。你想，这何等可怜。我留下她，正为的讲人道。况且那也不算什么人身买卖，不过我给了她父母几文，她的父母就把自己的女儿留在我家里就是了。我当初原想将她当作自己的女儿看，不，简直当作姊妹，同胞看；可恨我的贱内是旧式，说不通。你要知道旧式的女人顽固起来，真是无法可想的，我现在正在另外想点法子……

"但是，那娃儿已经多天没有裤子了，她是灾民的女儿。我料你一定肯帮助的。我们都是'贫民之友'呵。况且你做完了这一件事情之后，就是全始全终；我保你将来铜像巍巍，高入云表，呵，一切贫民都鞠躬致敬……

"对了，我知道你一定肯，你不说我也明白。但你此刻且不要脱下来。我不能拿了走，我这副打扮，如果手上拿一条破裤子，别人见了就要诧异，于我们的牺牲主义的宣传会有妨碍的。现在的社会还太胡涂，——你想，教员还要吃饭，——那里能懂得我们这纯洁的精神呢，一定要误解的。一经误解，社会恐怕要更加自私自利起来，你的工作也就'非徒无益而又害之'了，朋友。

"你还能勉强走几步罢？不能？这可叫人有点为难了，——那么，你该还能爬？好极了！那么，你就爬过去。你趁你还能爬的时候赶紧爬去，万不要'功亏一篑'。但你须用趾尖爬，膝髁不要太用力；裤子擦着沙石，就要更破烂，不但可怜的灾民的女儿受不着实惠，并且连你的精神都白扔了。先行脱下了也不妥当，一则太不雅观，二则恐怕巡警要干涉，还是穿着爬的好。我的朋友，我们不是外人，肯给你上当的么？舍间离这里也并不远，你向东，转北，向南，看路北有两株大槐树的红漆门就是。你一爬到，就脱下来，对号房说：这是老爷叫我送来的，交给太太收下。你一见号房，应该赶快说，否则也许将你当作一个讨饭的，会打你。唉唉，近来讨饭的太多了，他们不去做工，不去读书，单知道要饭。所以我的号房就借痛打这方法，给他们一个教训，使他们知道做乞丐是要给人痛打的，还不如去做工读书好……

"你就去么？好好！但千万不要忘记：交代清楚了就爬开，不要停在我的屋界内。你已经九天没有吃东西了，万一出了什么事故，免不了要给我许多麻烦，我就要减少许多宝贵的光阴，不能为社会服务。我想，我们不是外人，你也决不愿意给自己的同志许多麻烦的，我这话也不过姑且说说。

"你就去罢！好，就去！本来我也可以叫一辆人力车送你去，但我知道用人代牛马来拉人，你一定不赞成的，这事多么不人道！我去了。你就动身罢。你不要这么萎靡不振，爬呀！朋友！我的同志，你快爬呀，向东呀！……"

如此美妙、高尚、道德、革命的言论，实在让人不得不五体投地！而且，这样的真理宣传，一百年后还被许多写家所效仿，且津津乐道。

二
我想，我的神经也许有些瞀乱了。否则，那就可怕。
我觉得仿佛久没有所谓中华民国。
我觉得革命以前，我是做奴隶；革命以后不多久，就受了奴隶的骗，变成他们的奴隶了。
我觉得有许多民国国民而是民国的敌人。
我觉得有许多民国国民很像住在德法等国里的犹太人，他们的意中别有一个国度。
我觉得许多烈士的血都被人们踏灭了，然而又不是故意的。

我觉得什么都要从新做过。

退一万步说罢，我希望有人好好地做一部民国的建国史给少年看，因为我觉得民国的来源，实在已经失传了，虽然还只有十四年！

三

先前，听到二十四史不过是"相斫书"，是"独夫的家谱"一类的话，便以为诚然。后来自己看起来，明白了：何尝如此。

历史上都写着中国的灵魂，指示着将来的命运，只因为涂饰太厚，废话太多，所以很不容易察出底细来。正如通过密叶投射在莓苔上面的月光，只看见点点的碎影。但如看野史和杂记，可更容易了然了，因为他们究竟不必太摆史官的架子。

秦汉远了，和现在的情形相差已多，且不道。元人著作寥寥。至于唐宋明的杂史之类，则现在多有。试将记五代，南宋，明末的事情的，和现今的状况一比较，就当惊心动魄于何其相似之甚，仿佛时间的流驶，独与我们中国无关。现在的中华民国也还是五代，是宋末，是明季。

以明末例现在，则中国的情形还可以更腐败，更破烂，更凶酷，更残虐，现在还不算达到极点。但明末的腐败破烂也还未达到极点，因为李自成张献忠闹起来了。而张李的凶酷残虐也还未达到极点，因为满洲兵进来了。

难道所谓国民性者，真是这样地难于改变的么？倘如此，将来的命运便大略可想了，也还是一句烂熟的话：古已有之。

伶俐人实在伶俐，所以，决不攻难古人，摇动古例的。古人做过的事，无论什么，今人也都会做出来。而辩护古人，也就是辩护自己。况且我们是神州华胄，敢不"绳其祖武"么？

幸而谁也不敢十分决定说：国民性是决不会改变的。在这"不可知"中，虽可有破例——即其情形为从来所未有——的灭亡的恐怖，也可以有破例的复生的希望，这或者可作改革者的一点慰藉罢。

但这一点慰藉，也会勾消在许多自诩古文明者流的笔上，淹死在许多诬告新文明者流的嘴上，扑灭在许多假冒新文明者流的言动上，因为相似的老例，也是"古已有之"的。

《野草》意会

其实这些人是一类，都是伶俐人，也都明白，中国虽完，自己的精神是不会苦的，——因为都能变出合式的态度来。倘有不信，请看清朝的汉人所做的颂扬武功的文章去，开口"大兵"，闭口"我军"，你能料得到被这"大兵""我军"所败的就是汉人的么？你将以为汉人带了兵将别的一种什么野蛮腐败民族歼灭了。

然而这一流人是永远胜利的，大约也将永久存在。在中国，惟他们最适于生存，而他们生存着的时候，中国便永远免不掉反复着先前的运命。

"地大物博，人口众多"，用了这许多好材料，难道竟不过老是演一出轮回把戏而已么？

读鲁迅的文字，常会被震撼。如此这般的爱国，难道不就是我们历朝历代的国民同胞在不断觉悟着、进步着的表现吗？

四

我生得太早一点，连康有为们"公车上书"的时候，已经颇有些年纪了。政变之后，有族中的所谓长辈也者教诲我，说：康有为是想篡位，所以他的名字叫有为；有者，"富有天下"，为者，"贵为天子"也。非图谋不轨而何？我想：诚然。可恶得很！

长辈的训诲于我是这样的有力，所以我也很遵从读书人家的家教。屏息低头，毫不敢轻举妄动。两眼下视黄泉，看天就是傲慢，满脸装出死相，说笑就是放肆。我自然以为极应该的，但有时心里也发生一点反抗。心的反抗，那时还不算什么犯罪，似乎诛心之律，倒不及现在之严。

但这心的反抗，也还是大人们引坏的，因为他们自己就常常随便大说大笑，而单是禁止孩子。黔首们看见秦始皇那么阔气，捣乱的项羽道："彼可取而代也！"没出息的刘邦却说："大丈夫不当如是耶？"我是没出息的一流，因为羡慕他们的随意说笑，就很希望赶忙变成大人，——虽然此外也还有别种的原因。

大丈夫不当如是耶，在我，无非只想不再装死而已，欲望也并不甚奢。

现在，可喜我已经大了，这大概是谁也不能否认的罢，无论用了怎样古怪的"逻辑"。

我于是就抛了死相，放心说笑起来，而不意立刻又碰了正经人的钉子：说是使他们"失望"了。我自然是知道的，先前是老人们的世界，现在是少年们的世界了；但竟不料治世的人们虽异，而其禁止说笑也则同。那么，我的死相也还得装下去，装下去，"死而后已"，岂不痛哉！

我于是又恨我生得太迟一点。何不早二十年，赶上那大人还准说笑的时候？真是"我生不辰"，正当可诅咒的时候，活在可诅咒的地方了。

约翰弥耳说：专制使人们变成冷嘲。我们却天下太平，连冷嘲也没有。我想：暴君的专制使人们变成冷嘲，愚民的专制使人们变成死相。大家渐渐死下去，而自己反以为卫道有效，这才渐近于正经的活人。

世上如果还有真要活下去的人们，就先该敢说，敢笑，敢哭，敢怒，敢骂，敢打，在这可诅咒的地方击退了可诅咒的时代！

五

外国的考古学者们联翩而至了。

久矣夫，中国的学者们也早已口口声声的叫着"保古！保古！保古！……"

但是不能革新的人种，也不能保古的。

所以，外国的考古学者们便联翩而至了。

长城久成废物，弱水也似乎不过是理想上的东西。老大的国民尽钻在僵硬的传统里，不肯变革，衰朽到毫无精力了，还要自相残杀。于是外面的生力军很容易地进来了，真是"匪今斯今，振古如兹"。至于他们的历史，那自然都没我们的那么古。

可是我们的古也就难保，因为土地先已危险而不安全。土地给了别人，则"国宝"虽多，我觉得实在也无处陈列。

但保古家还在痛骂革新，力保旧物地干：用玻璃板印些宋版书，每部定价几十几百元；"涅槃！涅槃！涅槃！"佛自汉时已入中国，其古色古香为何如哉！买集些旧书和金石，是劬古爱国之士，略作考证，赶印目录，就升为学者或高人。而外国人所得的古董，却每从高人的高尚的袖底里共清风一同流出。即不然，归安陆氏的皕宋，潍县陈氏的十钟，其子孙尚能世守否？

现在，外国的考古学者们便联翩而至了。

他们活有余力，则以考古，但考古尚可，帮同保古就更可怕了。有些外人，很希望中国永是一个大古董以供他们的赏鉴，这虽然可恶，却还不奇，因为他们究竟是外人。而中国竟也有自己还不够，并且要率领了少年，赤子，共成一个大古董以供他们的赏鉴者，则真不知是生着怎样的心肝。

中国废止读经了，教会学校不是还请腐儒做先生，教学生读"四书"么？民国废去跪拜了，犹太学校不是偏请遗老做先生，要学生磕头拜寿么？外国人办给中国人看的报纸，不是最反对五四以来的小改革么？而外国总主笔治下的中国小主笔，则倒是崇拜道学，保存国粹的！

但是，无论如何，不革新，是生存也为难的，而况保古。现状就是铁证，比保古家的万言书有力得多。

我们目下的当务之急，是：一要生存，二要温饱，三要发展。苟有阻碍这前途者，无论是古是今，是人是鬼，是《三坟》《五典》，百宋千元，天球河图，金人玉佛，祖传丸散，秘制膏丹，全都踏倒他。

保古家大概总读过古书，"林回弃千金之璧，负赤子而趋"，该不能说是禽兽行为罢。那么，弃赤子而抱千金之璧的是什么？

六

大约是送报人忙不过来了，昨天不见报，今天才给补到，但是奇怪，正张上已经剪去了两小块；幸而副刊是完全的。那上面有一篇武者君的《温良》，又使我记起往事，我记得确曾用了这样一个糖衣的毒刺赠送过我的同学们。现在武者君也在大道上发见了两样东西了：凶兽和羊。但我以为这不过发见了一部分，因为大道上的东西还没有这样简单，还得附加一句，是：凶兽样的羊，羊样的凶兽。

他们是羊，同时也是凶兽；但遇见比他更凶的凶兽时便现羊样，遇见比他更弱的羊时便现凶兽样，因此，武者君误认为两样东西了。

我还记得第一次五四以后，军警们很客气地只用枪托，乱打那手无寸铁的教员和学生，威武到很像一队铁骑在苗田上驰骋；学生们则惊叫奔避，正如遇见虎狼的羊群。但是，当学生们成了大群，袭击他们的敌人时，不是遇见孩子也要推他摔几个觔斗么？在学校里，不是还唾骂敌人的儿子，使他非逃回家去不可么？这和古代暴君的灭族的意见，有什么区分！

我还记得中国的女人是怎样被压制，有时简直并羊而不如。现在托了洋鬼子学说的福，似乎有些解放了。但她一得到可以逞威的地位如校长之类，不就雇用了"掠袖擦掌"的打手似的男人，来威吓毫无武力的同性的学生们么？不是利用了外面正有别的学潮的时候，和一些狐群狗党趁势来开除她私意所不喜的学生们么？而几个在"男尊女卑"的社会生长的男人们，此时却在异性的饭碗化身的面前摇尾，简直并羊而不如。羊，诚然是弱的，但还不至于如此，我敢给我所敬爱的羊们保证！

但是，在黄金世界还未到来之前，人们恐怕总不免同时含有这两种性质，只看发现时候的情形怎样，就显出勇敢和卑怯的大区别来。可惜中国人但对于羊显凶兽相，而对于凶兽则显羊相，所以即使显着凶兽相，也还是卑怯的国民。这样下去，一定要完结的。

我想，要中国得救，也不必添什么东西进去，只要青年们将这两种性质的古传用法，反过来一用就够了：对手如凶兽时就如凶兽，对手如羊时就如羊！

那么，无论什么魔鬼，就都只能回到他自己的地狱里去。

还是国民性！

"我还记得中国的女人是怎样被压制，有时简直并羊而不如。现在托了洋鬼子学说的福，似乎有些解放了。但她一得到可以逞威的地位如校长之类，不就雇用了'掠袖擦掌'的打手似的男人，来威吓毫无武力的同性的学生们么？不是利用了外面正有别的学潮的时候，和一些狐群狗党趁势来开除她私意所不喜的学生们么？而几个在'男尊女卑'的社会生长的男人们，此时却在异性的饭碗化身的面前摇尾，简直并羊而不如。羊，诚然是弱的，但还不至于如此，我敢给我所敬爱的羊们保证！"

"但是，在黄金世界还未到来之前，人们恐怕总不免同时含有这两种性质，只看发现时候的情形怎样，就显出勇敢和卑怯的大区别来。可惜中国人但对于羊显凶兽相，而对于凶兽则显羊相，所以即使显着凶兽相，也还是卑怯的国民。"

历史在循环，国民性在循环，而且有过之无不及了。这种羊与狼身份互换的寓言，在我们的国民同胞中实在太常见了。当代短短几十年间，后来以种种狼论正确地、进步地，高觉悟地吃羊的狼，有些正是早年从狼口里逃出的羔羊！

七

记得有人说过，回忆多的人们是没出息的了，因为他眷念从前，难望再有勇猛的进取；但也有说回忆是最为可喜的。前一说忘却了谁的话，后一说大概是A. France罢，——都由他。可是他们的话也都有些道理，整理起来，研究起来，一定可以消费许多功夫；但这都听凭学者们去干去，我不想来加入这一类高尚事业了，怕的是毫无结果之前，已经"寿终正寝"。（是否真是寿终，真在正寝，自然是没有把握的，但此刻不妨写得好看一点。）我能谢绝研究文艺的酒筵，能远避开除学生的饭局，然而阎罗大王的请帖，大概是终于没法"谨谢"的，无论你怎样摆架子。好，现在是并非眷念过去，而是遥想将来了，可是一样的没出息。管他娘的，写下去——

不动笔是为要保持自己的身分，我近来才知道；可是动笔的九成九是为自己来辩护，则早就知道的了，至少，我自己就这样。所以，现在要写出来的，也不过是为自己的一封信——

FD君：

记得一年或两年之前，蒙你赐书，指摘我在《阿Q正传》中写捉拿一个无聊的阿Q而用机关枪，是太远于事理。我当时没有答复你，一则你信上不写住址，二则阿Q已经捉过，我不能再邀你去看热闹，共同证实了。

但我前几天看报章，便又记起了你。报上有一则新闻，大意是学生要到执政府去请愿，而执政府已于事前得知，东门上添了军队，西门上还摆起两架机关枪，学生不得入，终于无结果而散云。你如果还在北京，何妨远远地——愈远愈好——去望一望呢，倘使真有两架，那么，我就"振振有辞"了。

夫学生的游行和请愿，由来久矣。他们都是"郁郁乎文哉"，不但绝无炸弹和手枪，并且连九节钢鞭，三尖两刃刀也没有，更何况丈八蛇矛和青龙偃月刀乎？至多，"怀中一纸书"而已，所以向来就没有闹过乱子的历史。现在可是已经架起机关枪来了，而且有两架！

但阿Q的事件却大得多了，他确曾上城偷过东西，未庄也确已出了抢案。那时又还是民国元年，那些官吏，办事自然比现在更离奇。先生！你想：这是十三年前的事呵。那时的事，我以为即使在《阿Q正传》中再给添上一混成旅和八尊过山炮，也不至于"言过其实"的罢。

请先生不要用普通的眼光看中国。我的一个朋友从印度回来，说，那地方真古怪，每当自己走过恒河边，就觉得还要防被捉去杀掉而祭天。我在中国也时时起这一类的恐惧。普通认为romantic的，在中国是平常事；机关枪不装在土谷祠外，还装到那里去呢？

一九二五年五月十四日，鲁迅上。

逮捕阿Q，是因为他曾满大街宣布："造反了！造反了！""我要什么就是什么，我喜欢谁就是谁。"在土谷祠里躺着思索：造反？有趣……来了一阵白盔白甲的革命党，都拿着板刀，钢鞭，炸弹，三尖两刃刀，钩镰枪，走过土谷祠，叫到，"阿Q，同去同去！"，"直走进去打开箱子来：元宝，洋钱，洋纱衫……"这哪里会是革命党！对于这样的土匪，反革命分子，乱臣贼子，上了台的真正的革命党才会如此这般使用重兵围剿阿Q。

11
集外集拾遗补编·自言自语

一　序

水村的夏夜，摇着大芭蕉扇，在大树下乘凉，是一件极舒服的事。

男女都谈些闲天，说些故事。孩子是唱歌的唱歌，猜谜的猜谜。

只有陶老头子，天天独自坐着。因为他一世没有进过城，见识有限，无天可谈。而且眼花耳聋，问七答八，说三话四，很有点讨厌，所以没人理他。

《野草》意会

他却时常闭着眼，自己说些什么。仔细听去，虽然昏话多，偶然之间，却也有几句略有意思的段落的。

夜深了，乘凉的都散了。我回家点上灯，还不想睡，便将听得的话写了下来，再看一回，却又毫无意思了。

其实陶老头子这等人，那里真会有好话呢，不过既然写出，姑且留下罢了。

留下又怎样呢？这是连我也答复不来。

中华民国八年八月八日灯下记。

二　火的冰

流动的火，是熔化的珊瑚么？

中间有些绿白，像珊瑚的心，浑身通红，像珊瑚的肉，外层带些黑，是珊瑚焦了。

好是好呵，可惜拿了要烫手。

遇着说不出的冷，火便结了冰了。

中间有些绿白，像珊瑚的心，浑身通红，像珊瑚的肉，外层带些黑，也还是珊瑚焦了。

好是好呵，可惜拿了便要火烫一般的冰手。

火，火的冰，人们没奈何他，他自己也苦么？

唉，火的冰。

唉，唉，火的冰的人！

三　古城

你以为那边是一片平地么？不是的。其实是一座沙山，沙山里面是一座古城。这古城里，一直从前住着三个人。

古城不很大，却很高。只有一个门，门是一个闸。

青铅色的浓雾，卷着黄沙，波涛一般的走。

少年说，"沙来了。活不成了。孩子快逃罢。"

老头子说，"胡说，没有的事。"

这样的过了三年和十二个月另八天。

少年说，"沙积高了，活不成了。孩子快逃罢。"

老头子说，"胡说，没有的事。"

少年想开闸，可是重了。因为上面积了许多沙了。

少年拼了死命，终于举起闸，用手脚都支着，但总不到二尺高。

少年挤那孩子出去说，"快走罢！"

老头子拖那孩子回来说，"没有的事！"

少年说，"快走罢！这不是理论，已经是事实了！"

青铅色的浓雾，卷着黄沙，波涛一般的走。

以后的事，我可不知道了。

你要知道，可以掘开沙山，看看古城。闸门下许有一个死尸。闸门里是两个还是一个？

四　螃蟹

老螃蟹觉得不安了，觉得全身太硬了。自己知道要蜕壳了。

他跑来跑去的寻。他想寻一个窟穴，躲了身子，将石子堵了穴口，隐隐的蜕壳。他知道外面蜕壳是危险的。身子还软，要被别的螃蟹吃去的。这并非空害怕，他实在亲眼见过。

他慌慌张张的走。

旁边的螃蟹问他说，"老兄，你何以这般慌？"

他说，"我要蜕壳了。"

"就在这里蜕不很好么？我还要帮你呢。""那可太怕人了。"

"你不怕窟穴里的别的东西，却怕我们同种么？"

"我不是怕同种。"

"那还怕什么呢？"

"就怕你要吃掉我。"

五　波儿

波儿气愤愤的跑了。

波儿这孩子，身子有矮屋一般高了，还是淘气，不知道从那里学了坏样子，

《野草》意会

也想种花了。

不知道从那里要来的蔷薇子，种在干地上，早上浇水，上午浇水，正午浇水。

正午浇水，土上面一点小绿，波儿很高兴，午后浇水，小绿不见了，许是被虫子吃了。

波儿去了喷壶，气愤愤的跑到河边，看见一个女孩子哭着。

波儿说，"你为什么在这里哭？"

女孩子说，"你尝河水什么味罢。"

波儿尝了水，说是"淡的"。

女孩子说，"我落下了一滴泪了，还是淡的，我怎么不哭呢。"

波儿说，"你是傻丫头！"

波儿气愤愤的跑到海边，看见一个男孩子哭着。

波儿说，"你为什么在这里哭？"

男孩子说，"你看海水是什么颜色？"

波儿看了海水，说是"绿的"。

男孩子说，"我滴下了一点血了，还是绿的，我怎么不哭呢。"

波儿说，"你是傻小子！"

波儿才是傻小子哩。世上那有半天抽芽的蔷薇花，花的种子还在土里呢。

便是终于不出，世上也不会没有蔷薇花。

六　我的父亲

我的父亲躺在床上，喘着气，脸上很瘦很黄，我有点怕敢看他了。

他眼睛慢慢闭了，气息渐渐平了。我的老乳母对我说，"你的爹要死了，你叫他罢。"

"爹爹。"

"不行，大声叫！"

"爹爹！"

我的父亲张一张眼，口边一动，仿佛有点伤心，——他仍然慢慢的闭了眼睛。

202

我的老乳母对我说，"你的爹死了。"

阿！我现在想，大安静大沈寂的死，应该让他慢慢到来。谁敢乱嚷，是大过失。

我何以不听我的父亲，徐徐入死，大声叫他。

阿！我的老乳母。你并无恶意，却教我犯了大过，扰乱我父亲的死亡，使他只听得叫"爹"，却没有听到有人向荒山大叫。

那时我是孩子，不明白什么事理。现在，略略明白，已经迟了。我现在告知我的孩子，倘我闭了眼睛，万不要在我的耳朵边叫了。

七　我的兄弟

我是不喜欢放风筝的，我的一个小兄弟是喜欢放风筝的。

我的父亲死去之后，家里没有钱了。我的兄弟无论怎么热心，也得不到一个风筝了。

一天午后，我走到一间从来不用的屋子里，看见我的兄弟，正躲在里面糊风筝，有几支竹丝，是自己削的，几张皮纸，是自己买的，有四个风轮，已经糊好了。

我是不喜欢放风筝的，也最讨厌他放风筝，我便生气，踏碎了风轮，拆了竹丝，将纸也撕了。

我的兄弟哭着出去了，悄然的在廊下坐着，以后怎样，我那时没有理会，都不知道了。

我后来悟到我的错处。我的兄弟却将我这错处全忘了，他总是很要好的叫我"哥哥"。

我很抱歉，将这事说给他听，他却连影子都记不起了。他仍是很要好的叫我"哥哥"。

阿！我的兄弟。你没有记得我的错处，我能请你原谅么？

然而还是请你原谅罢！

这些短语最初连载于1919年《国民公报》的"新文艺"栏里。署名神飞，最

《野草》意会

后收入《集外集拾遗补编》。从这些文字可以看出，《野草》的酝酿远在十多年前就已经开始，《野草》作为鲁迅心灵的、灵魂的诗篇，是鲁迅一生的"苦闷的象征"，这包括了他家道的中落、幻灭、呐喊、幻灭、彷徨、幻灭、"绝望之为虚妄，正与希望相同"等等一些感悟。

12
而已集·魏晋风度及文章与药及酒之关系
—— 一九二七年在广州夏期学术演讲会讲

我今天所讲的，就是黑板上写着的这样一个题目。

中国文学史，研究起来，可真不容易，研究古的，恨材料太少，研究今的，材料又太多，所以到现在，中国较完全的文学史尚未出现。今天讲的题目是文学史上的一部分，也是材料太少，研究起来很有困难的地方。因为我们想研究某一时代的文学，至少要知道作者的环境、经历和著作。

汉末魏初这个时代是很重要的时代，在文学方面起一个重大的变化，因当时正在黄巾和董卓大乱之后，而且又是党锢的纠纷之后，这时曹操出来了。——不过我们讲到曹操，很容易就联想起《三国志演义》，更进而想起戏台上那一位花面的奸臣，但这不是观察曹操的真正方法。现在我们再看历史，在历史上的记载和论断有时也是极靠不住的，不能相信的地方很多，因为通常我们晓得，某朝的年代长一点，其中必定好人多；某朝的年代短一点，其中差不多没有好人。为什么呢？因为年代长了，做史的是本朝人，当然恭维本朝的人物，年代短了，做史的是别朝人，便很自由地贬斥其异朝的人物，所以在秦朝，差不多在史的记载上半个好人也没有。曹操在史上年代也是颇短的，自然也逃不了被后一朝人说坏话的公例。其实，曹操是一个很有本事的人，至少是一个英雄，我虽不是曹操一党，但无论如何，总是非常佩服他。

研究那时的文学，现在较为容易了，因为已经有人做过工作：在文集一方面有清严可均辑的《全上古三代秦汉三国晋南北朝文》。其中于此有用的，是《全汉文》，《全三国文》，《全晋文》。

在诗一方面有丁福保辑的《全汉三国晋南北朝诗》。——丁福保是做医生的,现在还在。

辑录关于这时代的文学评论有刘师培编的《中国中古文学史》。这本书是北大的讲义,刘先生已死,此书由北大出版。

上面三种书对于我们的研究有很大的帮助。能使我们看出这时代的文学的确有点异彩。

我今天所讲,倘若刘先生的书里已详的,我就略一点;反之,刘先生所略的,我就较详一点。

董卓之后,曹操专权。在他的统治之下,第一个特色便是尚刑名。他的立法是很严的,因为当大乱之后,大家都想做皇帝,大家都想叛乱,故曹操不能不如此。曹操曾自己说过:"倘无我,不知有多少人称王称帝!"这句话他倒并没有说谎。因此之故,影响到文章方面,成了清峻的风格。——就是文章要简约严明的意思。

此外还有一个特点,就是尚通脱。他为什么要尚通脱呢?自然也与当时的风气有莫大的关系。因为在党锢之祸以前,凡党中人都自命清流,不过讲"清"讲得太过,便成固执,所以在汉末,清流的举动有时便非常可笑了。

比方有一个有名的人,普通的人去拜访他,先要说几句话,倘这几句话说得不对,往往会遭倨傲的待遇,叫他坐到屋外去,甚而至于拒绝不见。

又如有一个人,他和他的姊夫是不对的,有一回他到姊姊那里去吃饭之后,便要将饭钱算回给姊姊。她不肯要,他就于出门之后,把那些钱扔在街上,算是付过了。

个人这样闹脾气还不要紧,若治国平天下也这样闹起执拗的脾气来,那还成甚么话?所以深知此弊的曹操要起来反对这种习气,力倡通脱。通脱即随便之意。此种提倡影响到文坛,便产生多量想说甚么便说甚么的文章。

更因思想通脱之后,废除固执,遂能充分容纳异端和外来的思想,故孔教以外的思想源源引入。

总括起来,我们可以说汉末魏初的文章是清峻,通脱。在曹操本身,也是一个改造文章的祖师,可惜他的文章传的很少。他胆子很大,文章从通脱得力不少,做文章时又没有顾忌,想写的便写出来。

所以曹操征求人才时也是这样说，不忠不孝不要紧，只要有才便可以。这又是别人所不敢说的。曹操做诗，竟说是"郑康成行酒伏地气绝"，他引出离当时不久的事实，这也是别人所不敢用的。还有一样，比方人死时，常常写点遗令，这是名人的一件极时髦的事。当时的遗令本有一定的格式，且多言身后当葬于何处何处，或葬于某某名人的墓旁；操独不然，他的遗令不但没有依着格式，内容竟讲到遗下的衣服和伎女怎样处置等问题。

陆机虽然评曰"贻尘谤于后王"，然而我想他无论如何是一个精明人，他自己能做文章，又有手段，把天下的方士文士统统搜罗起来，省得他们跑在外面给他捣乱。所以他帷幄里面，方士文士就特别地多。

孝文帝曹丕，以长子而承父业，篡汉而即帝位。他也是喜欢文章的。其弟曹植，还有明帝曹叡，都是喜欢文章的。不过到那个时候，于通脱之外，更加上华丽。丕著有《典论》，现已失散无全本，那里面说："诗赋欲丽"，"文以气为主"。《典论》的零零碎碎，在唐宋类书中；一篇整的《论文》，在《文选》中可以看见。

后来有一般人很不以他的见解为然。他说诗赋不必寓教训，反对当时那些寓训勉于诗赋的见解，用近代的文学眼光看来，曹丕的一个时代可说是"文学的自觉时代"，或如近代所说是为艺术而艺术（Art for Art's Sake）的一派。所以曹丕做的诗赋很好，更因他以"气"为主，故于华丽以外，加上壮大。归纳起来，汉末，魏初的文章，可说是："清峻，通脱，华丽，壮大。"在文学的意见上，曹丕和曹植表面上似乎是不同的。曹丕说文章事可以留名声于千载；但子建却说文章小道，不足论的。据我的意见，子建大概是违心之论。这里有两个原因，第一，子建的文章做得好，一个人大概总是不满意自己所做而羡慕他人所为的，他的文章已经做得好，于是他便敢说文章是小道；第二，子建活动的目标在于政治方面，政治方面不甚得志，遂说文章是无用了。

曹操曹丕以外，还有下面的七个人：孔融，陈琳，王粲，徐幹，阮瑀，应瑒，刘桢，都很能做文章，后来称为"建安七子"。七人的文章很少流传，现在我们很难判断；但，大概都不外是"慷慨"，"华丽"罢。华丽即曹丕所主张，慷慨就因当天下大乱之际，亲戚朋友死于乱者特多，于是为文就不免带着悲凉，激昂和"慷慨"了。

七子之中，特别的是孔融，他专喜和曹操捣乱。曹丕《典论》里有论孔融的，因此他也被拉进"建安七子"一块儿去。其实不对，很两样的。不过在当时，他的名声可非常之大。孔融作文，喜用讥嘲的笔调，曹丕很不满意他。孔融的文章现在传的也很少，就他所有的看起来，我们可以瞧出他并不大对别人讥讽，只对曹操。比方操破袁氏兄弟，曹丕把袁熙的妻甄氏拿来，归了自己，孔融就写信给曹操，说当初武王伐纣，将妲己给了周公了。操问他的出典，他说，以今例古，大概那时也是这样的。又比方曹操要禁酒，说酒可以亡国，非禁不可，孔融又反对他，说也有以女人亡国的，何以不禁婚姻？

其实曹操也是喝酒的。我们看他的"何以解忧？惟有杜康"的诗句，就可以知道。为什么他的行为会和议论矛盾呢？此无他，因曹操是个办事人，所以不得不这样做；孔融是旁观的人，所以容易说些自由话。曹操见他屡屡反对自己，后来藉故把他杀了。他杀孔融的罪状大概是不孝。因为孔融有下列的两个主张：

第一，孔融主张母亲和儿子的关系是如瓶之盛物一样，只要在瓶内把东西倒了出来，母亲和儿子的关系便算完了。第二，假使有天下饥荒的一个时候，有点食物，给父亲不给呢？孔融的答案是：倘若父亲是不好的，宁可给别人。——曹操想杀他，便不惜以这种主张为他不忠不孝的根据，把他杀了。倘若曹操在世，我们可以问他，当初求才时就说不忠不孝也不要紧，为何又以不孝之名杀人呢？然而事实上纵使曹操再生，也没人敢问他，我们倘若去问他，恐怕他把我们也杀了！

与孔融一同反对曹操的尚有一个祢衡，后来给黄祖杀掉的。祢衡的文章也不错，而且他和孔融早是"以气为主"来写文章的了。故在此我们又可知道，汉文慢慢壮大起来，是时代使然，非专靠曹操父子之功。但华丽好看，却是曹丕提倡的功劳。

这样下去一直到明帝的时候，文章上起了个重大的变化，因为出了一个何晏。

何晏的名声很大，位置也很高，他喜欢研究《老子》和《易经》。至于他是怎样的一个人呢？那真相现在可很难知道，很难调查。因为他是曹氏一派的人，司马氏很讨厌他，所以他们的记载对何晏大不满。因此产生许多传说，有人说何晏的脸上是搽粉的，又有人说他本来生得白，不是搽粉的。但究竟何晏搽粉不搽粉呢？我也不知道。

但何晏有两件事我们是知道的。第一，他喜欢空谈，是空谈的祖师；第二，他喜欢吃药，是吃药的祖师。

此外，他也喜欢谈名理。他身子不好，因此不能不服药。他吃的不是寻常的药，是一种名叫"五石散"的药。

"五石散"是一种毒药，是何晏吃开头的。汉时，大家还不敢吃，何晏或者将药方略加改变，便吃开头了。五石散的基本，大概是五样药：石钟乳，石硫磺，白石英，紫石英，赤石脂；另外怕还配点别样的药。但现在也不必细细研究它，我想各位都是不想吃它的。

从书上看起来，这种药是很好的，人吃了能转弱为强。因此之故，何晏有钱，他吃起来了；大家也跟着吃。那时五石散的流毒就同清末的鸦片的流毒差不多，看吃药与否以分阔气与否的。现在由隋巢元方做的《诸病源候论》的里面可以看到一些。据此书，可知吃这药是非常麻烦的，穷人不能吃，假使吃了之后，一不小心，就会毒死。先吃下去的时候，倒不怎样的，后来药的效验既显，名曰"散发"。倘若没有"散发"，就有弊而无利。因此吃了之后不能休息，非走路不可，因走路才能"散发"，所以走路名曰"行散"。比方我们看六朝人的诗，有云："至城东行散"，就是此意。后来做诗的人不知其故，以为"行散"即步行之意，所以不服药也以"行散"二字入诗，这是很笑话的。

走了之后，全身发烧，发烧之后又发冷。普通发冷宜多穿衣，吃热的东西。但吃药后的发冷刚刚要相反：衣少，冷食，以冷水浇身。倘穿衣多而食热物，那就非死不可。因此五石散一名寒食散。只有一样不必冷吃的，就是酒。

吃了散之后，衣服要脱掉，用冷水浇身；吃冷东西；饮热酒。这样看起来，五石散吃的人多，穿厚衣的人就少；比方在广东提倡，一年以后，穿西装的人就没有了。因为皮肉发烧之故，不能穿窄衣。为豫防皮肤被衣服擦伤，就非穿宽大的衣服不可。现在有许多人以为晋人轻裘缓带，宽衣，在当时是人们高逸的表现，其实不知他们是吃药的缘故。一班名人都吃药，穿的衣都宽大，于是不吃药的也跟着名人，把衣服宽大起来了！

还有，吃药之后，因皮肤易于磨破，穿鞋也不方便，故不穿鞋袜而穿屐。所以我们看晋人的画像或那时的文章，见他衣服宽大，不鞋而屐，以为他一定是很舒服，很飘逸的了，其实他心里都是很苦的。

更因皮肤易破，不能穿新的而宜于穿旧的，衣服便不能常洗。因不洗，便多虱。所以在文章上，虱子的地位很高，"扪虱而谈"，当时竟传为美事。比方我今天在这里演讲的时候，扪起虱来，那是不大好的。但在那时不要紧，因为习惯不同之故。这正如清朝是提倡抽大烟的，我们看见两肩高耸的人，不觉得奇怪。现在就不行了，倘若多数学生，他的肩成为一字样，我们就觉得很奇怪了。

此外可见服散的情形及其他种种的书，还有葛洪的《抱朴子》。

到东晋以后，作假的人就很多，在街旁睡倒，说是"散发"以示阔气。就像清时尊读书，就有人以墨涂唇，表示他是刚才写了许多字的样子。故我想，衣大，穿屐，散发等等，后来效之，不吃也学起来，与理论的提倡实在是无关的。

又因"散发"之时，不能肚饿，所以吃冷物，而且要赶快吃，不论时候，一日数次也不可定。因此影响到晋时"居丧无礼"。——本来魏晋时，对于父母之礼是很繁多的。比方想去访一个人，那么，在未访之前，必先打听他父母及其祖父母的名字，以便避讳。否则，嘴上一说出这个字音，假如他的父母是死了的，主人便会大哭起来——他记得父母了——给你一个大大的没趣。晋礼居丧之时，也要瘦，不多吃饭，不准喝酒。但在吃药之后，为生命计，不能管得许多，只好大嚼，所以就变成"居丧无礼"了。

居丧之际，饮酒食肉，由阔人名流倡之，万民皆从之，因为这个缘故，社会上遂尊称这样的人叫作名士派。

吃散发源于何晏，和他同志的，有王弼和夏侯玄两个人，与晏同为服药的祖师。有他三人提倡，有多人跟着走。他们三人多是会做文章，除了夏侯玄的作品流传不多外，王何二人现在我们尚能看到他们的文章。他们都是生于正始的，所以又名曰"正始名士"。但这种习惯的末流，是只会吃药，或竟假装吃药，而不会做文章。

东晋以后，不做文章而流为清谈，由《世说新语》一书里可以看到。此中空论多而文章少，比较他们三个差得远了。三人中王弼二十余岁便死了，夏侯何二人皆为司马懿所杀。因为他二人同曹操有关系，非死不可，犹曹操之杀孔融，也是借不孝做罪名的。

二人死后，论者多因其与魏有关而骂他，其实何晏值得骂的就是因为他是吃

《野草》意会

药的发起人。这种服散的风气，魏，晋，直到隋，唐，还存在着，因为唐时还有"解散方"，即解五石散的药方，可以证明还有人吃，不过少点罢了。唐以后就没有人吃，其原因尚未详，大概因其弊多利少，和鸦片一样罢？

晋名人皇甫谧作一书曰《高士传》，我们以为他很高超。但他是服散的，曾有一篇文章，自说吃散之苦。因为药性一发，稍不留心，即会丧命，至少也会受非常的苦痛，或要发狂；本来聪明的人，因此也会变成痴呆。所以非深知药性，会解救，而且家里的人多深知药性不可。晋朝人多是脾气很坏，高傲，发狂，性暴如火的，大约便是服药的缘故。比方有苍蝇扰他，竟至拔剑追赶；就是说话，也要胡胡涂涂地才好，有时简直是近于发疯。但在晋朝更有以痴为好的，这大概也是服药的缘故。

魏末，何晏他们以外，又有一个团体新起，叫做"竹林名士"，也是七个，所以又称"竹林七贤"。正始名士服药，竹林名士饮酒。竹林的代表是嵇康和阮籍。但究竟竹林名士不纯粹是喝酒的，嵇康也兼服药，而阮籍则是专喝酒的代表。但嵇康也饮酒，刘伶也是这里面的一个。他们七人中差不多都是反抗旧礼教的。

这七人中，脾气各有不同。嵇阮二人的脾气都很大；阮籍老年时改得很好，嵇康就始终都是极坏的。

阮年青时，对于访他的人有加以青眼和白眼的分别。白眼大概全然看不见眸子的，恐怕要练习很久才能够。青眼我会装，白眼我却装不好。

后来阮籍竟做到"口不臧否人物"的地步，嵇康却全不改变。结果阮得终其天年，而嵇竟丧于司马氏之手，与孔融何晏等一样，遭了不幸的杀害。这大概是因为吃药和吃酒之分的缘故：吃药可以成仙，仙是可以骄视俗人的；饮酒不会成仙，所以敷衍了事。

他们的态度，大抵是饮酒时衣服不穿，帽也不带。若在平时，有这种状态，我们就说无礼，但他们就不同。居丧时不一定按例哭泣；子之于父，是不能提父的名，但在竹林名士一流人中，子都会叫父的名号。旧传下来的礼教，竹林名士是不承认的。即如刘伶——他曾做过一篇《酒德颂》，谁都知道——他是不承认世界上从前规定的道理的，曾经有这样的事，有一次有客见他，他不穿衣服。人责问他；他答人说，天地是我的房屋，房屋就是我的衣服，你们为什么进我的裤子中来？至于阮籍，就更甚了，他连上下古今也不承认，在《大人先生传》里有说："天地解兮六合开，星辰陨兮日月颓，我腾而上将何怀？"他的意思是天地神仙，都是无意义，一切都不要，所以他觉得世上的道理不必争，神仙也不足信，既然一切都是虚无，所以他便沉湎于酒了。然而他还有一个原因，就是他的饮酒不独由于他的思想，大半倒在环境。其时司马氏已想篡位，而阮籍名声很大，所以他讲话就极难，只好多饮酒，少讲话，而且即使讲话讲错了，也可以借醉得到人的原谅。只要看有一次司马懿求和阮籍结亲，而阮籍一醉就是两个月，没有提出的机会，就可以知道了。

阮籍作文章和诗都很好，他的诗文虽然也慷慨激昂，但许多意思都是隐而不显的。宋的颜延之已经说不大能懂，我们现在自然更很难看得懂他的诗了。他诗里也说神仙，但他其实是不相信的。嵇康的论文，比阮籍更好，思想新颖，往往与古时旧说反对。孔子说："学而时习之，不亦说乎？"嵇康做的《难自然好学论》，却道，人是并不好学的，假如一个人可以不做事而又有饭吃，就随便闲游不喜欢读书了，所以现在人之好学，是由于习惯和不得已。还有管叔蔡叔，是疑心周公，率殷民叛，因而被诛，一向公认为坏人的。而嵇康做的《管蔡论》，就也反对历代传下来的意思，说这两个人是忠臣，他们的怀疑周公，是因为地方相距太远，消息不灵通。

但最引起许多人的注意，而且于生命有危险的，是《与山巨源绝交书》中的"非汤武而薄周孔"。司马懿因这篇文章，就将嵇康杀了。非薄了汤武周孔，在现时代是不要紧的，但在当时却关系非小。汤武是以武定天下的；周公是辅成王的；孔子是祖述尧舜，而尧舜是禅让天下的。嵇康都说不好，那么，教司马懿篡位的时候，怎么办才是好呢？没有办法。在这一点上，嵇康于司马氏的办事上有了直接的影响，因此就非死不可了。嵇康的见杀，是因为他的朋友吕安不孝，连及嵇康，罪案和曹操的杀孔融差不多。魏晋，是以孝治天下的，不孝，故不能不杀。为什么要以孝治天下呢？因为天位从禅让，即巧取豪夺而来，若主张以忠治天下，他们的立脚点便不稳，办事便棘手，立论也难了，所以一定要以孝治天下。但倘只是实行不孝，其实那时倒不很要紧的，嵇康的害处是在发议论；阮籍不同，不大说关于伦理上的话，所以结局也不同。

但魏晋也不全是这样的情形，宽袍大袖，大家饮酒。反对的也很多。在文章上我们还可以看见裴頠的《崇有论》，孙盛的《老子非大贤论》，这些都是反对王何们的。在史实上，则何曾劝司马懿杀阮籍有好几回，司马懿不听他的话，这是因为阮籍的饮酒，与时局的关系少些的缘故。

然而后人就将嵇康阮籍骂起来，人云亦云，一直到现在，一千六百多年。季札说："中国之君子，明于礼义而陋于知人心。"这是确的，大凡明于礼义，就一定要陋于知人心的，所以古代有许多人受了很大的冤枉。例如嵇阮的罪名，一向说他们毁坏礼教。但据我个人的意见，这判断是错的。魏晋时代，崇奉礼教的看来似乎很不错，而实在是毁坏礼教，不信礼教的。表面上毁坏礼教者，实则倒是承认礼教，太相信礼教。因为魏晋时所谓崇奉礼教，是用以自利，那崇奉也不过偶然崇奉，如曹操杀孔融，司马懿杀嵇康，都是因为他们和不孝有关，但实在曹操司马懿何尝是着名的孝子，不过将这个名义，加罪于反对自己的人罢了。于是老实人以为如此利用，亵黩了礼教，不平之极，无计可施，激而变成不谈礼教，不信礼教，甚至于反对礼教。——但其实不过是态度，至于他们的本心，恐怕倒是相信礼教，当作宝贝，比曹操司马懿们要迂执得多。现在说一个容易明白的比喻罢，譬如有一个军阀，在北方——在广东的人所谓北方和我常说的北方的界限有些不同，我常称山东山西直隶河南之类为北方——那军阀从前是压迫民党的，后来北伐军势力一大，他便挂起了青天白日旗，说自己已经信仰三民主义了，是总理的信徒。这样还不够，他还要做总理的纪念周。这时候，真的三民主义的信徒，去呢，不去呢？不去，他那里就可以说你反对三民主义，定罪，杀人。但既然在他的势力之下，没有别法，真的总理的信徒，倒会不谈三民主义，或者听人假惺惺的谈起来就皱眉，好像反对三民主义模样。所以我想，魏晋时所谓反对礼教的人，有许多大约也如此。他们倒是迂夫子，将礼教当作宝贝看待的。

还有一个实证，凡人们的言论，思想，行为，倘若自己以为不错的，就愿意天下的别人，自己的朋友都这样做。但嵇康阮籍不这样，不愿意别人来模仿他。竹林七贤中有阮咸，是阮籍的侄子，一样的饮酒。阮籍的儿子阮浑也愿加入时，阮籍却道不必加入，吾家已有阿咸在，够了。假若阮籍自以为行为是对的，就不当拒绝他的儿子，而阮籍却拒绝自己的儿子，可知阮籍并不以他自己的办法为然。至于嵇康，一看他的《绝交书》，就知道他的态度很骄傲的；有一次，他在家打铁——他的性情是很喜欢打铁的——钟会来看他了，他只打铁，不理钟会。钟会没有意味，只得走了。其时嵇康就问他："何所闻而来，何所见而去？"钟会答道："闻所闻而来，见所见而去。"这也是嵇康杀身的一条祸根。但我看他做给他的儿子看的《家诫》——当嵇康被杀时，其子方十岁，算来当他做这篇文章的时候，他的儿子是未满十岁的——就觉得宛然是两个人。他在《家诫》中教他的儿子做人要小心，还有一条一条的教训。有一条是说长官处不可常去，亦不可住宿；官长送人们出来时，你不要在后面，因为恐怕将来官长惩办坏人时，你有暗中密告的嫌疑。又有一条是说宴饮时候有人争论，你可立刻走开，免得在旁批评，因为两者之间必有对与不对，不批评则不像样，一批评就总要是甲非乙，不免受一方见怪。还有人要你饮酒，即使不愿饮也不要坚决地推辞，必须和和气气的拿着杯子。我们就此看来，实在觉得很希奇：嵇康是那样高傲的人，而他教子就要他这样庸碌。因此我们知道，嵇康自己对于他自己的举动也是不满足的。所以批评一个人的言行实在难，社会上对于儿子不像父亲，称为"不肖"，以为是坏事，殊不知世上正有不愿意他的儿子像自己的父亲哩。试看阮籍嵇康，就是如此。这是，因为他们生于乱世，不得已，才有这样的行为，并非他们的本态。但又于此可见魏晋的破坏礼教者，实在是相信礼教到固执之极的。

不过何晏王弼阮籍嵇康之流，因为他们的名位大，一般的人们就学起来，而所学的无非是表面，他们实在的内心，却不知道。因为只学他们的皮毛，于是社会上便很多了没意思的空谈和饮酒。许多人只会无端的空谈和饮酒，无力办事，也就影响到政治上，弄得玩"空城计"，毫无实际了。在文学上也这样，嵇康阮籍的纵酒，是也能做文章的，后来到东晋，空谈和饮酒的遗风还在，而万言的大文如嵇阮之作，却没有了。刘勰说："嵇康师心以遣论，阮籍使气以命诗。"这"师心"和"使气"，便是魏末晋初的文章的特色。正始名士和竹林名士的精神灭后，敢于师心使气的作家也没有了。

到东晋，风气变了。社会思想平静得多，各处都夹入了佛教的思想。再至晋末，乱也看惯了，篡也看惯了，文章便更和平。代表平和的文章的人有陶潜。他的态度是随便饮酒，乞食，高兴的时候就谈论和作文章，无尤无怨。所以现在有人称他为"田园诗人"，是个非常和平的田园诗人。他的态度是不容易学的，他非常之穷，而心里很平静。家常无米，就去向人家门口求乞。他穷到有客来见，连鞋也没有,那客人给他从家丁取鞋给他,他便伸了足穿上了。虽然如此,他却毫不为意,还是"采菊东篱下,悠然见南山"。这样的自然状态,实在不易模仿。他穷到衣服也破烂不堪,而还在东篱下采菊,偶然抬起头来,悠然的见了南山,这是何等自然。现在有钱的人住在租界里,雇花匠种数十盆菊花,便做诗,叫作"秋日赏菊效陶彭泽体",自以为合于渊明的高致,我觉得不大像。

陶潜之在晋末,是和孔融于汉末与嵇康于魏末略同,又是将近易代的时候。但他没有什么慷慨激昂的表示,于是便博得"田园诗人"的名称。但《陶集》里有《述酒》一篇,是说当时政治的。这样看来,可见他于世事也并没有遗忘和冷淡,不过他的态度比嵇康阮籍自然得多,不至于招人注意罢了。还有一个原因,先已说过,是习惯。因为当时饮酒的风气相沿下来,人见了也不觉得奇怪,而且汉魏晋相沿,时代不远,变迁极多,既经见惯,就没有大感触,陶潜之比孔融嵇康和平,是当然的。例如看北朝的墓志,官位升进,往往详细写着,再仔细一看,他是已经经历过两三个朝代了,但当时似乎并不为奇。

据我的意思,即使是从前的人,那诗文完全超于政治的所谓"田园诗人","山林诗人",是没有的。完全超出于人间世的,也是没有的。既然是超出于世,则当然连诗文也没有。诗文也是人事,既有诗,就可以知道于世事未能忘情。譬如墨子兼爱,杨子为我。墨子当然要著书;杨子就一定不著,这才是"为我"。因为若做出书来给别人看,便变成"为人"了。

由此可知陶潜总不能超于尘世,而且,于朝政还是留心,也不能忘掉"死",这是他诗文中时时提起的。用别一种看法研究起来,恐怕也会成一个和旧说不同的人物罢。

自汉末至晋末文章的一部分的变化与药及酒之关系,据我所知的大概是这样。但我学识太少,没有详细的研究,在这样的热天和雨天费去了诸位这许多时光,是很抱歉的。现在这个题目总算是讲完了。

鲁迅于魏晋文学和佛学有很深的研究,于此演讲可见一斑,其于史实、典故的掌握可谓信手拈来,妙趣横生。又曾辑校《嵇康集》编《汉文学史纲要》,性情亦多近魏晋名士风骨。刘半农曾撰联说他"托尼学说,魏晋文章",实乃知己者说。托尔斯泰和尼采的学说对人性都有较透彻认识和批判，魏晋名士则是继春秋战国之后士子个人自由思想的又一次躁动和解放。

13
写在《坟》后面

在听到我的杂文已经印成一半的消息的时候，我曾经写了几行题记，寄往北京去。当时想到便写，写完便寄，到现在还不满二十天，早已记不清说了些甚么了。今夜周围是这么寂静，屋后面的山脚下腾起野烧的微光；南普陀寺还在做牵丝傀儡戏，时时传来锣鼓声，每一间隔中，就更加显得寂静。电灯自然是辉煌着，但不知怎的忽有淡淡的哀愁来袭击我的心，我似乎有些后悔印行我的杂文了。我很奇怪我的后悔；这在我是不大遇到的，到如今，我还没有深知道所谓悔者究竟是怎么一回事。但这心情也随即逝去，杂文当然仍在印行，只为想驱逐自己目下的哀愁，我还要说几句话。

记得先已说过：这不过是我的生活中的一点陈迹。如果我的过往，也可以算作生活，那么，也就可以说，我也曾工作过了。但我并无喷泉一般的思想，伟大华美的文章，既没有主义要宣传，也不想发起一种什么运动。不过我曾经尝得，失望无论大小，是一种苦味，所以几年以来，有人希望我动动笔的，只要意见不很相反，我的力量能够支撑，就总要勉力写几句东西，给来者一些极微末的欢喜。人生多苦辛，而人们有时却极容易得到安慰，又何必惜一点笔墨，给多尝些孤独的悲哀呢？于是除小说杂感之外，逐渐又有了长长短短的杂文十多篇。其间自然也有为卖钱而作的，这回就都混在一处。我的生命的一部分，就这样地用去了，也就是做了这样的工作。然而我至今终于不明白我一向是在做什么。比方做土工的罢，做着做着，而不明白是在筑台呢还在掘坑。所知道的是即使是筑台，也无非要将自己从那上面跌下来或者显示老死；倘是掘坑，那就当然不过是埋掉自己。总之：逝去，逝去，一切一切，和光阴一同早逝去，在逝去，要逝去了。——不过如此，但也为我所十分甘愿的。

然而这大约也不过是一句话。当呼吸还在时，只要是自己的，我有时却也喜欢将陈迹收存起来，明知不值一文，总不能绝无眷恋，集杂文而名之曰《坟》，究竟还是一种取巧的掩饰。刘伶喝得酒气熏天，使人荷锸跟在后面，道：死便埋我。虽然自以为放达，其实是只能骗骗极端老实人的。

所以这书的印行，在自己就是这么一回事。至于对别人，记得在先也已说过，还有愿使偏爱我的文字的主顾得到一点喜欢；憎恶我的文字的东西得到一点呕吐，——我自己知道，我并不大度，那些东西因我的文字而呕吐，我也很高兴的。别的就什么意思也没有了。倘若硬要说出好处来，那么，其中所介绍的几个诗人的事，或者还不妨一看；最末的论"费厄泼赖"这一篇，也许可供参考罢，因为这虽然不是我的血所写，却是见了我的同辈和比我年幼的青年们的血而写的。

偏爱我的作品的读者，有时批评说，我的文字是说真话的。这其实是过誉，那原因就因为他偏爱。我自然不想太欺骗人，但也未尝将心里的话照样说尽，大约只要看得可以交卷就算完。我的确时时解剖别人，然而更多的是更无情面地解剖我自己，发表一点，酷爱温暖的人物已经觉得冷酷了，如果全露出我的血肉来，末路正不知要到怎样。我有时也想就此驱除旁人，到那时还不唾弃我的，即使是枭蛇鬼怪，也是我的朋友，这才真是我的朋友。倘使并这个也没有，则就是我一个人也行。但现在我并不。因为，我还没有这样勇敢，那原因就是我还想生活，在这社会里。还有一种小缘故，先前也曾屡次声明，就是偏要使所谓正人君子也者之流多不舒服几天，所以自己便特地留几片铁甲在身上，站着，给他们的世界上多有一点缺陷，到我自己厌倦了，要脱掉了的时候为止。

倘说为别人引路，那就更不容易了，因为连我自己还不明白应当怎么走。中国大概很有些青年的"前辈"和"导师"罢，但那不是我，我也不相信他们。我只很确切地知道一个终点，就是：坟。然而这是大家都知道的，无须谁指引。问题是在从此到那的道路。那当然不只一条，我可正不知那一条好，虽然至今有时也还在寻求。在寻求中，我就怕我未熟的果实偏偏毒死了偏爱我的果实的人，而憎恨我的东西如所谓正人君子也者偏偏都矍铄，所以我说话常不免含糊，中止，心里想：对于偏爱我的读者的赠献，或者最好倒不如是一个"无所有"。我的译著的印本，最初，印一次是一千，后来加五百，近时是二千至四千，每一增加，我自然是愿意的，因为能赚钱，但也伴着哀愁，怕于读者有害，因此作文就时常更谨慎，更踌躇。有人以为我信笔写来，直抒胸臆，其实是不尽然的，我的顾忌并不少。我自己早知道毕竟不是什么战士了,而且也不能算前驱,就有这么多的顾忌和回忆。还记得三四年前,有一个学生来买我的书,从衣袋里掏出钱来放在我手里,那钱上还带着体温。这体温便烙印了我的心,至今要写文字时,还常使我怕毒害了这类的青年,迟疑不敢下笔。我毫无顾忌地说话的日子,恐怕要未必有了罢。但也偶尔想,其实倒还是毫无顾忌地说话,对得起这样的青年。但至今也还没有决心这样做。

今天所要说的话也不过是这些,然而比较的却可以算得真实。此外,还有一点余文。

记得初提倡白话的时候,是得到各方面剧烈的攻击的。后来白话渐渐通行了,势不可遏,有些人便一转而引为自己之功,美其名曰"新文化运动"。又有些人便主张白话不妨作通俗之用;又有些人却道白话要做得好,仍须看古书。前一类早已二次转舵,又反过来嘲骂"新文化"了;后二类是不得已的调和派,只希图多留几天僵尸,到现在还不少。我曾在杂感上掊击过的。

新近看见一种上海出版的期刊,也说起要做好白话须读好古文,而举例为证的人名中,其一却是我。这实在使我打了一个寒噤。别人我不论,若是自己,则曾经看过许多旧书,是的确的,为了教书,至今也还在看。因此耳濡目染,影响到所做的白话上,常不免流露出它的字句、体格来。但自己却正苦于背了这些古老的鬼魂,摆脱不开,时常感到一种使人气闷的沉重。就是思想上,也何尝不中些庄周韩非的毒,时而很随便,时而很峻急。孔孟的书我读得最早,最熟,然而倒似乎和我不相干。大半也因为懒惰罢,往往自己宽解,以为一切事物,在转变中,是总有多少中间物的。动植之间,无脊椎和脊椎动物之间,都有中间物;或者简直可以说,在进化的链子上,一切都是中间物。当开首改革文章的时候,有几个不三不四的作者,是当然的,只能这样,也需要这样。他的任务,是在有些警觉之后,喊出一种新声;又因为从旧垒中来,情形看得较为分明,反戈一击,易制强敌的死命。但仍应该和光阴偕逝,逐渐消亡,至多不过是桥梁中的一木一石,并非什么前途的目标,范本。跟着起来便该不同了,倘非天纵之圣,积习当然也不能顿然荡除,但总得更有新气象。以文字论,就不必更在旧书里讨生活,却将活人的唇舌作为源泉,使文章更加接近语言,更加有生气。至于对于现在人民的语言的穷乏欠缺,如何救济,使他丰富起来,那也是一个很大的问题,或者

《野草》意会

必须在旧文中取得若干资料，以供使役，但这并不在我现在所要说的范围以内，姑且不论。

　　我以为我倘十分努力，大概也还能够博采口语，来改革我的文章。但因为懒而且忙，至今没有做。我常疑心这和读了古书很有些关系，因为我觉得古人写在书上的可恶思想，我的心里也常有，能否忽而奋勉，是毫无把握的。我常常诅咒我的这思想，也希望不再见于后来的青年。去年我主张青年少读，或者简直不读中国书，乃是用许多苦痛换来的真话，绝不是聊且快意，或什么玩笑，愤激之辞。古人说，不读书便成愚人，那自然也不错的。然而世界却正由愚人造成，聪明人绝不能支持世界，尤其是中国的聪明人。现在呢，思想上且不说，便是文辞，许多青年作者又在古文，诗词中摘些好看而难懂的字面，作为变戏法的手巾，来装潢自己的作品了。我不知这和劝读古文说可有相关，但正在复古，也就是新文艺的试行自杀，是显而易见的。

　　不幸我的古文和白话合成的杂集，又恰在此时出版了，也许又要给读者若干毒害。只是在自己，却还不能毅然决然将他毁灭，还想借此暂时看看逝去的生活的余痕。唯愿偏爱我的作品的读者也不过将这当作一种纪念，知道这小小的丘陇中，无非埋着曾经活过的躯壳。待再经若干岁月，又当化为烟埃，并纪念也从人间消去，而我的事也就完毕了。上午也正在看古文，记起了几句陆士衡的吊曹孟德文，便拉来给我的这一篇作结——

　　　　既睎古以遗累，信简礼而薄葬。
　　　　彼裘绂于何有，贻尘谤于后王。
　　　　嗟大恋之所存，故虽哲而不忘。
　　　　览遗籍以慷慨，献兹文而凄伤！

　　　　　　　　　　　　　　一九二六，一一，一一夜。鲁迅

转发几段鲁迅研究者读懂鲁迅后的大实话——
　　曹聚仁在《鲁迅评传》"政治观"一章中称，他始终坚持鲁迅的一生只是一个"革命的同路人"。

· 218 ·

钱理群认为，鲁迅研究界或隐或显地存在着一种倾向，在"将鲁迅凡俗化"的旗号下，消解或削弱鲁迅的精神意义和价值。"在鲁迅面前，你必须思考，而且是独立地思考。正是鲁迅，能够促使我们独立思考，激发我们的想象力和创造力。他不接受任何收编，他也从不试图收编我们；相反，他期待，并帮助我们成长为一个有自由思想的、独立创造的人——这就是鲁迅对我们的主要意义。""鲁迅曾提出一个'真的知识阶级'的概念……永远站在底层平民这一边，是永远的批判者。这也是鲁迅的自我命名。这样的'真的知识阶级'的传统，在当下中国的意义，是不言而喻的。这是我们今天需要鲁迅的一个非常重要的方面。"

1934年4月30日，鲁迅曾致信曹聚仁，说到现在旧的社会"……当崩溃之时，竟尚幸存，当乞红背心扫上海马路耳"。

他听冯雪峰介绍革命形势，对冯说，"你们来到时，我要逃亡，因首先要杀的恐怕是我"。冯雪峰连忙摇头摆手，"那弗会，那弗会！"

果然，到鲁迅已经病危的1936年，发生了解散左联，成立文艺家协会及关于"两个口号"的争论事件。鲁迅既非国民党员，也不是共产党员，被无端卷入国共两党的阶级斗争及共产党的路线斗争之中，即使"横站"，也难以招架了。

刘再复说，"后期的鲁迅，他如此热烈拥抱社会甚至热烈拥抱政治，是事实……鲁迅尽管是个天才，但也难以逃出二十世纪二三十年代的激进大潮流。在精神创造中，也曾悲剧性地用政治话语取代文学话语，消耗太多宝贵的心力。他那么深地介入政治和左翼营垒，是幸还是不幸，尚须时间来判断"。

鲁迅一生其实没能终止他的彷徨。《野草》是其在无地之处彷徨的灵魂的挣扎，心灵深处发出的一首关于生命与社会的悲壮而迷离的散文诗。

二 《野草》意会

二 《野草》意会

这是一个正在崩毁的时代。

在西方,尼采宣布:上帝死了。

在中国,帝制快完了,孔圣人不灵了,圣旨、"子曰"不再是金科玉律。一切被规定的真理、道统、道德、道理、诠释、规则、秩序,全都不作数,一切都溃散、解构、重组。重新来过。

过去与未来,新与旧,我和你,我和他,我和我,生与死。一派迷茫。

在前面看到光明,回头却见黑暗。眼前不明不暗,不知是日是夜。徘徊于过去、未来、方生、方死之间。然而无地可以徘徊。

一切都是悖论,"绝望之为虚妄,正与希望相同!"

二十世纪之初,《野草》酝酿、写作了二十多年。虽然一九二七年四月二十六日鲁迅在广州白云楼上给《野草》写了题辞,置于篇首,样似"绪言"、提纲,但直至作者辞世,《野草》也没有真正写完。

鲁迅的灵魂,一生都在纠缠不清的悖论中彷徨。

《野草》的思想明显有西方现代哲学的意蕴和东方禅宗哲学的终极思辨智慧;既有对现实存在种种现象的思考,也有对自我生命的、灵魂的诘问。他曾呐喊、希望,接着也就迷茫、彷徨,心中充满"血和铁,火焰和毒,恢复和报仇。而忽而这些都空虚了,但有时故意地填以无可奈何的自欺的希望。希望,希望,用这希望的盾,抗拒那空虚中的暗夜的袭来,虽然盾后面也依然是空虚中的暗夜。然而就是如此,陆续地耗尽了我的青春"。"我早先岂不知我的青春已经逝去了?但以为身外的青春固在:星,月光,僵坠的胡蝶,暗中的花,猫头鹰的不祥之言,杜鹃的啼血,笑的渺茫,爱的翔舞……虽然是悲凉漂渺的青春罢,然而究竟是青春。"(《希望》)此是关于社会的,但同时也是关于自我的、生命的思辨。

《野草》的文本很特殊。多数篇章是一些简洁铿锵的短句,营造出或险僻,或深邃,或迷茫,或奇异的境界。此谓之白话体"散文诗"。

《野草》是关于人的存在与社会存在的种种矛盾与悖论的深层考辨,最后的归结是一个黑色的惊叹号,有着浓重的虚无主义意味。

鲁迅初到北京任教育部部员初期,有感于世事的板荡混乱,曾住绍兴会馆补

《野草》意会

树书屋抄了七八年的古碑和佛经,于佛学用功颇深。面对苦难的人生和黑暗的社会,以禅宗的智慧面对虚幻,反抗绝望,进行着超越死亡的、深邃的哲学思考。

　　此时,《野草》正在酝酿。

　　这些对于社会的、自我生命存在的诸多苦闷、烦恼、矛盾、纠结和挣扎,在《野草》中都作了诗意的呈现。

　　《野草》是一部诗偈。

二　《野草》意会

题　辞

当我沉默着的时候，我觉得充实；我将开口，同时感到空虚。

过去的生命已经死亡。我对于这死亡有大欢喜，因为我借此知道它曾经存活。死亡的生命已经朽腐。我对于这朽腐有大欢喜，因为我借此知道它还非空虚。

生命的泥委弃在地面上，不生乔木，只生野草，这是我的罪过。

野草，根本不深，花叶不美，然而吸取露，吸取水，吸取陈死人的血和肉，各各夺取它的生存。当生存时，还是将遭践踏，将遭删刈，直至于死亡而朽腐。

但我坦然，欣然。我将大笑，我将歌唱。

我自爱我的野草，但我憎恶这以野草作装饰的地面。

地火在地下运行，奔突；熔岩一旦喷出，将烧尽一切野草，以及乔木，于是并且无可朽腐。

但我坦然，欣然。我将大笑，我将歌唱。

天地有如此静穆，我不能大笑而且歌唱。天地即不如此静穆，我或者也将不能。我以这一丛野草，在明与暗，生与死，过去与未来之际，献于友与仇，人与兽，爱者与不爱者之前作证。

为我自己，为友与仇，人与兽，爱者与不爱者，我希望这野草的死亡与朽腐，火速到来。要不然，我先就未曾生存，这实在比死亡与朽腐更其不幸。

去罢，野草，连着我的题辞！

　　　　　　　　　　一九二七年四月二十六日，鲁迅记于广州之白云楼上。

《野草》意会

　　生命的路是进步的,总是沿着无限的精神三角形的斜面向上走,什么都阻止他不得。
　　自然赋与人们的不调和还很多,人们自己萎缩堕落退步的也还很多,然而生命决不因此回头。无论什么黑暗来防范思潮,什么悲惨来袭击社会,什么罪恶来亵渎人道,人类的渴仰完全的潜力!总是踏了这些铁蒺藜向前进。
　　生命不怕死,在死的面前笑着,跳着,跨过了死亡的人们向前进。
　　什么是路?就是从没路的地方践踏出来的。
　　以前早有路了,以后也该永远有路。
　　人类总不会寂寞,因为生命是进步的,是乐天的。

这是野草开始写作之前,鲁迅1919年于北京补树书屋写在《热风》中的《随感录》六六,可以说是《野草》的前奏、预备;而于1927年于广州白云楼上写的《题辞》则是《野草》全书的绪言、提要,记录了诗人从在文坛出现以来的深层的心声。这是灵魂的呐喊、彷徨。一首关于世界、人生,以及生命的诗。

　　当我沉默着的时候,我觉得充实。

　　沉默着的时候,过去的、现在的一切,都鲜活地埋藏在他的记忆之中。时代的崩溃,家族的中落,命运的坎坷。科举没落,前途无望,走异端,进水师学堂、矿路学堂。留学日本,曾发誓:复兴中华,"我以我血荐轩辕"。目睹同胞的昏聩,国民性的无奈,弃医从文,决心改造国民性。受尼采超人的震撼、启迪,欲办杂志,《新生》流产,《域外小说集》只卖出20本。回到故乡,教书育人,得到的只是烦恼。辛亥革命发生,绍兴光复后出任师范学校校长,目睹种种国民性怪相,又一次幻灭。所有一切如凝固的洪炉喷出的烈焰,坠在冰谷的死火,"炎炎的形,但毫不摇动,全体冰结,象珊瑚枝,尖端还有凝固的黑烟","映在冰的四壁,而且互相反映,化为无量数影,使这冰谷,成红珊瑚色"。

　　我将开口,同时感到空虚。

二 《野草》意会

到1930年的时候，他的论著汇印成书的有"两本短篇小说《呐喊》《彷徨》，一本论文，一本回忆记，一本散文诗，四本短评，别的，除翻译不计外，印成的又有一本《中国小说史略》和一本编订定的《唐宋传奇集》"。《呐喊》中的《狂人日记》第一次揭露出中国历史的本质是人吃人的历史——人类的文明史又何尝不是建立在互相残杀的基础上——第一声"救救孩子"的呐喊。《呐喊·自序》中关于"铁屋子"捣毁的希望，遵从革命将令的写作……最终都成虚幻。

《新青年》本是革命先锋，杂志同仁一直提倡新思想，向着一切阻挡社会前进的旧势力发起攻击。然而，很快战阵却已溃散，高升的高升，隐退的隐退，到后来甚至同一战线中的"同志"也争斗起来了。

统不过虚妄，一次次地幻灭。

> 过去的生命已经死亡。我对于这死亡有大欢喜，因为我借此知道它曾经存活。死亡的生命已经朽腐。我对于这朽腐有大欢喜，因为我借此知道它还非空虚。

生命是一个过程，生是开始，死是结束。从宏观的视角看，人在地球上的位置，不过一粒沙子，生与死，皆可看作一瞬间的事。

人都活在眼下，环境如不佳，心情又不好，便如死，如魔，如在地狱；反之，则为生，为佛，居净土矣。所以有"身在福中不知福"之说，盖因一切无非心境，均转瞬即逝，归于虚无，一去而不复回。《野草》生成的时代有太多的灾难和死亡，荒谬和虚幻，不明不暗，不是不处。诗人在教育部住绍兴会馆期间曾抄了六七年的古碑和佛经，对佛学用功特深，其写《野草》时的思维方式，更明显地带着一种禅宗悖论的思辨特征。世间一切存在都是一种悖论，生与死的命题同样是一组悖论，生的意义将由生的消亡——死亡来证明。这是怎样一种奇伟的生命的意象呵！此即是野草，也是作者之灵魂所在。

> 生命的泥委弃在地面上，不生乔木，只生野草，这是我的罪过。

《野草》意会

　　养育生命的泥是思想，地面则是这思想赖以生存的土地及环境。中华这片沃土本当生长高大粗壮的乔木，却不幸只能生长些不起眼的野草，这也算是一种过失——罪过吧。

　　这是一种诗意的表述。实际是，当时的中国正烽火遍地，风声鹤唳，万物萧森。"大野多钩棘，长天列战云，几家春袅袅，万籁静愔愔。下土惟秦醉，中流辍越吟。风波一浩荡，花树乃萧森。"（1931年3月5日写给内山完造的弟媳松藻。）一九三二年又有一首云："血沃中原肥劲草，寒凝大地发春华。英雄多故谋夫病，泪洒崇陵噪暮鸦。"（1932年1月23日写给高良夫人。）这样的野花草，是委弃于大地的生命的化生，为无数生命的血液所浇灌；是凄婉的灵魂的再现。

　　　野草，根本不深，花叶不美，然而吸取露，吸取水，吸取陈死人的
　　　血和肉，各各夺取它的生存。当生存时，还是将遭践踏，将遭删刈，直
　　　至于死亡而朽腐。
　　　但我坦然，欣然。我将大笑，我将歌唱。

　　《野草》写了诗人一生的心路历程。从到日本学医，见同胞之丧志而改学文艺，力图改造国民性开始，作为社会的批判者，鲁迅一生所写文章为众多被侮辱与被损坏者伸张基本权利（生存、温饱、发展），被那些抗拒黑暗者引为同道，同时也为一切拥有权势的"正人君子"及其帮凶、帮闲者所不容，遭遇了不断的围攻、曲解和谩骂。鲁迅诗文文章所涉及者，是对社会现实诸多黑暗的解剖。正如《答有恒先生》所说："中国历来是排着吃人的筵宴，有吃的，有被吃的。被吃的也曾吃人，正吃的也会被吃。但我现在发现了，我自己也帮助着排筵宴。先生，你是看我的作品的，我现在发一个问题：看了之后，使你麻木，还是使你清楚；使你昏沉，还是使你活泼？倘所觉的是后者，那我的自己裁判，便证实大半了。中国的筵席上有一种'醉虾'，虾越鲜活，吃的人便越高兴，越畅快。我就是做这醉虾的帮手，弄清了老实而不幸的青年的脑子和弄敏了他的感觉，使他万一遭灾时来尝加倍的苦痛，同时给憎恶他的人们赏玩这较灵的苦痛，得到格外的享乐。我有一种设想，以为无论讨赤军、讨革军，倘捕到敌党的有智识的如学生之类，一定特别加刑，甚于对工人或其他无智识者。为什么呢，因为他可以看见更锐敏微细的痛苦的表情，得

二 《野草》意会

到特别的愉快。倘我的假设是不错的，那么，我的自己裁判，便完全证实了。"

如此沉重、确凿、犀利，如"这样的战士"举起了投枪，对准了他们的要害。难怪那些有着学问、道德、国粹、民意、逻辑、公义、东方文明外衣的慈善家、学者、文士、长者、青年、雅人君子等名称的黑暗的制造者、卫道者、伪君子及其帮凶、帮闲会那样地不安、变色、愤慨、说闲话、制造流言，并且从而检查、删改、查禁之了。这就表明，他的文章击中了对手的要害，撕下了他们的伪装——原来是如此阴险、毒辣、虚伪、猥琐呵！

《两地书》在给许广平的信中说到他是怎样挑战黑暗、反抗绝望的："一，走'人生'的长途，最易遇到的有两大难关。其一是'歧路'，倘是墨翟先生，相传是恸哭而返的。但我不哭也不返，先在歧路头坐下，歇一会，或者睡一觉，于是选一条似乎可走的路再走。倘遇见老实人，也许夺他食物来充饥，但是不问路，因为我料定他并不知道的。如果遇见老虎，我就爬上树去，等它饿得走去了再下来，倘它竟不走，我就自己饿死在树上，而且先用带子缚住，连死尸也决不给它吃。但倘若没有树呢？那么，没有法子，只好请它吃了，但不妨也咬它一口。其二便是'穷途'了，听说阮籍先生也大哭而返我却也像在歧路上的办法一样，还是跨进去，在刺丛里姑且走，但我也并末遇到全是荆棘毫无可走的地方过，不知道是否世上本无所谓穷途，还是我幸而没有遇着。"照着自己的心之所至，坦然地、欣然地走自己的路。

我自爱我的野草，但我憎恶这以野草作装饰的地面。

诗人自爱他的《野草》。这野草虽只不多的一小丛，但在中国这块广阔肥沃而又灾难频繁的土地上，显示出了一种独特而无以伦比的、缥缈的生命之光。他在给萧军的信中曾说《野草》作为诗，"技术并不算坏，但心情太颓唐了，因为那是我在碰了许多钉子之后写出来的"。这是足以动人心魄的真感情的流露。古人说，穷愁而后诗。越是不堪的环境，心情就越压抑；胸中的郁闷，总要借助一定的表现形式发泄出来，这便是苦闷的象征。《野草》是一丛奇花异草，在很大程度上装饰了这被糟蹋得已经很荒芜了的中国文坛。文坛也曾阵线分明，《新青年》生龙活虎，向着光明，向着新生，与黑暗的过去和一切旧势力战斗着，呐

《野草》意会

喊着。然而,很快,阵线便溃散、分化,硝烟尚未散尽,却似乎已经天下太平。"寂寞新文苑,平安旧战场。两间余一卒,荷戟尚彷徨。"

  地火在地下运行,奔突;熔岩一旦喷出,将烧尽一切野草,以及乔木,于是并且无可朽腐。
  但我坦然,欣然。我将大笑,我将歌唱。

呐喊过了,心中"也曾充满过血腥的歌声:血和铁,火焰和毒,恢复和报仇"(《希望》)。他曾不断"举起了投枪",向着"那些头上有各种旗帜,绣出各样好名称:慈善家、学者、文士、长者、青年、雅人、君子……头下有各样外套,绣出各式好花样:学问、道德、国粹、民意、逻辑、公义、东方文明……"那些人物"都同声立了誓来讲说,他们的心都在胸膛的中央,和别的偏心的人类两样。他们都在胸前放着护心镜,就为自己也深信心在胸膛中央的事作证"。"但他微笑,偏侧一掷,却正中了他们的心窝。于是一切都颓然倒地;——然而只有一件外套,其中无物。此后,这些"无物之物已经脱走,得了胜利,因为他这时成了戕害慈善家等类的罪人"(《这样的战士》)。从家庭到社会,他看得太多,也经历得太多,家世变故,兄弟反目,世态人心,国民性。见过辛亥革命,见过二次革命,见过袁世凯称帝、张勋复辟。所有这些,时时在他的内心纠结、奔突。他呐喊而至于彷徨,然而也只是一支笔,"金不换"!

  "……血书、章程、请愿、讲学、哭、电报、开会、挽联、演说、神经衰弱,则一切无用。""我们听到呻吟、叹息、哭泣、哀求,无须吃惊。见了酷烈的沉默,就应该留心了;见有什么象毒蛇似的在尸林中蜿蜒,怨鬼似的在黑暗中奔驰,就更应该留心了,这在预告'真的愤怒将要到来'!"(《华盖集·杂感》)

  当一切野草以及乔木烧尽的时候,这就意味着令人厌恶的借野草装饰的地面已经改变,一切有所改观了。那么,这些野草烧尽的同时不也就可以继续存在了。也还是悖论。

  诗人坦然、欣然,大笑着、歌唱着欢迎新生的到来。

二 《野草》意会

> 天地有如此静穆，我不能大笑而且歌唱。天地即不如此静穆，我或者也将不能。我以这一丛野草，在明与暗，生与死，过去与未来之际，献于友与仇，人与兽，爱者与不爱者之前作证。

天长地久，天地所以能长且久者，以其不自生；天地亦不自我标榜，所以能长且久。天地静穆，野草如此生于天地之间，诗人不能大笑，也无需歌唱；即便天地不再如此静穆，野草也不能大笑，也无需歌唱。野草生于不明不暗之间，生于不明不暗的现实社会，生于虚幻无地的黑夜和梦魇，生于方生方死之间。这丛野草的意义，将在友与仇、人与兽、爱与不爱之间得到证实。

为我自己，为友与仇、人与兽、爱者与不爱者，我希望这野草的朽腐，火速到来。要不然，我先就未曾生存，这实在比死亡与朽腐更其不幸。

野草为自己所写，也写给友与仇、爱与不爱者；是灵魂的展示，黑暗、虚无、矛盾、苦闷的象征。希望这野草迅速朽腐，随同其象征的那些黑暗与虚无、矛盾与苦闷或将被终于燃烧的、喷发的地火烧尽——倘非如此，则诗人及其野草就未曾生存，一切就将显得毫无意义，这是怎样一种比死亡与朽腐更不幸的悲哀！

> 去罢，野草，连着我的题辞！

2023年8月3日

《野草》意会

秋 夜

　　在我的后园，可以看见墙外有两株树，一株是枣树，还有一株也是枣树。

　　这上面的夜的天空，奇怪而高，我生平没有见过这样的奇怪而高的天空，他仿佛要离开人间而去，使人们仰面不再看见。然而现在却非常之蓝，闪闪地睒着几十个星星的眼，冷眼。他的口角上现出微笑，似乎自以为大有深意，而将繁霜洒在我的园里的野花草上。

　　我还不知道那些花草真叫什么名字，人们叫他们什么名字。我记得有一种开过极细小的粉红花，现在还在开着，但是更极细小了，她在冷的夜气中，瑟缩地做梦，梦见春的到来，梦见秋的到来，梦见瘦的诗人将眼泪擦在她最末的花瓣上，告诉她秋虽然来，冬虽然来，而此后接着还是春，蝴蝶乱飞，蜜蜂都唱起春词来了。她于是一笑，虽然颜色冻得红惨惨地，仍然瑟缩着。

　　枣树，他们简直落尽了叶子。先前，还有一两个孩子来打他们别人打剩的枣子，现在是一个也不剩了，连叶子也落尽了。他知道小粉红花的梦，秋后要有春；他也知道落叶的梦，春后面还是秋。他简直落尽叶子，单剩干子，然而脱了当初满树是果实和叶子时候的弧形，欠伸得倒很舒服。但是，有几枝还低亚着，护定他从打枣的竿梢所得的皮伤，而最直最长的几枝，却已默默地铁似的直刺着奇怪而高的天空，使天空闪闪地鬼䀹眼；直刺着天空中圆满的月亮，使月亮窘得发白。

　　鬼䀹眼的天空越加非常之蓝，不安了，仿佛想离去人间，避开枣树，只将月亮剩下。然而月亮也暗暗地躲到东边去了。而一无所有的干子，却仍然默默地铁似的直刺着奇怪而高的天空，一意要制他的死命，不管他各式各样地睒着许多蛊惑的眼睛。

二 《野草》意会

哇的一声，夜游的恶鸟飞过了。

我忽而听到夜半笑声，吃吃地，似乎不愿意惊动睡着的人，然而四周的空气都应和着笑。夜半，没有别的人，我即刻听出这声音就在我嘴里，我也即刻被这笑声所驱逐，回进自己的房。灯火的带子也即刻被我旋高了。

后窗的玻璃上丁丁地响，还有许多小飞虫乱撞。不多久，几个进来了，许是从窗纸的破孔进来的。他们一进来，又在玻璃的灯罩上撞得丁丁地响。一个从上面撞进去了，他于是遇到火，而且我以为这火是真的。两三个却休息在灯的纸罩上喘气。那罩是昨晚新换的罩，雪白的纸，折出波浪纹的叠痕，一角还画出一枝猩红色的栀子。

猩红的栀子开花时，枣树又要做小粉红花的梦，青葱地弯成弧形了……我又听到夜半的笑声；我赶紧砍断我的心绪，看那老在白纸罩上的小青虫，头大尾小，向日葵似的，只有半粒小麦那么大，遍身的颜色苍翠得可爱，可怜。

我打一个呵欠，点起一支纸烟，喷出烟来，对着灯默默地敬奠这些苍翠精致的英雄们。

一九二四年九月十五日。

鲁迅1927年4月26日在广州白云楼上写的《题辞》是《野草》总体思想倾向和所要抒发的内心苦闷的扼要呈现，很有些绪论或序言的意味。因为是散文诗集，所以这些短的诗句，就叫作题辞，置于目录之前。《题辞》本身是一首完整而异常优秀的散文诗，所以，一般提到《野草》篇目的时候，就往往说共24篇，除正文23篇外，还包括了《题辞》在内。然而《题辞》原文本来就叫"题辞"，没叫"序"。"序"者，只不过是一种"可以说是"而已。真正的序，应该是第一篇《秋夜》，类似于孔夫子编《诗经》时将《周南·关雎》置于首篇。

孔夫子编《诗》——夫子殁后，暴得大名，称王，称圣，所编的诗集就被称作《诗经》，成了法定名称。《诗经》本来似乎无《序》，因为版本很复杂，名称也就各式各样。要之，后来有一种版叫《毛诗》305篇，均有小序，于各诗之前介绍作者或写作背景，论诗之题旨和用意。其中第一篇《周南·关雎》的小序之后有一段较长文字，后人称为《毛诗序》或《诗大序》：此并非一时一人之

《野草》意会

作,其主体大约完成于西汉中期以前的学者之手。值得注意的是,《周南·关雎》置于《诗经》所有篇目之首,本篇的大序则成为《诗经》的总序,其实是颇有深意在焉的一种编排。《毛诗序》开篇曰:"《关雎》,后妃之德也,风之始也,所以风天下而正夫妻也。故用之人乡焉,用之邦国焉。"汉儒尊孔为圣人,议论必须政治正确。这一节说政治,却漏了人性。"窈窕淑女,君子好逑。""食、色,性也。"男女,阴阳,万物之构成,文明的起源。夫子置《关雎》于首篇,实在有深意在。《毛诗序》又云:"诗者,志之所之也,在心为志,发言为诗。情动于中而形于言,言之不足故嗟叹之,嗟叹之不足故永歌之,永歌之不足,不知手之舞之足之蹈之也。"此所以为序也。

鲁迅本来就是一位学问渊博扎实的学问家。其以首篇《秋夜》代序,盖有先例。

在我的后园,可以看见墙外有两株树,一株是枣树,还有一株也是枣树。

开首第一句就让人迷惑,两株树,一株是枣树,还有一株也是枣树。行文简洁如鲁迅者,世不多见,如此反复,必有深意。于是论者便纷纷说,这是鲁迅特有的一种修辞,但深意何在,似乎却都有些茫然。过去对此也不过以为是一种实景叙述,一读而过了。现在重读全书,发现《秋夜》既有序言性质,则必有序言的功能。

《秋夜》是在北京宫门口西三条21号住宅里的"老虎尾巴"即鲁迅的书房中写的,其时,墙后面确有两株枣树。许广平在《两地书》致鲁迅的信中描述了初访鲁迅新居时内部的印象:"熄灭了通红的灯光,坐在那间一面镶玻璃的室中时,是时而听雨声的淅沥,时而窥月光的清幽,当枣树发叶结实的时候,则领略它微风振枝,熟果坠地,还有鸡声喔喔,四时不绝……"后来又说:"那房子的屋顶,大体是平平的,暗黑色的,这是和保存国粹一样,带有旧式的建筑法。至于内部,这也可以说是神秘的苦闷的象征。"至于墙外的两株枣树,我1966年到北京时,曾想进这里的鲁迅纪念馆看个究竟,但或许刚巧逢周一吧,大门紧闭,没能进去。隔壁不远,就是鲁迅故居,同样,木门紧闭,从门缝朝里望,有红色

二 《野草》意会

语录大牌挡住了视线,景观如何,不得而知。怅然之后,不甘心,见隔壁民居小院门开着,正值中午,阒然无人,便爬上围墙下的洗衣台,想窥探鲁迅故居小院后园的究竟。不想身后一声断喝:"干嘛!"被赶了出来。那时,围墙的这边、那边都栽着枣树。然而"据说,在这后园的北墙外,有一株槐树,槐树的北面和西南面方向,各有一株枣树,生长在一家白姓的住宅的中央,可惜已于一九四〇年被主人伐掉了"(卫俊秀《鲁迅〈野草〉探索》)。

本文开始语气平和,行文也很自然,这样的句子,很像起兴的闲笔,确容易一读而过。然而好的诗词、文字多都经过精心的锻炼,使有意境、象征和内涵。如此,则作为序"我的后园"和"两株枣树"就应该在纪实写景的同时还有另外的象征意义在。

"一阴一阳之谓道。"道,就是一切事物及存在的本质。宇宙者,无穷的空间和无起止的时间,巨大到不可思议,但宇宙甚至出现了所谓"平行宇宙"的概念,那么,是否可以说,有一个"阳的宇宙",还有一个"阴的宇宙"——宇宙中所有存在都成双成对,阴阳互存。有所谓"物质"存在,也就有"暗物质"存在。单一的概念是不成立的。于是物有阴阳之分,人有男女之别,缺了一方,另一方也即消逝。就一个个体的人自身——我而论,也同样是一个表里内外的阴阳构成,其思想也同样有显意识和潜意识,显意识也可分之为二,二又分之为四,再分之为种种;潜意识亦同理。人的思想太多维,也太复杂了!唯其如此,人才会成为万物之灵,成为地球文明的创造者及毁灭者。

如此,则"我的后园",就可以既是实景的"老虎尾巴"后园,也可是自我的思想的后园了。作为序言,作思想后园解,顺理成章。枣树既是枣树,亦可是诗人自我象征,虽为一体,但各自独立。人的自我是一个复杂的矛盾综合体,思想意识不仅有显意识、潜意识之分,亦有反正内外之别。而更为难以捉摸的是,在许多时候,显中有藏,藏中有露,此一时,彼一时。鲁迅一生深陷矛盾苦闷之中。"自己却正苦于背了这些古老的鬼魂,摆脱不开,时常感到一种使人气闷的沉重,就是思想上,也何尝不中些庄周韩非的毒,时而很随便,时而很峻急。"(《写在〈坟〉后面》)"我自己总觉得我的灵魂里有毒气和鬼气,我极憎恶他,想除去他,而不能。我虽然竭力遮蔽着,总还恐怕传染给别人,我之所以对于和我往来较多的人有时不免觉悲哀以此。"(《致李秉中》收《书

《野草》意会

信·240924》）"我所说的话。常与所想的不同，至于何以如此，则我已在《呐喊》的序言中说过，不愿将自己的思想传染给别人。""何以不愿，则因为我的思想太黑暗，而自己终不能确知是否正确之故……总而言之，我为自己和为别人时设想，是两样的。所以者何，就因为我的思想太黑暗，但究竟是否真确，又不得而知，所以只能在自身试验未敢邀请别人。"（《两地书·二四》）

据此，我以为这后园中的两株枣树，不仅是各自独立而又一体的自然枣树，也未必不是两个独立而又一体的作者的思想的象征。

这上面的夜的天空，奇怪而高，我生平没有见过这样的奇怪而高的天空，他仿佛要离开人间而去，使人们仰面不再看见。然而现在却非常之蓝，闪闪地眏着几十个星星的眼，冷眼。他的口角上现出微笑，似乎自以为大有深意，而将繁霜洒在我的园里的野花草上。

鲁迅在《夜颂》中说，"虽然是夜，但也有明暗。有微明，有昏暗，有伸手不见掌，有漆黑一团糟"（《华盖集》）。本文的夜，微明，天空奇怪而高，非常之蓝，几十颗星星不断快速地眨着冷眼，仿佛在微笑，但是却是冷笑，自以为大有深意。深秋了，繁霜洒在野草花上。还是在"我的后园"，不明不暗的夜的大环境，动乱不定的时代的象征：冬天就要来了，春天还很远。冷眼，微笑，一切都很是诡秘，令人难以捉摸。

鲁迅的写作多在夜间，在暗夜，用那支"金不换"毛笔解剖着人间的种种存在，也解剖着自己矛盾、痛苦的灵魂。"爱夜的人要有听夜的耳朵和看夜的眼睛，自在暗中，看一切暗。君子们从电灯下走入暗室中，伸开了他的懒腰；爱侣们从月光下走进树阴里，突变了他的眼色。夜的降临抹杀了一切文人学士们当光天化日之下，写在耀眼的白纸上的超然，混然，恍然，勃然，粲然的文章，只剩下乞怜，讨好，撒谎，骗人，吹牛，捣鬼的夜气，形成一个灿烂的金色的光圈，像见于佛画上面似的，笼罩在学识不凡的头脑上。现在的光天化日熙来攘往，就是这黑暗的装饰，是人肉酱缸上的金盖，是鬼脸上的雪花膏。只有夜还算是诚实的。"

鲁迅的《野草》在夜间写成。装饰这秋夜的天空的星星的冷眼和大有深意的微笑，便是那个时代的人肉酱缸的金盖和雪花膏。

二 《野草》意会

  我还不知道那些花草真叫什么名字,人们叫他们什么名字。我记得有一种开过极细小的粉红花,现在还在开着,但是更极细小了,她在冷的夜气中,瑟缩地做梦,梦见春的到来,梦见秋的到来,梦见瘦的诗人将眼泪擦在她最末的花瓣上,告诉她秋虽然来,冬虽然来,而此后接着还是春,蝴蝶乱飞,蜜蜂都唱起春词来了。她于是一笑,虽然颜色冻得红惨惨地,仍然瑟缩着。

  野草向来不为人们所重视。越是弱小的不知名的野草,越容易被人们忽视、践踏,以至芟除。《失去的好地狱》中,那地狱边萌生的曼陀罗花,花极细小,惨白而可怜;因为地上曾经被大火焚烧,土地失了肥沃,所以这小花极细小柔弱。当地狱被整饬得烈火熊熊、油锅沸腾、刀山锋利的时候,这曼陀罗花便立即焦枯了。曼陀罗花常见于佛教经典之中,与植物学上的定义不太相干。曼陀罗为藏传佛教术语,意为坛、坛场、坛城、中围、轮圆具足、聚集等,指一切圣贤、一切功德的聚集之处。象征着神秘、适意、智慧、优雅,代表着生生不息的希望和不止息的幸福,是密教传统的修持能量的中心。曼陀罗后缀以花字,则似乎只是一种在神秘坛场中所生长的花,其性质、属性无非本原、本体,与道,与佛,与禅相关,但具体形状大小则多种多样,不可确指。地狱边的曼陀罗花是一种弱小的、希望的象征。这个秋夜后园开在夜间的小花,不知名,当然也可是曼陀罗之一种,在寒冷的秋夜,瑟缩地做梦,梦见秋,梦见春,梦见多愁善感的诗人为他们洒下同情的眼泪,告诉她,秋去春来,蝴蝶飞舞,春天的歌,蜂蜜一样甜美——一切会好起来,未来的世界肯定是很美好的。她于是有些感动,但似乎仍然有些疑虑,瑟缩着,繁霜将她冻得红惨惨的。鲁迅在写给景宋的信中说:"有一种小说里攻击牧师,说有一个乡下女人,向牧师沥诉困苦,请他救助,牧师听毕答道:'忍着罢,上帝使你在生前受苦,死后定当赐福的。'其实古今的圣贤以及哲人学者之所说,何尝能比这高明些。他们之所谓'将来',不就是牧师之所谓'死后'么。我所知道的话就全是这样,我不相信,但自己也并无更好的解释。"(《两地书·二》)小的粉红花的梦是甜美的。

  枣树,他们简直落尽了叶子。先前,还有一两个孩子来打他们别人打剩的枣子,现在是一个也不剩了,连叶子也落尽了。他知道小粉红花的梦,秋后要有春。他也知道落叶的梦,春后面还是秋。他简直落尽叶子,单剩干子,然而脱了当初满树是果实和叶子时候的弧形,欠伸得倒很舒服。但是,有几枝还低亚着,护定他从打枣的竿梢所得的皮伤,而最直最长的几枝,却已默默地铁似的直刺着奇怪而高的天空,使天空闪闪地鬼眨眼;直刺着天空中圆满的月亮,使月亮窘得发白。

枣树是战士、反抗者、批判者的象征,在一定程度上,也是作者的自况。

秋夜,繁霜,奇怪而高的夜空,眨着冷眼的星星,以及别有深意的微笑,都是时代及其生存环境的形象化象征。抗争的结果是一身的伤痕,却也摆脱了许多束缚,伸直了腰杆,继续和那些道貌岸然的"正人君子"及奇形怪状的魑魅魍魉进行着战斗。

在寒冷的秋夜,面对奇怪而高的天空,也即不明不暗,急剧动荡的时代。鲁迅一方面反抗着黑暗,却也遭受着来自黑暗各方的攻击和诬陷,仅是所谓"绅士"的或称"无产"的"正人君子"者流强加在鲁迅头上的罪恶就有"堕落文人""资本主义以前的一个封建余孽""二重的反革命的人物""不得志的Fascist(法西斯蒂)"以及"多疑""醉眼朦胧""黄口白牙""南腔北调""流氓风格",等等。他在给友人信的中说:"历来所身受之事,真是一言难尽,但我是总如野兽一样,受了伤,就回头钻入草莽,舐掉血迹,至多也不过呻吟几声的……"写给景宋的信中说:"在生活的路上,将血一滴一滴地滴过去,以饲别人,虽自觉渐渐瘦弱,也以为快活。而现在呢,人们笑我瘦弱了,连饮过我的血的人,也来嘲笑我的瘦弱了。我听得甚至有人说:'他一世过着这样无聊的生活,本早可以死了的,但还要活着,可见他没出息。'于是也乘我困苦的时候,竭力给我一下闷棍,然而,这是他们在替社会除去无用的废物呵!这实在使我愤怒,怨恨了,有时简直想报复。我并没有略存求得称誉,报答之心,不过以为喝过血的人们,看见没有血喝了就该走散,不要记着我是血的债主,临走时还要打杀我,并且为消灭债券计,放火烧掉我的一间可怜的灰棚。我其实并不以债主自居,也没有债券。他们的这种办法,是太过的。我近来的渐渐倾向个人主义,就是为此,常常想到像我先前那样以为'自所甘愿,即非牺牲'的人,也就是为此,常常劝别人要一并顾及自己,就

二 《野草》意会

是为此,但这是我的意思,至于行为,和这矛盾的还很多,所以终于是言行不一致。"枣树脱了当初满树是果实和叶子时候的弧形,欠伸得似乎很舒服了。但是,有几枝还低亚着,护定他从打枣的竿梢所得的皮伤,而最直最长的几枝,却已默默地铁似的直刺着奇怪而高的天空,使天空闪闪地鬼眨眼;直刺着天空中圆满的月亮,使月亮窘得发白。鲁迅虽背骂名,抗争却也没有终止他"驳难攻讦,至于忿詈"的论争文字;同时对于那些被侮辱与被损坏的弱者,则始终寄予最真诚的关怀和同情,决不冷漠,也不敷衍。他的文字,仍使那些卫道士"正人君子","奴隶总管"者流发窘,不舒服。愤怒,以至暴跳。

> 鬼映眼的天空越加非常之蓝,不安了,仿佛想离去人间,避开枣树,只将月亮剩下。然而月亮也暗暗地躲到东边去了。而一无所有的干子,却仍然默默地铁似的直刺着奇怪而高的天空,一意要制他的死命,不管他各式各样地映着许多蛊惑的眼睛。
> 哇的一声,夜游的恶鸟飞过了。
> 我忽而听到夜半笑声,吃吃地,似乎不愿意惊动睡着的人,然而四周的空气都应和着笑。夜半,没有别的人,我即刻听出这声音就在我嘴里,我也即刻被这笑声所驱逐,回进自己的房。灯火的带子也即刻被我旋高了。

创造社太阳社里有几位先觉的无产阶级职业革命家,不仅判鲁迅为"二重的反革命""法西斯",还一口否定了鲁迅《呐喊》《彷徨》,对《野草》思想的真诚与深邃更进行了权威的批判,钱杏邨说:"鲁迅的创作,我们老实的说,没有现代的意味,不是能代表现代的,他的大部分创作的时代早已过去,而且遥远了。""鲁迅两部创作集的名称——《呐喊》《彷徨》——实在说明了他自己。我们把他的这两部创作和《野草》看的结果,觉得他始终没有找到一条出路,始终在呐喊,始终在《彷徨》,始终如一束丛生的野草不能变成棵乔木!实在的,我们从鲁的创作里所能够找到的,只有过去,充其量亦不过说到现在为止,是没有将来的。""鲁迅所看到的人生只是如此,所以展开《野草》一书便觉冷气逼人,阴森森如入古道,不是苦闷的人生,就是灰暗的命运;不是残忍的杀戮,就

《野草》意会

是社会的敌意；不是希望的死亡，就是人生的毁灭，不是精神的杀戮，就是梦的崇拜；不是咒诅人类应该同归于尽，就是说明人类的恶鬼与野兽化……一切一切，都是引着青年走向死灭的道路，为跟着他走的青年们掘了无数的坟墓？所以他说明人生的终结道：'负着空虚的重担，在严威和冷眼中走着所谓人生的路，这是怎么可怕的事呵！而况这路的尽头又不过是——连墓碑也没有的坟墓。'"他教训鲁迅说："这种态度是大错误的！"诸如此类或阴险恶毒，或伟大正确的判词，连篇累牍，便是非常之蓝的、奇怪而高的夜空中的冷笑和鬼眨眼！然而，枣树一无所有的杆子，却仍然默默地铁似的直刺着奇怪而高的天空！

鲁迅在《坟·题记》中回答了后来创造社中这位先觉的无产阶级职业革命家的教导，"君子之徒曰：你何以不骂杀人不眨眼的军阀呢？斯亦卑怯也已！但我是不想上这些诱杀手段的当的。木皮道人说得好，'几年家软刀子割头不觉死'，我就要专指斥那些自称'无枪阶级'而其实是拿着软刀子的妖魔。即如上面所引的君子之徒的话，也就是一把软刀子。假如遭了笔祸了，你以为他就尊你为烈士了么？不，那时另有一番风凉话。倘不信，可看他们怎样评论那死于三一八惨杀的青年"。

哇的一声，夜游的恶鸟飞过了。无论环境多么黑暗、险恶，鲁迅从不屑于说谎！他坦然从容说出自己的心声。鲁迅对于这个应该充满着未来希望的太平世界的不祥之言，恰如这秋夜恶鸟的"大错误"的一声"哇"！

大约从广州到上海之后，鲁迅便在这令人绝望的夜气之中被卷入了一群职业革命家的风波之中。他不再呐喊，却不能结束彷徨，他看到了未来，但绝不乐观。总惹得职业革命家中的"奴隶总管"不高兴。有什么办法呢。

鲁迅一生总在和黑暗捣乱，他一直在反抗绝望。

后窗的玻璃上丁丁地响，还有许多小飞虫乱撞。不多久，几个进来了，许是从窗纸的破孔进来的。他们一进来，又在玻璃的灯罩上撞得丁丁地响。一个从上面撞进去了，他于是遇到火，而且我以为这火是真的。两三个却休息在灯的纸罩上喘气。那罩是昨晚新换的罩，雪白的纸，折出波浪纹的叠痕，一角还画出一枝猩红色的栀子。

猩红的栀子开花时，枣树又要做小粉红花的梦，青葱地弯成弧形了……我又听到夜半的笑声；我赶紧砍断我的心绪，看那老在白纸罩上的小青虫，头大尾小，向日葵似的，只有半粒小麦那么大，遍身的颜色苍翠得可爱，可怜。

我打一个呵欠，点起一支纸烟，喷出烟来，对着灯默默地敬奠这些苍翠精致的英雄们。

是的，那几位职业革命家的教诲也许是伟大光辉的，为了黄金的未来，革命者就应该不怕死，勇敢地扑向未来的黄金时代。一切小粉红花们都应该有美丽的梦，小青虫也应该勇敢地撞向火焰。这叫革命理想，为革命捐躯。然而猩红的栀子开花的时候是春天，并非是寒冷的秋夜。此时的猩红栀子花是画在灯光下的纸灯罩上的。小粉红花的梦很抽象也很渺小，小青虫的作为虽然伟大，却也过于理想。鲁迅说："阿尔志跋绥夫曾经借了他所做的小说，质问过梦想将来的黄金世界的理想家，因为要造那世界，先唤起许多人们来受苦。他说，'你们将黄金世界预约给他们的子孙了，可是有什么给他们自己呢？'有是有的，就是将来的希望。但代价也太大了，为了这希望，要使人练敏了感觉来更深切地感到自己的苦痛，叫起灵魂来目睹他自己的腐烂的尸骸。惟有说谎和做梦，这些时候便见得伟大。所以我想，假使寻不到出路，我们所要的就是梦；但不是将来的梦，只要目前的梦。"（《坟·娜拉走后怎样》）

孔夫子心目中有一个"大道"，曰："天下为公"，也即天下大同，未来的黄金时代。他这样描写他的理想，大道："大道之行也，天下为公，选贤与能，讲信修睦。故人不独亲其亲，不独子其子，使老有所终，壮有所用，幼有所长，鳏、寡、孤、独、废疾者皆有所养，男有分，女有归。货恶其弃于地也，不必藏于己；为恶不出于身也，不必为己。是故，谋闭而不兴，盗窃乱贼而不作，故户外而不闭。是谓大同。"这只能是一个美丽而缥缈的梦，可望而不可即。但其实后来自称作救世主的许多革命家的黄金未来，也都如此伟大而金光闪闪。

然而，偏是夜的恶鸟的飞过，会把小粉红花们的梦惊醒，也会让小青虫们知道，那光明是真的火焰，猩红的栀子花只是画在纸的灯罩上。

2023年8月12日

《野草》意会

影的告别

人睡到不知道时候的时候，就会有影来告别，说出那些话——

有我所不乐意的在天堂里，我不愿去；有我所不乐意的在地狱里，我不愿去；有我所不乐意的在你们将来的黄金世界里，我不愿去。

然而你就是我所不乐意的。

朋友，我不想跟随你了，我不愿住。

我不愿意！

呜乎呜乎，我不愿意，我不如彷徨于无地。

我不过一个影，要别你而沉没在黑暗里了。然而黑暗又会吞并我，然而光明又会使我消失。

然而我不愿彷徨于明暗之间，我不如在黑暗里沉没。

然而我终于彷徨于明暗之间，我不知道是黄昏还是黎明。我姑且举灰黑的手装作喝干一杯酒，我将在不知道时候的时候独自远行。

呜乎呜乎，倘是黄昏，黑夜自然会来沉没我，否则我要被白天消失，如果现是黎明。

朋友，时候近了。

我将向黑暗里彷徨于无地。

你还想我的赠品。我能献你甚么呢？无已，则仍是黑暗和虚空而已。但是，我愿意只是黑暗，或者会消失于你的白天；我愿意只是虚空，决不占你的心地。

二 《野草》意会

我愿意这样，朋友——

我独自远行，不但没有你，并且再没有别的影在黑暗里。只有我被黑暗沉没，那世界全属于我自己。

一九二四年九月二十四日。

人睡到不知道时候的时候就会有影子来告别……

时间是对事物存在的一种假设，无始无终。人活在时间里。人死了，他的时间消失了，一切也就虚无了。我思故我在。人有多重自我，思想也绝不单一；本我、自我，显意识、潜意识。一个人就是一个世界，显露的世界和隐藏的世界，犹如正身和影子，互为表里，相依相存。人到似乎忘记了时间的时候，正身与影子也就分离了。

有我所不乐意的在天堂里，我不愿去；有我所不乐意的在地狱里，我不愿去；有我所不乐意的在你们将来的黄金世界里，我不愿去。

然而你就是我所不乐意的。

朋友，我不想跟随你了，我不愿住。

我不愿意！

呜乎呜乎，我不愿意，我不如彷徨于无地。

鲁迅在写给景宋的信中说："我看一切理想家，不是怀念'过去'，就是希望'将来'，而对于'现在'这一个题目，都缴了白卷，因为谁也开不出药方。所有最好的药方，即所谓'希望将来'的就是。'将来'这回事，虽然不能知道情形怎样，但有是一定会有的，就是一定会到来的，所虑者到那时，就成了那时的'现在'。然而人们也不必这样悲观，只要'那时的现在'，比现在的现在好一点，就很好了。这就是进步。这些空想，也无法证明一定是空想，所以也可以算是人生的一种慰安，正如信徒的上帝。我疑心将来的黄金世界里，也会有将叛徒处死刑"。（《两地书·四》）所谓天堂，也就是"将来"；将来就是所谓"黄金世界","黄金时代"究竟是什么样子，也不过想象而已，未来是会有的，但恐怕未必比现在好。这个意思，早在《呐喊·自序》中就有了表露。在《华盖集·随感录》中也有这样的陈述："仰慕往古的，回往古去罢！想出世的，快出世罢！想上天的，快上天罢！灵魂要离开肉体的，赶快离开罢！现在的地上，应该是执着现在，执着地上的人们居住的。""但厌恶现世的人们还住着。这都是现世的仇仇，他们一日存在，现世即一日不能得救。""先前，也曾有些愿意活在现世而不得的人们，沉默过了，呻吟过了，叹息过了，哭泣过了，哀求过了，但仍然愿意活在现世而不得，因为他们忘却了愤怒。"过去，将来，地狱，天堂无非虚妄，现在却"惟黑暗与虚无乃是实有"。一切都是悖论。我不愿意！我不愿意！既不乐意到天堂，也不乐意到地狱，而现世却又这么充斥着仇恨，不得救！于是只好彷徨，彷徨，彷徨于无地。

  我不过一个影，要别你而沉没在黑暗里了。然而黑暗又会吞并我，然而光明又会使我消失。
  然而我不愿彷徨于明暗之间，我不如在黑暗里沉没。

  影子与我，都是我，是一个个体的两面，犹如那后园的一株枣树和另一株枣树，都是枣树。影子要分开，沉没到黑暗中去。然而，我也同时要消逝在黑暗中去了。然而，当光明出现之后，黑暗的影子便又会被光明所吞没。有些时候，我及我的影子难分。鲁迅经常说他看世界太透彻，太黑暗，"我自己总觉得我的灵魂里有毒气和鬼气，我极憎恶他，想除去他，而不能。我虽然竭力遮蔽着，总还恐怕传染给别人，我之所以对于和我往来较多的人有时不免觉到悲哀者以此"（《致李秉中》，《书信·240924》）。又说，"自己却正苦于背了这些古老的鬼魂，摆脱不开，时常感到一种使人气闷的沉重，就是思想上，也何尝不中些庄周韩非的毒，时而很随便，时而很峻急"（《写在〈坟〉后面》）。影子也是作者黑暗思想的象征，作者着力想除去他而不能。他虽然竭力反抗绝望，与黑暗对抗，但他的绝望的黑暗的思想，仍然被黑暗所吞没。他不想过多地把这些黑暗的思想传染给别人，怕惊醒了他们的梦想，而承受梦醒了无路可走的苦痛。然而所谓光明却不过一种虚幻，黑暗却又被吞没。"绝望之为虚妄，正与希望相同！"

二 《野草》意会

魔鬼的手掌也有漏光的时候,总是不明不暗,不日不夜。一切都是悖论。总是彷徨着,彷徨着,在不明不暗之中,呐喊也无用了,所谓革命,早已分化,成了虚幻。幻灭,几次幻灭。有谁还在寂寞中奔走呢?唯黑暗与虚无乃是实有。与其彷徨于明暗之间,不如沉没于黑暗。

  然而我终于彷徨于明暗之间,我不知道是黄昏还是黎明。我姑且举灰黑的手装作喝干一杯酒,我将在不知道时候的时候独自远行。
  呜呼呜呼,倘是黄昏,黑夜自然会来沉没我,否则我要被白天消失,如果现是黎明。

终于还是不明不暗,不朝不夕,总是悖论。且举灰黑的手装作喝干这不知何味的苦酒,品尝着不知现在过去,不知白天黑夜,不知人间地狱的无味之味的无味。我将在不知道中独自向着不是白天,也不是黑夜,在不知道时候的时候,独自远行。呜呼呜呼,无论黄昏,无论黑夜,也无论黎明,也无论白天,我都将沉没,都将消失。继续彷徨于无可彷徨之地。

  朋友,时候近了。
  我将向黑暗彷徨于无地。
  你还想我的赠品。我能献你甚么呢?无已,则仍是黑暗和虚空而已。但是,我愿意只是黑暗,或者会消失于你的白天;我愿意只是虚空,决不占你的心地。

我向黑暗中彷徨于无地,所能给予的赠品仍是黑暗和虚空。我愿自己只是黑暗,让这黑暗消失在你的白天;我也愿我只是虚空,不愿这虚空占据你的心田。这里的意思和《我们现在怎样做父亲》一文中表露的心境颇为相似:"一面清结旧帐,一面开辟新路……'自己背着因袭的重担,肩住了黑暗的闸门,放他们到宽阔光明的地方去'。"

  我愿意这样,朋友——

《野草》意会

> 我独自远行，不但没有你，并且再没有别的影在黑暗里。只有我被黑暗沉没，那世界全属于我自己。

鲁迅在《呐喊·自序》中说，"有谁从小康人家而坠入困顿的么，我以为在这途路中，大概可以看见世人的真面目。我要到N进K学堂去了，仿佛是想走异路，逃异地，去寻求别样的人们。我的母亲没有法，办了八元的川资，说是由我的自便；然而伊哭了，这正是情理中的事，因为那时读书应试是正路，所谓学洋务，社会上便以为是一种走投无路的人，只得将灵魂卖给鬼子，要加倍的奚落而且排斥的，而况伊又看不见自己的儿子了。然而我也顾不得这些事，终于到N去进了K学堂了……"之后到日本，学医，经历幻灯事件，加深了对国人的国民性的认识，改治文学，想通过文学唤醒国民良知，办刊物，幻灭。回国后教书，参加革命，又一次幻灭。进国民政府教育部，在绍兴会馆补树书屋抄古碑、佛经至七八年之久。辛亥革命起，白话文、新文学运动轰轰烈烈，参办《新青年》，发表《狂人日记》，呐喊。然而，很快，战阵也就分裂溃散。"寂寞新文苑，平安旧战场。两间余一卒，荷戟尚彷徨。"再一次幻灭，彷徨，彷徨，至无地可以彷徨！

唯黑暗和虚空乃是实有！

2023年9月2日

二　《野草》意会

求乞者

　　我顺着剥落的高墙走路，踏着松的灰土，另外有几个人，各自走路。微风起来，露在墙头的高树的枝条带着还未干枯的叶子在我头上摇动。
　　微风起来。四面都是灰土。
　　一个孩子向我求乞，也穿着夹衣，也不见得悲戚，而拦着磕头，追着哀呼。
　　我厌恶他的声调，态度。我憎恶他并不悲哀，近乎儿戏；我烦腻他这追着哀呼。
　　我走路。另外有几个人各自走路。微风起来，四面都是灰土。
　　一个孩子向我求乞，也穿着夹衣，也不见得悲戚，但是哑的，摊开手，装着手势。
　　我就憎恶他这手势。而且，他或者并不哑，这不过是一种求乞的法子。
　　我不布施，我无布施心，我但居布施者之上，给与烦腻，疑心，憎恶。
　　我顺着倒败的泥墙走路，断砖叠在墙缺口，墙里面没有什么。微风起来，送秋寒穿透我的夹衣；四面都是灰土。
　　我想着我将用什么方法求乞：发声，用怎样声调？装哑，用怎样手势？……
　　另外有几个人各自走路。
　　我将得不到布施，得不到布施心；我将得到自居于布施之上者的烦腻，疑心，憎恶。
　　我将用无所为和沉默求乞……
　　我至少将得到虚无。
　　微风起来，四面都是灰土。另外有几个人各自走路。
　　灰土，灰土……

《野草》意会

　　……………
　　灰土……

　　　　　　　　　　　　一九二四年九月二十四日。

　　时间是秋天，剥落的高墙内露出树的枝条，叶子已经干枯，摇动着，但还没有飘落。微风起来，四面都是灰土。高墙已经剥落，说明着时间、年代的久远。高墙明显具有象征的意味，隔开了我他、内外、贫富。

　　是多时没有下雨的深秋。天气干冷。干燥的土路，穿夹衣人各自走路，走得多了，表面就是一层浮土。

　　气氛萧瑟肃杀。人与人，物与物，内与外各不相干。微风起来，四面都是灰土，灰土，灰土。

　　在如此压抑窒息的环境中，一个孩子向我求乞，和其他人一样，也穿着夹衣，似乎不算太贫穷，也不见得悲戚，然而却拦住了行人磕头，追着哀呼。

　　我厌恶他的声调、态度，感觉多少都有些虚假、伪装。我憎恶他并不悲哀，近乎儿戏；我烦腻他这追着哀呼。

　　我走路。另外有几个人各自走路。微风起来，四面都是灰土。
　　一个孩子向我求乞，也穿着夹衣，也不见得悲戚，但是哑的，摊开手，装着手势。

　　我同样憎恶他这明显是做出来的手势。而且，他或者并不哑，这不过是一种求乞的法子。在印度求乞者会把自己的身体弄残，显出凄惨相，以博取人们的同情、可怜而给予布施。在中国，这样的乞丐曾经也有之，但更多的似乎都穿得极破烂，一副饥寒交迫的样子，以获取别人的怜悯和同情，这样的穿着夹衣也不见得悲哀的装哑的求乞者，"我不布施，我无布施心，我但居布施者之上，给与烦腻，疑心，憎恶"。

　　我顺着倒败的泥墙走路，断砖叠在墙缺口，墙里面没有什么。微风起来，送秋寒穿透我的夹衣。四面都是灰土。泥墙已经倒败，缺口和叠在缺口处的断砖。

· 248 ·

二 《野草》意会

围墙内外都没有什么。除气氛萧瑟肃杀之外,似乎还显出几分寂寞。

假如我也求乞,我想着我将用什么方法求乞:发声,用怎样声调?装哑,用怎样手势?……

另外有几个人顺着这肃杀寂寞的围墙,各自走路,都不认识,默默无语,各不相干。

倘不像他们一样哀嚎,也不装哑,做着求乞的夸张的手势,我将与其他乞讨者一样,得不到布施,得不到布施心;我将得到自居于布施之上者的烦腻,疑心,憎恶。如果求乞,必然这样,我只得用无所为和沉默求乞……

我至少将得到虚无。
微风起来,四面都是灰土。另外有几个人各自走路。
灰土,灰土……
…………
灰土……

鲁迅在说到中国社会人际关系的冷漠隔阂时说,"在我自己,总仿佛觉得我们人人之间各有一道高墙,将各个分离,使大家的心无从相印。这就是我们古代的聪明人,即所谓圣贤,将人们分为十等,说是高下各不相同"(俄文译本《阿Q正传》序)。"有贵贱,有大小,有上下。自己被人凌虐,但也可以凌虐别人,自己被人吃,也可以吃别人,一级级的制驭着,不能动弹,也不想动弹了。"

在此间的求乞者将会得到什么呢?那"也穿着夹衣。也不见得悲戚,而拦着磕头,追着哀呼"的男孩,那"也穿着夹衣,也不见得悲戚,但是哑的,摊开手,装着手势"的男孩,得不到布施,"我不布施,我无布施心,我但居布施者之上,给与烦腻,疑心,憎恶"。"我想着我将用什么方法求乞,发声,用怎样声调?装哑,用怎样手势?……"在毫无关系的行人中求乞,这正如"楼下一个男人病得要死,那间壁的一家唱着留声机;对面是弄孩子。楼上有两人狂笑,还有打牌声。河中的船上有女人哭着她死去的母亲。人类的悲欢并不相通,我只觉得他们吵闹。"(《而已集·小杂感》)"我将得不到布施,得不到布施心;我

· 249 ·

将得到自居于布施之上者的烦腻，疑心，憎恶。"

这首诗提出了求乞者与人、与环境、与布施的关系，看似寻常，实则大有深意在内。这其实也是一种"夫子自道"。

鲁迅精通佛学，对魏晋玄学涉及颇深，辑校过《嵇康集》，其行止及观念颇具魏晋风骨，刘半农说他"托尼学说，魏晋文章"，深得鲁迅精神三昧。鲁迅生于过渡时代，类似于尼采宣布"上帝已死"的时代。旧秩序已经崩毁，新秩序则多不伦不类。"说到他的思想方面，最初可以说是受了尼采的影响很深，就是树立个人主义，希望超人的实现。可是最近又有点转到虚无主义上去了。因此，他对一切事，仿佛都很悲观。"（《鲁迅在平家属访问记》，载1936年10月23日南京《新民报》）《狂人日记》对于中国"吃人"历史的分析，及《阿Q正传》等系列文章对于国民性的暴露，都是鲁迅魏晋风骨形成的原因。魏晋名士落拓不拘，宽袍大袖，不修边幅的风度本来就是对现实的不满，是一种无可奈何的对抗方式。《许广平忆鲁迅》中写道："突然，一个黑影子投进教室里来了。首先惹人注意的便是他那大约有两寸长的头发，粗而且硬，笔直地竖立着……褪色的暗绿夹袍，褪色的黑马褂，差不多打成一片。手弯上，衣身上的许多补钉，则炫着异样的新鲜色彩，好似特制的花纹。皮鞋的四周也满是补钉。人又鹘落，常从讲台跳上跳下，因此两膝盖的大补钉，也掩盖不住了。一句话说完：一团的黑。那补钉呢，就是黑夜的星星，特别熠耀人眼。小姐们哗笑了'怪物，有似出丧时那乞丐的头儿'。"在鲁迅自己的文章中也提到自己在出入某些高级场所时，被银行职员及酒店侍者视为乞丐。

"我总觉得周围有长城围绕。这长城的构成材料，是旧有的古砖和补添的新砖。两种东西联为一气造成了城壁，将人们包围。"（《华盖集·长城》）此诗中的求乞者也即乞丐，其求乞与求乞的结果正是人世间人与人之间的关系的象征。至于我的求乞结果，"得不到布施心；我将得到自居于布施之上者的烦腻"，在与景宋的通信中有一段极形象的说明："在生活的路上，将血一滴一滴地滴过去，以饲别人，虽自觉渐渐瘦弱，也以为快活。而现在呢，人们笑我瘦弱了，连饮过我的血的人，也来嘲笑我的瘦弱了。我听得甚至有人说：'他一世过着这样无聊的生活，本早可以死了的，但还要活着，可见他没出息。'于是也乘我困苦的时候，竭力给我一下闷棍，然而，这是他们在替社会除去无用的废物呵！这实在使我愤怒，怨恨了，有时简直想报复。我并没有略存求得称誉，报答之心，不过以为喝过血的人们，看见没有血喝了就该走散，不要记着我是血的债主，临走时还要打杀我，并且为消灭债券计，放火烧掉我的一间可怜的灰棚。我其实并不以债主自居，也没有债券。他们的这种办法，是太过的。"（此段引文将多次出现在本书的各篇意会中，这是鲁迅在最苦恼的时候向许广平倾诉的肺腑之言）这就是他的布施以及布施得到的结果！他感叹道，"我所憎恶的太多了，应该自己也得到憎恶，这才还有点象活在人间；如果收得的乃是相反的布施，于我倒是一个冷潮，使我对于自己也要大加侮辱"（《华盖集·我的"籍"和"系"》）。日本的鲁迅研究者小田岳夫说，"在他的散文诗里，有一篇《求乞者》。就颇能表现当时灰色的心境"（《鲁迅先生的一生》，夜析编译，1946年艺光出版社出版）。

"绝望之为虚妄，正与希望相同！"

2023年9月20日

《野草》意会

我的失恋
——拟古的新打油诗

我的所爱在山腰；
想去寻她山太高，
低头无法泪沾袍。
爱人赠我百蝶巾；
回她什么：猫头鹰。
从此翻脸不理我，
不知何故兮使我心惊。

我的所爱在闹市；
想去寻她人拥挤，
仰头无法泪沾耳。
爱人赠我双燕图；
回她什么：冰糖壶卢。
从此翻脸不理我，
不知何故兮使我胡涂。

我的所爱在河滨；
想去寻她河水深，
歪头无法泪沾襟。
爱人赠我金表索；

二 《野草》意会

回她什么:发汗药。
从此翻脸不理我,
不知何故兮使我神经衰弱。

我的所爱在豪家;
想去寻她兮没有汽车,
摇头无法泪如麻。
爱人赠我玫瑰花;
回她什么:赤练蛇。
从此翻脸不理我,
不知何故兮——由她去罢。

一九二四年十月三日。

我的所爱在山腰;
想去寻她山太高,
低头无法泪沾袍。
爱人赠我百蝶巾;
回她什么:猫头鹰。
从此翻脸不理我,
不知何故兮使我心惊。

我的所爱在山腰,想去寻她山太高,低头无语泪沾袍。爱人送了一块百蝶巾:蝶恋花,有上百的蝴蝶的手帕是我爱人的所爱。回她什么呢?回她我所钟爱的鸟儿猫头鹰。从此翻脸不理我。不知何故呀,使我心惊。

我的所爱在闹市;
想去寻她人拥挤,
仰头无法泪沾耳。

《野草》意会

> 爱人赠我双燕图；
> 回她什么：冰糖壶卢。
> 从此翻脸不理我，
> 不知何故兮使我胡涂。

我的所爱在闹市，想去寻她人拥挤，仰头无语泪沾耳。爱人赠我她喜爱的双燕图：燕子双飞，象征恩爱。回她什么呢？我也回她我之所爱吧，冰糖葫芦！我每到闹市，无论如何都要买上一串的。从此翻脸不理我，不知何故啊，真让人糊涂。

> 我的所爱在河滨；
> 想去寻她河水深，
> 歪头无法泪沾襟。
> 爱人赠我金表索；
> 回她什么：发汗药。
> 从此翻脸不理我，
> 不知何故兮使我神经衰弱。

我的所爱在河滨，想去寻她河水深，歪头无法泪沾襟。爱人赠我表示情意的金表索，我回她什么好，发汗药吧，这可是紧要的药品，烧退了，人就舒服了。从此翻脸不理我，不知何故啊，想得我几天几夜睡不着。

> 我的所爱在豪家；
> 想去寻她兮没有汽车，
> 摇头无法泪如麻。
> 爱人赠我玫瑰花；
> 回她什么：赤练蛇。
> 从此翻脸不理我，
> 不知何故兮——由她去罢。

二 《野草》意会

我的所爱在豪家,想去会她呀没有汽车,摇头无法泪如麻。爱人赠我表示爱情的玫瑰花,回她什么呢?我喜欢做事像蛇一样执着、有韧性。那就赠她赤链蛇吧。从此翻脸不理我。不知何故啊,百思不得其解——由她去罢。

都知道这几首打油诗曾引发过一件公案。此诗最先以"某生者"署名,投到《晨报副刊》去,发稿后,被新从欧洲留学回来的代理总编辑给抽掉了,孙伏园知道后,大怒,扇了那人耳光,闹了一通,第二天就告诉鲁迅自己辞职不干了。原来只有三段的《我的失恋》鲁迅又添写了一段,列为《野草》之四,与《影的告别》《求乞者》刊登于《语丝》周刊第四期上。

为什么这三篇列在一起,固然大约因为手边有稿子待发,《语丝》待编,便列一起发,此外,这三篇主题都有相近的意思在。

鲁迅在《我和〈语丝〉的始终》里说,这诗"是看见当时'阿呀阿唷,我要死了之类失恋诗'盛行,故意作了一首用'由她去罢'收场的东西开开玩笑的"。在《野草》英文译本序中又说:"因为讽刺当时盛行的失恋诗,作《我的失恋》。"

诗人以自己喜欢的东西猫头鹰、冰糖葫芦、发汗药、赤链蛇作为礼物,赠给自己的恋人,结果遭到拒绝,并"从此翻脸不认人"。诗人百思不得其解,最后只得"由她去罢"。这样人与人之间的隔阂,缺乏起码的共识的现象,在人们的日常生活中具有典型的象征意味。隔阂,理解障碍。悖论,在《求乞者》和《影的告别》中,都有不同角度表现。与这主题相关的,还有写在此之后的《立论》《聪明人和傻子和奴才》《过客》《风筝》等篇。

鲁迅少年丧父,祖父下狱,由小康之家,坠入困顿,一度被视为"乞食者",其间已经看尽世人的真面目。后又到日本留学,不仅看同胞的嘴脸,也知道了外国人如何待见中国人。时值清帝制崩毁,社会动乱,千疮百孔,一切都荒诞不经,充满悖论。混乱,模糊,不是不处,不日不夜,不明不暗,人与人失去了起码的信任,隔阂,全民说谎,集体失忆,"同是人类,本来决不至于不能互相了解;但时代国土习惯成见,都能够遮蔽人的心思,所以往往不能镜一般明,照见别人的心了"(《域外小说集·序》)。鲁迅回到中国,积极投身新文化运动,发表《狂人日记》,振聋发聩,《呐喊》《彷徨》影响深

· 255 ·

远，几经幻灭，几经围剿，对于世态人心，可谓洞若观火。此诗虽"因为讽刺当时盛行的失恋诗，作《我的失恋》"。实则除"讽刺""阿呀阿唷，我要死了"之类外，对其背后人与人之间的集体性交流隔阂、不信任、不对应，是一种典型象征。

鲁迅说，自己写文章，"自然因为还有人要看，但尤其是因为有人憎恶我的文章。说话说到有人厌恶，比起毫无动静来，还是一种幸福。天下不舒服的人多着，而有些人们却一心一意在造专给自己舒服的世界。这是不能如此便宜的，也给他们放一点可恶的东西在眼前，使他们有时小不舒服，知道自己的世界也不容易十分美满"。他进而又说："我的可恶，有时自己也觉得。譬如我的戒酒，吃鱼肝油，以望延长我的生命，倒不尽是为了我的爱人，大大半乃是为了我的敌人——给他们说得体面一点，就是敌人罢——要在他的好世界上多留一些缺陷。"（鲁迅《坟》题记）因为写文章总是异常冷静、深刻，无形中难免会戳着某些权势者和"正人君子"者流的疼处，于是他们便群起而围攻，将鲁迅视为异类。而鲁迅恰也是一位勇猛的敢于抨击黑暗、对抗黑暗的勇士。在许多场合，鲁迅的声音恰如夜间飞过的恶鸟猫头鹰，使有些人感觉不舒服。沈尹默在《回忆伟大的鲁迅》中说："在大庭广众中，有时会凝然冷坐，不言不笑，衣冠又不甚修饰，毛发蓬蓬然，有人替他取了个绰号，叫猫头鹰。这个鸟和壁虎，鲁迅对他们都不甚讨厌，实际上，毋宁说，还有点喜欢。"《坟》的封面那睁了一只眼的猫头鹰就是鲁迅手绘。这人世间人与人隔阂太深，虽处对面，互不相识者甚多。有一个荒诞的故事说，码头上二人相遇，聊起来，方知二人同在一座城、一条街、一幢楼，最后才明白，乃住一起，夫妻一对。这个故事形象而本质地呈现出了人与人的隔阂是何其严重。赠自己喜欢的礼物给所爱之人，竟连连"翻脸不认人"，此种境况确让人是伤心、糊涂，百思不得其解，最后，不得不"由她去罢"。

孔孟之谓"大道"，子曰："大道之行也，'天下为公'。""在这伟大号召之下人人都为公，人人争做君子。那个时代伪君子横行。"鲁迅说"我的言论有时是枭鸣，报告着大不利的事"（《且介亭杂文二集》）。他以批评的直言尖锐而遭围攻，如创造社的职业革命家甚至以同道者的身份判鲁迅为"封建遗孽""二重反革命""法西斯蒂"，一脸的天下唯我独尊的垄断职业相。鲁迅在写给景宋的信中说："这即使是对头，是敌手，是枭蛇鬼怪，我都不问；要推我下来，我即甘心跌下来，我何尝高兴站在台上。我对于名声，地位，什么都不要，只要枭蛇鬼怪够了，对于这样的，我就叫做'朋友'。"《写在〈坟〉的后面》也说，"即使是枭蛇鬼怪，也是我的朋友。这才真是我的朋友"。

2023年10月7日

《野草》意会

复 仇

  人的皮肤之厚，大概不到半分，鲜红的热血，就循着那后面，在比密密层层地爬在墙壁上的槐蚕更其密的血管里奔流，散出温热。于是各以这温热互相蛊惑，煽动，牵引，拼命地希求偎倚，接吻，拥抱，以得生命的沉酣的大欢喜。

  但倘若用一柄尖锐的利刃，只一击，穿透这桃红色的，菲薄的皮肤，将见那鲜红的热血激箭似的以所有温热直接灌溉杀戮者；其次，则给以冰冷的呼吸，示以淡白的嘴唇，使之人性茫然，得到生命的飞扬的极致的大欢喜；而其自身，则永远沉浸于生命的飞扬的极致的大欢喜中。

  这样，所以，有他们俩裸着全身，捏着利刃，对立于广漠的旷野之上。

  他们俩将要拥抱，将要杀戮……

  路人们从四面奔来，密密层层地，如槐蚕爬上墙壁，如马蚁要扛鲞头。衣服都漂亮，手倒空的。然而从四面奔来，而且拼命地伸长颈子，要赏鉴这拥抱或杀戮。他们已经豫觉着事后的自己的舌上的汗或血的鲜味。

  然而他们俩对立着，在广漠的旷野之上，裸着全身，捏着利刃，然而也不拥抱，也不杀戮，而且也不见有拥抱或杀戮之意。

  他们俩这样地至于永久，圆活的身体，已将干枯，然而毫不见有拥抱或杀戮之意。

  路人们于是乎无聊；觉得有无聊钻进他们的毛孔，觉得有无聊从他们自己的心中由毛孔钻出，爬满旷野，又钻进别人的毛孔中。他们于是觉得喉舌干燥，脖子也乏了；终至于面面相觑，慢慢走散；甚而至于居然觉得干枯到失了生趣。

  于是只剩下广漠的旷野，而他们俩在其间裸着全身，捏着利刃，干枯地立着；以死人似的眼光，赏鉴这路人们的干枯，无血的大戮，而永远沉浸于生命的

二 《野草》意会

飞扬的极致的大欢喜中。

一九二四年十二月二十日。

  人的皮肤之厚，大概不到半分，鲜红的热血，就循着那后面，在比密密层层地爬在墙壁上的槐蚕更其密的血管里奔流，散出温热。于是各以这温热互相蛊惑，煽动，牵引，拼命地希求偎倚，接吻，拥抱，以得生命的沉酣的大欢喜。

人的生命本质上是个悖论，生、死，爱、恨，两两相对，一体相连，共为一体，互为存在。有热血奔流。血热而奔流，而温热，生；血冷而停滞，而冷凝，死。然而，生命个体必分阴阳、男女，从而有存在，有爱恨，生命得以延续。男女以爱，以温热相互蛊惑，煽动，牵引，拼命地希求依偎，接吻，拥抱，交欢，"你要是爱谁，便没命的去爱她；你要是谁也不爱，也可以没命的去自己死掉"（《爱之神》）。如此，以得生命的极致沉醉酣畅的大欢喜。

  但倘若用一柄尖锐的利刃，只一击，穿透这桃红色的，菲薄的皮肤，将见那鲜红的热血激箭似的以所有温热直接灌溉杀戮者；其次，则给以冰冷的呼吸，示以淡白的嘴唇，使之人性茫然，得到生命的飞扬的极致的大欢喜；而其自身，则永远沉浸于生命的飞扬的极致的大欢喜中。

生命的极致是沉醉酣畅的大欢喜，同时也是生命结束时死亡的沉醉酣畅。若用一柄尖锐的利刃，只一击，透着美丽的桃红色的菲薄的皮肤，鲜红的热血就会激箭似的以所有温热直接灌溉杀戮者；而与此同时被杀者也将给杀戮者看到冰冷的呼吸、淡白的嘴唇。死亡，连同人性、人的生命的所有本质显出茫然。这是杀戮者得到的回报，生命的重负瞬间分散、飞扬的极致的大欢喜。在死亡一边，生命的重负已经解除，一切归于虚无，永远沉浸于生命的飞扬的极致的大欢喜中。

  这样，所以，有他们俩裸着全身，捏着利刃，对立于广漠的旷野

《野草》意会

之上。

　　他们俩将要拥抱，将要杀戮……

这是自我生命的体验与解析。所以，对立而又一体的男与女，赤裸着，捏着利刃立于天地旷野之间。恨与爱一体，对立而又交织。他们将要爱，拥抱，也将要恨，杀戮。看那，有人一丝不挂地、毫无掩饰地站在那里，而且据说他们要相互杀戮，是一男，一女。啊，精彩！

　　路人们从四面奔来，密密层层地，如槐蚕爬上墙壁，如马蚁要扛鲞头。衣服都漂亮，手倒空的。然而从四面奔来，而且拼命地伸长颈子，要赏鉴这拥抱或杀戮。他们已经豫觉着事后的自己的舌上的汗或血的鲜味。

从在日本见到的幻灯片事件，到《阿Q正传》中簇拥着看枪毙阿Q的未庄市民，从《药》中华老栓看到的民众围观杀人，买人血馒头治痨病，直到《示众》中对一个示众犯人的津津有味然而麻木、无聊之极的围观，对国民性中国民的冷酷、淡漠、猥琐、卑怯、屠头、无聊等德行做了淋漓尽致的揭露和展示。

　　然而他们俩对立着，在广漠的旷野之上，裸着全身，捏着利刃，然而也不拥抱，也不杀戮，而且也不见有拥抱或杀戮之意。
　　他们俩这样地至于永久，圆活的身体，已将干枯，然而毫不见有拥抱或杀戮之意。

鲁迅在一封致郑振铎的信中说："我在《野草》中，曾记一男一女，持力对立旷野中；无聊人竞随而往，以为必有事件，慰其无聊，而二人从此毫无动作，以致无聊人仍然无聊，至于老死，题曰《复仇》，亦是此意。但此亦不过愤激之谈，该二人或相爱，或相杀，还是照所欲而行的为是，因为天下究竟非文氓之天下也。"（《鲁迅全集》第13卷105页）
　　闲极无聊的人密密层层，如爬满墙壁的槐蚕，如蚂蚁之要扛鲞头，从四面奔涌而来，他们实在闲极无聊，好色，要寻求感官的刺激，看热闹，寻开心，嗜血，渴望流血，爱看杀人、打架，男人打女人，或者女人打女人。

路人们于是乎无聊；觉得有无聊钻进他们的毛孔，觉得有无聊从他们自己的心中由毛孔钻出，爬满旷野，又钻进别人的毛孔中。他们于是觉得喉舌干燥，脖子也乏了；终至于面面相觑，慢慢走散；甚而至于居然觉得干枯到失了生趣。

于是只剩下广漠的旷野，而他们俩在其间裸着全身，捏着利刃，干枯地立着；以死人似的眼光，赏鉴这路人们的干枯，无血的大戮，而永远沉浸于生命的飞扬的极致的大欢喜中。

无聊，无聊。如此如此，完成了复仇。

2023年10月11日

《野草》意会

希 望

　　我的心分外地寂寞。

　　然而我的心很平安：没有爱憎，没有哀乐，也没有颜色和声音。

　　我大概老了。我的头发已经苍白，不是很明白的事么？我的手颤抖着，不是很明白的事么？那么，我的魂灵的手一定也颤抖着，头发也一定苍白了。

　　然而这是许多年前的事了。

　　这以前，我的心也曾充满过血腥的歌声：血和铁，火焰和毒，恢复和报仇。而忽而这些都空虚了，但有时故意地填以没奈何的自欺的希望。希望，希望，用这希望的盾，抗拒那空虚中的暗夜的袭来，虽然盾后面也依然是空虚中的暗夜。然而就是如此，陆续地耗尽了我的青春。

　　我早先岂不知我的青春已经逝去了？但以为身外的青春固在：星，月光，僵坠的胡蝶，暗中的花，猫头鹰的不祥之言，杜鹃的啼血，笑的渺茫，爱的翔舞……虽然是悲凉漂渺的青春罢，然而究竟是青春。

　　然而现在何以如此寂寞？难道连身外的青春也都逝去，世上的青年也多衰老了么？

　　我只得由我来肉薄这空虚中的暗夜了。我放下了希望之盾，我听到Petöfi Sándor（1823—49）的"希望"之歌：

　　希望是甚么？是娼妓：

　　她对谁都蛊惑，将一切都献给；

　　待你牺牲了极多的宝贝——

　　你的青春——她就弃掉你。

　　这伟大的抒情诗人，匈牙利的爱国者，为了祖国而死在可萨克兵的矛尖上，

·262·

已经七十五年了。悲哉死也,然而更可悲的是他的诗至今没有死。

但是,可惨的人生!桀骜英勇如Petöfi,也终于对了暗夜止步,回顾着茫茫的东方了。他说:

绝望之为虚妄,正与希望相同。

倘使我还得偷生在不明不暗的这"虚妄"中,我就还要寻求那逝去的悲凉漂渺的青春,但不妨在我的身外。因为身外的青春倘一消灭,我身中的迟暮也即凋零了。

然而现在没有星和月光,没有僵坠的胡蝶以至笑的渺茫,爱的翔舞。然而青年们很平安。

我只得由我来肉薄这空虚中的暗夜了,纵使寻不到身外的青春,也总得自己来一掷我身中的迟暮。但暗夜又在那里呢?现在没有星,没有月光以至笑的渺茫和爱的翔舞;青年们很平安,而我的面前又竟至于并且没有真的暗夜。

绝望之为虚妄,正与希望相同!

一九二五年一月一日。

曾经希望过,也呐喊过了,一切都不过是虚妄。

我的心分外地寂寞。

然而我的心很平安:没有爱憎,没有哀乐,也没有颜色和声音。

我大概老了。我的头发已经苍白,不是很明白的事么?我的手颤抖着,不是很明白的事么?那么,我的魂灵的手一定也颤抖着,头发也一定苍白了。

然而这是许多年前的事了。

总是幻灭,一次又一次。在故乡,家道中落,祖父下狱,父亲病故,母亲的艰辛,世人的冷漠和白眼,以至于被称为"乞食者"。于是,只得"走异路,逃异地,去寻求别样的人们"。"S城人的脸早经看熟,如此而已,连心肝也似乎有些了然。总得寻别一类人们去,去寻为S城人所诟病的人们,无论其为畜生或魔鬼。"(《朝花夕拾》)他们家家境好的时候,人们看他像王子一样,一旦家庭发生变敌,人们看他就连叫花子都不如了。

"终于到N去进了K学堂了,在这学堂里,我才知道世上还有所谓格致,算学,地理,历史,绘图和体操。生理学并不教,但我们却看到些木版的《全体新论》和《化学卫生论》之类了。我还记得先前的医生的议论和方药,和现在所知道的比较起来,便渐渐的悟得中医不过是一种有意的或无意的骗子,同时又很起了对于被骗的病人和他的家族的同情;而且从译出的历史上,又知道了日本维新是大半发端于西方医学的事实。"后来,到了日本,本意是学医,"预备卒业回来,救治像我父亲似的被误的病人的疾苦,战争时候便去当军医,一面又促进了国人对于维新的信仰。"然而,"我有一回,我竟在(幻灯)画片上忽然会见我久违的许多中国人了,一个绑在中间,许多站在左右,一样是强壮的体格,而显出麻木的神情。据解说,则绑着的是替俄国做了军事上的侦探,正要被日军砍下头颅来示众,而围着的便是来赏鉴这示众的盛举的人们"。宰杀自己的同胞,围在在一旁看热闹的竟多中国同胞!"从那一回以后,我便觉得医学并非一件紧要事,凡是愚弱的国民,即使体格如何健全,如何茁壮,也只能做毫无意义的示众的材料和看客,病死多少是不必以为不幸的。所以我们的第一要著,是在改变他们的精神,而善于改变精神的是,我那时以为当然要推文艺,于是想提倡文艺运动了。"(《呐喊·自序》)然而这文艺运动却不太成功,不久便偃旗息鼓了。"我感到未尝经验的无聊,是自此以后的事。我当初是不知其所以然的;后来想,凡有一人的主张,得了赞和,是促其前进的,得了反对,是促其奋斗的,独有叫喊于生人中,而生人并无反应,既非赞同,也无反对,如置身毫无边际的荒原,无可措手的了,这是怎样的悲哀呵,我于是以我所感到者为寂寞……这寂寞又一天一天的长大起来,如大毒蛇,缠住了我的灵魂了……然而我虽然自有无端的悲哀,却也并不愤懑,因为这经验使我反省,看见自己了:就是我决不是一个振臂一呼应者云集的英雄……只是我自己的寂寞是不可不驱除的,因为这于我太痛苦。我于是用了种种法,来麻醉自己的灵魂,使我沉入于国民中,使我回到古代去,后来也亲历或旁观过几样更寂寞更悲哀的事,都为我所不愿追怀,甘心使他们和我的脑一同消灭在泥土里的,但我的麻醉法却也似乎已经奏了功,再没有青年时候的慷

二 《野草》意会

慨激昂的意思了。"(《呐喊·自序》)

这也算是经历过了,见过了,也疲劳了。似乎老了,抹平了许多差别。

这以前,我的心也曾充满过血腥的歌声:血和铁,火焰和毒,恢复和报仇。而忽而这些都空虚了,但有时故意地填以没奈何的自欺的希望。

希望,希望,用这希望的盾,抗拒那空虚中的暗夜的袭来,虽然盾后面也依然是空虚中的暗夜。然而就是如此,陆续地耗尽了我的青春。

我早先岂不知我的青春已经逝去了?但以为身外的青春固在:星,月光,僵坠的胡蝶,暗中的花,猫头鹰的不祥之言,杜鹃的啼血,笑的渺茫,爱的翔舞……虽然是悲凉漂渺的青春罢,然而究竟是青春。

然而现在何以如此寂寞?难道连身外的青春也都逝去,世上的青年也多衰老了么?

我只得由我来肉薄这空虚中的暗夜了。我放下了希望之盾,我听到 Petöfi Sándor(1823—49)的"希望"之歌:

希望是甚么?是娼妓:

她对谁都蛊惑,将一切都献给;

待你牺牲了极多的宝贝——

你的青春——她就弃掉你。

这伟大的抒情诗人,匈牙利的爱国者,为了祖国而死在可萨克兵的矛尖上,已经七十五年了。悲哉死也,然而更可悲的是他的诗至今没有死。

但是,可惨的人生!桀骜英勇如Petöfi,也终于对了暗夜止步,回顾着茫茫的东方了。他说:

绝望之为虚妄,正与希望相同。

鲁迅在自己的一张照片上题写过一首颇似誓言的诗:"灵台无计逃神矢,风雨如磐暗故园。寄意寒星荃不察,我以我血荐轩辕。"诗后写了这样的话:"二十一岁时作,五十一岁时写之时,辛未二月十六日也,鲁迅。"二十一岁，鲁迅在日本。作为一个已经觉醒了的中国留学生，他的爱国热情颇高，不仅参加了当时在日的反清组织光复会，而且表现积极。一次已经被派遣回国去执行一项暗杀任务，如果不是临行前多问了一句话，就完全有可能成了第二个徐锡麟；想到家中的寡母、幼弟，便问负责人，如果被抓住，砍头，谁负责我家的事呢？从理论上说，革命是绝对不允许计较个人得失的。结果他的任务被取消了。他后来与景宋说，"我看事情太仔细，一仔细，即多疑虑，不易勇往直前"。当时有些革命家叫人去执行任务，自己却不当回事，潇洒、坦然、淡定、谈笑风生，很忘我，很伟大呢。鲁迅的这种矛盾、徘徊、疑虑，颇为典型地反映在《呐喊·自序》中那段关于"铁屋子"的谈话——假如一间铁屋子，是绝无窗户而万难破毁的，里面有许多熟睡的人们，不久都要闷死了，然而是从昏睡入死灭，并不感到就死的悲哀。现在你大嚷起来，惊起了较为清醒的几个人，使这不幸的少数者来受无可挽救的临终的苦楚，你倒以为对得起他们么？然而几个人既然起来，你不能说决没有毁坏这铁屋的希望。在我自己，本以为现在是已经并非一个切迫而不能已于言的人了，但或者也还未能忘怀于当日自己的寂寞的悲哀罢，所以有时候仍不免呐喊几声，聊以慰藉那在寂寞里奔驰的猛士，使他不惮于前驱。至于我的喊声是勇猛或是悲哀，是可憎或是可笑，那倒是不暇顾及的；但既然是呐喊，则当然须听将令的了，所以我往往不恤用了曲笔，在《药》的瑜儿的坟上平空添上一个花环，在《明天》里也不叙单四嫂子竟没有做到看见儿子的梦，因为那时的主将是不主张消极的。至于自己，却也并不愿将自以为苦的寂寞，再来传染给也如我那年轻时候似的正做着好梦的青年。

孔夫子在"礼崩乐坏"天下大乱之际，给苦难中的人们画了一个光辉灿烂，但虚无缥缈的终极大同社会——"天下为公"。他知道这形而上的大道，目标太过遥远，故明知不可行而行——充满着疑虑的勉强、尽力之行。夫子是士子、学者，他的理论不过一家之言，美好、善良，只是缺乏可行性的一纸张空谈而已。当孔子成为圣人、一等政客之后，"孔孟之道"便成人人皆追求之的真理和信仰。由这些人构筑起来的"道"之铁屋子，其结构之严密完善和稳固，确是万难破毁的。《新青年》几位先觉者进来捣腾一通，呐喊几声，结果呢，难道不正如在《答有恒先生》中所说的"醉虾"那样，不过"使这不幸的少数者来受无可挽

二　《野草》意会

救的临终的苦楚"而已,革命成了一台面向虚无未来的斗战游戏。鲁迅曾不止一次对那些职业革命家们许给追求者的高尚谎言表示怀疑,对所谓"黄金时代"的不确定性,以及未来之前必将出现的残酷的"鲜血的洪流"予以了充分的认识。鲁迅的多疑,是由时代现实有太多的虚伪与欺骗决定的。在他所译俄·阿尔志跋绥夫的《工人绥惠略夫》中借绥惠略夫的口说:"你们将那黄金时代,豫约给他们的后人,但你们却别有什么给这些人们呢?……你们……将来的人间界的豫言者……当得诅咒哩!……你们无休无息的梦想着人类将来的幸福……你们可曾当真明白,你们走到这将来,是应该经过多少鲜血的洪流呢……你们诓骗那些人们……你们教他们梦想些什么,是他们永不会身历的东西……只使他们活着,给猪子做了食料……这猪,是在这里得意到呻吟而且喉鸣,就因为他的牺牲有这样嫩,这样美,感了这样难堪的苦恼!……你们可曾知道,多少不幸的人们,就是你们所诓骗的,没有死也没有杀人,却只向着上帝哀啼,等候些什么,因为在他们再没有别的审判者,也没有正理了……"

人是生物,生命便是第一义。改革者为了许多不幸者们,"将一生最宝贵的去做牺牲","为了共同事业跑到死里去",只剩了一个绥惠略夫了。而绥惠略夫也只是偷活在追蹑里,包围过来的便是灭亡;这苦楚,不但与幸福者全不相通,便是与所谓"不幸者们"也全不相通,他们反帮了追蹑者来加迫害,欣幸他的死亡,而"在别一方面,也正如幸福者一般的糟蹋生活"……绥惠略夫在这无路可走的境遇里,不能不寻出一条可走的道路来,他想了,对人的声明是第一章里和亚拉藉夫的闲谈,自心的交争是第十章里和梦幻的黑铁匠的辩论。他根据着"经验",不得不对于托尔斯泰的无抵抗主义发生反抗,而且对于不幸者们也和对于幸福者一样的宣战了。(鲁迅:《译了〈工人绥惠略夫〉之后》)

曾经希望过,也都见过,经历过了,呐喊过了,但一切都不过是虚妄。一切都是悖论!

绝望之为虚妄,正与希望相同!

> 倘使我还得偷生在不明不暗的这"虚妄"中,我就还要寻求那逝去的悲凉漂渺的青春,但不妨在我的身外。因为身外的青春倘一消灭,我身中的迟暮也即凋零了。

《野草》意会

　　然而现在没有星和月光，没有僵坠的胡蝶以至笑的渺茫，爱的翔舞。然而青年们很平安。

　　我只得由我来肉薄这空虚中的暗夜了，纵使寻不到身外的青春，也总得自己来一掷我身中的迟暮。但暗夜又在那里呢？现在没有星，没有月光以至笑的渺茫和爱的翔舞；青年们很平安，而我的面前又竟至于并且没有真的暗夜。

　　绝望之为虚妄，正与希望相同！

　　总是悖论。总是虚妄。

　　鲁迅在和景宋的通信中曾不止一次的表露过，对于现实黑暗的愤懑与无奈。"我想，苦痛是总与人生联带的，但也有离开的时候，就是当睡熟之标。醒的时候要免去若干痛苦，中国的老法子是'骄傲'与'玩世不恭'，我觉得自己就有这毛病，不大好。苦茶加糖，其苦之量如故，只是聊胜于无，但这糖就不容易找到，我不知道在哪里。"（《两地书·二》）这就可以解释他何以不修边幅，穿补丁，硬发蓬松，状似乞丐，这叫"名士风"，魏晋遗风，玩世不恭，是一种蔑视黑暗，反抗绝望的消极态度。"明知山有虎，偏向虎山行！""总结起来，我自己对于苦闷的办法，是专与袭来的苦痛捣乱，将无赖手段当作胜利，硬唱凯歌，算是乐趣，这或者就是糖罢。但临末也还是归结到'没有法子'，这真是没有法子！尼采教人们准备着'超人'的出现，倘不出现，那准备便是空虚。但尼采却自有其下场之法的：发狂和死。否则，就不免安于空虚，或者反抗这空虚，即使在孤独中毫无'末人'的希求温暖之心，也不过蔑视一切权威，收缩而为虚无主义者（Nihilist）。"

　　你看，《过客》中那位困顿倔强的跋涉者，明知日色向晚，前途渺茫，终点也就是连墓碑也没有的坟，然而他却总是朝前走。有声音常在前面催促，叫唤。他不能歇下，甚至一块裹伤的布片都带不走。他向着野地里跄踉地闯进去，夜色跟在他后面。"现在没有星和月光，没有僵坠的胡蝶以至笑的渺茫，爱的翔舞。青年们很平安。我只得由我来肉薄这空虚中的暗夜了，纵使寻不到身外的青春，也总得自己来一掷我身中的迟暮。但暗夜又在那里呢？现在没有星，没有月光以至笑的渺茫和爱的翔舞；青年们很平安而我的面前又竟至于并且没有真的暗夜。"

总是悖论。总是虚妄。

绝望之为虚妄，正与希望相同！

2023年10月26日

《野草》意会

雪

  暖国的雨,向来没有变过冰冷的坚硬的灿烂的雪花。博识的人们觉得他单调。他自己也以为不幸否耶?江南的雪,可是滋润美艳之至了;那是还在隐约着的青春的消息,是极壮健的处子的皮肤。雪野中有血红的宝珠山茶,白中隐青的单瓣梅花,深黄的磬口的腊梅花;雪下面还有冷绿的杂草。胡蝶确乎没有;蜜蜂是否来采山茶花和梅花的蜜,我可记不真切了。但我的眼前仿佛看见冬花开在雪野中,有许多蜜蜂们忙碌地飞着,也听得他们嗡嗡地闹着。

  孩子们呵着冻得通红,像紫芽姜一般的小手,七八个一齐来塑雪罗汉。因为不成功,谁的父亲也来帮忙了。罗汉就塑得比孩子们高得多,虽然不过是上小下大的一堆,终于分不清是壶卢还是罗汉;然而很洁白,很明艳,以自身的滋润相粘结,整个地闪闪地生光。孩子们用龙眼核给他做眼珠,又从谁的母亲的脂粉奁中偷得胭脂来涂在嘴唇上。这回确是一个大阿罗汉了。他也就目光灼灼地嘴唇通红地坐在雪地里。

  第二天还有几个孩子来访问他;对了他拍手,点头,嘻笑。但他终于独自坐着了。晴天又来消释他的皮肤,寒夜又使他结一层冰,化作不透明的水晶模样;连续的晴天又使他成为不知道算什么,而嘴上的胭脂也褪尽了。

  但是,朔方的雪花在纷飞之后,却永远如粉,如沙,他们决不粘连,撒在屋上,地上,枯草上,就是这样。屋上的雪是早已就有消化了的,因为屋里居人的火的温热。别的,在晴天之下,旋风忽来,便蓬勃地奋飞,在日光中灿灿地生光,如包藏火焰的大雾,旋转而且升腾,弥漫太空;使太空旋转而且升腾地闪烁。

  在无边的旷野上,在凛冽的天宇下,闪闪地旋转升腾着的是雨的精魂……

  是的,那是孤独的雪,是死掉的雨,是雨的精魂。

一九二五年一月十八日。

二 《野草》意会

冰、雨、雪、雾、云都是水的存在形式之一。有水的地方，就会有生命。人不可以缺水而活着。水应该是生命构成的重要部分。

雪是水的存在形式。雪又有江南的雪和朔方的雪，性状大有差别。

江南的雪是由水凝结而成的，朔方的雪是水凝结而成的。都是水，是水的两种不同性状。唯有被博识的人们以为不幸的"暖国的雨，向来没有变过冰冷的坚硬的灿烂的雪花"，这是一种在特殊环境下的尴尬状态。

江南的雪、朔方的雪和南国雨固然是对于实景的贴切描绘，但作为散文诗，我以为，未必不是鲁迅各个时期在不同地理人文环境下，不同心理、性情、文风的象征。

> 江南的雪，可是滋润美艳之至了；那是还在隐约着的青春的消息，是极壮健的处子的皮肤。雪野中有血红的宝珠山茶，白中隐青的单瓣梅花，深黄的磬口的腊梅花；雪下面还有冷绿的杂草。胡蝶确乎没有；蜜蜂是否来采山茶花和梅花的蜜，我可记不真切了。但我的眼前仿佛看见冬花开在雪野中，有许多蜜蜂们忙碌地飞着，也听得他们嗡嗡地闹着。

江南是作者的故乡，故乡的山水人文一辈子都会在他的心中萦绕。这段时期写下的《朝花夕拾》以及之前的《呐喊》《彷徨》的大部分篇章里，都回荡着一种浓郁的，解不开、忘不了的故乡情结。江南那些挥不去的记忆，影响着作者的一生。《故乡》《社戏》《孔乙己》《阿Q正传》《在酒楼上》《祥林嫂》《从百草园到三味书屋》，等等，大多数篇章的取材和主题都和故乡江南有关，而定居北京之后，取材外地的小说与散文篇幅却相对较少。写到江南雪景的时候，那雪都是温柔的、平和的，带有几分遥远的寂寞和忧郁。还淡淡地发散着几缕若隐若现的乡愁。"……几株老梅竟斗雪开着满树的繁花，仿佛毫不以深冬为意；倒塌的亭子边还有一株山茶树，从暗绿密叶里显出十几朵红花来，赫赫的在雪中明得如火，愤怒而且傲慢，如蔑视游人的甘心于远行。我这时又忽地想到这里积雪的滋润，著物不去，晶莹有光，不比朔雪的粉一般干，大风一吹，便飞得满空如烟雾……""……窗外沙沙的一阵声响，许多积雪从被他压弯了的一枝山茶树上滑下去了，树枝笔挺的伸直，更显出乌油油的肥叶和血红的花来。天空的铅色来

《野草》意会

得更浓；小鸟雀啾唧的叫着，大概黄昏将近，地面又全罩了雪，寻不出什么食粮，都赶早回巢来休息了。"（《在酒楼上》）

每读到此，总会令人想到《社戏》里那悠远水乡的平和与温馨："两岸的豆麦和河底的水草所发散出来的清香，夹杂在水气中扑面的吹来；月色便朦胧在这水气里。淡黑的起伏的连山，仿佛是踊跃的铁的兽脊似的，都远远地向船尾跑去了。但我却还以为船慢。他们换了四回手，渐望见依稀的赵庄，而且似乎听到歌吹了，还有几点火，料想便是戏台，但或者也许是渔火。那声音大概是横笛，宛转，悠扬，使我的心也沉静，然而又自失起来，觉得要和他弥散在含着豆麦蕴藻之香的夜气里。那火接近了，果然是渔火；我才记得先前望见的也不是赵庄。那是正对船头的一丛松柏林，我去年也曾经去游玩过，还看见破的石马倒在地下，一个石羊蹲在草里呢。过了那林，船便弯进了叉港，于是赵庄便真在眼前了……屹立在庄外临河的空地上的一座戏台，模胡在远处的月夜中，和空间几乎分不出界限，我疑心画上见过的仙境，就在这里出现了……"这些诗意江南的水乡夜色与江南温馨雪景的明快画面，其氛围、境界是如此柔和协调，共同融成了江南的悠远记忆：江南多异禀内秀的文人才子，江南山水和人文环境遂成为一种文化遗传和集体无意识。

而《琐记》中对少年时代在家中的遭遇及在南京求学的境遇，都对自己的一生发生着影响。一段是关于衍太太的故事——"一回是我已经十多岁了，和几个孩子比赛打旋子，看谁旋得多。她就从旁计着数，说道，'好，八十二个了！再旋一个，好，八十三！好，八十四……'但正在旋着的阿祥，忽然跌倒了，阿祥的婶母也恰恰走进来。她便接着说道，'你看，不是跌了么？不听我的话。我叫你不要旋，不要旋……'""父亲故去之后，我也还常到她家里去，不过已不是和孩子们玩耍了，却是和衍太太或她的男人谈闲天。我其时觉得很有许多东西要买，看的和吃的，只是没有钱。有一天谈到这里，她便说道，'母亲的钱，你拿来用就是了，还不就是你的么？'我说母亲没有钱，她就说可以拿首饰去变卖；我说没有首饰，她却道，'也许你没有留心。到大厨的抽屉里，角角落落去寻，总可以寻出一点珠子这类东西……'""这些话我听去似乎很异样，便又不到她那里去了，但有时又真想去打开大厨，细细地寻一寻。大约此后不到一月，就听到一种流言，说我已经偷了家里的东西变卖了，这实在使我觉得有如掉在冷水里。流言的来源,我是明白的。倘是现在,只要有地方发表,我总要骂出流言家的狐狸尾巴来,但那时太年青,一遇流言,便连自己也仿佛犯了罪,怕遇见人们的眼睛,怕受到母亲的爱抚。""好,那么走吧!""但是,那里去呢?S城人的脸早经看熟,如此而已,连心肝也似乎有些了然。总得寻别一类人们去,去寻为S城人所诟病的人们,无论其为畜生或魔鬼。那时为全城所笑骂的是一个开得不久的学校,叫作中西学堂,汉文之外,又教些洋文和算学。然而已经成为众矢之的了,熟读圣贤书的秀才们,作有趣的话柄。我只记得那'起讲'的开头是:'徐子以告夷子曰:吾闻用夏变夷者,未闻变于夷者也。今也不然:鴂舌之音,闻其声,皆雅言也……'以后可忘却了。"

这遭遇向鲁迅表明,人心的险恶倒也并非为那些都市里的"正人君子"者流所独有,实在是一种根深蒂固的普遍的国民性表现。大约因为那时还年轻,世故不深,对许多人和事的看法相对比较柔和,好多事大约还多希望罢。

> 孩子们呵着冻得通红,像紫芽姜一般的小手,七八个一齐来塑雪罗汉,因为不成功,谁的父亲也来帮忙了。罗汉就塑得比孩子们高得多,虽然不过是上小下大的一堆,终于分不清是壶卢还是罗汉;然而很洁白,很明艳,以自身的滋润相粘结,整个地闪闪地生光。孩子们用龙眼核给他做眼珠,又从谁的母亲的脂粉奁中偷得胭脂来涂在嘴唇上。这回确是一个大阿罗汉了。他也就目光灼灼地嘴唇通红地坐在雪地里。
>
> 第二天还有几个孩子来访问他;对了他拍手,点头,嬉笑。但他终于独自坐着了。晴天又来消释他的皮肤,寒夜又使他结一层冰,化作不透明的水晶模样;连续的晴天又使他成为不知道算什么,而嘴上的胭脂也褪尽了。

故乡,江南的山山水水给予鲁迅的回忆是优雅、美丽、温馨的,而一些人情世故却无奈、无聊,给人不无厌恶之感。这种爱憎交织的故乡情结,在江南的雪景中,酝酿氤氲成这篇优美而忧郁的江南雪景回忆。——雪人正是一种早年希望的象征。这希望最先也还高大、美丽,也曾对着他拍手、点头、嬉笑……但终于消解、变形,不再是先前的模样……直至完全消却了曾经的高大和美丽,不成样

《野草》意会

子了。

还是悖论。还是那样的主题：绝望之为虚妄，正与希望相同。

但是，朔方的雪花在纷飞之后，却永远如粉，如沙，他们决不粘连，撒在屋上，地上，枯草上，就是这样。屋上的雪是早已就有消化了的，因为屋里居人的火的温热。别的，在晴天之下，旋风忽来，便蓬勃地奋飞，在日光中灿灿地生光，如包藏火焰的大雾，旋转而且升腾，弥漫太空；使太空旋转而且升腾地闪烁。

在无边的旷野上，在凛冽的天宇下，闪闪地旋转升腾着的是雨的精魂……

是的，那是孤独的雪，是死掉的雨，是雨的精魂。

一提江南，会立即跳出小桥、流水、杏花、春雨；一提朔方，则多骏马、秋风、大漠、孤烟。江南的雪是温润、暖湿的，朔方的雪是干燥、凛冽的。南北截然不同的地理气候环境，很大程度上形成了南北有异的生活习惯与地方人文性情。大而论之，朔方人高大豪爽，南方人小巧秀气，从文化性格上看，朔方雄强豪放，而南方典雅含蓄。朔方历来为强悍的游牧民族所居，民风强悍，尚武；南方多属农耕文化，尚文。

鲁迅对朔方冰雪的描绘，出神入化，将肃杀凛冽的冰雪作如此形象生动的形象再现，世未之见。这是散文诗的意象和境界的呈现，虽不可一一对应，却似乎有一种性格指向和象征寄托的况味。

朔方的雪"在晴天之下，旋风忽来，便蓬勃地奋飞，在日光中灿灿地生光，如包藏火焰的大雾，旋转而且升腾，弥漫太空；使太空旋转而且升腾地闪烁"。

"是的，那是孤独的雪，是死掉的雨，是雨的精魂。"

2023年11月6日

二 《野草》意会

风　筝

　　北京的冬季，地上还有积雪，灰黑色的秃树枝丫叉于晴朗的天空中，而远处有一二风筝浮动，在我是一种惊异和悲哀。

　　故乡的风筝时节，是春二月，倘听到沙沙的风轮声，仰头便能看见一个淡墨色的蟹风筝或嫩蓝色的蜈蚣风筝。还有寂寞的瓦片风筝，没有风轮，又放得很低，伶仃地显出憔悴可怜模样。但此时地上的杨柳已经发芽，早的山桃也多吐蕾，和孩子们的天上的点缀相照应，打成一片春日的温和。我现在在那里呢？四面都还是严冬的肃杀，而久经诀别的故乡的久经逝去的春天，却就在这天空中荡漾了。

　　但我是向来不爱放风筝的，不但不爱，并且嫌恶他，因为我以为这是没出息孩子所做的玩艺。和我相反的是我的小兄弟，他那时大概十岁内外罢，多病，瘦得不堪，然而最喜欢风筝，自己买不起，我又不许放，他只得张着小嘴，呆看着空中出神，有时至于小半日。远处的蟹风筝突然落下来了，他惊呼；两个瓦片风筝的缠绕解开了，他高兴得跳跃。他的这些，在我看来都是笑柄，可鄙的。

　　有一天，我忽然想起，似乎多日不很看见他了，但记得曾见他在后园拾枯竹。我恍然大悟似的，便跑向少有人去的一间堆积杂物的小屋去，推开门，果然就在尘封的什物堆中发见了他。他向着大方凳，坐在小凳上；便很惊惶地站了起来，失了色瑟缩着。大方凳旁靠着一个胡蝶风筝的竹骨，还没有糊上纸，凳上是一对做眼睛用的小风轮，正用红纸条装饰着，将要完工了。我在破获秘密的满足中，又很愤怒他的瞒了我的眼睛，这样苦心孤诣地来偷做没出息孩子的玩艺。我即刻伸手折断了胡蝶的一支翅骨，又将风轮掷在地下，踏扁了。论长幼，论力气，他是都敌不过我的，我当然得到完全的胜利，于是傲然走出，留他绝望地站

《野草》意会

在小屋里。后来他怎样,我不知道,也没有留心。

然而我的惩罚终于轮到了,在我们离别得很久之后,我已经是中年。我不幸偶而看了一本外国的讲论儿童的书,才知道游戏是儿童最正当的行为,玩具是儿童的天使。于是二十年来毫不忆及的幼小时候对于精神的虐杀的这一幕,忽地在眼前展开,而我的心也仿佛同时变了铅块,很重很重的堕下去了。

但心又不竟堕下去而至于断绝,他只是很重很重地堕着,堕着。

我也知道补过的方法的:送他风筝,赞成他放,劝他放,我和他一同放。我们嚷着,跑着,笑着。——然而他其时已经和我一样,早已有了胡子了。

我也知道还有一个补过的方法的:去讨他的宽恕,等他说,"我可是毫不怪你呵。"那么,我的心一定就轻松了,这确是一个可行的方法。有一回,我们会面的时候,是脸上都已添刻了许多"生"的辛苦的条纹,而我的心很沉重。我们渐渐谈起儿时的旧事来,我便叙述到这一节,自说少年时代的胡涂。"我可是毫不怪你呵。"我想,他要说了,我即刻便受了宽恕,我的心从此也宽松了罢。

"有过这样的事么?"他惊异地笑着说,就像旁听着别人的故事一样。他什么也不记得了。

全然忘却,毫无怨恨,又有什么宽恕之可言呢?无怨的恕,说谎罢了。

我还能希求什么呢?我的心只得沉重着。

现在,故乡的春天又在这异地的空中了,既给我久经逝去的儿时的回忆,而一并也带着无可把握的悲哀。我倒不如躲到肃杀的严冬中去罢,——但是,四面又明明是严冬,正给我非常的寒威和冷气。

一九二五年一月二十四日。

《风筝》的情节与主题颇鲜明。

"北京的冬季,地上还有积雪,灰黑色的秃树枝丫叉于晴朗的天空中"的时候,"远处有一二风筝浮动"了。而"故乡的风筝时节,是春二月,倘听到沙沙的风轮声,仰头便能看见一个淡墨色的蟹风筝或嫩蓝色的蜈蚣风筝。还有寂寞的瓦片风筝,没有风轮,又放得很低,伶仃地显出憔悴可怜模样"。但我不爱放风筝的,不但不爱,并且嫌恶他,因为我以为这是没出息孩子所做的玩艺。和我相反的是我的那时大概十岁内外的小兄弟,他最喜欢风筝。有一天我到后园堆积杂物的小屋去,推开门,"在尘封的什物堆中发现了他。他向着大方凳,坐在小凳上;便很惊惶地站了起来,失了色瑟缩着。大方凳旁靠着一个蝴蝶风筝的竹骨,还没有糊上纸,凳上是一对做眼睛用的小风轮,正用红纸条装饰着,将要完工了。我在破获秘密的满足中,又很愤怒他的瞒了我的眼睛,这样苦心孤诣地来偷做没出息孩子的玩艺。我即刻伸手折断了蝴蝶的一支翅骨,又将风轮掷在地下,踏扁了"。多年之后,"二十年来毫不忆及的幼小时候对于精神的虐杀的这一幕,忽地在眼前展开,而我的心也仿佛同时变了铅块,很重很重的堕下去了"。我想去讨他的宽恕,等他说,"我可是毫不怪你呵"。那么,我的心一定就轻松了。然而,结果是他惊异地笑着说,"有过这样的事么?"就像旁听着别人的故事一样。他什么也不记得了,"全然忘却,毫无怨恨,又有什么宽恕之可言呢?无怨的恕,说谎罢了。我还能希求什么呢?我的心只得沉重着"。

在散文诗集《野草》中,如果说《雪》像是一篇地道的抒情散文,那么《风筝》则接近于微型小说;散文诗一般总能够挖出些微言大义,一些含蓄的"另外的意思",或者近乎哲理的意蕴。然而《雪》和《风筝》则除字面表达的意思和乡愁情结之外,却很难附会出另外的东西来了。

考之周氏三兄弟生平,并无此类风筝事,小说不过虚构而已。然从小说溢出的忏悔、无处的惆怅忧郁情结看,却很容易联想到鲁迅与周作人的失和及此后发表的几组诗文。

周氏兄弟失和事件,是现代中国文坛上最惹人感兴趣的一桩公案。对周氏兄弟无论爱还是恨,似乎都想一窥究竟——他们实在太有名了。

别人家事外人万难说清,便是当事者,又何尝纠缠得清?俗谓"清官难断家务事"也。人间事无一不是悖论!

是故,一切猜想皆不可取。无聊。

下面是当事双方白纸黑字,留此存照。

1923年7月14日鲁迅日记:"是夜始改在自室吃饭,自具一肴,此可记也。"《知堂回想录》(一四一):"在我的日记上七月十七日项下,用剪刀剪去所写的字,大概十个左右。"

过了五天,7月19日,作人到鲁迅跟前,递给他一页绝交书:

《野草》意会

> 鲁迅先生：我昨天才知道——但过去的事不必再说了。我不是基督徒，却幸而尚能担受得起，也不想责难——大家都是可怜的人间。我以前的蔷薇色的梦原来都是虚幻，现在所见的或者才是真的人生。我想订正我的思想，重新入新的生活。以后请不要再到后边院子里来，没有别的话。愿你安心、自重。
>
> 七月十八日，作人

同日《鲁迅日记》："上午启孟自持信来，后邀欲问之，不至。"

此后，8月2日，鲁迅夫妇就搬家至砖塔胡同六十一号暂住。

1924年5月25日，鲁迅夫妇再迁入宫门口西三条胡同。

1924年6月1日《鲁迅日记》："下午往八道湾宅取书及什器，比进西厢，启孟及其妻突出骂詈殴打，又以电话招重久及张凤举、徐耀辰来，其妻向之述我罪状，多秽语，凡捏造未圆处，则启孟救正之，然终取书、器而出。"

事已至此，两兄弟从此再也不提此事，都讳莫如深，不着一字。

然而此事对双方的伤害十分严重，以至于老死不相往来。

事情发生后，1925年10月12日，《京报》发表了一篇短文，其中诗歌名曰《伤逝》："我走尽迢递的长途，/渡过苍茫的大海，/兄弟呵，我来到你的墓前，/献给你一些祭品，作最后的供献，/对你沉默的灰土，/作徒然的话别，/因为她那运命的女神，/忽而给与又忽而收回，已经把你带走了，/我照了古旧的遗风，/将这些悲哀的祭品，/来陈列在你的墓上；/兄弟，你收了这些东西吧，/都沁透了我的眼泪，/从此永隔冥明，兄弟，只嘱咐你一声珍重！"作者的署名：丙丁，即周作人。抒发了一种不无哀伤的惜别之情。

看到此文之后的第九天，10月21日，鲁迅写成小说《伤逝》收在《彷徨》里。但据许钦文说："《伤逝》虽然是搬到西三条胡同以后写的，但他在把尚未完成的原稿给我看的时候，曾经这样对我说：'这一篇的结构，其中层次，是在一年半前就想好了的。'可见写《伤逝》的动机，也是在暂寓于砖塔胡同的时候发生的。"（许钦文《写〈彷徨〉时的鲁迅先生》）鲁迅的作品素以沉稳、冷峻、深刻为特征，《伤逝》则是我所读过的鲁迅文学作品中抒情色彩最为浓烈的一篇，有些段落的叙述大有欲哭无泪、撕心裂肺之感："如果我能够，我要写下我的悔恨和悲哀,为子君,为自己。/会馆里的被遗忘在偏僻里的破屋是这样的寂静和空虚……依然是这样的破窗,这样的窗外的半枯的槐树和老紫藤,这样的窗前的方桌,这样的败壁,这样的靠壁的板床。"这显然是两兄弟曾经共住过的北京绍兴会馆补树书屋!经过一对恋人之间离异故事的演绎之后,作者以这样的文字倾泄出了胸中的痛苦、忏悔与悲哀:"我愿意真有所谓鬼魂,真有所谓地狱,那么,即使在孽风怒吼之中,我也将寻觅子君,当面说出我的悔恨和悲哀,祈求她的饶恕;否则,地狱的毒焰将围绕我,猛烈地烧尽我的悔恨和悲哀。/我将在孽风和毒焰中拥抱子君,乞她宽容,或者使她快意……"

周作人在直到已经七十九岁高龄的1962年才写完的《知堂回想录·一四一》中说:"《伤逝》不是普通恋爱小说,乃是假借了男女的死亡来哀悼兄弟恩情的断绝的,我这样说,或者世人都要以我为妄吧,但是我有我的感觉,深信这是不大会错的。因为我以不知为不知,声明自己不懂文学,不敢插嘴来批评,但是对于鲁迅写作这些小说的动机却是能够懂得。我也痛惜这种断绝,可是有什么办法呢,人总只有人的力量。"

兄弟两人,老大峻急,热烈而冷静,老二安静,和缓而低调。性情差异如此:大哥处处呵护老二,老二诸事跟随大哥。"老太太说他因为排行老二,依赖性强,事事要依赖家里人特别是依赖老大。他对家庭没有责任感,在他的心里,家里的事都应该由老大负责,与他无关。他比较自私,这种情况从他由日本留学回来,表现得尤其明显。"(俞芳《谈谈周作人》)八道湾的大院是鲁迅出钱出力,辛苦看定、购买,装修完成后,请老二一家来坐享其成的。

周作人1929年12月25日肋膜炎发低烧,3月29日由鲁迅送入三本医院治疗。5月24日,鲁迅又为其在香山碧云寺租定般若堂西厢房给他养病。此间,周作人写了一首诗,叫《过去的生命》:"这过去我的三个月的生命,哪里去了?/没有了,永远的走过去了!/我亲自听见他沈沈的缓缓的,一步一步的,/在我的床头走过去了。/我坐起来,拿了一支笔,在纸上乱点,/想将他按在纸上,留下一点痕迹,——/但是一行也不能写,/一行也不能写。我仍是睡在床上,/亲自听见他沈沈的缓缓的,一步一步的,/在我床头走过去了。"周作人后来在《知堂回想录·一三五》曾记,第二天,鲁迅来探视他,看了这诗。"他便低声的慢慢的读,仿佛真觉得东西在走过去了的样子,这情形还是宛然如在目前。"

《野草》意会

  作为大哥，鲁迅自始至终呵护着两位兄弟，对老二尤过之。老二从早年在日本留学期间"跟鲁迅在一起，无论什么事都由他代办，我用不着自己费心，平常极少一个人出去的时候，就只是偶然往日本桥的丸善书店，买过两册西书而已。这种情形一直继续有三年之久，到鲁迅回国时为止"（《知堂回想录·七二》）。回国后在北京大学当教授，一些课程的教学提纲及教学教案，都是在鲁迅帮助下完成的。

  鲁迅后来还在《眉间尺》即《铸剑》中有宴之敖者刎颈报仇的情节，于是我确切地看出了《风筝》中的我为什么如此痛苦。

  "有过这样的事么？"他惊异地笑着说，就像旁听着别人的故事一样。他什么也不记得了。

  全然忘却，毫无怨恨，又有什么宽恕之可言呢？无怨的恕，说谎罢了。

  我还能希求什么呢？我的心只得沉重着。

2023年11月12日

二　《野草》意会

好的故事

　　灯火渐渐地缩小了，在预告石油的已经不多；石油又不是老牌，早熏得灯罩很昏暗。鞭爆的繁响在四近，烟草的烟雾在身边：是昏沉的夜。

　　我闭了眼睛，向后一仰，靠在椅背上；捏着《初学记》的手搁在膝髁上。

　　我在朦胧中，看见一个好的故事。

　　这故事很美丽，幽雅，有趣。许多美的人和美的事，错综起来像一天云锦，而且万颗奔星似的飞动着，同时又展开去，以至于无穷。

　　我仿佛记得曾坐小船经过山阴道，两岸边的乌桕，新禾，野花，鸡，狗，丛树和枯树，茅屋，塔，伽蓝，农夫和村妇，村女，晒着的衣裳，和尚，蓑笠，天，云，竹……都倒影在澄碧的小河中，随着每一打桨，各各夹带了闪烁的日光，并水里的萍藻游鱼，一同荡漾。诸影诸物，无不解散，而且摇动，扩大，互相融和；刚一融和，却又退缩，复近于原形。边缘都参差如夏云头，镶着日光，发出水银色焰。凡是我所经过的河，都是如此。

　　现在我所见的故事也如此。水中的青天的底子，一切事物统在上面交错，织成一篇，永是生动，永是展开，我看不见这一篇的结束。

　　河边枯柳树下的几株瘦削的一丈红，该是村女种的罢。大红花和斑红花，都在水里面浮动，忽而碎散，拉长了，如缕缕的胭脂水，然而没有晕。茅屋，狗，塔，村女，云……也都浮动着。大红花一朵朵全被拉长了，这时是泼刺奔迸的红锦带。带织入狗中，狗织入白云中，白云织入村女中……在一瞬间，他们又将退缩了。但斑红花影也已碎散，伸长，就要织进塔，村女，狗，茅屋，云里去。

　　现在我所见的故事清楚起来了，美丽，幽雅，有趣，而且分明。青天上面，

《野草》意会

有无数美的人和美的事,我一一看见,一一知道。

我就要凝视他们……

我正要凝视他们时,骤然一惊,睁开眼,云锦也已皱蹙,凌乱,仿佛有谁掷一块大石下河水中,水波陡然起立,将整篇的影子撕成片片了。我无意识地赶忙捏住几乎坠地的《初学记》,眼前还剩着几点虹霓色的碎影。

我真爱这篇好的故事,趁碎影还在,我要追回他,完成他,留下他。我抛了书,欠身伸手去取笔,——何尝有一丝碎影,只见昏暗的灯光,我不在小船里了。

但我总记得见过这一篇好的故事,在昏沉的夜……

一九二五年二月二十四日。

和《雪》《风筝》一样,这也是一篇韵味醇正的诗性散文,用鲁迅自己的话说,叫"散文诗"。行文是散文的、叙述的,较少诗歌的描写和隐喻,但意境和蕴含却充满诗意,引发读者的联想、遐思。

灯火渐渐地缩小了,在预告石油的已经不多;石油又不是老牌,早熏得灯罩很昏暗。鞭爆的繁响在四近,烟草的烟雾在身边:是昏沉的夜。

我闭了眼睛,向后一仰,靠在椅背上;捏着《初学记》的手搁在膝髁上。我在朦胧中,看见一个好的故事。

这故事很美丽,幽雅,有趣。许多美的人和美的事,错综起来像一天云锦,而且万颗奔星似的飞动着,同时又展开去,以至于无穷。

时间是旧历年的年尾,新年开始不久。正是北京的严冬,昏沉的夜。正在看徐坚的《初学记》,引发些江南的旧时的联想。

这相当于诗歌的"起兴"部分,没必要赋予什么微言大义。

我仿佛记得曾坐小船经过山阴道,两岸边的乌桕,新禾,野花,

二 《野草》意会

鸡，狗，丛树和枯树，茅屋，塔，伽蓝，农夫和村妇，村女，晒着的衣裳，和尚，蓑笠，天，云，竹……都倒影在澄碧的小河中，随着每一打桨，各各夹带了闪烁的日光，并水里的萍藻游鱼，一同荡漾。诸影诸物，无不解散，而且摇动，扩大，互相融和；刚一融和，却又退缩，复近于原形。边缘都参差如夏云头，镶着日光，发出水银色焰。凡是我所经过的河，都是如此。

诗写到这里，就是赋和比的展开了。

在朦胧中看见的好故事包含着许多美的人和美的事，美丽、优雅、有趣交织着，错综如一天云锦。这些美的人和美的事是动态的，如万颗奔星似的飞动着，展开去，无穷无尽。

这是回忆中的过去，江南，故乡。谁说鲁迅没有故乡情结？翻开《呐喊》《彷徨》中的《从百草园到三味书屋》《社戏》《故乡》《祥林嫂》《孤独者》《在酒楼上》等篇，特别是《朝花夕拾》诸多少年时期的记忆，真如一天云锦，万颗奔星，交织在一起。这是人生的华彩，是爱和恨的汇合、人间世相的生动演绎。于是忆及故乡山阴道两岸如诗如画的风景：乌桕，新禾，野花，鸡，狗，丛树和枯树，茅屋，塔，伽蓝，农夫和村妇，村女，晒着的衣裳，和尚，蓑笠，天，云，竹……在严寒的北京冬季的深夜，作者看到记忆中的江南山水，江南春夏间的景致……江南水乡，似乎不坐船行不了路，没有水，成不了景，作者的关于昨天的记忆就不能不都倒映在"澄碧的小河中，随着每一打桨，各各夹带了闪烁的日光，并水里的萍藻游鱼，一同荡漾。诸影诸物：无不解散，而且摇动，扩大，互相融和；刚一融和，却又退缩，复近于原形。边缘都参差如夏云头，镶着日光，发出水银色焰。凡是我所经过的河，都是如此"。有一种前卫的随意识的流动而展开的写作手法，专家取名为"意识流"。鲁迅在这篇散文诗里意象叠起，相互交融而境界奇幻的手法，岂不可以叫做"意象流"了。

现在我所见的故事也如此。水中的青天的底子，一切事物统在上面交错，织成一篇，永是生动，永是展开，我看不见这一篇的结束。

河边枯柳树下的几株瘦削的一丈红，该是村女种的罢。大红花和

《野草》意会

　　斑红花,都在水里面浮动,忽而碎散,拉长了,如缕缕的胭脂水,然而没有晕。茅屋,狗,塔,村女,云……也都浮动着。大红花一朵朵全被拉长了,这时是泼剌奔迸的红锦带。带织入狗中,狗织入白云中,白云织入村女中……在一瞬间,他们又将退缩了。但斑红花影也已碎散,伸长,就要织进塔,村女,狗,茅屋,云里去。
　　现在我所见的故事清楚起来了,美丽,幽雅,有趣,而且分明。青天上面,有无数美的人和美的事,我一一看见,一一知道。

所有故乡的过去的人和事演绎的故事,鲜艳的也好,昏暗的也罢,无论喜爱,也无论怨恨,都在记忆中交错展开,变化无穷……
然而河边的一丈红、大红花、斑红花,倒影入水中后,忽而都拉长成缕缕的胭脂水,但不融化,也没有晕开去。茅屋、狗、塔、村女、云,也都浮动着。大红花一朵朵全被拉长了,这时是泼剌奔迸的红锦带。带织入狗中,狗织入白云中,白云织入村女中……在一瞬间,他们又将退缩了。但斑红花影也已碎散,伸长,就要织进塔、村女、狗、茅屋、云里去……这一切水中故事,水中风景,水中花美丽,幽雅,有趣,而且分明。青天上面,有无数美的人和美的事,我一一看见,一一知道。

　　我就要凝视他们……
　　我正要凝视他们时,骤然一惊,睁开眼,云锦也已皱蹙,凌乱,仿佛有谁掷一块大石下河水中,水波陡然起立,将整篇的影子撕成片片了。我无意识赶忙捏住几乎坠地的《初学记》,眼前还剩着几点虹霓色的碎影。
　　我真爱这篇好的故事,趁碎影还在,我要追回他,完成他,留下他。我抛了书,欠身伸手去取笔,——何尝有一丝碎影,只见昏暗的灯光,我不在小船里了。
　　但我总记得见过这一篇好的故事,在昏沉的夜……

在北京一个昏沉的严寒冬夜的煤油灯下,文章展示了一幅意识中江南水乡的生动幻境。回忆所见者，必如梦幻，而水中所现者，即是镜水中倒影，看似真切，实则无非虚幻。本文追忆故乡江南水乡故事，而故事融入水中风景，水中风景又混在回忆风景之中，真如意识流动，意境交错，呈现出一种似乎深沉，却又缥缈的境界。

还是那句箴言：绝望之为虚妄，正与希望相同！

文章演绎了一篇梦中故事，镜中景的虚妄之境。

《好的故事》是一篇佛偈。

2023年11月18日

《野草》意会

过　客

时：
或一日的黄昏。
地：
或一处。
人：
老翁——约七十岁，白须发，黑长袍。
女孩——约十岁，紫发，乌眼珠，白地黑方格长衫。
过客——约三四十岁，状态困顿倔强，眼光阴沉，黑须，乱发，黑色短衣裤皆破碎，赤足著破鞋，胁下挂一个口袋，支着等身的竹杖。

东，是几株杂树和瓦砾；西，是荒凉破败的丛葬；其间有一条似路非路的痕迹。一间小土屋向这痕迹开着一扇门；门侧有一段枯树根。

（女孩正要将坐在树根上的老翁搀起。）
翁——孩子。喂，孩子！怎么不动了呢？
孩——（向东望着，）有谁走来了，看一看罢。
翁——不用看他。扶我进去罢。太阳要下去了。
孩——我，——看一看。
翁——唉，你这孩子！天天看见天，看见土，看见风，还不够好看么？什么也不比这些好看。你偏是要看谁。太阳下去时候出现的东西，不会给你什么好处的……还是进去罢。

二 《野草》意会

孩——可是，已经近来了。阿阿，是一个乞丐。

翁——乞丐？不见得罢。

（过客从东面的杂树间踉跄走出，暂时踌躇之后，慢慢地走近老翁去。）

客——老丈，你晚上好？

翁——阿，好！托福。你好？

客——老丈，我实在冒昧，我想在你那里讨一杯水喝。我走得渴极了。这地方又没有一个池塘，一个水洼。

翁——唔，可以可以。你请坐罢。（向女孩）孩子，你拿水来，杯子要洗干净。

（女孩默默地走进土屋去。）

翁——客官，你请坐。你是怎么称呼的。

客——称呼？——我不知道。从我还能记得的时候起，我就只一个人。我不知道我本来叫什么。我一路走，有时人们也随便称呼我，各式各样地，我也记不清楚了，况且相同的称呼也没有听到过第二回。

翁——阿阿。那么，你是从那里来的呢？

客——（略略迟疑，）我不知道。从我还能记得的时候起，我就在这么走。

翁——对了。那么，我可以问你到那里去么？

客——自然可以。——但是，我不知道。从我还能记得的时候起，我就在这么走，要走到一个地方去，这地方就在前面。我单记得走了许多路，现在来到这里了。我接着就要走向那边去，（西指，）前面！

（女孩小心地捧出一个木杯来，递去。）

客——（接杯，）多谢，姑娘。（将水两口喝尽，还杯，）多谢，姑娘。这真是少有的好意。我真不知道应该怎样感激！

翁——不要这么感激。这于你是没有好处的。

客——是的，这于我没有好处。可是我现在很恢复了些力气了。我就要前去。老丈，你大约是久住在这里的，你可知道前面是怎么一个所在么？

翁——前面？前面，是坟。

客——（诧异地，）坟？

孩——不，不，不的。那里有许多许多野百合，野蔷薇，我常常去玩，去看

《野草》意会

他们的。

客——（西顾，仿佛微笑，）不错。那些地方有许多许多野百合，野蔷薇，我也常常去玩过，去看过的。但是，那是坟。（向老翁，）老丈，走完了那坟地之后呢？

翁——走完之后？那我可不知道。我没有走过。

客——不知道？！

孩——我也不知道。

翁——我单知道南边；北边；东边，你的来路。那是我最熟悉的地方，也许倒是于你们最好的地方。你莫怪我多嘴，据我看来，你已经这么劳顿了，还不如回转去，因为你前去也料不定可能走完。

客——料不定可能走完？……（沉思，忽然惊起，）那不行！我只得走。回到那里去，就没一处没有名目，没一处没有地主，没一处没有驱逐和牢笼，没一处没有皮面的笑容，没一处没有眶外的眼泪。我憎恶他们，我不回转去！

翁——那也不然。你也会遇见心底的眼泪，为你的悲哀。

客——不。我不愿看见他们心底的眼泪，不要他们为我的悲哀！

翁——那么，你，（摇头，）你只得走了。

客——是的，我只得走了。况且还有声音常在前面催促我，叫唤我，使我息不下。可恨的是我的脚早经走破了，有许多伤，流了许多血。（举起一足给老人看，）因此，我的血不够了；我要喝些血。但血在那里呢？可是我也不愿意喝无论谁的血。我只得喝些水，来补充我的血。一路上总有水，我倒也并不感到什么不足。只是我的力气太稀薄了，血里面太多了水的缘故罢。今天连一个小水洼也遇不到，也就是少走了路的缘故罢。

翁——那也未必。太阳下去了，我想，还不如休息一会的好罢，像我似的。

客——但是，那前面的声音叫我走。

翁——我知道。

客——你知道？你知道那声音么？

翁——是的。他似乎曾经也叫过我。

客——那也就是现在叫我的声音么？

翁——那我可不知道。他也就是叫过几声，我不理他，他也就不叫了，我也

二　《野草》意会

就记不清楚了。

客——唉唉，不理他……（沉思，忽然吃惊，倾听着，）不行！我还是走的好。我息不下。可恨我的脚早经走破了。（准备走路。）

孩——给你！（递给一片布，）裹上你的伤去。

客——多谢，（接取，）姑娘。这真是……这真是极少有的好意。这能使我可以走更多的路。（就断砖坐下，要将布缠在踝上，）但是，不行！（竭力站起，）姑娘，还了你罢，还是裹不下。况且这太多的好意，我没法感激。

翁——你不要这么感激。这于你没有好处。

客——是的，这于我没有什么好处。但在我，这布施是最上的东西了。你看，我全身上可有这样的。

翁——你不要当真就是。

客——是的。但是我不能。我怕我会这样：倘使我得到了谁的布施，我就要像兀鹰看见死尸一样，在四近徘徊，祝愿她的灭亡，给我亲自看见；或者咒诅她以外的一切全都灭亡，连我自己，因为我就应该得到咒诅。但是我还没有这样的力量；即使有这力量，我也不愿意她有这样的境遇，因为她们大概总不愿意有这样的境遇。我想，这最稳当。（向女孩，）姑娘，你这布片太好，可是太小一点了，还了你罢。

孩——（惊惧，退后，）我不要了！你带走！

客——（似笑，）哦哦……因为我拿过了？

孩——（点头，指口袋，）你装在那里，去玩玩。

客——（颓唐地退后，）但这背在身上，怎么走呢？……

翁——你息不下，也就背不动。——休息一会，就没有什么了。

客——对咧，休息……（默想，但忽然惊醒，倾听。）不，我不能！我还是走好。

翁——你总不愿意休息么？

客——我愿意休息。

翁——那么，你就休息一会罢。

客——但是，我不能……

翁——你总还是觉得走好么？

客——是的。还是走好。

翁——那么，你也还是走好罢。

客——（将腰一伸，）好，我告别了。我很感谢你们。（向着女孩，）姑娘，这还你，请你收回去。

（女孩惊惧，敛手，要躲进土屋里去。）

翁——你带去罢。要是太重了，可以随时抛在坟地里面的。

孩——（走向前，）阿阿，那不行！

客——阿阿，那不行的。

翁——那么，你挂在野百合野蔷薇上就是了。

客——哦哦……

（极暂时中，沉默。）

翁——那么，再见。祝你平安。（站起，向女孩，）孩子，扶我进去罢。你看，太阳早已下去了。（转身向门。）

客——多谢你们。祝你们平安。（徘徊，沉思，忽然吃惊，）然而我不能！我只得走。我还是走好罢……（即刻昂了头，奋然向西走去。）

（女孩扶老人走进土屋，随即阖了门。过客向野地里跄踉地闯进去，夜色跟在他后面。）

一九二五年三月二日。

黄昏。他走来，一个人。不知从何处来，到何处去，只是走，向前。阔的，坐轿车了，发的，乘飞机走了，他却只是徒步。黑须，乱发，黑色短衣裤皆破碎，没有箱笼、行李，只胁下挂一口袋，故被视为"乞丐"，自然也便常常遇到吧儿、看家犬，甚至落荒的乏的走狗的狂吠。状态困顿、倔强，眼光阴沉。为了不至跌倒、咬伤，因此支着等身的竹杖。

他走过太多的路，脚已经破了。流了许多血。他体内用以支撑生命的血不够了，他需要血，可又不愿意喝无论谁的血。他喝水来补充他的血，但体内水太多，力气也就稀薄了。他步履跄踉，实在很累了，想歇一歇，讨口水喝。

一个声音在催他朝前走，使他歇不了。然而前面是什么呢？——坟！他如此劳顿,那末,退回去么?回去,"就没有一处没有名目,没一处没有地主,没一处没有驱逐和牢笼,没一处没有皮面的笑容,没一处没有眶外的眼泪"。回去,便是那间万难破毁的,关了许多由昏睡入死灭的活的或已死的灵魂的铁屋子,虽然现在,他也还未走出这间屋子之外。他憎恶他们,决不回转去,决不!

土屋,枯树墩。黄昏。此地仍很荒凉,在过去未来之间,不明不暗之间,垂死方生之间。如果停下来,便没有过去,白白走过许多路;也没有将来,看不到丛葬中的野百合、野蔷薇。虽然他也许曾遇见过心底的眼泪,以及小女孩因同情和可怜,而给他裹伤的布片。他不愿得到别人的同情和布施……"我怕我会这样:倘使我得到了谁的布施,我就会像兀鹰看到死尸一样,在四近徘徊,祝愿她的灭亡,给我亲眼看见,或者咒诅他以外的一切全都灭亡,连我自己,因为我就应该得到咒诅。但是我还没有这样的力量,我也不愿意她有这样的境遇,因为她们大概不愿意有这样的境遇"。他过于清醒,哪怕一点点爱和感激也背不动。他不想就这样停下来。他曾在致友人的信中说:"凡有富于感激的人,即容易受别人的牵连,不能超然独往。感激,那不待言,无论从那一方面说起来,大概总算是美德罢。但我总觉得这是束缚人的。譬如,我有时很想冒险,破坏,几乎忍不住,而我有一个母亲,还有些爱我,愿我平安,我因为感激他的爱,只能不照自己所愿意做的做,而在北京寻一点糊口的小生计,度灰色的生涯。因为感激别人,就不能不慰安别人,也往往牺牲了自己,至少是一部分……又如,我们通了几回信,你就记得我了,但将来我们假如分属于相反的两个战团里开火接战的时候呢?你如果早已忘却,这战事就自由得多,倘你还记着,则当非开炮不可之际,也许因为我在火线里面,忽而有点踌躇,于是就会失败。反抗,每容易蹉跌在'爱'——感激也在内——里,所以那过客得了小女孩的一片破布的布施也几乎不能前进了。"(《致赵其文》收《书信·250411》)况且,前面的那声音还在呼唤、催促,于是他只得走,寂寞地,一个人,向前。

《过客》酝酿了十年。过客是鲁迅先生的自况。在有些人看来,也许过客的思想和行为过于孤高、阴冷,甚至黑暗,不怎么符合革命的动力文论和目的论。但那过去的时代谁又能否认唯"黑暗"与"虚无"乃是"实有"(《两地书》)呢。

我不愿说,这仅仅是一首关于人生的哲理诗;世界太阴冷,太黑暗,也太残酷；人生只是过客，生命实际表现为一种过程，一种时空的划过。一个黑色的事实是：快走，慢走，还是停下，前面都是坟，是死亡。"死亡是一件大寂寞、大悲哀的事。""然而生命决不因此回头，无论什么黑暗来防范思潮，什么悲惨来袭击社会，什么罪恶来袭渎人生，人类的渴仰完全的潜力总是踏了这些铁蒺藜向前进。生命不怕死，在死的面前笑着，跳着，跨过了死亡的人们向前进。"（《热风·随感录》）"虽然明知前路是坟而偏要走，就是反抗绝望。"（《致赵其文·书信》）至于铁屋子之能否破毁，绝望之能否因此反掉，不知道。鲁迅的反抗"却不过是与黑暗捣乱"（《两地书》），活得悲壮，也将死得壮烈。子曰："君子坦荡荡，小人常戚戚。"既然生死相联，回环，那生命的过程何妨坦荡一些。

　　鲁迅生逢乱世，由小康之家坠入困顿，看尽世间各色人等嘴脸。他过人的清醒、敏感而又和他的大多数同胞遭受太多的屈辱和压迫。他耿直、善良、深刻而绝不矫饰，在解剖别人的同时更无情地解剖自己，高风亮节，大智大勇。

　　鲁迅置身于中国最黑暗的时代。先是家庭的变故，人世的沧桑和炎凉，接着又被置身于夹缝之中，"黑漆漆的，不知是日是夜"（《狂人日记》）。人在这世间的地位是"布置妥贴了，有贵贱，有大小，有上下。自己被人凌虐，但也可以凌虐别人。一级一级的制驭者，不能动弹"（《坟·灯下漫笔》），"他们的牙齿全是白厉厉的排着"（《狂人日记》），注视着对方的死亡。鲁迅极善良、不愿喝任何人的血，他因此疲惫、困顿、苦恼。他肩着黑暗的闸门，咀嚼着人间的痛苦，经受人生的种种压迫，凌辱和灾难，看出各色慈善家、学者、文士、长者、青年、雅士、君子外套上绣出的各种学问，道德、国粹、民意、逻辑、公义、东方文明……后面的虚伪和凶残，他呐喊，而且彷徨。他耿直，疾恶如仇，却又不屑于矫情、扯淡、帮闲、歌功颂德、助纣为虐，不自欺，也绝不欺人。他以如椽之笔，把几千年所有伟大、崇高、完善、正确等后面的小，鲜明而生动地揭了出来。于是，军阀、官僚、同行、青年、道德家、革命家不高兴、不舒服了，他们冷嘲、闲话、诅咒、污蔑、抬高，敷粉敷彩直至涂金，必欲打杀、压杀、捧杀之而后快。阵线在分化，人心隔肚皮，许多原先看似壮烈的事业后来都变了儿戏。还是一个连奴隶也做不稳的时代。他最终还是带着一身的伤痕，徘徊于无地。

"在这以前，我的心也曾充满血腥的歌声，血和铁，火焰和毒，恢复和报仇。而忽而这些都空虚了，但有时故意地填以没奈何的自欺的希望。希望，希望，用这希望的盾，抗拒那空虚中暗夜的袭来，虽然后面也依然是空虚中的暗夜。然而就是如此，陆续地耗尽了我的青春。"（《希望》）希望抗拒不了空虚，终于还是虚妄。但这不明不暗的虚妄之外，也仍还有悲凉缥缈的青春：星，月光，僵坠的蝴蝶，暗中的花，猫头鹰的不祥之言，杜鹃的啼血，笑的渺茫，爱的翔舞。因此，希望之后的绝望也还不是绝对的无，虚妄和空虚，"魔鬼手上，终有漏光的处所"（《热风·随感录》）。明和暗，生和死，希望与绝望是如此地纠缠、搅和在了一起。既然绝望之为虚妄（无、暗），正与希望（有、明）相同，那为什么不与这绝望开一开玩笑，捣乱、反抗它一下呢？碰到歧路或末路，坐下哭是没用的，碰到老虎，没处逃，哀求也是无用的。办法是选一条似乎可走的路，勇敢地大踏步走去，即便是沟壑、荆棘；老虎吃人，跑不掉了，被吃之前也何妨咬它一口？"倘使我还得偷生在不明不暗的这虚妄中，我就还要寻求那逝去的悲凉的青春，但不妨在我的身外。"（《希望》）生命的过程是由生到死，人作为世界的过客也无非是从出生的过去一步一步走向死的将来，终点是坟。这是一种人生哲学——是战战兢兢、悲悲戚戚地挪，还是笑着，跳着，坦坦荡荡地走，走法不同，结果大不相同。

鲁迅活着。

1996年1月5日初稿
2023年11月18日修订

《野草》意会

死 火

我梦见自己在冰山间奔驰。

这是高大的冰山,上接冰天,天上冻云弥漫,片片如鱼鳞模样。山麓有冰树林,枝叶都如松杉。一切冰冷,一切青白。

但我忽然坠在冰谷中。

上下四旁无不冰冷,青白。而一切青白冰上,却有红影无数,纠结如珊瑚网。我俯看脚下,有火焰在。

这是死火。有炎炎的形,但毫不摇动,全体冰结,像珊瑚枝;尖端还有凝固的黑烟,疑这才从火宅中出,所以枯焦。这样,映在冰的四壁,而且互相反映,化为无量数影,使这冰谷,成红珊瑚色。

哈哈!

当我幼小的时候,本就爱看快舰激起的浪花,洪炉喷出的烈焰。不但爱看,还想看清。可惜他们都息息变幻,永无定形。虽然凝视又凝视,总不留下怎样一定的迹象。

死的火焰,现在先得到了你了!

我拾起死火,正要细看,那冷气已使我的指头焦灼;但是,我还熬着,将他塞入衣袋中间。冰谷四面,登时完全青白。我一面思索着走出冰谷的法子。

我的身上喷出一缕黑烟,上升如铁线蛇。冰谷四面,又登时满有红焰流动,如大火聚,将我包围。我低头一看,死火已经燃烧,烧穿了我的衣裳,流在冰地上了。

"唉,朋友!你用了你的温热,将我惊醒了。"他说。

我连忙和他招呼,问他名姓。

"我原先被人遗弃在冰谷中，"他答非所问地说，"遗弃我的早已灭亡，消尽了。我也被冰冻冻得要死。倘使你不给我温热，使我重行烧起，我不久就须灭亡。"

"你的醒来，使我欢喜。我正在想着走出冰谷的方法；我愿意携带你去，使你永不冰结，永得燃烧。"

"唉唉！那么，我将烧完！"

"你的烧完，使我惋惜。我便将你留下，仍在这里罢。"

"唉唉！那么，我将冻灭了！"

"那么，怎么办呢？"

"但你自己，又怎么办呢？"他反而问。

"我说过了：我要出这冰谷……"

"那我就不如烧完！"

他忽而跃起，如红彗星，并我都出冰谷口外。有大石车突然驰来，我终于碾死在车轮底下，但我还来得及看见那车就坠入冰谷中。

"哈哈！你们是再也遇不着死火了！"我得意地笑着说，仿佛就愿意这样似的。

一九二五年四月二十三日。

梦境不实，皆为虚幻。这虚幻中却又虚幻叠出，悖论中的悖论；待到写出，则成为一种不通而通的无可奈何的无可奈何语境。

> 我梦见自己在冰山间奔驰。
> 这是高大的冰山，上接冰天，天上冻云弥漫，片片如鱼鳞模样。山麓有冰树林，枝叶都如松杉。一切冰冷，一切青白。

梦在冰山之间，却在奔跑。其实是思想、意识在奔驰。

冰山很大，很高；上接冰天，且冻云弥漫，片片如鱼鳞模样，而这一切都已冰冻成固体。山麓的树林也已冰冻，树枝冻成松杉状，一切冰冷，一切青白。这

《野草》意会

是旷古的寒冷。

　　但我忽然坠在冰谷中。
　　上下四方无不冰冷，青白。而一切青白冰上，却有红影无数，纠结如珊瑚网。我俯下看有火焰在。
　　这是死火。有炎炎的形，但毫不摇动，全体冰结，像珊瑚枝；尖端还有凝固的黑烟，疑这才从火宅中出，所以枯焦。这样，映在冰的四壁，而且互相反映，化为无量数影，使这冰谷，成红珊瑚色。

梦中虚幻可以让时空任意；坠入冰谷，则仍四下冰冷，一切青白——依然是旷古般的寒冷。冰上有无数红色的火焰的影子。

这是来自充满痛苦、恐怖、畏忌、忧患的"三界"火宅中的"心火"，其燃烧的威力也许要胜过普通火焰无数倍，他有炎炎燃烧的形，却无炎炎燃烧的热，像冰洁不动的珊瑚枝；珊瑚枝尖端还有凝固的黑烟，因为出自火宅，所以枯焦，凝然不动而又反映在四面冰壁之上，映之又映，遂可见无量数尖端有黑烟的红的死火光影，使冰谷成了珊瑚色。

　　哈哈！
　　当我幼小的时候，本就爱看快舰激起的浪花，洪炉喷出的烈焰。不但爱看，还想看清。可惜他们都息息变幻，永无定形。虽然凝视又凝视，总不留下怎样一定的迹象。
　　死的火焰，现在先得到了你了！
　　我拾起死火，正要细看，那冷气已使我的指头焦灼；但是，我还熬着，将他塞入衣袋中间。冰谷四面，登时完全青白。我一面思索着走出冰谷的法子。
　　我的身上喷出一缕黑烟，上升如铁线蛇。冰谷四面，又登时满有红焰流动，如大火聚，将我包围。我低头一看，死火已经燃烧，烧穿了我的衣裳，流在冰地上了。

二 《野草》意会

快艇激起的浪花，洪炉喷出的烈焰，壮观而灵动，息息变幻，永无定型。幼小时候就想看清他们究竟的形状而不能，凝视又凝视，总留不下固定的形状。哈哈，现在却看见本来也是形态幻变不定的火焰，死了，不动了，固定了。拾起死火，正要细看，那冰冻住了的火焰的冷气已使指头焦灼，忍着疼痛，将死火塞入衣袋时，冰谷四面，登时完全青白。当正要走出冰谷，死火燃烧了，同时也就融化，喷出一缕黑烟，如铁线蛇在窜动。冰谷的四面，映照出融化了的流动的红色火焰，如大火聚，包围过来。死火已经燃烧，烧穿了衣裳，流在冰地上了。

总是悖论，一个连着一个：冰与火，冷与热，本不相容，却连在一起，同时存在，相互排斥，却又相互依存。不可思议，却又不得不思议。世间万事万物，其实莫不如此。鲁迅对世间万象，看得通透，处理得也大体到位，这不能不说是得益于佛学禅宗式悖论思维的结果。鲁迅一生诸多行状，常处于悖论之中。在日本留学的时候参加过光复会，曾被指派回国执行像被挖心的徐锡麟一样的刺客任务，但想到家中寡居母亲及幼弟无人供养，便又犹豫，结果任务被取消。此事站在新旧两方的各自的立场上看，都是悖论：都对，都不对；都错，都不错。万事不得两全。此外，由母亲包办的婚姻，与许广平的同居；"铁屋子"的寓言及《呐喊》的产生；阿Q式的革命与"横站"，奴隶总管们的吆喝，等等，无一不是悖论，无一不无可奈何！

"唉，朋友！你用了你的温热，将我惊醒了。"他说。

我连忙和他招呼，问他名姓。

"我原先被人遗弃在冰谷中，"他答非所问地说，"遗弃我的早已灭亡，消尽了。也被冰冻冻得要死。倘使你不给我温热，使我重行烧起，我不久就须灭亡。"

"你的醒来，使我欢喜。我正在想着走出冰谷的方法；我愿意携带你去，使你永不冰结，永得燃烧。"

"唉唉！那么，我将烧完！"

"你的烧完，使我惋惜。我便将你留下，仍在这里罢。"

"唉唉！那么，我将冻灭了！"

"那么，怎么办呢？"

《野草》意会

"但你自己，又怎么办呢？"他反而问。

"我说过了：我要出这冰谷……"

"那我就不如烧完！"

他忽而跃起，如红彗星，并我都出冰谷口外。有大石车突然驰来，我终于碾死在车轮底下，但我还来得及看见那车就坠入冰谷中。

"哈哈！你们是再也遇不着死火了！"我得意地笑着说，仿佛就愿这样似的。

如此如此，火焰最终不是燃尽、熄灭，就是冻结成冰火、死火。以其冻结成死火，不如烧尽而熄灭。那位状态困顿倔强、眼光阴沉、黑须、乱发、黑色短衣裤、赤足着破鞋的过客，总不停地朝前走，即便前面就是坟，也还是朝前走——这就是最后的终极悖论，明知前面是黑暗和虚无，也仍然朝前走去，反抗绝望！

2023年11月22日

二　《野草》意会

狗的驳诘

我梦见自己在隘巷中行走，衣履破碎，像乞食者。

一条狗在背后叫起来了。

我傲慢地回顾，叱咤说：

"呔！住口！你这势利的狗！"

"嘻嘻！"他笑了，还接着说，"不敢，愧不如人呢。"

"什么！？"我气愤了，觉得这是一个极端的侮辱。

"我惭愧：我终于还不知道分别铜和银；还不知道分别布和绸；还不知道分别官和民；还不知道分别主和奴；还不知道……"

我逃走了。

"且慢！我们再谈谈……"他在后面大声挽留。

我一径逃走，尽力地走，直到逃出梦境，躺在自己的床上。

一九二五年四月二十三日。

鲁迅在《呐喊·自序》中关于铁屋子的议论有一个关键词，"铁屋子万难破毁"。虽然呐喊，有什么用？《新青年》同一营垒中的战友，不久也就分化，高升的高升，沉沦的沉沦。竟拉山头，各自为政，各为其主了。铁屋子何曾破毁，却一层层被包裹起来，犹如俄罗斯的"套娃"。先是现代评论派陈源、徐志摩等辈借女师大学潮事件兴风作浪，"闲话"连篇，对鲁迅进行造谣中伤，接着又与梁实秋及创造社诸革命家发生论战，遭遇围攻。创造社一伙更把把鲁迅开除了革命队伍，成仿吾首先否定了《呐喊》，接着钱杏邨宣布，"阿Q时代已经死去"。而郭沫若（笔名杜荃）则更以革命的最高级裁判的口气对鲁迅进行了"革命的大批判"："鲁迅先生的时代性和阶级性，就此完全决定了。他是资本主义以前的一个封建余孽。资本主义对于社会主义是反革命，封建余孽对于社会主义是二重的反革命。鲁迅是二重的反革命的人物……他是一位不得志的Fascist（法西斯蒂）。"（杜荃《文艺战线上的封建余孽》）

鲁迅于是《彷徨》，然而无地彷徨，陷入空前的寂寞。"寂寞新文苑，平安旧战场，两间余一卒，荷戟尚彷徨。"从在日本时决定从事文学以求唤醒民众，改造国民性，到响应辛亥革命，参加白话运动，对陈旧势力发起批判，从而呐喊，鲁迅以空前的清醒，用他的文章对所有阻碍中国文明进程的黑暗势力及其表现，发起了有力攻击，既确立了其在思想文化界的地位，也大大地得罪了一批卫道士道德家、伪君子。

先是以女师大学潮为导火线，现代评论派中陈源、徐志摩等打着正人君子的徽号放流言、说闲话，对鲁迅进行恶意中伤，陈源说，"鲁迅常常无故骂人，要是那人生气，他就说人家'幽默'，可是要是有人侵犯了他一言半语，他就跳到半空中，骂得你体无完肤"。在致徐志摩的信中，他说，"鲁迅先生一下笔就想构陷人家的罪状。他不是减，就是加，不是断章取义，便捏造事实"。"他没有一篇文章里不放几枝冷箭，但是他自己又常常说人'放冷箭'，并且说'放冷箭'就是卑劣的行为。"他甚至诬陷鲁迅的《中国小说史略》是抄袭日本人的著作。

面对他们的攻击，鲁迅在《我的"籍"和"系"》《并非闲话》等文中回应：他们"替暴君奔走，却以局外人自居；满肚子怀着鬼胎，而装出公允的笑脸"。"只要不再串戏，不再摆臭架子，忘却了你们的教授的头衔，且不做指导青年的前辈，将你们的'公理'的旗插到'粪车'上，将你们的绅士衣装抛到'臭茅厕'里去，除下假面具，赤条条地站出来说几真话就够了。"（按：陈源在《闲话》中比学校为"臭茅厕"）

然而随着这崩毁的时代的演化，各种文艺观念仍层出不穷，而社会政治集团间的争斗也日益激烈，文艺思想的冲突也在所难免。在此过程中，国人固有的那种国民性、公开的或隐约的奴性即狗性就会在不同的场合下表现出来。鲁迅似乎自来仇猫不仇狗，但对于奴性十足的势利狗及贵妇人豢养的叭儿狗则特别嗤之以

二　《野草》意会

鼻。直接撞上来被鲁迅讥为"乏走狗"的是梁实秋。

在关于文学的"硬译"、阶级性、人性等问题的论战中，冯乃超等左翼作家掺了进来，谓梁实秋为"资本家的走狗"，梁实秋则在《"资本家的走狗"》中问道："《拓荒者》说我是'资本家的走狗'，是哪一个资本家，还是所有的资本家？我还不知道我的主子是谁。我若知道，我一定要带着几分杂志去到主子面前表功，或者还许得到几个金镑或卢布的赏赉……我只知道不断的劳动下去，便可以赚到钱来维持生计，至于如何可以做走狗，如何可以到资本家的帐房去领金镑，如何可以到××党去领卢布，这一套本领，我可怎么能知道呢？……"此话表面只是辩解，实则暗含机锋，构陷鲁迅为共产党，于是鲁迅将话答话："这正是'资本家的走狗'的活写真。凡走狗，虽或为一个资本家所豢养，其实是属于所有的资本家的。所以它遇见所有的阔人都驯良，遇见所有的穷人都狂吠。不知道谁是它的主子，正是：遇见所有阔人都驯良的原因，也就是属于所有的资本家的证据，即使无人豢养，饿的精瘦，变成野狗了，但还是遇见所有的阔人都驯良，遇见所有的穷人都狂吠的，不过这时它就愈不明白谁是主子了。"狗性之不受欢迎，不言而喻，随着这一场争论的升级，双方都被骂成了狗。需要说明的是梁实秋之被骂，是自己撞上来的；这场文坛公案自有其特定的时代背景和特征，不便于此纠缠记叙了。

然而鲁迅却又在后来写了这篇《狗的驳诘》对人性中的奴性进行了又一次深刻剖析。不幸得很，这又与梁实秋关于"乏走狗"的辩白对应了起来。

所以如此，是因为，梁实秋是白璧德主义者，主张纯粹人性。他持纯粹人性无差别的观点与鲁迅论战，当然越辩越被动。因为人性并不纯粹，其本身是一个复杂多变，因时因地而不同的构成体，老实说，在某种情况下，人不如狗。

狗的辩解是——

"我惭愧：我终于还不知道分别铜和银；还不知道分别布和绸；还不知道分别官和民；还不知道分别主和奴；还不知道……"

狗除了能够辨认并忠于自己的主子这一点之外，对于铜和银、布和绸、官和民的分别与人相比，当然不可同日而语。人性在社会生活中的表现，不仅是对于贵贱的十分敏感的分辨力，而且有相当一部分人在名利面前表现出了露骨的自私和卑鄙的势利眼倾向，嫌贫爱富，趋炎附势，媚上欺下，猥琐屑头，等等，说它是国民性的表现固可，说它是人性也未尝不可。这些，说是"狗性"就不那么确切了——狗没这么高的智商。从这个角度说，狗不及人处多矣。

2023年11月28日

二 《野草》意会

失掉的好地狱

我梦见自己躺在床上,在荒寒的野外,地狱的旁边。一切鬼魂们的叫唤无不低微,然有秩序,与火焰的怒吼,油的沸腾,钢叉的震颤相和鸣,造成醉心的大乐,布告三界:天下太平。

有一个伟大的男子站在我面前,美丽,慈悲,遍身有大光辉,然而我知道他是魔鬼。

"一切都已完结,一切都已完结!可怜的魔鬼们将那好的地狱失掉了!"他悲愤地说,于是坐下,讲给我一个他所知道的故事——

"天地作蜂蜜色的时候,就是魔鬼战胜天神,掌握了主宰一切的大权威的时候。他收得天国,收得人间,也收得地狱。他于是亲临地狱,坐在中央,遍身发大光辉,照见一切鬼众。

"地狱原已废弃得很久了:剑树消却光芒;沸油的边缘早不腾涌;大火聚有时不过冒些青烟;远处还萌生曼陀罗花,花极细小,惨白而可怜——那是不足为奇的,因为地上曾经大被焚烧,自然失了他的肥沃……

"鬼魂们在冷油温火里醒来,从魔鬼的光辉中看见地狱小花,惨白可怜,被大蛊惑,倏忽间记起人世,默想至不知几多年,遂同时向着人间,发一声反狱的绝叫。

"人类便应声而起,仗义执言,与魔鬼战斗。战声遍满三界,远过雷霆。终于运大谋略,布大罗网,使魔鬼并且不得不从地狱出走。最后的胜利,是地狱门上也竖了人类的旌旗!

"当魔鬼们一齐欢呼时,人类的整饬地狱使者已临地狱,坐在中央,用人类的威严,叱咤一切鬼众。

《野草》意会

"当鬼魂们又发一声反狱的绝叫时,即已成为人类的叛徒,得到永劫沉沦的罚,迁入剑树林的中央。

"人类于是完全掌握了主宰地狱的大威权,那威棱且在魔鬼以上。人类于是整顿废弛,先给牛首阿旁以最高的俸草;而且,添薪加火,磨砺刀山,使地狱全体改观,一洗先前颓废的气象。

"曼陀罗花立即焦枯了。油一样沸;刀一样铦;火一样热;鬼众一样呻吟,一样宛转,至于都不暇记起失掉的好地狱。

"这是人类的成功,是鬼魂的不幸……

"朋友,你在猜疑我了。是的,你是人!我且去寻野兽和恶鬼……"

一九二五年六月十六日。

还是一个梦。

……在荒寒的野外,地狱的旁边。一切鬼魂们的叫唤无不低微,然有秩序,与火焰的怒吼,油的沸腾,钢叉的震颤相和鸣,造成醉心的大乐,布告三界:天下太平。

有一个伟大的男子站在我面前,美丽,慈悲,遍身有大光辉,然而我知道他是魔鬼。

人间就是地狱,地狱也就是人间。"我们自己是早已布置妥帖了,有贵贱,有大小,有上下。自己被人凌虐,但也可以凌虐别人;自己被人吃,但也可以吃别人。一级一级的制驭着,不能动弹,也不想动弹了。因为倘一动弹,虽或有利,然而也有弊。"(《坟·灯下漫笔》)"华夏大概并非地狱,然而'境由心造',我眼前总充塞着重迭的黑云,其中有故鬼,新鬼,游魂,牛首阿旁,畜生,化生,大叫唤,无叫唤,使我不堪闻见。我装作无所闻见模样,以图欺骗自己,总算已从地狱中出离。"(《华盖集·"碰壁"之后》)如果说世人虽多仁义道德,却多以假面出现,理论也过于复杂;那么魔鬼虽然据说很厉害,却比人类中的正人君子者流要直截了当。"S城人的脸嘴早经看熟,如此而已,连心肝也似乎有些了然。总得寻别一类人们去，去寻为S城人所诟病的人们，无论其为畜生或魔鬼。"（《朝花夕拾·琐记》）在《坟·灯下漫笔》中说，"任凭你爱排场的学者们怎样铺张，修史时候设些什么'汉族发祥时代''汉族发达时代''汉族中兴时代'的好题目，好意诚然是可感的，但措辞太绕弯子了。有更其直截了当的说法在这里——一，想做奴隶而不得的时代；二，暂时做稳了奴隶的时代。这一种循环，也就是'先儒'之所谓'一治一乱'……"

在魔鬼统治三界的远古，是一个暂时做稳了奴隶的时代。

> 地狱原已废弃得很久了：剑树消却光芒；沸油的边缘早不腾涌；大火聚有时不过冒些青烟；远处还萌生曼陀罗花，花极细小，惨白而可怜——那是不足为奇的，因为地上曾经大被焚烧，自然失了他的肥沃……
>
> 鬼魂们在冷油温火里醒来，从魔鬼的光辉中看见地狱小花，惨白可怜，被大蛊惑，倏忽间记起人世，默想至不知几多年，遂同时向着人间，发一声反狱的绝叫。

刀山剑树不那么锋利了，油锅也不怎么沸腾了，大火聚也熄了，一切都有些松弛，如此，在地狱的边缘，细碎的曼陀罗花也就生成了。（这小花就是生命的本质所在，就是《野草》）于是鬼魂们在冷油温火中醒来，记起了人世。

> 一切都已完结，一切都已完结！可怜的魔鬼们将那好的地狱失掉了！他悲愤地说，于是坐下，讲给我一个他所知道的故事——

很久很久以前"天地作蜂蜜色的时候，就是魔鬼战胜天神，掌握了主宰一切的大权威的时候。他收得天国，收得人间，也收得地狱。他于是亲临地狱，坐在中央，遍身发大光辉，照见一切鬼众"。这一远古时期的鬼众大约有呻吟，有不满，也有希望，也会绝望。地狱的边缘也有细碎而惨白的曼陀罗花人类便应声而起，仗义执言，与魔鬼战斗。战声遍满三界，远过雷霆。终于运大谋略，布大罗网，使魔鬼并且不得不从地狱出走。最后的胜利，是地狱门上也竖了人类的

《野草》意会

旌旗！

  当魔鬼们一齐欢呼时，人类的整饬地狱使者已临地狱，坐在中央，用人类的威严，叱咤一切鬼众。
  当鬼魂们又发出一声反狱的绝叫时，即已成为人类的叛徒，得到永劫沉沦的罚，迁入剑树林的中央。
  人类于是完全掌握了主宰地狱的大威权，那威棱且在魔鬼以上。人类于是整顿废弛，先给牛首阿旁以最高的俸草；而且，添薪加火，磨砺刀山，使地狱全体改观，一洗先前颓废的气象。
  曼陀罗花立即焦枯了。油一样沸；刀一样铦；火一样热；鬼众一样呻吟，一样宛转，至于都不暇记起失掉的好地狱。
  这是人类的成功，是鬼魂的不幸……

  毫无疑问，人类当然比魔鬼高明、精明，也伟大得多。在人类的治下，地狱不应该是先前颓废的样子，那是腐败的、无能的象征，那怎么可以称之为地狱呢？他们，人类于是开始整顿废弛，先给牛首阿旁以最高的俸草，而且添薪加火，磨砺刀山，使之面貌全体改观，成为真正的像模像样的地狱。真正的地狱应该有火焰怒吼，锅油沸腾，刀叉震颤。经过整饬的地狱于是恢复了最先的森严的秩序，鬼众们各安其分，没有超越，也没有非分之想，甚至都不暇记起曾经有过一个好地狱。地下天平。当那细碎的曼陀罗花也焦枯了的时候，鬼众们便只赢得宛转的低吟，接受那本来就应该属于他们的永久的折磨。然而当伟大的人带领可怜的鬼众战胜魔鬼、鬼众们真心实意地齐声欢呼胜利的时候，鬼众们同时也就失去了反抗的权利。与代表邪恶的魔鬼战斗，自然是革命，是神圣和崇高；但与代表正义的、伟大的人作对，则无异于对正义的背叛，属于魔鬼者流，或者简直竟比魔鬼还魔鬼，应该受到诅咒，挞伐，直至彻底干净消灭之的。此之谓，彼一时，此又一时也。
  佛说极苦地狱中的鬼魂，也反而并无叫唤。（《华盖集·碰壁之后》）
  这是一个想做奴隶而不得的时代。
  实际上，伟大的人之与魔鬼战斗，表面看是"仗义执言"，"路见不平、拔刀相助"，其所打旗号所呼口号虽然或为代表鬼众争自由，求解放，但实际"不过是争夺一把旧椅子"（《学界三魂·华盖集》），魔鬼是可憎，可恶的，因为他折磨鬼魂；赶走魔鬼是正义的，所以鬼魂拥护并且欢呼，人是伟大的，因为他代表鬼众赶走了魔鬼。赶走了魔鬼，那空出的椅子当然不能再让魔鬼，自然也不能给鬼众——他们也配？！好东西难道会下到地狱中来？好人是一定在上帝身边享福呢。只要是在地狱里，鬼众们便永远站不到任何"道理"一边。他们天生就错了。

对于一百多年以前的旧中国，人们常用"水深火热"来形容。那是一座地狱，"失去的好地狱"以及整饬过的严格意义上的地狱。在这里生活的民众——或者称作人民，无异于群盲、牲口、鬼众，是可以随意杀掠的。"中国人向来就没有争到过做'人'的权利，至多不过是奴隶。""战时连自己也不知道属于哪一面，但又属于无论哪一面。强盗来了，就属于官，当然该被杀掠；官兵既到，该是自己人了罢，但仍然要被杀掠，仿佛属于强盗似的。"（《灯下漫笔·坟》）横竖不对，该死。突然想到先生的论敌：胡适。胡适也曾为寻找救国的良方而奔波，而呼喊，作为"人"，也曾经全身发大光辉，带有些"伟大"的色彩。然而博士终于高升，相信并且鼓吹"好政府主义"了，温文尔雅、忠厚的后面，有意无意间却仍不过是对自己的"瞒和骗"罢了。

"废弛的地狱边沿的惨白色小花，当然不会美丽。但这地狱也必须失掉。这是由几个有雄辩和辣手，而那时还未得志的英雄们的脸色和语气所告诉我的。我于是作《失掉的好地狱》。"（《〈野草〉英文译本序》）

在某些人看来鲁迅或许过于尖刻，其历史循环论或许不无偏激，但在当时，如鲁迅之头脑清醒、眼光犀利、思考深沉，却非胡适等辈所能望其项背的——至少，他们没有鲁迅那样的勇气和骨气。

1996年1月5日

2023年12月26日修订

《野草》意会

墓碣文

我梦见自己正和墓碣对立,读着上面的刻辞。那墓碣似是沙石所制,剥落很多,又有苔藓丛生,仅存有限的文句——

……于浩歌狂热之际中寒;于天上看见深渊,于一切眼中看见无所有;于无所希望中得救……

……有一游魂,化为长蛇,口有毒牙。不以啮人,自啮其身,终以殒颠……

……离开!……

我绕到碣后,才见孤坟,上无草木,且已颓坏。即从大阙口中,窥见死尸,胸腹俱破,中无心肝。而脸上却绝不显哀乐之状,但蒙蒙如烟然。

我在疑惧中不及回身,然而已看见墓碣阴面的残存的文句——

……抉心自食,欲知本味。创痛酷烈,本味何能知?……

……痛定之后,徐徐食之。然其心已陈旧,本味何能知?……

……答我。否则,离开!……

我就要离开。而死尸已在坟中坐起,口唇不动,然而说——

"待我成尘时,你将见我的微笑!"

我疾走,不敢反顾,生怕看见他的追随。

一九二五年六月十七日。

过客终于跋涉到了他要走完的那旅程的尽头:坟墓。他走完了他的一生,却原来不过是一场梦。

坟墓的碑碣似为砂石，石上有苔藓丛生，上刻文字多已剥落。文字的大意是一系列不可思议现象：

于浩歌狂热之际中寒——浩歌是一种豪迈的充满自信的希望状态，狂热是信心百倍，希望已在掌握之中的人类情感。然而接着也就是失望，以至绝望，犹如劈头泼来的冰水。悖论！不折不扣的悖论！

于天上看见深渊——在希望，也就是称为天堂的光明而幸福的地方，看见恐怖的黑暗的深渊，于希望中看见了绝望。绝望之为虚妄，正与希望相同。还是悖论！不折不扣的悖论！

于一切眼中看见无所有——眼睛所见一切都非真相，变幻不定，真亦假，假成真，究竟空无。

于无所希望中得救——奇怪的是，有时以为无所希望了，绝望了，希望却又姗然而至。

游魂化为长蛇，不以啮人，自啮其身，终以殒颠……

这梦境所展示的意象，令读者一下子就想到作者的一系列经历和作品。

"这以前，我的心也曾充满过血腥的歌声：血和铁，火焰和毒，恢复和报仇。而忽而这些都空虚了，但有时故意地填以没奈何的自欺的希望。希望，希望，用这希望的盾，抗拒那空虚中的暗夜的袭来，虽然盾后面也依然是空虚中的暗夜。然而就是如此，陆续地耗尽了我的青春。"（《野草·希望》）

"我做小说，是开始一九一八年，《新青年》上提倡'文学革命'的时候的……然而我那时对于'文学革命'其实并没有怎样的热情。见过辛亥革命，见过二次革命，见过袁世凯称帝，张勋复辟，看来看去，就看得怀疑起来，于是失望，颓废得很了……不过我却又怀疑于自己的失望，因为我所见过的人们，事件，是有限得很的，这想头，就给了我提笔的力量。""绝望之为虚妄，正与希望相同。"（《自选集·自序》）

在《集外集·〈穷人〉小引》中，鲁迅说陀思妥耶夫斯基"灵魂的深处并不平安，敢于正视的本来就不多，更何况写出""其实，他早将自己加以精神的苦刑，从青年时起一直拷问到死灭"。这分析其实也正是鲁迅自身的解剖。在《写在〈坟〉后面》中他就说不过，"我的确时时解剖别人，然而更多的是

《野草》意会

更无情地解剖自己，发表一点。酷爱温暖的人物已经觉得冷酷了，如果全露出我的血肉来，末路正不知怎么样。我有时也想就此驱除旁人，到那时还不唾弃我的，即使是枭蛇鬼怪，也是我的朋友。倘使连这个也么没有，则就是我一个人也行"。

绕道碑碣后面从已颓坏的孤坟大阙口中且看见了他自己的已经死去，胸腹已被剖开，内中并无心肝，面无表情，但朦胧如烟一般，无所谓表情，也无所谓面目。人既已经死亡，也就无所谓善，也无所谓恶，也就无所谓面目真假，事物好坏有无，希望绝望了。一切的一切，无非虚妄而已。

碑碣背面的残存文字，乃是逝者的心里话：

……抉心自食，欲知本味。创痛酷烈，本味何能知？……
……痛定之后，徐徐食之。然其心已陈旧，本味何能知？……
……答我。否则，离开！……

自己抉心自食，是想究竟一下自己的心到底是什么；心都抉出来了，这酷烈的疼痛还不能说明究竟怎样吗？

痛定思痛，慢食之，细品之，这抉出来的心不就是这么一直酷烈地疼痛着，疼动着，还能有什么样子呢？

我就要离开。而死尸已在坟中坐起，口唇不动，然而说——
"待我成尘时，你将见我的微笑！"

当一个人连这尸骨也变成灰尘的时候，也就解脱了吧。

我疾走，不敢反顾，生怕看见他的追随。

梦境所现一切皆为悖论，荒诞至极；解剖自己，除了自身痛苦之外，人间所见总是虚妄。作者一生的经历，正应了与许广平说的那句话："唯黑暗与虚无乃是实有。"

《墓碣文》原来是一场梦，梦中所示一切，也还是一场梦。

这是一篇关于个人的生命的恐怖的噩梦，颇像是一篇禅宗的公案故事，更像是一篇佛偈。

2023年12月1日

《野草》意会

颓败线的颤动

　　我梦见自己在做梦。自身不知所在,眼前却有一间在深夜中紧闭的小屋的内部,但也看见屋上瓦松的茂密的森林。

　　板桌上的灯罩是新拭的,照得屋子里分外明亮。在光明中,在破榻上,在初不相识的披毛的强悍的肉块底下,有瘦弱渺小的身躯,为饥饿,苦痛,惊异,羞辱,欢欣而颤动。弛缓,然而尚且丰腴的皮肤光润了;青白的两颊泛出轻红,如铅上涂了胭脂水。

　　灯火也因惊惧而缩小了,东方已经发白。

　　然而空中还弥漫地摇动着饥饿,苦痛,惊异,羞辱,欢欣的波涛……

　　"妈!"约略两岁的女孩被门的开阖声惊醒,在草席围着的屋角的地上叫起来了。

　　"还早哩,再睡一会罢!"她惊惶地说。

　　"妈!我饿,肚子痛。我们今天能有什么吃的?"

　　"我们今天有吃的了。等一会有卖烧饼的来,妈就买给你。"她欣慰地更加紧捏着掌中的小银片,低微的声音悲凉地发抖,走近屋角去一看她的女儿,移开草席,抱起来放在破榻上。

　　"还早哩,再睡一会罢。"她说着,同时抬起眼睛,无可告诉地一看破旧的屋顶以上的天空。

　　空中突然另起了一个很大的波涛,和先前的相撞击,回旋而成旋涡,将一切并我尽行淹没,口鼻都不能呼吸。

　　我呻吟着醒来,窗外满是如银的月色,离天明还很辽远似的。

　　我自身不知所在,眼前却有一间在深夜中紧闭的小屋的内部,我自己知道是在续着残梦。可是梦的年代隔了许多年了。屋的内外已经这样整齐；里面是青年的夫妻，一群小孩子，都怨恨鄙夷地对着一个垂老的女人。

"我们没有脸见人，就只因为你，"男人气忿地说。"你还以为养大了她，其实正是害苦了她，倒不如小时候饿死的好！"

"使我委屈一世的就是你！"女的说。

"还要带累了我！"男的说。

"还要带累他们哩！"女的说，指着孩子们。

最小的一个正玩着一片干芦叶，这时便向空中一挥，仿佛一柄钢刀，大声说道：

"杀！"

那垂老的女人口角正在痉挛，登时一怔，接着便都平静，不多时候，她冷静地，骨立的石像似的站起来了。她开开板门，迈步在深夜中走出，遗弃了背后一切的冷骂和毒笑。

她在深夜中尽走，一直走到无边的荒野；四面都是荒野，头上只有高天，并无一个虫鸟飞过。她赤身露体地，石像似的站在荒野的中央，于一刹那间照见过往的一切：饥饿，苦痛，惊异，羞辱，欢欣，于是发抖；害苦，委屈，带累，于是痉挛；杀，于是平静……又于一刹那间将一切并合：眷念与决绝，爱抚与复仇，养育与歼除，祝福与咒诅……她于是举两手尽量向天，口唇间漏出人与兽的，非人间所有，所以无词的言语。

当她说出无词的言语时，她那伟大如石像，然而已经荒废的，颓败的身躯的全面都颤动了。这颤动点点如鱼鳞，每一鳞都起伏如沸水在烈火上；空中也即刻一同振颤，仿佛暴风雨中的荒海的波涛。

她于是抬起眼睛向着天空，并无词的言语也沉默尽绝，惟有颤动，辐射若太阳光，使空中的波涛立刻回旋，如遭飓风，汹涌奔腾于无边的荒野。

我梦魇了，自己却知道是因为将手搁在胸脯上了的缘故；我梦中还用尽平生之力，要将这十分沉重的手移开。

一九二五年六月二十九日。

《野草》意会

　　故事讲述一位寡居的母亲靠含羞忍辱的卖身，养活了她的女儿。女儿长大成亲后，有了自己的子女，生活也大有改善，却异常嫌弃自己垂老的母亲了；他们以有这样曾经以出卖肉体养家的母亲而感到羞耻！

　　"我们没有脸见人，就只因为你，"男人气忿地说。"你还以为养大了她，其实正是害苦了她，倒不如小时候饿死的好！"
　　"使我委屈一世的就是你！"女的说。
　　"还要带累了我！"男的说。
　　"还要带累他们哩！"女的说，指着孩子们。
　　最小的一个正玩着一片干芦叶，这时便向空中一挥，仿佛一柄钢刀，说道：
　　"杀！"
　　那垂老的女人口角正在痉挛，登时一怔，接着便都平静，不多时候，她冷静地，骨立的石像似的站起来了。她开开板门，迈步在深夜中走出，遗弃了背后一切的冷骂和毒笑。

　　老妇人的心被尖锐地刺伤了。他似乎尝到了自己的心的味道，也就是《墓碣文》中那碑文所写的"……抉心自食，欲知本味。创痛酷烈，本味何能知？……"她悲愤之极，绝望了，在旷野的中央，面对高天，发出了悲愤的无言、无声的呻吟和呼喊……

　　她在深夜中尽走，一直走到无边的荒野；四面都是荒野，头上只有高天，并无一个虫鸟飞过。她赤身露体地，石像似的站在荒野的中央，于一刹那间照见过往的一切：饥饿，苦痛，惊异，羞辱，欢欣，于是发抖；害苦，委屈，带累，于是痉挛；杀，于是平静……又于一刹那间将一切并合：眷念与决绝，爱抚与复仇，养育与歼除，祝福与咒诅……她于是举两手尽量向天，口唇间漏出人与兽的，非人间所有，所以无词的言语。

　　当她说出无词的言语时，她那伟大如石像，然而已经荒废的，颓败的身躯的全面都颤动了。这颤动点点如鱼鳞，每一鳞都起伏如沸水在烈火上；空中也即刻一同振颤，仿佛暴风雨中的荒海的波涛。

她于是抬起眼睛向着天空，并无词的言语也沉默尽绝，惟有颤动，辐射若太阳光，使空中的波涛立刻回旋，如遭飓风，汹涌奔腾于无边的荒野。

如此惨烈的遗弃，如此撕心裂肺的创痛，向谁倾诉？向谁？荒野无言。高天无言。那么，她的口唇间漏出的人与兽的，非人间所有的语言倾诉会是什么样的呢？大道无形，大音希声，悲痛欲绝的人的口中是说不出话来的。

这是一个残酷的寓言，属于鲁迅自己的一个寓言。

鲁迅对朋友颇笃实，对青年则格外爱护，认为他们是希望之所在，不仅给他们看稿子、编书、出书，还支持他们办刊物、写序、写评论，给予多方面的鼓励和帮助。但社会是一个大酱缸，许多良好的愿望到头来完全走样，变得莫名其妙了。后未，在被围剿的过程，向他放暗箭的，大多倒是青年。典型的例子，是高长虹。他曾与鲁迅有过频繁的交往，得到不少帮助，为编校他的《心的探险》一书，夜间竟至吐血。但后来高长虹为琐事突然翻脸。竟公开撰文攻击鲁迅"戴其纸糊的权威者的假冠""世故老人""自谓老人是精神的堕落"，等等。在致许广平的信中鲁迅说："我这三四年来，怎样地为学生，为青年拼命，并无一点坏心思，只要可给予的便给予。然而男的呢。他们互相嫉妒，争起未了，一方面不满足，就想打杀我。给哪方面也无所得，看见我有女生在坐，他们便造流言……他们貌作新思想，其实都是暴君酷吏，侦探、小人。""……昨天竟决定了，虽是什么青年。我也不留情面，于是作一启事，将他利用我的名字，而对于别人用我名字的事，则加笑骂等情状，揭露出来，比他的长文要刻毒些……我已决定不再彷徨，拳来拳对，所以心里也舒服了。"这些曾得到过鲁迅无私帮助的人，后来竟对恩师狠下毒手，这不得不引发鲁迅的愤慨。这种近于悲愤的心境，在《野草》的《复仇（其二）》等篇中都有表现。因此在阐释这些篇章内涵的行文过程中，不得不反复引用这几段与好友及景宋的私人通信。

在中国文学史上，没有谁像鲁迅一样集那么多赞誉和诋毁于一身的了。"革命家""文学家""旗手""思想界先驱"之类冠冕堂皇的赞誉固然很多，但同时什么"封建余孽""二重反革命""法西斯蒂""堕落文人"之类的诅咒更此起彼伏，甚至栽赃、陷害，说鲁迅靠日本特务的津贴出书，《中国小说史略》是剽窃之作，被卢布收买，挑拨是非，说读鲁迅的文章比读天书还难，鲁迅的文风是一流氓风格，最后闹到呈请浙江省党部通缉鲁迅，必欲置之死地而后快，等等。

一九三三年六月十八日，鲁迅在致曹聚仁的信中说到自己"历来所身受之事，真是一言难尽。但我是总如野兽一样，受了伤，就回头钻入草莽，舐掉血迹，至多也不过呻吟几声"而已。然而，如果单是论战气势汹汹围上来骂，倒也情有可言，但是，连自己"同一营垒"中的所谓"战友"之类，也"化了妆在背后给我一刀，则我的对于他的憎恶和鄙视，是在明显的敌人之上的"（《答〈戏〉周刊编者信》）。勿怪鲁迅后来不得不说："我的怨敌可谓多矣，倘有新式的人问起我来，怎么回答呢？我想了一想，决定的是：让他们怨恨去，我也一个都不宽恕！"

这样的遭遇和这样的心境，正是老妇人走向深夜，立于荒野，石像般对着苍天是发出的"人与兽的，非人间所有，所以无词的言语"！

2023年12月6日

二 《野草》意会

立 论

我梦见自己正在小学校的讲堂上预备作文,向老师请教立论的方法。

"难!"老师从眼镜圈外斜射出眼光来,看着我,说。"我告诉你一件事——

"一家人家生了一个男孩,合家高兴透顶了。满月的时候,抱出来给客人看,——大概自然是想得一点好兆头。

"一个说:'这孩子将来要发财的。'他于是得到一番感谢。

"一个说:'这孩子将来要做官的。'他于是收回几句恭维。

"一个说:'这孩子将来是要死的。'他于是得到一顿大家合力的痛打。

"说要死的必然,说富贵的许谎。但说谎的得好报,说必然的遭打。你……"

"我愿意既不谎人,也不遭打。那么,老师,我得怎么说呢?"

"那么,你得说:'啊呀!这孩子呵!您瞧!多么……啊唷!哈哈!Hehe!he,hehehehe!'"

一九二五年七月八日。

故事很简单,也很真实,通俗,是现实社会中可能经常发生的事。

"一家人家生了一个男孩,合家高兴透顶了。满月的时候,抱出来给客人看,——大概自然是想得一点好兆头。

"一个说:'这孩子将来要发财的。'他于是得到一番感谢。

《野草》意会

  "一个说:'这孩子将来要做官的。'他于是收回几句恭维。

  "一个说:'这孩子将来是要死的。'他于是得到一顿大家合力的痛打。

  "说要死的必然,说富贵的许谎。但说谎的得好报,说必然的遭打。你……

  "我愿意既不谎人,也不遭打。那么,老师,我得怎么说呢?

  "那么,你得说:'啊呀!这孩子呵!您瞧!多么……啊唷!哈哈!Hehe! he, hehehehe!'"

  一个当代寓言。当然,也可以把它归入童话;因为这象征的意义和安徒生那篇《国王的新装》颇相类似——谎言一旦成为时尚,则说真话者危矣!国王有生杀大权,顺我者昌,逆我者亡。那国王被几个佞臣包围,请来骗子为他缝制的新装据说有如何如何的精巧和美丽,但心怀不满、对国王不忠的人,就什么也看不见。这样,在国王出巡的时候,不仅周围的臣民都惊呼新装的美丽光荣,山呼万岁,就连簇拥在路两旁观光的百姓,也一声声欢呼国王的新装太美丽了。只有那尚缺乏政治教育的小孩居然说出:"国王没穿衣服"这样大逆不道、骇人听闻的话来!不消说,他爸爸、妈妈准吓个半死。

  在鲁迅这篇梦见的寓言中,那说出真话的先生遭到了大家合力的痛打。这大约只是普通人家抱孩子求吉祥,倘是皇家抱出太子或公主来,则万不会有谁敢说出半句不吉利的话来!这正应了柏拉图说过的那句话:"在一个由骗子和傻子组成的社会中,人们痛恨的并非是说谎者,而是揭穿谎言的人。"(柏拉图《理想国》)

  世间一切事物早有定义,倘有问答,则解释权必在强者一方。看人说话,顺从大流,识时务者为俊杰,这是起码的世故。因此,中国人总是显得没有自己的思想似的。其实,对世间万事万物,人何尝会没有自己的看法呢?鲁迅说:"中国人是并非'没有自知'之明的,缺点只在有些人安于'自欺',由此并想'欺人'。譬如病人,患着浮肿,而讳疾忌医,但愿别人胡涂,误认他为肥胖。妄想既久,时而自己也觉得好像肥胖,并非浮肿;即使还是浮肿,也是一种特别的好浮肿,与众不同。如果有人,当面指明:这非肥胖,而是浮肿,且并不'好',病而已矣。那么,他就失望,含羞,于是成怒,骂指明者,以为昏妄。然而还想吓他、骗他,又希望他畏惧主人的愤怒和骂詈，惴惴的再看一遍，细寻佳处，改口说这的确不是肥胖。于是他得到安慰，高高兴兴，放心的浮肿着"。（《且介亭杂文末编·立此存照（三）》）

在写作本篇的时候，正是鲁迅遭遇北京女师大风潮，与现代评论派诸正人君子者流论战，又得罪了教育总长章士钊，被罢官免职，被四面围攻之时。让他又一次感到了在现代中国说话的不易，立论的困难。《辞大义》一文回答了现代派正人君子陈西滢、徐志摩等流的攻击：

"派"呀，"首领"呀，这种谥法实在有些可怕。不远就又会有人来诮骂。甲道：看哪！鲁迅居然称为首领了。天下有这种首领的么？乙道：他就专爱虚荣。人家称他首领，他就满脸高兴。我亲眼看见的。

但这是我领教惯的教训了，并不为奇。这回所觉得新鲜而惶恐的，是忽而将宝贵的"大义"硬塞在我手里，给我竖起大旗来，叫我和"现代派"的"主将"去对垒。我早已说过：公理和正义，都被正人君子夺去了，所以我已经一无所有。大义么，我连它是圆柱形的呢还是椭圆形的都不知道，叫我怎么"仗"？

"主将"呢，自然以有"义旗"为体面罢。不过我没有这么冠冕。既不成"派"，也没有做"首领"，更没有"仗"过"大义"。更没有用什么"战略"，因为我未见广告以前，竟没有知道西滢先生是"现代派"的"主将"，——我总当他是一个喽罗儿。

我对于我自己，所知道的是这样的。我想，"孤桐先生"尚在，"现代派"该也未必忘了曾有人称我为"学匪"，"学棍"，"刀笔吏"的，而今忽假"鲁迅先生"以"大义"者，但为广告起见而已。呜呼，鲁迅鲁迅，多少广告，假汝之名以行！

——《而已集·辞大义》

说话，作文不易，立论困难的寓言还与1925年发生的一起"青年必读书"的争论有关。

1925年1月间，《京报副刊》刊出启事，征求"青年爱读书"和"青年必读书"各十部的书目。鲁迅以一表格的形式对第二问作了回答。在"青年必读书"一栏,写道:"从来没有留心过,所以现在说不出。""附注"栏写道:"我要趁这机会,略说自己的经验,以供若干读者的参考——我看中国书时,总觉得就沉静下去,与实人生离开;读外国书——但除了印度——时,往往就与人生接触,想做点事。中国书虽有劝人入世的话,也多是僵尸的乐观;外国书即使是颓唐和厌世的,但却是活人的颓唐和厌世。我以为要少——或者竟不——看中国书,多看外国书。少看中国书,其结果不过不能作文而已。但现在的青年最要紧的是'行',不是'言'。只要是活人,不能作文算什么大不了的事。"(《华盖集·青年必读书——应〈京报副刊〉的征求》)文章发表后,曾引发一些人的诘责和攻击。后来作者又写了《聊答"……"》《答"兼士"》等文,对此主张涉及的问题作了回答。

鲁迅在这时期与许广平的通信中对此书目也进行过交谈。鲁迅写给她的信说:"我的东西常招误解,有时竟出于意料之外。"这当然也包括了《青年必读书》。《猛进》第八期有文幽默地说"鲁迅真该割去舌头"。许广平在信中提及此事:"唉!我闻阎十殿中有一殿是钩舌筋的,生前说诳,这是假话的处罚,而'把国民底丑德都暴露出来',既承认是'丑德',则其非假也可知,仍有'割舌'之罪,此人间有甚于地狱哟!"鲁迅答曰:"割舌之罚。早在我的意中,然而倒不以为意。近来整天与人说话,颇觉有点苦了,割去舌头,则一者免得教书,二者免得陪客,三者免得做官,四者免得讲应酬话,五者免得演说,从此可以专心做报章文字,岂不舒服。所以你们在割舌头之前听完《苦闷的象征》。""我现在愈加相信说话和弄笔的人都是不中用的人,无论你说如何有理,文章如何动人,都是空的。"(《两地书·一七》)

后来鲁迅在《准风月谈·聊答"……"》一文中作过补充:"我那时的答话,就先不写在'必读书'栏内,还要一则曰'若干',再则曰'参考',三则曰'或'以见我并无指导一切青年之意。我自信还不至于如此之昏,会不知道青年有各式各样。那时的聊说几句话,乃是但以寄几个曾见或未见的或一种改革者,愿他们知道自己并不孤独而已。"

说话和作文,最终也还是悖论;唯黑暗与虚无乃是实有。

2023年12月10日

二 《野草》意会

死　后

我梦见自己死在道路上。

这是那里,我怎么到这里来,怎么死的,这些事我全不明白。总之,待我自己知道已经死掉的时候,就已经死在那里了。

听到几声喜鹊叫,接着是一阵乌老鸦。空气很清爽,——虽然也带些土气息,——大约正当黎明时候罢。我想睁开眼睛来,他却丝毫也不动,简直不象是我的眼睛;于是想抬手,也一样。

恐怖的利镞忽然穿透我的心了。在我生存时,曾经玩笑地设想:假使一个人的死亡,只是运动神经的废灭,而知觉还在,那就比全死了更可怕。谁知道我的预想竟的中了,我自己就在证实这预想。

听到脚步声,走路的罢。一辆独轮车从我的头边推过,大约是重载的,轧轧地叫得人心烦,还有些牙齿龃。很觉得满眼绯红,一定是太阳上来了。那么,我的脸是朝东的。但那都没有什么关系。切切嚓嚓的人声,看热闹的。他们踹起黄土来,飞进我的鼻孔,使我想打喷嚏了,但终于没有打,仅有想打的心。

陆陆续续地又是脚步声,都到近旁就停下,还有更多的低语声:看的人多起来了。我忽然很想听听他们的议论。但同时想,我生存时说的什么批评不值一笑的话,大概是违心之论罢:才死,就露了破绽了。然而还是听;然而毕竟得不到结论,归纳起来不过是这样——

"死了……"

"嗡。——这……"

"哼!……"

"啧……唉!……"

《野草》意会

我十分高兴，因为始终没有听到一个熟识的声音。否则，或者害得他们伤心；或则要使他们快意；或则要使他们添些饭后闲谈的材料，多破费宝贵的工夫；这都会使我很抱歉。现在谁也看不见，就是谁也不受影响。好了，总算对得起人了！

但是，大约是一个马蚁，在我的脊梁上爬着，痒痒的。我一点也不能动，已经没有除去他的能力了；倘在平时，只将身子一扭，就能使他退避。而且，大腿上又爬着一个哩！你们是做什么的？虫豸！？

事情可更坏了：嗡的一声，就有一个青蝇停在我的颧骨上，走了几步，又一飞，开口便舐我的鼻尖。我懊恼地想：足下，我不是什么伟人，你无须到我身上来寻做论的材料……但是不能说出来。他却从鼻尖跑下，又用冷舌头来舐我的嘴唇了，不知道可是表示亲爱。还有几个则聚在眉毛上，跨一步，我的毛根就一摇。实在使我烦厌得不堪，——不堪之至。

忽然，一阵风，一片东西从上面盖下来，他们就一同飞开了，临走时还说——

"惜哉！……"

我愤怒得几乎昏厥过去。

木材摔在地上的钝重的声音同着地面的震动，使我忽然清醒，前额上感着芦席的条纹。但那芦席就被掀去了，又立刻感到了日光的灼热。还听得有人说——

"怎么要死在这里？……"

这声音离我很近，他正弯着腰罢。但人应该死在那里呢？我先前以为人在地上虽没有任意生存的权利，却总有任意死掉的权利的。现在才知道并不然，也很难适合人们的公意。可惜我久没了纸笔；即有也不能写，而且即使写了也没有地方发表了。只好就这样抛开。

有人来抬我，也不知道是谁。听到刀鞘声，还有巡警在这里罢，在我所不应该"死在这里"的这里。我被翻了几个转身，便觉得向上一举，又往下一沉；又听得盖了盖，钉着钉。但是，奇怪，只钉了两个。难道这里的棺材钉，是只钉两个的么？

我想：这回是六面碰壁，外加钉子。真是完全失败，呜呼哀哉了！……

二 《野草》意会

"气闷！……"我又想。

然而我其实却比先前已经宁静得多，虽然知不清埋了没有。在手背上触到草席的条纹，觉得这尸衾倒也不恶。只不知道是谁给我化钱的，可惜！但是，可恶，收敛的小子们！我背后的小衫的一角皱起来了，他们并不给我拉平，现在抵得我很难受。你们以为死人无知，做事就这样地草率么？哈哈！

我的身体似乎比活的时候要重得多，所以压着衣皱便格外的不舒服。但我想，不久就可以习惯的；或者就要腐烂，不至于再有什么大麻烦。此刻还不如静静地静着想。

"您好？您死了么？"

是一个颇为耳熟的声音。睁眼看时，却是勃古斋旧书铺的跑外的小伙计。不见约有二十多年了，倒还是一副老样子。我又看看六面的壁，委实太毛糙，简直丝毫没有加过一点修刮，锯绒还是毛毿毿的。

"那不碍事，那不要紧。"他说，一面打开暗蓝色布的包裹来。"这是明版《公羊传》，嘉靖黑口本，给您送来了。您留下他罢。这是……"

"你！"我诧异地看定他的眼睛，说，"你莫非真正胡涂了？你看我这模样，还要看什么明版？……"

"那可以看，那不碍事。"

我即刻闭上眼睛，因为对他很烦厌。停了一会，没有声息，他大约走了。但是似乎一个马蚁又在脖子上爬起来，终于爬到脸上，只绕着眼眶转圈子。

万不料人的思想，是死掉之后也会变化的。忽而，有一种力将我的心的平安冲破；同时，许多梦也都做在眼前了。几个朋友祝我安乐，几个仇敌祝我灭亡。我却总是既不安乐，也不灭亡地不上不下地生活下来，都不能副任何一面的期望。现在又影一般死掉了，连仇敌也不使知道，不肯赠给他们一点惠而不费的欢欣……

我觉得在快意中要哭出来。这大概是我死后第一次的哭。

然而终于也没有眼泪流下；只看见眼前仿佛有火花一闪，我于是坐了起来。

一九二五年七月十二日。

《野草》意会

　　写的还是一个梦，一个假设自己已经死去之后，人间的人们会怎样对待他，评价他，处理他。
　　他的运动神经已经不起作用，不能动荡；眼睛也睁不开，看不见了。然而意识却清醒，感觉器官分外灵敏，听得见周围的声音以及人们的说话。说他死了，但还有感觉，还能听见人间的声音，谈话；说他还活着，却不能动弹，什么也看不见。不死不活。也还是个悖论。
　　死在道路上。是那位形容困顿的过客吧？

　　　　听到几声喜鹊叫，接着是一阵乌老鸦。空气很清爽，——虽然也带些土气息，——大约正当黎明时候罢。我想睁开眼睛来，他却丝毫也不动，简直不象是我的眼睛；于是想抬手，也一样。
　　　　恐怖的利镞忽然穿透我的心了。在我生存时，曾经玩笑地设想：假使一个人的死亡，只是运动神经的废灭，而知觉还在，那就比全死了更可怕。谁知道我的预想竟的中了，我自己就在证实这预想。

　　死了人，是不吉利的事，有乌鸦叫，没听说还会有喜鹊叫：乌鸦报丧，喜鹊报喜。这很奇怪。人死了，运动神经废灭，而知觉还在，能思想，能感觉，但看不见，动不了，这该是怎样的痛苦和恐怖啊！
　　显然这是活着的人对死了的人的感觉状态的一种假想，很荒诞。这是人间可能出现的事。但人间的事，本来就很荒诞。什么喜鹊报喜，什么乌鸦报丧，本来就子虚乌有。人死了怎么还会有知觉、感觉，诡异之极，奇思异想。这种事，貌似荒诞，实则经常发生。女师大风潮引发的对鲁迅围攻，就很有些类似的况味！
　　正人君子者流首先是把对手置于死地，从而攻击之。他们颇快意，所以作喜鹊叫，也作乌鸦叫。他们也知道这很无聊，所以很虚弱，才一反击，就说"他就跳到半天空，骂得你体无完肤———还不罢休"。

　　　　陆陆续续地又是脚步声，都到近旁就停下，还有更多的低语声：看的人多起来了。我忽然很想听听他们的议论。但同时想，我生存时说的什么批评不值一笑的话，大概是违心之论罢：才死，就露了破绽了。然

二 《野草》意会

而还是听；然而毕竟得不到结论，归纳起来不过是这样——

"死了……"

"嗡。——这……"

"哼！……"

"喷……唉！……"

如此不死不活，让人气闷，无可奈何。死在路上，有人围过来。成了示众的材料！叽叽喳喳，议论纷纷，不知所云，似乎没人快意。也不听有人同情和哀伤。反正都不认识，由他去罢！

但是，大约是一个马蚁，在我的脊梁上爬着，痒痒的。我一点也不能动，已经没有除去他的能力了；倘在平时，只将身子一扭，就能使他退避。而且，大腿上又爬着一个哩！你们是做什么的？虫豸！

有蚂蚁在脊梁上爬，痒痒的，总感觉有些不舒服，倘在平时，只将身子一扭，就能使他退避；然而腿上也爬着一只，总是痒痒地，让人不舒服！这些虫豸，你们到底要干什么？就有这么一些活得无聊的人，满世界爬来爬去，寻找着那些被示众的材料，然后围上去，叽叽喳喳，点评着，欢喜着，愤怒着；茶馆里，道路旁，广场上。所谓文坛，亦如此。这些虫豸！

然而更坏了，"嗡的一声，就有一个青蝇停在我的颧骨上，走了几步，又一飞，开口便舐我的鼻尖。我懊恼地想：足下，我不是什么伟人，你无须到我身上来寻做论的材料……但是不能说出来。他却从鼻尖跑下，又用冷舌头来舐我的嘴唇了，不知道可是表示亲爱。还有几个则聚在眉毛上，跨一步，我的毛根就一摇。实在使我烦厌得不堪，——不堪之至"。这让他愤怒得几乎昏厥过去！

在诸多虫豸之中，令人最难忍受的是蚊子和苍蝇。在中国，自然的蚊蝇尚可防御，政界及文坛上的宣传家和御用叭儿狗类写手，可就难以抵抗了。这些东西之龌龊不堪，令人作呕，不堪之至！鲁迅写《夏三虫》和《战士与苍蝇》活画了此类庸众、正人君子和职业革命家的生动嘴脸，倘有兴趣，无妨从古今报刊中去搜寻这些虫豸遗留下来的经典文萃。他们在当时，都极正确，并且真理，走红得

《野草》意会

很呢！

《夏三虫》写蚊子之霸道和恐怖，苍蝇之龌龊与讨厌、无耻，与某些名人对照，可谓惟妙惟肖："跳蚤的来吮血，虽然可恶，而一声不响地就是一口，何等直截爽快。蚊子便不然了，一针叮进皮肤，自然还可以算得有点彻底的，但当未叮之前，要哼哼地发一篇大议论，却使人觉得讨厌。如果所哼的是在说明人血应该给它充饥的理由，那可更其讨厌了，幸而我不懂。""苍蝇嗡嗡地闹了大半天，停下来也不过舐一点油汗，倘有伤痕或疮疖，自然更占一些便宜；无论怎么好的，美的，干净的东西，又总喜欢一律拉上一点蝇矢。但因为只舐一点油汗，只添一点腌臜，在麻木的人们还没有切肤之痛，所以也就将它放过了。中国人还不很知道它能够传播病菌，捕蝇运动大概不见得兴盛。它们的运命是长久的；还要更繁殖。"《战士与苍蝇》通过苍蝇的行径刻画，对某些无耻之徒的嘴脸作了进一步的特写："战士战死了的时候，苍蝇们所首先发现的是他的缺点和伤痕，嘬着，营营地叫着，以为得意，以为比死了的战士更英雄。但是战士已经战死了，不再来挥去他们。于是乎苍蝇们即更其营营地叫，自以为倒是不朽的声音，因为它们的完全，远在战士之上。"

似乎盖着的芦席被掀去，有巡警来准备把死者装棺埋葬了。

先是听见有人说："怎么要死在这里？……""我先前以为人在地上虽没有任意生存的权利，却总有任意死掉的权利的。现在才知道并不然，也很难适合人们的公意。可惜我久没了纸笔；即有也不能写，而且即使写了也没有地方发表了。只好就这样抛开。"

接着是"被翻了几个转身，便觉得向上一举，又往下一沉；又听得盖了盖，钉着钉。但是，奇怪，只钉了两个。难道这里的棺材钉，是钉两个的么？"

> 我想：这回是六面碰壁，外加钉子。真是完全失败，呜呼哀哉了！……

鲁迅写此文时，正交华盖运，因为《呐喊》《彷徨》和《坟》《热风》以及《华盖集》《而已集》中的一些篇章曾戳穿过某些流行的谎言和霸道，遭遇了不止一次的围攻，特别是女师大学潮，更把鲁迅推向了风口浪尖，以致教育总长章

· 326 ·

二 《野草》意会

士钊还免了鲁迅的官。鲁迅不得不向法院提起诉讼，和章士钊打了一场官司。鲁迅在那首著名的七言律诗中，把此时的处境作了如下呈示："运交华盖欲何求，未敢翻身已碰头。破帽遮颜过闹市，漏船载酒泛中流。横眉冷对千夫指，俯首甘为孺子牛。躲进小楼成一统，管他冬夏与春秋。"这处境，岂不像正是被置于那"万难破毁的铁屋子"和被钉上钉子的"棺材"里么！在女师大，鲁迅又一次感觉到了四处碰壁的苦恼。"碰壁，碰壁！我碰了杨家的壁了！……""中国各处是壁，然而无形，像'鬼打墙'一般，使你随时能'碰'。能打这墙的，能碰而不感到痛苦的，是胜利者。"

梦在继续。这回是真死了。他们以为死人无知，做事就这样草率，背后的小衫也不给拉平，抵得人不舒服。然而不仅耳朵听得见声音，而且还睁开了眼睛。

"您好？您死了么？"

是一个颇为耳熟的声音。睁眼看时，却是勃古斋旧书铺的跑外的小伙计。不见约有二十多年了，倒还是一副老样子。我又看看六面的壁，委实太毛糙，简直毫没有加过一点修刮，锯绒还是毛氄氄的。

"那不碍事，那不要紧。"他说，一面打开暗蓝色布的包裹来。"这是明版《公羊传》，嘉靖黑口本，给您送来了。您留下他罢。这是……"

"你！"我诧异地看定他的眼睛，说，"你莫非真正胡涂了？你看我这模样，还要看什么明版？……"

"那可以看，那不碍事。"

我即刻闭上眼睛，因为对他很烦厌。停了一会，没有声息，他大约走了。但是似乎一个马蚁又在脖子上爬起来，终于爬到脸上，只绕着眼眶转圈子。

看得见六面的壁，是毫没有加过一点修刮，锯绒还是毛氄氄的棺材。当然仍是动弹不得。这是传统的棺材，盒子，屋子，里面装的是死人，就破不了，只有时间能慢慢让它破毁腐烂。《公羊传》，圣人所修《春秋》传本之一，送来有什么用。嘉靖黑口本明版又怎么样？总有蚂蚁在不能动的身上、脖子上爬，绕着

《野草》意会

眼眶转圈子。真无可奈何！鲁迅对中国传统文化有极深的研究和感悟，在《呐喊·狂人日记》中曾一针见血地指出，中国历史"每叶上都写着'仁义道德'几个字……满本都写着两个字是'吃人'！"而《呐喊·自序》中的"铁屋子"无疑也是这口连刮都没有刮的毛糙的棺材！经过几次幻灭，他彷徨着，彷徨着，无地可以彷徨。如此这般，总还有一些虫豸样的正人君子、奴隶总管爬过来，爬过去，让人不舒服！无可奈何，气闷！

  万不料人的思想，是死掉之后也会变化的。忽而，有一种力将我的心的平安冲破；同时，许多梦也都做在眼前了。几个朋友祝我安乐，几个仇敌祝我灭亡。我却总是既不安乐，也不灭亡地不上不下地生活下来，都不能副任何一面的期望。现在又影一般死掉了，连仇敌也不使知道，不肯赠给他们一点惠而不费的欢欣……
  我觉得在快意中要哭出来。这大概是我死后第一次的哭。
  然而终于也没有眼泪流下；只看见眼前仿佛有火花一闪，我于是坐了起来。

假设已经是真的死了之后，会是怎样一种结果？——许多梦也都做在眼前了："几个朋友祝我安乐，几个仇敌祝我灭亡。我却总是既不安乐，也不灭亡地不上不下地生活下来，都不能副任何一面的期望。现在又影一般死掉了，连仇敌也不使知道，不肯赠给他们一点惠而不费的欢欣……"原来不过都是梦，我的生命与他们任何人都不相干。都是虚幻！人生如梦，梦如人生啊！

鲁迅在《忆韦素园》一文中说："文人的遭殃，不在生前的被攻击和被冷落，一瞑之后，言行两亡，于是无聊之徒，谬托知己，是非蜂起，既以自衒，又以卖钱，连死尸也成了他们的沽名获利之具，这倒是值得悲哀的。"过客对于生命是乐天的，明知前面是坟，也还是继续走，他挑战黑暗，挑战死亡。在《热风·随感录·六六》中说"生命绝不回头。无论什么黑暗来防范思潮，什么悲惨来袭击社会，什么罪恶来亵渎人道，人类的渴仰完全的潜力，总是踏了这些铁蒺藜向前进"。"生命不怕死，在死的面前笑着，跳着，跨过了死亡的人们向前进。""人类总不会寂寞，因为生命是进步的，是乐天的。"

弘一法师李叔同临终前不久写过几个字："悲欣交集"，是悟出人生生命原不过梦幻泡影，了无意思。鲁迅此文，到此忽地坐了起来，快意地哭了。这正是"悲欣交集"得到的境界。

善哉鲁迅！

2023年12月15日

《野草》意会

这样的战士

要有这样的一种战士——

已不是蒙昧如非洲土人而背着雪亮的毛瑟枪的；也并不疲惫如中国绿营兵而却佩着盒子炮。他毫无乞灵于牛皮和废铁的甲胄；他只有自己，但拿着蛮人所用的，脱手一掷的投枪。

他走进无物之阵，所遇见的都对他一式点头。他知道这点头就是敌人的武器，是杀人不见血的武器，许多战士都在此灭亡，正如炮弹一般，使猛士无所用其力。

那些头上有各种旗帜，绣出各样好名称：慈善家，学者，文士，长者，青年，雅人，君子……头下有各样外套，绣出各式好花样：学问，道德，国粹，民意，逻辑，公义，东方文明……

但他举起了投枪。

他们都同声立了誓来讲说，他们的心都在胸膛的中央，和别的偏心的人类两样。他们都在胸前放着护心镜，就为自己也深信心在胸膛中央的事作证。

但他举起了投枪。

他微笑，偏侧一掷，却正中了他们的心窝。

一切都颓然倒地；——然而只有一件外套，其中无物。无物之物已经脱走，得了胜利，因为他这时成了戕害慈善家等类的罪人。

但他举起了投枪。

他在无物之阵中大踏步走，再见一式的点头，各种的旗帜，各样的外套……

但他举起了投枪。

他终于在无物之阵中老衰，寿终。他终于不是战士，但无物之物则是胜者。

二 《野草》意会

在这样的境地里,谁也不闻战叫:太平。

太平……

但他举起了投枪!

一九二五年十二月十四日。

他只是孤独地一个人,手持投枪,如入无物之阵。没有毛瑟枪,没有盒子炮,甚至不披一片那怕是牛皮的和废铁的甲胄。这是一种不留退路的决死的架式。

对手于是悚然,变脸,变色。然而却都一式地点头,公允、平和,而且慈祥。他们都一派文雅,公正,甚至伟大,拥有一切美丽而且崇高的名称:慈善家、学者、文士、长者、青年、雅人、君子……画成旗帜,插在身后。他们拥有一切崇高而且美丽的装饰:学问、道德、国粹、民意、逻辑、公义、东方文明……绣成花样,穿在身上。他们占尽一切正确和美好,把错误和丑恶留给他们之外的别人。他们于是全身发大光辉,拥有真理,以及真理所附丽的财富、权力和一切可以攫取者。对命运,对道德秩序苟有不安分,并且发牢骚的,就不过是俗人、小人,就没学问,不国粹,没逻辑,没公义,没民意,不东方文明,就可恶。他们公允、平和而且善良,让你惭愧、渺小,以致匍伏下去。

战士"知道这点头就是敌人的武器,是杀人不见血的武器,许多战士都在此灭亡,正如炮弹一般,使猛士无所用其力"。于是他举起那脱手一掷的投枪。

这投枪掷在那护心镜的偏左一侧,恰巧是心窝所在。这是因为正人君子们"都同声立了誓来讲说,他们的心都在胸膛的中央,和别的偏心的人两样。他们在前放着护心镜,就为自己也深信心在胸膛中央的事作证"。

但其实,他们又何尝有心肝,岂止偏心而已。你看,当他们的假面被戳穿,颓然倒地的时候,那鲜亮的旗帜下面,那绣花的外套里面,却原来空无一物,连灵魂也难有。然而正人君子们是不会错的,这只要听那醉人的名称就应该了然:慈善家,啧啧,这不就是本性善的化身吗?学者,呵呵,这直接就等于文化和学问。伤害这样的善人、文化人的人,是罪人。——胜利的,还是正人君子们。

战士并不因此被吓倒,气馁,晕头转向,他举起了投枪。一批伟大的正人君

《野草》意会

子倒了，走了，另一批（或者就是前一批的另一种化装）来了。虽然仍一式地点头，举着各种旗帜，穿各种外套，但他举起了投枪。这样的战士当然不会长寿，而受伤的战士又总有苍蝇飞来发议论：作品并不艳若桃花，惜哉！嗡——

"他终于不是战士，而无物之物则是胜者。"在胜者的治下，万家乐陶陶，天下太平。

但他举起了投枪。

这样的战士，清醒、勇敢、坚定，不屈不挠而不为一切假象所诱惑，是真正的猛士，是丑恶的克星。这样的战士多起来，则鬼魅将无处藏身。然而这样的战士在现实中却不多见，偶然也孤独地有几个在拼死战斗，但大都已被虐杀、剿灭。鲁迅写此文后三个月，发生了段祺瑞政府枪杀示威请愿活动群众的"三一八"惨案，鲁迅的学生刘和珍、杨群当即遇害。他们甚至还远远不能称为"这样的战士"，却已经不能被容于世，何况"这不是一件事的结束，是一件事的开头"，一时不会收场的。

虎，当然很凶恶，但更应提防的却是在虎前面引导吃人的"伥鬼"。在中国，充当这种脚色的，大多是清高的文人、学士即正人君子者流。这号人物固多为虎作伥，却更多狐假虎威。主子闲时，就扯淡、帮闲、跑腿，忙时就扇风、敲边鼓、帮忙发威。待到主子决心杀人时，就变脸、咬牙、跺脚，直接充当打手、帮凶。一部中国文祸史写得明白，这样的角儿，不少。例如，宋，制造"乌台诗案"使苏轼等三十九人遭殃的舒亶、李定明，参与迫害东林士子的马士英、阮大铖；比较艺术的典型，则莫过于《水浒》中那个引诱林冲误入白虎节堂的白鼻子三花脸陆谦。在鲁迅生活的那个时代，这样的正人君子，其手段更比他们的先辈卑劣，也更高明："我知道人们怎样地用了公理正义的美名，正人君子的徽号，温良敦厚的假脸，流言公论的武器，吞吐曲折的文字，行私利己，使无刀无笔的弱者不得喘息。"（《华盖集续编·我还不能带住》）

面对如此庞大阵容的对手，鲁迅作为"被欺侮到赴诉无门的一个"，在忍无可忍的情况下，便不得不常常用笔，而且也仅仅只能用笔，使他们"麒麟皮下露出马脚"来。别人用笔（主子使刀，使枪）杀人，鲁迅不过用笔自卫，为自己。也为无刀无笔的弱者争一点生存权——然后才是争温饱和争发展，便立即招来流言的围攻、诬陷，直至被浙江省党部通缉。

二 《野草》意会

如果说《过客》中的过客是鲁迅的自况，那么，"这样的战士"便是鲁迅心目中崇敬的英雄，并非鲁迅自己。不错，鲁迅"自己也知道，在中国我的笔要算较为尖刻的，说话有时也不留情面"，这样的战士，眼光之锐利，斗志之坚定，确也有些鲁迅的影像，但鲁迅绝不低估对手的阴险、狡诈和暴虐，更知道笔杆和枪杆的分量，深知枪杆的了得。故鲁迅决不像《三国志演义》上的许褚赤膊上阵，如果遇见鬼魅也不惜"用曲笔"打"壕堑战"，进行韧性的战斗，"是要提防，不能赤膊的。"（《书信·致萧红萧军》）"这并非吝惜生命，乃是不肯虚掷生命，因为战士的生命是宝贵的。"（《华盖集续编·空谈》）鲁迅看问题太透彻、太本质，他太清醒、太冷静，而对革命和人民，又太过于负责，所以有人切齿，有人歪曲——自然也有人热爱，有人怀念。

鲁迅有鲁迅的时代局限，而局限是"圣人"之外的一切人所不可避免的。鲁迅活在特定的时代、特定的环境中，他的议论所以深刻、有力，主要表现在他道出了那个时代别人看不见、说不出，或不愿说、不敢说的真实。他必定不能或很少能说出将来的真实，虽然其中有些话后来也仍然真实并且深刻，却不能说鲁迅就是预言家。历史有时很幽默，常常开玩笑。鲁迅的论敌，被"讽刺"过，中过"冷箭"的人，后来并不全都混蛋，而鲁迅的朋友，有些，后来却未必一定是好东西。鲁迅并非超人，他绝不巧言令色，做违心的事，说无耻的话。

1997年8月

《野草》意会

聪明人和傻子和奴才

奴才总不过是寻人诉苦。只要这样,也只能这样。有一日,他遇到一个聪明人。

"先生!"他悲哀地说,眼泪联成一线,就从眼角上直流下来。"你知道的。我所过的简直不是人的生活。吃的是一天未必有一餐,这一餐又不过是高粱皮,连猪狗都不要吃的,尚且只有一小碗……"

"这实在令人同情。"聪明人也惨然说。

"可不是么!"他高兴了。"可是做工是昼夜无休息的:清早担水晚烧饭,上午跑街夜磨面,晴洗衣裳雨张伞,冬烧汽炉夏打扇。半夜要煨银耳,侍候主人耍钱;头钱从来没分,有时还挨皮鞭……"

"唉唉……"聪明人叹息着,眼圈有些发红,似乎要下泪。

"先生!我这样是敷衍不下去的。我总得另外想法子。可是什么法子呢?……"

"我想,你总会好起来……"

"是么?但愿如此。可是我对先生诉了冤苦,又得你的同情和慰安,已经舒坦得不少了。可见天理没有灭绝……"

但是,不几日,他又不平起来了,仍然寻人去诉苦。

"先生!"他流着眼泪说,"你知道的。我住的简直比猪窠还不如。主人并不将我当人;他对他的叭儿狗还要好到几万倍……"

"混帐!"那人大叫起来,使他吃惊了。那人是一个傻子。

"先生,我住的只是一间破小屋,又湿,又阴,满是臭虫,睡下去就咬得真可以。秽气冲着鼻子,四面又没有一个窗……"

二 《野草》意会

"你不会要你的主人开一个窗的么?"

"这怎么行?……"

"那么,你带我去看去!"

傻子跟奴才到他屋外,动手就砸那泥墙。

"先生!你干什么?"他大惊地说。

"我给你打开一个窗洞来。"

"这不行!主人要骂的!"

"管他呢!"他仍然砸。

"人来呀!强盗在毁咱们的屋子了!快来呀!迟一点可要打出窟窿来了!……"他哭嚷着,在地上团团地打滚。

一群奴才都出来了,将傻子赶走。

听到了喊声,慢慢地最后出来的是主人。

"有强盗要来毁咱们的屋子,我首先叫喊起来,大家一同把他赶走了。"他恭敬而得胜地说。

"你不错。"主人这样夸奖他。

这一天就来了许多慰问的人,聪明人也在内。

"先生。这回因为我有功,主人夸奖了我了。你先前说我总会好起来,实在是有先见之明……"他大有希望似地高兴地说。

"可不是么……"聪明人也代为高兴似的回答他。

一九二五年十二月二十六日。

这篇寓言故事塑造了芸芸众生中的三个典型形象:聪明人、傻子、奴才。

奴才的生活很苦:"吃的是一天未必有一餐,这一餐又不过是高粱皮,连猪狗都不要吃的,尚且只有一小碗……做工是昼夜无休息的:清早担水晚烧饭,上午跑街夜磨面,晴洗衣裳雨张伞,冬烧汽炉夏打扇。半夜要煨银耳,侍候主人耍钱;头钱从来没分,有时还挨皮鞭……"

聪明人也惨然,说:"这实在令人同情。"并且叹息着,眼圈有些发红,似乎要下泪:"唉唉……"

奴才说:"先生!我这样是敷衍不下去的。我总得另外想法子。可是什么法子才呢?……"

聪明人安慰道:"我想,你总会好起来……"

于是奴才很高兴:"是么?但愿如此。可是我对先生诉了冤苦,又得你的同情和慰安,已经舒坦得不少了。可见天理没有灭绝……"

面对不幸的人和事,这样好心的聪明人,很多,很普遍。只要富于同情心,说句安慰的话,并不困难,乐得意送的人情,既可收回一通感谢,又无需付出任何代价,毫无损失,何乐而不为?

"聪明人"可以又分为普通庸众智识写手型与革命工头奴隶总管型两类。

普通庸众做聪明人,说聪明话者,伙矣。而在耍笔杆子的所谓知识分子中,此种聪明人更其多见:面对不幸的人和事,他们的文字既进步,又崇高,为人们展示着他们道德的完善和正义。然而他们的理论虽然美丽、伟大,却缺乏可行性。大到孔孟之道的"大同世界",小到那些高调职业革命工头的"黄金时代"。孔孟"大道"之空泛、虚伪,最终堕落为"儒教""道学"。而革命工头的"革命"则不是黄金的灿烂,就是恐怖的死亡,他们把鲁迅打入另册,称鲁迅为"封建遗孽""二重的反革命""不得志的fascist(法西斯蒂)"与此相呼应的是阿英的"阿Q时代"已经死去,鲁迅是"六面找不出路的碰壁"的"小资产阶级的观察者"。已经不再有资格作他们战友了。

鲁迅因此在《而已集·小杂感》中对于这些工头的伟大理论感叹道:"革命,反革命,不革命……革命的被杀于反革命的。反革命的被杀于革命的。不革命的或当作革命的而被杀于反革命的,或当作反革命的而被杀于革命的,或并不当作什么而被杀于革命或反革命的。"在《二心集·上海文艺之一瞥》中对"他们,尤其是成仿吾先生,将革命使一般人理解为非常可怕的事。摆出一种极左倾的凶恶的面貌,好似革命一到,一切非革命者就都得死,令人对革命只抱着恐怖。其实革命是并非教人死而是教人活的"。

然而聪明人永远都不会错的,他们的未来不是坟,而是天堂。

在鲁迅译《工人绥惠略夫》里,那位最终被杀害了的革命者曾沉痛地对那些高调空谈家说:"你听到了么?……我是不能听了!你们将那黄金时代,豫约给他们的后人,但你们却别有什么给这些人们呢?……你们……将来的人间界的豫言者……当得诅咒哩！……你们无休无息的梦想着人类将来的幸福……你们可曾当真明白，你们走到这将来，是应该经过多少鲜血的洪流呢……你们诓骗那些人们……你们教他们梦想些什么，是他们永不会身历的东西……只使他们活着，给猪子做了食料……这猪，是在这里得意到呻吟而且喉鸣，就因为他的牺牲有这样嫩，这样美，感了这样难堪的苦恼！……你们可曾知道，多少不幸的人们，就是你们所诓骗的，没有死也没有杀人，却只向着上帝哀啼，等候些什么，因为在他们再没有别的审判者，也没有正理了……"

奴隶的最显著特征，就是失却了行动的自由，甚至思想。鲁迅在《坟·灯下漫笔》说："假如有一种暴力，'将人不当人'，不但不当人，还不及牛马，不算什么东西；待到人们羡慕牛马，发生'乱离人，不及太平犬'的叹息的时候，然后给与他略等于牛马的价格，有如元朝定律，打死别人的奴隶赔一头牛，则人们便要心悦诚服，恭颂太平的盛世。为什么呢？因为他虽不算人，究竟已等于牛马了。"

做了奴隶而不自觉，不反抗，心安理得者，就由奴隶转换成了奴才。"一个活人，当然是总想活下去的，就是真正老牌的奴隶，也还在打熬着要活下去。然而自己明知道是奴隶……一面'意图'挣脱以至实行挣脱的，即使暂时失败，还是套上了镣铐罢，他却不过是单单的奴隶。如果从奴隶生活中寻出"美"来，赞叹，抚摩，陶醉，那可简直是万劫的奴才了，是他自己和别人安于这生活。就因为奴群中有这一点差别，所以使社会有平安和不安的差别，而在文学上，就分明的显现了麻醉的和战斗的不同。"（《南腔北调集·漫与》）

在中国，人们"向来就没有争到过'人'的价格，至多不过是奴隶"。人们所处的环境"直截了当的说在这里—— 一，想做奴隶而不得的时代；二，暂时做稳了奴隶的时代"（《坟·灯下漫笔》）。中国是一个文明古国，自暴秦以来，总是一乱一治，代代相承，乱则生不如死，连奴隶都做不稳，治则可以暂时做稳了奴隶。因此国民性中，奴性简直根深蒂固，表现十分顽强。

需要特别强调的是，此寓言中的奴才，倘不是后来大叫"'人来呀！强盗在毁咱们的屋子了！快来呀！迟一点可要打出窟窿来了！……'他哭嚷着，在地上团团地打滚"。那么，他的遭遇原不过一位普通的奴隶，当他如此这般无耻地在地上要赖的时候，就成了货真价实的奴才！奴才一旦要向主子邀功，其诬害别人的凶残程度往往是比其主子更胜一筹的——傻子不过是同情这奴隶居住条件的恶劣，表示愿意帮其开窗而已，不想竟被指为"强盗"！这让人很容易想起古今御用文字写手的伟烈丰功，宋"乌台诗案"中御史台李定、何正臣、舒亶等对苏东坡的告发以及杜荃前后对鲁迅诬陷和利用。

在人类历史中，善良的人们最需提防的倒不仅是手握生杀大权的暴君杀人，最可怕、最易置人于死地的乃是此类高智商的御用奴才！

然而，在中国，像这寓言中展示的那样，并不发表什么主义之类的高论，而自己动手为不幸者解除苦难的傻瓜，不多，或者简直没有。有之，也是《这样的战士》中那位"走进无物之阵"无论对手如何如何伟大正确，如何拥有公理、正义、民意、逻辑、道德、文明、良心、善良、谦虚，等等一切美好光辉的伪装，"然而他举起了投枪"的战士。但"他终于在无物之阵中老衰，寿终。它终于不是战士，但无物之物却是胜者"。"群众，尤其是中国的——永远是戏剧的看客。牺牲上场，如果显得慷慨，他们就看了悲壮剧；如果显得觳觫（即恐惧颤抖），他们就看了滑稽剧。北京的羊肉铺常有几个人张嘴看剥羊，仿佛颇为愉快，人的牺牲能给他们的益处，也不过如此。"（《准风月谈·娜拉走后怎样》）在《译了〈工人绥惠略夫〉之后》一文中，鲁迅说："人是生物，生命便是第一义，改革者为了许多不幸者们，'将一生最宝贵的去做牺牲'，'为了共同事业跑到死里去'，只剩了一个绥惠略夫了。而绥惠略夫也只是偷活在追蹑里，包围过来的便是灭亡；这苦楚，不但与幸福者全不相通，便是与所谓'不幸者们'也全不相通，他们反帮了追蹑者来加迫害，欣幸他的死亡，而'在别一方面，也正如幸福者一般的糟蹋生活'。"

尼采《查拉斯图特拉如是说》中说了一个在高空走软索者（探索者、殉道者）跌落的故事，观众的态度是"市场里的群众，便像大风雨时的海：他们无秩序地乱逃着，尤其是走软索者的身体将堕下的地方"。

在屠格涅夫《处女地》、高尔基《克里穆萨姆金的一生》以及鲁迅译阿尔志跋绥夫《工人绥惠略夫》中，都有革命者死于庸众的情节。

鲁迅在《两地书·二二》中不无沉痛地说："牺牲为群众祈福，犯了神道之后，群众就分了他们的肉，散胙。"

所有这一切世相，也还是一个梦。

2023年12月19日

二 《野草》意会

腊　叶

　　灯下看《雁门集》，忽然翻出一片压干的枫叶来。

　　这使我记起去年的深秋。繁霜夜降，木叶多半凋零，庭前的一株小小的枫树也变成红色了。我曾绕树徘徊，细看叶片的颜色，当他青葱的时候是从没有这么注意的。他也并非全树通红，最多的是浅绛，有几片则在绯红地上，还带着几团浓绿。一片独有一点蛀孔，镶着乌黑的花边，在红，黄和绿的斑驳中，明眸似的向人凝视。我自念：这是病叶呵！便将他摘了下来，夹在刚才买到的《雁门集》里。大概是愿使这将坠的被蚀而斑斓的颜色，暂得保存，不即与群叶一同飘散罢。

　　但今夜他却黄蜡似的躺在我的眼前，那眸子也不复似去年一般灼灼。假使再过几年，旧时的颜色在我记忆中消去，怕连我也不知道他何以夹在书里面的原因了。将坠的病叶的斑斓，似乎也只能在极短时中相对，更何况是葱郁的呢。看看窗外，很能耐寒的树木也早经秃尽了；枫树更何消说得。当深秋时，想来也许有和这去年的模样相似的病叶的罢，但可惜我今年竟没有赏玩秋树的余闲。

　　　　　　　　　　　　　　　　　　一九二五年十二月二十六日。

　　这是一片夹在《雁门集》中的腊月间的枫叶。深秋是作者所处时代和环境的象征；病的腊叶，则是作者的自况。

　　鲁迅在《二心集·〈野草〉英文译本序》中说："《腊叶》，是为爱我者的想要保存我而作的。"在《因校对〈三十年集〉〉而引起的话旧》一文里，许广平说："在《野草》中的那篇《腊叶》，那假设被摘下来夹在《雁门集》里的斑

《野草》意会

驳的枫叶,就是自况的。"这是两位当事人对于腊叶的解释,应该是可信的。然而因为对于"爱我者"内涵的理解不同,孙伏园在《鲁迅先生二三事》中就称:"……《腊叶》写成以后,先生曾给我看原稿,仿佛作为闲谈似的,我曾发过一次傻问;何以这篇题材取了"腊叶"?先生给我的答案,当初便使我如获至宝,但一直没有向人说过,至今印象还是深刻,觉得说说也无妨了……'许公很鼓励我,希望我努力工作,不要松懈,怠忽;但又很爱护我,希望我多加保养,不要过劳,不要发狠。这是不能两全的。这里面有着矛盾。《腊叶》的感兴就从这儿得来。《雁门集》等等都是无关宏旨的。'这便是先生谈话的大义。"

这里的"许公",当然是指许广平;两地书开篇第一鲁迅就称女学生许广平为"广平兄"。1925年12月26日写《腊月》的时候,鲁迅与许广平的关系已为孙伏园所知,鲁迅说许广平"很爱护我,希望我多加保养,不要过劳,不要发狠",确有腊叶乃鲁迅自况之意,同时也可表明,许广平为鲁迅的"爱我者"之一。然而,作为一首散文诗的英文译本序,"《腊叶》是为爱我者的想要保存我而作的"这句话中的"爱我者",却绝非专指处于恋爱中的许广平,而应该包扩了此之外的所有热爱鲁迅者。

鲁迅在集中写《野草》主要篇章的几年间,正是他经历了家庭变故、兄弟失和、世事幻灭、呐喊无用、彷徨无地而又屡遭围攻的时候。从此间鲁迅的几篇文章中,可见其身心的疲惫以及处境之寂寞。后来,《三闲集·怎么写——夜记之一》中有一段文字,颇能体现这一时期心情的苍凉和寂寞,虽然其时是在厦门大学图书馆的楼上。"记得还是去年躲在厦门岛上的时候,因为太讨人厌了,终于得到'敬鬼神而远之'式的待遇,被供在图书馆楼上的一间屋子里。白天还有馆员,钉书匠,阅书的学生,夜九时后,一切星散,一所很大的洋楼里,除我以外,没有别人。我沉静下去了。寂静浓到如酒,令人微醺。望后窗外骨立的乱山中许多白点,是丛冢。一粒深黄色火,是南普陀寺的琉璃灯。前面则海天微茫,黑絮一般的夜色简直似乎要扑到心坎里。我靠了石栏远眺,听得自己的心音,四远还仿佛有无量悲哀,苦恼,零落,死灭,都杂入这寂静中,使它变成药酒,加色,加味,加香。这时,我曾经想要写。但是不能写,无从写。这也就是我所谓'当我沉默着的时候,我觉得充实,我将开口,同时感到空虚'……莫非这就是一点'世界苦恼'么?我有时想,然而大约又不是的,这不过是淡淡的哀愁,中

· 340 ·

二 《野草》意会

间还带些愉快。我想接近它,但我愈想,它却愈渺茫,几乎就要发见仅只我独自倚着石栏,此外一无所有。必须待到我忘了努力,才又感到淡淡的哀愁。"此间,鲁迅的情绪明显地萦绕在《野草》的诗情诗意间;而《野草·题辞》就写于广州的白云楼上。

  这使我记起去年的深秋。繁霜夜降,木叶多半凋零,庭前的一株小小的枫树也变成红色了。我曾绕树徘徊,细看叶片的颜色,当他青葱的时候是从没有这么注意的。他也并非全树通红,最多的是浅绛,有几片则在绯红地上,还带着几团浓绿。一片独有一点蛀孔,镶着乌黑的花边,在红,黄和绿的斑驳中,明眸似的向人凝视。我自念:这是病叶呵!

这寒冷的深秋腊月落下的病叶,所象征的,是一种寂寞,苍凉的心境。鲁迅说,他的《野草》是技术并不坏的"散文诗";那么这腊月间飘落的病叶,其给读者的意象就颇有些夫子自道也的况味,说病叶就是《野草》应该是可以的。

  但今夜他却黄蜡似的躺在我的眼前,那眸子也不复似去年一般灼灼。假使再过几年,旧时的颜色在我记忆中消去,怕连我也不知道他何以夹在书里面的原因了。将坠的病叶的斑斓,似乎也只能在极短时中相对,更何况是葱郁的呢。看看窗外,很能耐寒的树木也早经秃尽了;枫树更何消说得。当深秋时,想来也许有和这去年的模样相似的病叶的罢,但可惜我今年竟没有赏玩秋树的余闲。

是的,他也曾呐喊,"凡有一人的主张,得了赞和,是促其前进的;得了反对,是促其奋斗的。独有叫喊于生人中,而生人并无反应,既非赞同,也无反对,如置身毫无边际的荒原,无可措手的了,这是怎样的悲哀呵。于是以我所感到者为寂寞……这寂寞又一天一天的长大起来,如大毒蛇,缠住了我的灵魂"(《呐喊·自序》)。也曾有过逝去的青春,"我的心也曾充满过血腥的歌声:血和铁,火焰和毒。恢复和报仇。而忽而这些都空虚了,但有时故意地填以没奈何的自欺的希望。希望，希望，用这希望的盾，抗拒那空虚中的暗夜的袭来，虽然盾后面也依然是空虚中的暗夜。然而就是如此，陆续地耗尽了我的青春"。"我只得由我来肉薄这空虚中的暗夜了，纵使寻不到身外的青春，也总得自己来一掷我身中的迟暮。但暗夜又在哪里呢？现在没有星，没有月光以至笑的渺茫和爱的翔舞；青年们很平安，而我的面前又竟至并没有真的暗夜。"（《希望》）

他被围攻，犹如遭遇"鬼打墙"，四处碰壁。然而现在遇到的对手，其实并非站出来的"敌人"，只是流言，"现在我所遇见的并无敌人只有暗箭罢了⋯⋯大概是友是仇也不大容易分辨清楚的"（《集外集·通信》）。这就犹如"小说上的描摹鬼相，虽然竭力也都不足惊人，我觉得最可怕的，还是晋人所记的脸无五官，浑沦如鸡蛋的山中厉鬼，因为五官不过是五官，纵使苦心经营，要他凶恶，也总逃不出的范围，现在使他浑沦得莫名其妙，都这也就怕得莫名其妙了⋯⋯不测的威棱使人萎伤⋯⋯"（《南腔北调集·捣鬼心术》）

腊叶是鲁迅自况，也就是《野草》。

2023年12月14日

淡淡的血痕中
——记念几个死者和生者和未生者

目前的造物主，还是一个怯弱者。

他暗暗地使天变地异，却不敢毁灭一个这地球；暗暗地使生物衰亡，却不敢长存一切尸体；暗暗地使人类流血，却不敢使血色永远鲜秾；暗暗地使人类受苦，却不敢使人类永远记得。

他专为他的同类——人类中的怯弱者——设想，用废墟荒坟来衬托华屋，用时光来冲淡苦痛和血痕；日日斟出一杯微甘的苦酒，不太少，不太多，以能微醉为度，递给人间，使饮者可以哭，可以歌，也如醒，也如醉，若有知，若无知，也欲死，也欲生。他必须使一切也欲生；他还没有灭尽人类的勇气。

几片废墟和几个荒坟散在地上，映以淡淡的血痕，人们都在其间咀嚼着人我的渺茫的悲苦。但是不肯吐弃，以为究竟胜于空虚，各各自称为"天之僇民"，以作咀嚼着人我的渺茫的悲苦的辩解，而且悚息着静待新的悲苦的到来。新的，这就使他们恐惧，而又渴欲相遇。

这都是造物主的良民。他就需要这样。

叛逆的猛士出于人间；他屹立着，洞见一切已改和现有的废墟和荒坟，记得一切深广和久远的苦痛，正视一切重叠淤积的凝血，深知一切已死，方生，将生和未生。他看透了造化的把戏；他将要起来使人类苏生，或者使人类灭尽，这些造物主的良民们。

造物主，怯弱者，羞惭了，于是伏藏。天地在猛士的眼中于是变色。

一九二六年四月八日。

《野草》意会

1926年3月18日，北京各界包括北京大学、女师大等各界群众针对八国驻华公使侵犯主权、干涉内政，向北京政府提出最后通牒事件，在北京天安门举行示威游行，向铁狮子胡同国务院请愿，被临时执政段祺瑞、国务总理贾德耀命令包围屠杀，死伤二百余人，被杀害的四十七人中，有两人是鲁迅的学生。此即历史上著称的"三一八惨案"。许寿裳在《我所认识的鲁迅》中说："'三一八'惨案以后，有要通缉五十人的传说，我和鲁迅均列名在内。等到张作霖将入京，先头部队已抵高桥了，经老朋友齐寿山的怂恿，我和其他相识者十余人，便避入D医院的一间堆积房，夜间在水门汀地面上睡觉，白天用面包和罐头食品充饥。鲁迅在这样的境遇中，还是写作不辍。"

鲁迅在《记念刘和珍君》文中写道："……我在十八日早晨，才知道上午有群众向执政府请愿的事，下午便得到噩耗，说卫队居然开枪，死伤至数百人，而刘和珍君即在遇害者之列。但我对于这些传说，竟至于颇为怀疑。我向来是不惮以最坏的恶意，来推测中国人的，然而我还不料，也不信竟会下劣凶残到这地步。况且始终微笑着的和蔼的刘和珍君，更何至于无端在府门前喋血呢？""我已经说过：我向来是不惮以最坏的恶意来推测中国人的。但这回却很有几点出于我的意外。一是当局者竟会这样地凶残，一是流言家竟至如此之下劣，一是中国的女性临难竟能如是之从容。""我目睹中国女子的办事，是始于去年的，虽然是少数，但看那干练坚决，百折不回的气概，曾经屡次为之感叹。至于这一回在弹雨中互相救助，虽殒不恤的事实，则更足为中国女子的勇毅，虽遭阴谋秘计，压抑至数千年，而终于没有消亡的明证了。倘要寻求这一次死伤者对于将来的意义，意义就在此罢。""苟活者在淡红的血色中，会依稀看见微茫的希望；真的猛士，将更奋然而前行。"（《华盖集续编·记念刘和珍君》）

事件发生后，四月一日，鲁迅写了《记念刘和珍君》，意犹未了，四月八日，接着又写下这篇《淡淡的血痕中——记念几个死者和生者和未生者》。鲁迅在《野草》英文译本序中说，"段祺瑞政府枪击徒手民众后，作《淡淡的血痕中》"。显然，此应作姊妹篇看。两文都呼唤真的猛士。前者是形而下的事件陈述和作者愤怒的情感抒发，是一篇杂文式散文；后者则上升为形而上的严肃思考，是一首带有浓烈情感色彩的散文诗。

二 《野草》意会

> 目前的造物主，还是一个怯弱者。
>
> 他暗暗地使天变地异，却不敢毁灭一个这地球；暗暗地使生物衰亡，却不敢长存一切尸体；暗暗地使人类流血，却不敢使血色永远鲜秾；暗暗地使人类受苦，却不敢使人类永远记得。

造物主即上帝，主宰世间一切的。掌握当今世界的上帝却是一个怯弱者。

他主宰着世界却"暗暗地使天变地异，却不敢毁灭一个这地球；暗暗地使生物衰亡，却不敢长存一切尸体；暗暗地使人类流血，却不敢使血色永远鲜秾；暗暗地使人类受苦，却不敢使人类永远记得"。

这也是对当局统治集团的反讽——你们以为手握生杀大权，掌握着国家的命运，就可以为所欲为了吗？且慢，谅你们不敢杀尽所有向政府请愿的中国人，你们没有这胆量，也没勇气正视已经发生的屠杀事实，总费心机遮遮掩掩，你们不敢不洗净那些鲜血，迅速掩埋残存那些尸体，更不敢长存那些记忆。

你们终究还是怯弱者！

上帝创造的这个世界好不荒诞，他是专为人类中的那些怯弱者设计出来的。它用废墟荒坟来衬托华屋，用时光来冲淡苦痛和血痕，以见出光阴的流逝及一切存在与生命的虚无。"日日斟出一杯微甘的苦酒，不太少，不太多，以能微醉为度，递给人间，使饮者可以哭，可以歌，也如醒，也如醉，若有知，若无知，也欲死，也欲生。"他必须使一切都存有希望，使之没有灭绝的勇气。

希望之为虚妄，正与绝望相同！"几片废墟和几个荒坟散在地上，映以淡淡的血痕，人们都在其间咀嚼着人我的渺茫的悲苦。但是不肯吐弃，以为究竟胜于空虚，各各自称为'天之戮民'，以作咀嚼着人我的渺茫的悲苦的辩解，而且悚息着静待新的悲苦的到来。新的，这就使他们恐惧，而又渴欲相遇。"在人间，生命的存在原来是如此这般的一种悖论啊！

这不由让人想起鲁迅那篇女娲造人的故事。

女娲造人，开始还有些在意，用泥一个个地捏，渐渐地有些疲乏而且不耐烦了"伊接着一摆手，紫藤便在泥和水里一翻身，同时也溅出拌着水的泥土来，待到落在地上。就成了许多伊先前做过了一般的小东西，只是大半呆头呆脑，獐头鼠目的有些讨厌。然而伊不暇理会这等事了，单是有趣而且烦躁，夹着恶作剧的

《野草》意会

将手只是抡,愈抡愈飞速了,那藤便拖泥带水的在地上滚,像一条给沸水烫伤了的赤练蛇。泥点也就暴雨似的从藤身上飞溅开来,还在空中便成了哇哇地啼哭的小东西,爬来爬去的撒得满地"。这就是人类,芸芸众生。而在"女娲的两腿之间"出现的"古衣冠的小丈夫",其形象却更是渺小、猥琐和可鄙——这些全身包着铁片或全身精光、只在腰间束条布条的人啊!(鲁迅《故事新编·补天》及其《序言》)

这就是人间,人类。

上帝需要的就是这样,就是这样驯顺的苟且的良民。

然而"叛逆的猛士出于人间;他屹立着,洞见一切已改和现有的废墟和荒坟,记得一切深广和久远的苦痛,正视一切重叠淤积的凝血,深知一切已死,方生,将生和未生。他看透了造化的把戏;他将要起来使人类苏生,或者使人类灭尽,这些造物主的良民们"。这人间猛士的形象在《记念刘和珍君》中已经有所展示:"真的猛士,敢于直面惨淡的人生,敢于正视淋漓的鲜血。这是怎样的哀痛者和幸福者?然而造化又常常为庸人设计,以时间的流驶,来洗涤旧迹,仅使留下淡红的血色和微漠的悲哀。在这淡红的血色和微漠的悲哀中,又给人暂得偷生,维持着这似人非人的世界。我不知道这样的世界何时是一个尽头。"更在《野草》的另一名篇《这样的战士》中表现出了异常的坚韧和勇猛;这是鲁迅心目中的战士——猛士:他走进无物之阵,面对一切虚伪的、包裹的、明目张胆的、有恃无恐的邪恶,他举起了投枪,并且不断地举起了投枪。

面对这样的猛士,造物主,这上帝,这怯弱者,羞惭了,于是伏藏。"上帝死了!"

天地在猛士的眼中于是变色。

2023年12月30日

二 《野草》意会

一 觉

飞机负了掷下炸弹的使命，像学校的上课似的，每日上午在北京城上飞行。每听得机件搏击空气的声音，我常觉到一种轻微的紧张，宛然目睹了"死"的袭来，但同时也深切地感着"生"的存在。

隐约听到一二爆发声以后，飞机嗡嗡地叫着，冉冉地飞去了。也许有人死伤了罢，然而天下却似乎更显得太平。窗外的白杨的嫩叶，在日光下发乌金光；榆叶梅也比昨日开得更烂漫。收拾了散乱满床的日报，拂去昨夜聚在书桌上的苍白的微尘。我的四方的小书斋，今日也依然是所谓"窗明几净"。

因为或一种原因，我开手编校那历来积压在我这里的青年作者的文稿了；我要全都给一个清理。我照作品的年月看下去，这些不肯涂脂抹粉的青年们的魂灵便依次屹立在我眼前。他们是绰约的，是纯真的，——阿，然而他们苦恼了，呻吟了，愤怒，而且终于粗暴了，我的可爱的青年们！

魂灵被风沙打击得粗暴，因为这是人的魂灵，我爱这样的魂灵；我愿意在无形无色的鲜血淋漓的粗暴上接吻。漂渺的名园中，奇花盛开着，红颜的静女正在超然无事地逍遥，鹤唳一声，白云郁然而起……这自然使人神往的罢，然而我总记得我活在人间。

我忽然记起一件事：两三年前，我在北京大学的教员预备室里，看见进来了一个并不熟识的青年，默默地给我一包书，便出去了，打开看时，是一本《浅草》。就在这默默中，使我懂得了许多话。阿，这赠品是多么丰饶呵！可惜那《浅草》不再出版了，似乎只成了《沉钟》的前身。那《沉钟》就在这风沙澒洞中，深深地在人海的底里寂寞地鸣动。

野蓟经了几乎致命的摧折，还要开一朵小花，我记得托尔斯泰曾受了很大的

《野草》意会

感动,因此写出一篇小说来。但是,草木在旱干的沙漠中间,拼命伸长他的根,吸取深地中的水泉,来造成碧绿的林莽,自然是为了自己的"生"的,然而使疲劳枯渴的旅人,一见就怡然觉得遇到了暂时息肩之所,这是如何的可以感激,而且可以悲哀的事!?

《沉钟》的《无题》——代启事——说:"有人说:我们的社会是一片沙漠。——如果当真是一片沙漠,这虽然荒漠一点也还静肃;虽然寂寞一点也还会使你感觉苍茫。何至于像这样的混沌,这样的阴沉,而且这样的离奇变幻!"

是的,青年的魂灵屹立在我眼前,他们已经粗暴了,或者将要粗暴了,然而我爱这些流血和隐痛的魂灵,因为他使我觉得是在人间,是在人间活着。

在编校中夕阳居然西下,灯火给我接续的光。各样的青春在眼前一一驰去了,身外但有昏黄环绕。我疲劳着,捏着纸烟,在无名的思想中静静地合了眼睛,看见很长的梦。忽而惊觉,身外也还是环绕着昏黄;烟篆在不动的空气中上升,如几片小小夏云,徐徐幻出难以指名的形象。

一九二六年四月十日。

这是一个疯狂的时代。北京正在打仗。奉军每天按时有飞机飞临国民军驻守的北京城上空来投掷炸弹。他们在争夺对这个国家的最高统治权。不安和恐怖笼罩着北京,死亡随时可能降临。"每听得机件搏击空气的声音,我常觉到一种轻微的紧张,宛然目睹了'死'的袭来,但同时也深切地感着'生'的存在。"

轰炸之后,便分明地感觉到了自己生命的存在。这人间于是显得天下太平了。

"窗外的白杨的嫩叶,在日光下发乌金光;榆叶梅也比昨日开得更烂漫。收拾了散乱满床的日报,拂去昨夜聚在书桌上的苍白的微尘。我的四方的小书斋,今日也依然是所谓'窗明几净'。"

因为或一种原因,我开手编校那历来积压在我这里的青年作者的文稿了;我要全都给一个清理。我照作品的年月看下去,这些不肯涂脂抹粉的青年们的魂灵便依次屹立在我眼前。他们是绰约的,是纯真

二 《野草》意会

的，——阿，然而他们苦恼了，呻吟了，愤怒，而且终于粗暴了，我的可爱的青年们！

自从日本留学回来以后，家庭的变故，理想的幻灭，人生的无常，不得不使作者在呐喊之余不断彷徨，上下求索，而又走投无路。"运交华盖欲何求，未敢翻身已碰头。破帽遮颜过闹市，漏船载酒泛中流。横眉冷对千夫指，俯首甘为孺子牛。躲进小楼成一统，管他冬夏与春秋。"（《自嘲》）华盖运了犹未了，又被身边某些青年利用而又无端回以伤害，他曾下决心不再迁就，孤身寂寞地抗拒那暗夜的袭来。此间所写《野草》是作者深夜形而上的思考，多为自我灵魂的寂寞的自言自语。然而在写此文之前发生的"三一八"惨案牺牲的却都是青年，有两位还是鲁迅的学生。这就极大地刺激了老师的神经，在愤怒地写了《记念刘和珍君》之后，接着又写了《淡淡的血痕中》。两天之后，当着手编校积压在手的青年的文稿的时候，那些"不肯涂脂抹粉的青年们的魂灵"便依次屹立在眼前。他们也曾经是温柔的、美丽的、绰约的、纯真的，然而在这黑暗恐怖的时日里，"他们苦恼了，呻吟了，愤怒，而且终于粗暴了"，不由得想起作者那些逝去的青春，渺茫的希望。"这以前，我的心也曾充满过血腥的歌声：血和铁，火焰和毒，恢复和报仇。而忽而这些都空虚了，但有时故意地填以没奈何的自欺的希望。希望，希望，用这希望的盾，抗拒那空虚中的暗夜的袭来，虽然盾后面也依然是空虚中的暗夜。然而就是如此，陆续地耗尽了我的青春……我早先岂不知我的青春已经逝去了？但以为身外的青春固在：星，月光，僵坠的胡蝶，暗中的花，猫头鹰的不祥之言，杜鹃的啼血，笑的渺茫，爱的翔舞……虽然是悲凉漂渺的青春罢，然而究竟是青春……然而现在何以如此寂寞？难道连身外的青春也都逝去，世上的青年也多衰老了么？我只得由我来肉薄这空虚中的暗夜了。"当《浅草》出现在他眼前的时候，不由为这"深深地在人海的底里寂寞地鸣动"的刊物感动了。《沉钟》的启事说："我们的社会是一片沙漠。——如果当真是一片沙漠，这虽然荒漠一点也还静肃；虽然寂寞一点也还会使你感觉苍茫。何至于像这样的混沌，这样的阴沉，而且这样的离奇变幻！""野蓟经了几乎致命的摧折，还要开一朵小花，我记得托尔斯泰曾受了很大的感动，因此写出一篇小说来。但是，草木在旱干的沙漠中间，拼命伸长他的根，吸取深地中的水泉，来造

《野草》意会

成碧绿的林莽，自然是为了自己的"生"的，然而使疲劳枯渴的旅人，一见就怡然觉得遇到了暂时息肩之所，这是如何的可以感激，而且可以悲哀的事！？"

如此，则《沉钟》也是一株野草，是地狱边缘那细碎的曼陀罗花。青年的魂灵屹立在眼前，他们已经粗暴了，或者将要粗暴了，这些流血和隐痛的魂灵，各样的青春，从眼前驰过，使人觉得是在人间，是在人间活着。

这是一个很长很长的梦，在暗夜，在荒漠，在人间。"忽而惊觉，身外也还是环绕着昏黄；烟篆在不动的空气中上升，如几片小小夏云，徐徐幻出难以指名的形象。"

《野草》这沙漠中的野蓟，地狱边缘的曼陀罗花，秋夜里极细小的粉红花开在梦中，也开在人间。

人间在地狱里，地狱在人间。

绝望之为虚妄，正与希望相同。

2024年1月2日

2024年2月4日，三校如期完成；时寒潮初退，暖日在窗，梦觉矣

三 附录

三 附 录

真的鲁迅

不朽的鲁迅，鲁迅不朽。这不算一个新鲜的命题。

先是鲁迅作为"封建宗法社会的逆子""绅士阶级的贰臣"（瞿秋白《鲁迅杂感序言》），受到过来自敌方，也来自同一阵线中的"战友"的诬陷、曲解和围剿，直到逝世，其集于身上的毁、誉，分量之重，涉及之广，在现代文学史上恐难找到第二人。后来，鲁迅被与中国无产阶级的革命胜利联系在一起，公认为思想文化战线上的"旗手"——这本来无可非议，说明了社会的进步，也是现代社会对鲁迅的一种价值肯定。事实上，鲁迅逝世后，纪念、研究鲁迅的文章，除几位死硬的"反动派"外，几乎都异口同声地承认先生的不朽。随着研究领域的扩大和某种需要的持续升温，鲁迅研究中与"不朽"同义或近义的评价，举凡革命、伟大、先驱、正确、导师、旗手、全面、完全、真正、最，等等，都已被搜罗殆尽，不留余地，鲁迅被抬举到了空前的高度，令人仰首才见。这是先前屡遭诟骂、围剿的鲁迅先生所始料未及的。

在历史上，能居如此高位的人并不多，仅孔子、神和佛而已。

孔子是汉武帝"罢黜百家，独尊儒术"后，抬出来作为偶像崇拜的。当孔子的封号越来越高、越封越长的时候，孔子便成了"教主"、神，其牌位被高高地供奉于文庙大成殿之上——有些自作聪明的孔庙，更将夫子塑成金身，俨然"大佛"雄踞神坛，除接受学子们的膜拜外，还享受不晓孔子为何"神"的无数善男信女的香、烛、鲜花和供品，与佛祖释迦牟尼、太上老君、玉皇大帝等平起平坐了。当曾经在陈绝粮，为自己的学术理想四处游说、奔波，"惶惶然如丧家之狗"的凡人的孔仲尼被封为大成至圣先师的时候，仲尼早已作古，而孔子却享不尽的荣华富贵，至不食人间烟火，不再具有凡人所固有的包括"食色"在内的

《野草》意会

"人性"（虽然子曰：食色性也）的孔子，成了纯粹的"神"。神的一个普遍特征，是"神格"的无限正确性。神力是可以对一切违背神的意志的人和事施行有效惩罚的。世人所以对神敬畏并顶礼膜拜，缘此。

于是有人——你说鲁迅是伟人、圣人，那么鲁迅就还有许多凡人的种种局限和未必神圣处，譬如鲁迅固执、多疑、偏激，揪住对手不"费厄泼赖"，至死也一个不宽恕；鲁迅一直领取着国民政府的"文教机构中央研究院津贴"（苏雪林：《鲁迅传论》），却对政府横挑鼻子竖挑眼，唯恐天下不乱。鲁迅已娶妻朱安，却与许广平同居、生子。鲁迅怪僻，什么都骂，中国人、军阀、御用文人、帮闲、国粹、中医、梅兰芳，等等，等等。总之，可恶。这些人攻击起鲁迅来倒也并不遮遮掩掩，他们直来直去，毫不隐晦自己的观点和立场，就是要打煞鲁迅。这些臭虫们！

然而鲁迅毕竟不朽，捧不煞，也打不煞的！

鲁迅不过是坦白地、直率而勇敢地写出了对于他所生活的时代的、社会的、人生的一种看法，客观上代表了一大批被侮辱与被损害的人们争取一点生存、温饱和发展的权利。他的文字很特殊，有个性，而又特别地具有思想的和艺术的感染力，加之又博通中外、融汇古今，自觉地同时也是历史地被推到了新文化运动的前锋。他写小说、诗歌，也治文学史，但更多地写切中时弊的杂文，且独具风采。他因此成为文学家，被卷入文学的纷争。他因此成为思想家，被介入社会、阶级和政治，被拉，也被打，影响越来越大，直到现在，或者将来。

文学家的鲁迅褒贬不一，思想家的鲁迅褒贬不一。这很正常。如果无论什么时候，什么人都直竖大姆指叫：好！那就证明有些人口是心非了。

作为文学家，鲁迅的艺术风格在现当代独一无二，小说《呐喊》、《彷徨》、《故事新编》、散文《朝花夕拾》、散文诗《野草》等自不必说，那些脍炙人口的杂文、书信，其在思想性和艺术性上也确难有与其匹敌者。作为思想家，鲁迅对人生体悟之明晰、透彻，对社会剖析之全面、深刻，无疑为文界之智者、觉者。以鲁迅对人生、对社会的识见，出世，他可以遁入空门，跳出三界之外，至少像岂明一样做个"半僧"；入世，他可以从军、从政，至少是从"医"，开出济世良方，用枪、用炮、用手段，为拥护他的人们求解放。然而他不，他只能以一支笔，肩住黑暗的闸门，放人们特别是青年，向光明走去。

这当然不能用以解读鲁迅。但故事形而上的象征意义却颇近似于活在人间的鲁迅的行状，及其在思想文化史上的位置。

鲁迅脚踏实地，在人间，在现实，直面惨淡的人生。他不做把美好未来许给子孙后代的不着边际的幻想，也绝不被动乱时代的血和火所吓倒，不随波逐流、人云亦云，也不高高在上，如救世主般说教——自然，更不像某些激进的新式的批评家描写的那样，说鲁迅在人民之中，带领一大群无产阶级，如何如何地慷慨高歌、冲锋陷阵、出生人死，像一尊伟大的雕像。不。不是这样的。

鲁迅身材并不伟岸，是个江浙型的小老头，不阔，体质差，衣着也不讲究，做教授或者演讲，操一口"浙普"（按，昆明人说普通话，常带地方口音，高雅之士嘲曰：这是马街普通话，简称"马普"。此类推之耳）。鲁迅曾去银行取钱，遭到冷遇；到香港，在码头又遇非礼。皆因模样不伟大。这和当时的胡适之、徐志摩等名流是颇有些两样的。如果哪天有位认真的演员扮成逼真的鲁迅，去现在已经豪华的咸亨酒店去，十之八九要遭到服务员的冷眼；倘要进几颗星的宾馆，则遭受盘查的可能性就极大。文化人的鲁迅平平常常，不夸饰，不张扬，只是默默地写文章。有时也演讲，但却很简洁。他的笔锋直达社会人生的本质，因此常使许多自以为伪装得很巧妙的对手发抖，以为鲁迅又向他们放"冷箭"了。有人说鲁迅先生是"一重性的反革命的人物""不得志的 Fascist（法西斯蒂）"，是"富于保守性"的"没落"；又有人说鲁迅"病态""虚无"，先是使"卢布"，后来简直成了"汉奸"，连内山完造也牵连在内……总之，鲁迅先生左右不是人，"简直连起码的'人'的资格还够不着了"。后来，先生不得不"横站"着，招架来自敌和友的围剿而无可奈何。本文所涉及的那些围剿者的"真实"的谎言，就都来自先生当年想编而终于没有编成的（《围剿集》），后由陈漱渝、孙郁完成的《一个也不宽恕——鲁迅和他的论敌》和《被亵渎的鲁迅》。

鲁迅是不多的具有独立人格、清醒意识的中国文化人，他对现实人生和现实社会的坦白、尖锐而又切实的批判，是他招人爱，同时也遭人恨的根本原因。作为一个真实的历史人物，对鲁迅的褒贬，大约在较长一个历史阶段内是很难一律的。不可忽略的一点是，鲁迅固然清醒、冷静地批判、解剖社会人生，却也更多地批判和解剖自己。作为社会的一分子，他有自知之明，作为文人，他有自知之

《野草》意会

明；批判解剖社会及处于这社会中的自己，正是出于对自己民族的负责和热爱，是难得的大智与大勇。

  鲁迅解剖刀所揭示的国民的特别是社会的痼疾是那样地惊心动魄，诸如《狂人日记》中关于"吃人"的历史，《阿Q正传》等作品中关于国民性的无奈、可悲，一系列杂文中关于各色人等的伪善、伪美、欺和被欺，《野草》《彷徨》中关于社会人生的惨淡、阴冷、近于虚无，等等，"刀法"虽然冷峻、稳、准、狠，目的却在于企望剔除病根、解除那痼疾。归根结蒂，是医生对生命的悲悯，是猛士对正义的呼唤和对邪恶的抗争。"我的应时的浅薄的文字，也应该置之不顾，一任其消灭的，但几个朋友却以为现状和那时并没有大两样，也还可以存留，给我编辑起来。这正是我所悲哀的。我以为凡对于时弊的攻击，文字须与时弊同时灭亡，因为这正如白轮之酿成疮疾一般，倘非自身也被排除，则当它的生命的存留中，也即证明着病菌尚在。"（《热风·题记》）在鲁迅的作品中，《野草》对社会人生的感悟，在中国文学史中可谓绝响，鲁迅自爱他的《野草》——

  为我自己，为友与仇，人与兽，爱者与不爱者，我希望这野草的死亡与朽腐，火速到来。要不然，我先就未曾生存，这实在比死亡与朽腐更其不幸。

  去罢，野草，连着我的题辞！

——《野草·题辞》

悲哉，鲁迅！壮哉，鲁迅！

  如果哪一天，鲁迅所揭出的我们民族和国民中那些数千年来形成的痼疾终于被根除；如果哪一天我们的社会真正并且果然"大同"了，鲁迅，以及鲁迅的文章也就朽腐了，没意思了。幸哉！

1998年元旦

三　附　录

拜谒鲁迅

　　1969年盛夏，上海，虹口公园，鲁迅墓前，出奇地清静，车水马龙离得很远，很远。先生安静地坐在那把我十分熟悉的藤椅上，阳光直泻头顶。塑像呈灰色，朴实而厚重，承受着酷暑、骄阳的烘烤，几处高光点反射出一种灼热，显得有些刺眼。我坐在墓碑旁，头顶有浓荫遮覆，却仍然汗流浃背，不由得想摘几枝藤蔓，或者撑一柄伞为先生一挡酷暑的焦灼。

　　离墓不远的大陆新村九号，是先生在上海的最后住所。一幢三层楼单开间楼房，门窗紧闭，阒无人声。我甚至不敢举手敲门，怕打破这闹市中难得的清静。现在，住在二楼的先生正做什么呢？——写作一夜，现在还在休息吧？不，肯定已经起床，正坐在窗下的书桌前，翻阅着今天刚由许先生送上的报纸和杂志。卷烟在他的手指间燃烧着，青烟袅袅地在室内徘徊，有几丝正从窗帘的缝隙中透出。似乎有人在二楼走动并且到了窗前，要把那满屋的烟气放出来……我知道，先生病了，他肩住黑暗的闸门，放青年们朝光明走去，自己却日见其苍老了。才五十多岁，却已分明是一位饱经风霜的老人。

　　太多的黑暗挤压他，太多的矛盾苦恼折磨他。徘徊于无地，不知是日是夜。失去的好地狱，在做奴隶都做不稳的时代横站着，承受天上地下国内国外人和非人的压迫，他累了，但他不能躺下，挣扎着反抗绝望，直面着难以直面的人生……

　　铁门紧锁着，进不去。但我知道那些桌椅安放在什么地方，各是什么样子。我还知道，海婴的卧室后面一间，瞿秋白曾于此避难。两个文人，两颗晨星，两位反抗绝望的战士，促膝而谈，倾诉着对现实的愤懑和苦恼，明知不可为而为之。"铁屋子"虽万难破毁而竭力捣毁之。《鲁迅杂感序言》《王道诗话》《出

《野草》意会

卖灵魂的秘诀》……鲁迅了解瞿秋白,瞿秋白是读懂了鲁迅的。鲁迅曾赠瞿秋白清何瓦琴自集禊帖联:"人生得一知己足矣,斯世当以同怀视之",鲁迅能以同怀视之者很少,瞿秋白乃其中一人,岂可以一句"叛徒"骂倒?于是我想起高尔基的《克里姆·萨姆金的一生》,想起屠格涅夫的《罗亭》《处女地》……

终于又未能拜谒先生故居,便只得重又回到先生墓前,烈日当空,暑气升腾,着黑色学生装的青年于墓前浓荫覆盖的石条上沉沉睡去……

先生坐像前有照像馆摆摊拍照,特留影纪念,并且申明,请拍七寸,要比普通的大。回到家后,照片亦寄到,出了问题,先生座前的青年已经面目全非。气愤之余,以"革命的名义"写一长信责问,很快就收到经修饰的一大扎照片,眼睛修得很大,单眼皮成了双眼皮,模样倒标致了些,惜已非那个在鲁迅墓前打瞌睡的青年人了。

1979年5月,我终于有机会到广州出差。在路上也就记起中山大学的钟楼。鲁迅曾于1927年在此钟楼上住过两个多月。

1979年,南国的天空高而且远,蔚蓝的天空下是一眼望得到头的青山和绿水,挺拔的油棕树当风立着、摇摆着,伞一样的大榕树给夏日的行人带来凉爽。

我沿着榕树林荫,去中山大学寻访先生旧迹。

中山大学早已搬迁,钟楼抬头仍见。宽广的大院里,草坪如茵,随处可见的大榕树投下大片绿荫。一条微湿的石板路直通钟楼,石块似乎很有些年头了,揉进了岁月和历史,也叠印过鲁迅先生的足迹。我今从上面走过,足迹也就叠入岁月,进入历史,那么我的哪个穿布鞋的足印叠在了穿力士胶鞋的先生的足印上了?我来回走着,寻觅着,思绪飞得很远,很远……

先生当年在钟楼上,备课、作文。外面的革命正如火如荼,形形色色的人都要"革命"了,浩浩荡荡。官僚、军阀、文人、学者都汇聚到青天白日旗下来。各人都有自己的算盘,都在扩充势力,心怀鬼胎,勾心斗角,杀人,放火。皇帝垮了,袁世凯倒了,军阀、正人君子们又"继续革命"了,无非是想取而代之,坐那把雕着龙的高高在上的旧椅子。遭殃的还是民众。"救救孩子"不免空洞了,"铁屋子"没能破毁,却引来一批又一批争做奴隶总管的政客。那最先的呐喊,实在等于在为吃人的宴席制造"醉虾"。先生"一面挣扎着,还想从以后淡下去的淡淡血迹中,看见一点东西,留在纸片上",这就是他的"杂感"。

然而只有一个脑袋,一支笔的鲁迅又能怎样呢?"泪揩了,血消了,／屠伯们逍遥复逍遥,／用钢刀的,用短刀的,／然而我只有杂感而已。""时大夜弥天,璧月澄照,饕蚊遥叹,予在广州。"最后,他不得不离钟楼,离广州而去——他毕竟不是革命"家",没有匕首、飞机、大炮和炸弹、机关枪;虽然他的杂感一直让正人君子们惶恐、不安,直至很久。

先生已经走了,我也上不去钟楼,只能久久地在楼下徘徊。大厅里是"鲁迅纪念馆",放了些早已见过的熟悉的手稿(复印件?),且又用玻璃罩着。一个玻璃柜里赫然叠放了一件据称是先生穿过的灰绿色的长衫和力士胶鞋。展厅很大、很空,没几个人。

一晃三十年过去,我终于踏进了鲁迅先生在绍兴的故居。

东昌坊口,新台门,走进灰色的不算太大的大门,穿过窄长的过道和铺着石板的天井,就是大厅。正中悬"德寿堂"匾,两边对联"品节详明德行坚定,事理通达心平气和"。

再往里走,小天井北面相对窄小的楼房,就是鲁迅一家的住所了。比起街东边祖父周家老台门来,新台门在气势上就差了一截,虽然这也一样的是灰瓦粉墙、不加彩绘的棕褐色木质梁柱门窗和长条石板铺地,但房间的进深和高度似乎都小些、矮些。或许因为天阴,又值傍晚,幽暗的新台门里飘浮着一股冷寂的湿气。鲁迅的住房靠门一边,置方桌一张,据介绍,是先生读书写作的地方。那么,先生幼时就是趴在这张桌子上看《山海经》、描绣像小说插图的吧?而日本归来任绍兴府中学堂监学和山会师范学堂督监(校长)时,其辑录《会稽郡故书杂集》和《古小说钩沉》资料也是在这张桌子上进行的了?那时应该还没有电灯,先生桌上亮着油灯,四周是沉沉的黑夜,而夜色正从门窗外挤进来,先生坐着的身影投在墙上,很大,很黑,也很沉……这样想着,不知不觉也深入到八九十年以前的岁月中去。辛亥革命的枪声响了,鲁迅带学生上街游行;革命军来了,鲁迅带学生去迎接。

然而乡绅出入官府衙门,谄媚、发威,换汤不换药。秋瑾,"华老栓","阿Q","祥林嫂","孔乙己"。"越中地棘不可居",仍然还是危险和压迫。走，到南京去。

夜色越来越浓了——天上飘飘洒洒下起了牛毛细雨，先生住房中的陈设也模糊不清了。

倚着"鲁迅故居"的木牌，扶着隔栏（游人免进）摄影留念，照片洗出来，看见五十多岁的我靠在先生门前。

新台门后面是百草园。平坦、空旷，野草差不多已被游客踏光，露出大片寸草不生的干燥的灰地。已经寻不见先生作品中意境的影子。石井栏倒还在，靠墙一角草木也还葳蕤，但修整太过，成了公园。岁月和历史就这样被园艺家们精心地给改造或修剪掉了。

张马河、石板桥似也依然，三味书屋和照片所见一样，不过实际要小得多，而且显得很老，很旧，算是百年前的样子吧。书屋后应该还有个院子，有桂花、腊梅和天竺，是幼时鲁迅极开心的地方，可我看不见，也找不到。

又过了二十年。

当我再次来到绍兴的时候，这座古城已经从历史走到了当代，和所有我曾经到过的地方重游所见一样，旧貌换新颜，整齐划一了。先生的故居还在，但周围环境已经被布置成一处收取门票的水乡风景旅游区，人来人往，异常热闹。新旧台门都在，依然古色古香，但原先落满的历史烟尘都已被清理得干干净净，成了展览馆。

1994年9月24日

2019年5月续写

后　记

此书是我读鲁迅著作的读书笔记，宛如彼此谈心，做成一本书，算是了却了和先生的一段缘。

"绝望之为虚妄，正与希望相同。"

这是《野草》的关键词，说是主题也未始不可。然而又有多少人懂得、在意呢？

原只想自己打印几本，送给几位和我一样热爱鲁迅的朋友和弟子，算作知己谈心。有弟子看了，说，何不拿到云南人民出版社去，正式出版后，可以给更多的人看。

于是，《〈野草〉意会》，正式公开出版了。封面上"野草"二字为鲁迅《野草》原封面题字。

吴涯促成此书的出版，善莫大焉；我早先出版的几本书，都有他的辛劳。他是我的得意弟子。责任编辑赵红编辑此书，一拍即合，付出了心血，处成了知己。《云南政协报》原文史编辑李建国君是鲁迅热爱者，曾三校此书交出版社前的原稿，态度之认真、诚恳令我感动。弟子赵文清为本书写作所需参考资料多所奔波，并且也和我一道热爱鲁迅，读了许多鲁迅的书。此外，原因和蔡毅也是和我一样热爱鲁迅的老朋友，相处二三十年了。最先写成的《野草读解》三篇：《失去的好地狱》《这样的战士》《过客》以及《还鲁迅以正直与真实》，本想拿到一家文艺杂志去发表，但一位诗人却说："你的观点太主观了。"于是我知道，研究鲁迅大约是有客观规定的，结果便只好刊在我们自办的同仁内刊《文苑》上；后来，蔡毅慧眼识珠，将其一字不改地收入了《明澈的目光》（云南人民出版社）一书。附录中的《拜谒鲁迅》则是原因编《春城晚报》副刊《大观》的时候，破例分四次连续刊登出来的。这几篇文字，是这本《〈野草〉意会》的

《野草》意会

基础。

老友画家陈龙先生为我画了一张素描头像，说，"很有些老艺术家的派头"，极大地美化了这平庸老头儿的摸样，于是便很高兴地印在书页上。

他们是最先的我和鲁迅的知己者，我谢谢他们。

此书既为心得，所读鲁迅原著及相关"参考书目"我有满满一书架之多，无法于此一一列出。钱理群教授关于周氏兄弟的研究及其同道者的成果，只要找得到，我是必备，也必读的。有几本书是在全集之外汇集了大量鲁迅资料，需特别列出，例如，周海婴《我与鲁迅七十年》，周海婴、周令飞《鲁迅是谁》，钱理群、王乾坤《鲁迅语萃》，陈漱渝《一个都不宽恕——鲁迅和他的论敌》，孙郁《被亵渎的鲁迅》，房向东《鲁迅与他骂过的人》，钱理群《周作人传》，耿传明《鲁迅与鲁门弟子》，《周作人的最后22年》，朱正《周氏三兄弟》，以及《周作人自编文集》，萨特《存在与虚无》，尼采《查拉斯图特拉如是说》等。此外，孙玉田《〈野草〉研究》，李天明《难以直说的苦衷——鲁迅〈野草〉探秘》，阎晶明《箭正离弦——〈野草〉全景观》，汪卫东《探寻诗心：〈野草〉整体研究》对《野草》也都各有所见，自圆其说。

诗无达诂。一百个人读《野草》，可以有一百种解读。我读《野草》则是读懂鲁迅，然后解读《野草》；结果是，《野草》注我，我注《野草》。

此书原先的书名本拟为《读懂鲁迅·〈野草〉意会》，书的大部分摘录了鲁迅书信、日记中的原始文字，之后才是读后感，而实际这一部分原文，正可以用来读解《野草》。责编以为"读懂鲁迅"缀于"野草意会"之前多余了，建议舍弃。我以为然，便同意了。

得到此书，并翻到此页的读者，你必是鲁迅的热爱者，我得引以为知己。

2024年4月12日于冬夏春秋楼